# 稀見清代科舉文集選刊

貳

陳維昭 編

復旦大學出版社

# 其人亡則其政息

政息於人，則其人之所繫重矣。夫無其人而政何以舉乎？雖在方策，猶之不在方策也，故曰息也。且事不師古而能致治者，未之聞也。（通篇俱如題反説。）蓋自文武既没，而文武之政亦與之俱没，而天下益紛紛不可理固已久矣，然則其人而可不存哉！聖哲之所經營而往往毁於庸愚之手，（可嘆。）以恬以嬉而彼昏者，且以往制爲不便於己〔二八〇〕，則其政以有意而息之也。祖宗之所拮据而往往敗於子孫之身，日浚月削而不肖者，且以先澤爲忽斬於己，則其政以無意而息〔二八一〕之也。（一是變古亂常，一是苟安偷惰。）一人端拱於上，號之曰君，君以出政者也。而試問其政〔二八二〕何以不舉也，則是有君而無君也，而君人之人亡。（即以「政息」疏「人亡」，妙甚。）衆人趨走於下，號〔二八三〕之曰臣，臣以輔政者也。而試問其政何以不共舉也，則是有臣而無臣也，而臣人之人亡。無文武其人，則亦無周召其人，自安於荒〔二八四〕主庸臣，而先王之大經大法，一切舉而棄之。然政雖息於其人之心，而猶不息於方策，久之方策亦且息矣，而政至是真息矣。（至孟子時已不得其詳，經暴秦之亂而已盡矣。）有幽厲其人，則亦有皇甫、師尹其人,自以爲智主賢臣,而先王之爲法爲戒,不難反而用之。乃政既息於其人之世,而並且息於方策,於是萬世亦且息矣,而政真不能再舉矣。(此三代以後之所以無治也。)(章法一氣相生。)非無識大識小之倫,猶能存什一於千百,而權所不屬,亦惟有憑吊於山榛隰苓之間,而無有救於政之息也;(此比襯「政息」。)非無賢人君子之儔,猶能撥亂世反之正,而位所不在,亦惟有太息於巖居川觀之際,而無有補於其人之亡也。(此比襯「人亡」。)當世遠言湮之後,而有中才者出於其間,則近功淺效亦極赫然於一時,而苟擬之以文武之政,其人猶是亡,而其政猶是息矣;(此朱子之所謂「漢唐聊補架漏」也。)然當風微澤歇之餘,而有有志者起於其際,則斟酌損益亦可尋墜緒於茫茫,而苟得夫文武之政之意,其人可不亡,而其政可不息也。(後世有聖人出,自能從頭做起,不必印板三代,言外亦得「策勵哀公」意。)嗟乎!是存乎其人而已矣。

若略一正講,便是上文。筆筆如題反説,又恐犯複,非讀書深入,理透見事,多不能瀾翻〔二八五〕善變如許。(黄在中)

如登泰岱,愈轉愈高;如遊武夷,愈入愈深。(甯〔二八六〕無疆)

# 蒲盧也

以物之易生者喻政，而政誠敏矣。夫物之易生，政之易舉，其理同也，人道敏政又何疑焉？且夫物無不涵夫生之理而具夫生之機，（能截上句。）顧其理或不能無所滯，而其機或不能無所待者，往往而有之矣，則是地道敏樹之説猶不足以擬政。均之樹也，地非有所驟期於樹者也，而若有近於驟者，一敏無不敏，而敏之中更有敏焉，則敏之至也。均之樹也，地非有所私德於樹者也，而若有涉於私者，敏雖無不敏，而敏者對之而若不敏也，則敏之甚也。（就「敏」字生發。）是故樹之日同也，而彼也未萌，此也已秀，何其易也！蓋地道之中本有此甚易者，而物又以甚易者迎之，宜其速耳。且夫樹之地同也，而彼方根荄，此已枝蔓，何其速也！蓋地道之中本有此甚速者，而物又以最速者值之，宜其易耳。（顧「地道」得竅竅。）蓋嘗咏《蒹葭》於秋水，覺沼沚之毛較盛於平原，夫亦以易生故盛也；抑常求萑葦於八月，覺摇落之時正多其採擇，夫亦以速成故多也。（詞旨秀潤。）蓋物之托體甚輕者，其發榮亦必早；而物之秉性善浮者，其滋蔓亦無窮。（四語更工雅，極似大士。）是何物也？蒲盧也，吾以終地道敏樹之説而取譬於政焉。嗚呼！菁莪棫樸，千古想其風流；拔木甿棠，後世傳其功烈。（挽轉人政，點染有情。）而孰知藪澤之間，叢生之物，固有可仿佛而得其意者乎？

略施粉黛，風韵倍覺嫣然，田有文真無體不備。（韓慕廬先生）

## 思知人　二句

欲以人仁其身，而天其所當知矣。夫知天者，知人之本也。君子方欲得人以事其親而修其身，而天顧可以不知乎？且天下之事，無一而無至理者存。此皆出於自然而不容强者也，惟君子爲能循其自然而行其所無事。人見君子之事事合其節也，而不知其求端用力於知者久矣。（從「知天」説到「知人」。）求端用力於知，而凡事之理無不得焉，而莫切於知人。夫猶是人也，而何以於一人焉待之甚厚，而不以爲過也？於一人焉待之稍降，而不以爲不及也？且猶是人也，而何以待之甚厚者，亦居然當之而不辭也？待之稍降者，亦安然受之而無憾也？此其間有天焉。然則思知人，不可以不知天也。紛紜者，萬事耶？應之而各有其則。此之則，不可以爲彼之則，而莫非則也。然非知人而相與講明之，天則無由而秩也，而知人又自有其則焉。則夫知人之則，誠修身之始事矣，而何可以不知？經緯者，萬端耶？施之而各有其理。此之理，不可以爲彼之理，而止此一理也。然非知人而賴其引導之，天理無自而明也，而知人又自有其理焉。則夫知人之理，誠體道之極功矣，而何可以不知？不知則其於人也，高下惟我，厚薄惟我，要止任乎其心，而其悖天也實甚。夫知人者，所以爲事親之助也。人之不知，而天親之屬更且混淆而無節，天倫之大，更且暌隔而難安，是不知天之害，人受之而亦及於親矣。（紐入「事親」。）不知則其於人也，尊未嘗不等，等未嘗不分，要無當乎其人，而其逆天也已甚。夫知人者，所以收事親之效也。人之不知而明天之君子無所關其口，棄天之小人反得行其讒，是不知天之害，人受之而遂及於親矣。蓋合言之，萬物無二天。吾此天，人亦此天，親亦此天也。分言之，一物各一天，吾有吾之天，人有人之天，親亦有親之天也。是惟總攝於吾之天之中，斟酌損益，而權衡之不爽，輕重之適宜，已無不釐然於心者。一旦出而相士，而人之中孰爲賢，賢之中孰爲大賢，本天以照之，而豈有一之或失？彼親親之事，其本天以照者，亦若是而已矣。而況夾輔之又有人乎？（雙關講。）是惟總攝於吾之知天之中，極深研幾，而疑似之必晰，毫芒之必剖，已無不粲然於心者。一旦試之尊賢，而賢之中孰可尊，尊之中孰爲更可尊，奉天以決之，而詎有一之或紊？

彼親親之仁，其奉天以決者，亦若是而已矣。而况啓沃之又有資乎？是故知天者，修身之始事，而體道之極功，君子所務兢兢也。

題面、題脉兩得之。抉發處，筆力直無堅不破。（孫子未）

## 知耻近乎勇

人不可以無耻，而求勇者當知之矣。夫知耻，未知〔二八七〕是勇也，然而已近矣。彼未及乎勇者，其可不知之哉！且人即從事於知仁，而不出之以剛決，則氣不足以振之，而業隳於中落，功阻於垂成。（文氣疏越。）其始雖有一往之情，而其後已有易衰之勢，此勇之所以爲貴也。然而大勇者不世出，將天下之事其誰使任之？則亦求其近焉者而已矣。彼已至於勇者，當大任而心弗驚，創非常而色不變，非有所激厲感發而乃能爲此也；而未至於勇者，事雖易行而不前，名雖可愛而弗勸，多見其因循玩愒而果於自棄也。（兩路夾出「知耻」。）然則勇將遵何道而致之乎？蓋惟知耻者能近之。人莫患乎事事皆讓人，而曰：「吾何人也？而敢望彼也？」夫人雖不言，已能無愧，而何其人之懵甚也！於是雖有誘掖獎勸之者而不能鼓其鋭；（折出「知」字意。）人莫患乎時時自菲薄，而曰：「此何事也？而吾敢當也？」夫怯夫慕義，何處不勉，而何其人之懦甚也！於是雖有非笑謗議之者而不能悚其心。（「讓又[二八八]」、「自薄」二意切中。）凡此者，斷不足以制私，而志不足以帥氣也。是惟見己未有善而知羞之，則常有翻然勃然之心矣。及其翻然勃然者而用之，則向也甘退而處後者，而今也强進而争先。蓋情以激而忽怒，（刻畫。）固將自致其不平；氣以鋭而方新，又將自[二八九]忘其非敵。其翻然勃然之心，雖非即勇，而已與畏葸者相懸絶矣。是惟見己有不善而知惡之，則當有皇然惕然之心矣。因其皇然惕然者而充之，則向也久相安而不以爲怪者，而今也内自訟而若無所容。蓋知鄉人之不可爲，而思何以效法乎往聖；知爾汝之不堪受，而思何以自列於人群。其皇然惕然之心，雖非即勇，而已與委靡者相去遠矣。仁人君子之美有所必爲，而不敢畏難而自止；成敗利鈍之形置之不道，而豈復觀望而自疑？（句句堅凝精卓。）以言乎勇，莫近乎是耳。以此知耻而好學，學之途雖艱深難入，而耻其學之不進也，庶幾乎勇於好學矣；以此知耻而力行，行之途雖浩渺無窮，而耻其行之弗逮也，庶幾乎勇於力行矣。嗟乎！勇者不可及矣，人而可以不知耻乎？

清風灑理，體入空微，皎然明月在筆。（韓慕廬先生）

## 柔遠人則　二句

欲致懷柔之效，當行懷柔之經。夫四方歸，天下畏，皆不徒然也。而遠人柔，而諸侯懷，其效可睹矣。且夫天下之人，其於吾，勢涣而情疏矣，而欲以其身至。即身未必至，而以其心至，則其風示感勵之者，詎天下之不可呼吸通而背指使也？吾今得言柔遠人之經。夫遠人散處於四方，而爲過賓於我，往往以一事而卜其國之廢興，而決其身之去就。（暗用事。）苟不有得於柔之之道，則行李之困乏，既已取其深怨，而亦以招其厚侮，如是而四方之人掉臂而去，惟恐不速耳。夫吾實有天下國家，而關梁所設，途路所經，行道者指以爲戒焉，豈奔走之無其具乎？且夫四方固不難服也，客他鄉而被澤，則感激者更深；遍途路而頌恩，則風動者愈衆。（情景俱真。）東西南朔之間，喁喁嚮義，而欲有以過其國都，覽其風物，而志爲平生之幸者。先王之奔走四方而莫有違焉，恃此具也。吾得言懷諸侯之經。夫諸侯布列於天下，而相統屬於我，往往以一事而積爲勢之强弱，而分於民之從違。苟不有得於懷之之道，則嫌隙之迹開，列辟且得以驕天子，匹夫且得以輕朝廷，如是而天下之人涣然而散，遂無復憚耳。夫諸侯實共成此天下國家，而操之太急，與縱之太寬，使海内無所攝服焉，豈撫馭之無其具乎？且夫天下固不難制也，内之威重而外不敢窺，根本之固而枝葉不能奪，故恩威□而天下無叛諸侯。天子之與諸侯，勢遞降而皆尊； 京師之與四海，勢雖離而可合。故封建行而天下無叛百姓。（胸有全史。）懷德畏威之際，兢兢奉上法，而無有以阻其聲教，生其睥睨，而犯於不韙之誅者。先王之撫馭天下而莫有違焉，恃此具也。

此與《體群臣二句》題文，皆褐夫最少時之作，集中已自删去，而余謂兩篇固有奇氣，不可廢也，故復録之。（朱字緑）

## 順乎親有道　三句

身不可以不誠，而事親其最要□矣。夫人子以身事親，誠則順，不誠則不順，親不可以不順也，則身安可以不誠也哉？且誠之爲道，凡事皆不能外也，而子之所以事其親者爲尤切。是故至誠之事惟神聖能之，而天下亦有然者，子之於親是也，是故誠者順乎親之道也。（靈通。）今夫赤子之於親也，有所喜而依依於其懷，而親不疑之者，誠故也。（先透「誠」字意。）亦有時有所怒而啼號於其前，而親更愛之者，亦誠故也。蓋人之所能爲者人，而所不能爲者天；人可以僞爲，而天不容僞，此誠之説也。（借形明切。）夫常人之相與也，亦必相感於意念之懇惻。若彼以誠來，而吾以誠往，其人未有不欣然悦者，而况屬毛離裏之親，其誠求於我者何如，而吾以誠報之。順乎？不順乎？夫常人之相與也，亦必相責望於報施之適均。若我以誠往，而彼以僞來，即吾未有不拂然怒者，而况顧我復我之親，其望誠於我者何如，而吾以不誠答之。順乎？不順乎？然則順乎親者，舍誠更無他道也。吾之精神念慮，雖自匿之，而其端易露於父母之前，非必有不孝之念之萌於其中也。而苟非自然，親且不堪矣。是故有時矜持畏懼而親不樂，反不若率易徑直者之猶見諒於親也。（亦是借形法。）誠與不誠之分耳。吾之服勞奉養，雖不缺焉，而其隱亦易窺於父母之目，非必有不孝之事之著於其外也。而苟非真實，親且愀然矣。是故有時大烹之養而親不喜，反不若啜菽飲水者之猶承歡於親也。誠與不誠之分耳。天下無不慈之親，原無苛責於其子。以親而言，似順之也易；以子而言，則順之也難。誠於妻子，誠於交遊，反諸身，不誠者獨在於親耳。罔極之德，酬之以寸心而不能，則親親之仁且絶矣，如之何而可不誠也？（悲痛。）天下無不愛子之親，亦無藏怒於其子。其在於親，雖不順而猶佯爲順之；其在於子，本不順而自以爲能順之。誠於富貴，誠於功名，反諸身，不誠者常在於親耳。二人之隱，得子之一念而已多，而父子之達道即已修矣，如之何而可不誠也？此誠也，順乎親之道也，而即凡爲天下國家之道也。

純以眼前淺近事相形，題意倍有精彩。（薄聿修）

世故中看出義理，針針見血。（韓慕廬先生）

## 博學之　三節

申言誠之之功，而究言誠之之效焉。夫誠之之功，不外於知也、行也；而誠之之效，必至於明也、强也。人可不務擇執乎哉？且夫人之自棄於善者，心不足以通之，而力不足以任之，徒以讓能於人，而曰：「吾有弗逮焉，吾無如何也。」抑又歸咎於天，而曰：「吾有不克變焉，吾亦無如何也。」甚矣，其狂惑失守而不知所止也！彼夫生而知者，無所事於學，固已明甚也。（借上打破末節。）外是則擇之不可以不精矣。學問則博且審，思辨則慎且明。蓋宇宙之理，取之而不盡；而精微之故，研之而愈精。不然，其心幾何不流而入於愚也？（極融貫，却極分明。）安而行者無所事於利，固已强甚也。外是則執之不可以不固矣。行其所學問之理，行其所思辨之事。蓋事不可以游移，則必出其全力以相赴；而功不可以嘗試，則必本其夙夜以相將。不然，其力幾何不流而至於柔也？誠之者之擇善，固執如此。蓋其學之而固已能之矣，問之而固已知之矣，思之而固已得之矣，辨之而固已明之矣，行之而固已篤之矣。（**落中節，有疾閃飛動之勢。**）縱非生而自具，而亦豈待困而思反？縱非安而自至，而亦豈待勉而後能哉？（**結上起下，左顧右盼。**）雖然，世之人亦不一矣，有弗學焉，有弗問焉，有弗思焉，有弗辨焉，有弗行焉，此爲愚柔之自棄者也，君子不爲也。（**又翻起「愚柔」。**）有學之弗能而措焉，問之弗知而措焉，思之弗得而措焉，辨之弗明而措焉，行之弗篤而措焉，此亦爲愚柔之自棄者也，君子不爲也。天下無不可至之境，欲至則至之矣；天下無不可及之人，欲及則及之矣。其情一往而深，不以人易而我難，而輒頹然而自廢。其氣屢困而振，不以功多而獲少，而輒退然而不前。推其心無難比擬於上哲，而何況於一能十能之人；（**又顧上「生」、「安」。**）觀其勢直且循習於無窮，而豈止於百之千之力？世無能此道者，無惑乎其愚益甚而柔益甚也；世有能此道者，可以決其愚者明而柔者强也。蓋誠之者之擇善，固執又有如此。（**落末節，水到渠成。**）世之人，質既賦以愚柔，功復出以鹵莽。當其勤苦而難成，勢且得半而自止。豈不亦甚可惜哉？

風落雹轉，一揮而成，絶不費經營之力，見者已驚猶鬼神也，通身筋節，都入化境，此匪可學而能。○難處不在貫通末節，在中節無數層折，層層安頓自然，一毫不略，一毫不亂。昔人所嘆蘭亭書法，其時乃有神助者耶？（吴荆山）

一氣卷舒，眉山得意之筆。（李麗生）

以末節貫穿上二節，綫索在手，奮迅疾書，殊不苦題緒之繁，題句之積。（汪安公）

## 可以贊天　二句

聖人盡性之極功，一天地而已。夫天也地也，豈易與之參也？至誠以贊之者參之，而盡性之功已極矣。且天位乎上，地位乎下，有人焉以天地之命爲其命，而即有以立天地之命，蓋其盡性所以至命也。（處處從「參」字説起，却不犯複。）然自分天分地以來，數聖數神而後，僅懸其理於上下，而其中虛無人焉。非無人也，無盡性以至命者也。此其事斷以屬之至誠，至誠者，可以贊天地之化育者也。今夫莫大於天，莫廣於地，物之處於其中者，悉範圍之而莫有越也，乃與爲變〔二九〇〕理，與爲輔相，即天地一若故留其不盡以待斯人。今夫天以職覆，地以職載，物之生於其下者，又錯綜焉而莫能齊也，乃何以於變？何以咸若？在聖人一若獨任其無窮以還造物。（從「難參」意説起。）蓋至是，而至誠之於天地直與之參焉無不可也。人莫不小吾身而大天地，以爲小大之懸不可以争衡也，此曲士之論也。不知夫吾之性原具有天地之性，吾之性盡而天地之性亦盡焉。獨不見夫化育之紛紛者，非聖人之贊之而誰乎？（忽接此句，真乃飛仙之筆。）夫以天地之化育至不能自全，而發其秘於聖人，聖人之心而冥漠以通焉。通冥漠者，是即冥漠而已。（雋絶。）人又有大吾身而小天地，以爲小大之數亦未有適主也，此異學之言也。不知夫天地之性無異於吾之性，必天地之性盡而吾之性乃無不盡焉。獨不〔二九一〕見夫化育之渺渺也，非聖人而能贊之乎？夫以天地之化育至不能自制，而授其權於聖〔二九二〕人，聖人之身而造化以運焉。運造化者，是即造化而已。蓋崇效天，卑法地，聖人學天地乃果似天地也，（雋絶。）有天地即不可無似天地者，往往天地猶有憾，而聖人爲之補其窮，是故兩相濟而即以兩相敵，則真有不囿於形器者矣。且夫天之平，地之成，聖人位天地乃以配天地也，有天地即不可無配天地者，往往聖人不出，而天地亦爲之失其常，是故兩相輔而即以兩相成，則固有無可低昂者矣。噫！此聖人之至命也，此聖人盡性之極功也。

「與天地參」實際在「贊化育」處見〔二九三〕，而其根原却自「盡性」中來，探得驪珠，一空依傍，粹然儒者之文。（劉言潔）

張文潛論：「學文之道，須急於明理，如爲文而不明理，求文之工，世未嘗有是也。」看此文工處，純是理透。（韓慕廬先生）

## 故至誠如神

至誠不異神之知者，誠爲之也。夫神固未有不前知者，而至誠如之。然則天下之至誠即天下之至神乎？且《易》有之：「神以知來。」夫知來而不屬之於人者，神誠而人僞也。然而神之爲道，人亦可爲之。人亦可爲之者，蓋人死亦爲之，而人生亦爲之也，則至誠之能先知者是也。（奇闢。）萬物莫不有情，而其心遂爲情所昏，明明有可見而莫之見者，情爲之蔽也，神固不與情爲役者也。有情者妄，而無情者無妄，無妄故莫不見也，夫是以曰神。斯人豈盡無識，而其心亦爲識所膠，明明可先知而莫能先〔二九四〕者，識爲之圍也，神固不與識爲偶者也。識則有心，而神實無心，無心故所知莫不先也，夫是以曰神。（先以「神情」與「識」襯起「神」字。）蓋不可知之謂神，而神則無所不知。寂然不動，感而遂通，而本之以無思無爲。夫無思無爲者，誠也。氣機之將動，而惟精而明者，鑒觀有其不爽，至誠亦如是焉而已矣。不可測之謂神，而神則無所不測。無有遠近幽深，遂知來物，而極之於至精至變。夫至精至變者，誠也。運會之將轉，而惟静而虚者，吉凶與民同患，至誠亦如是焉而已矣。今夫數不能離於理，而神之知不於數而於理，如以數而已，而數則固有驗有不驗也。蓋吾之理不能同於天之理，而天之所至，其安能察之？至誠與神所爲斂而至於一者，理也。理明而物照焉，實有同符者耳。幾可以造夫形，而神之知不於形而於幾，如以形而已，而形則固共睹而共聞也。惟吾之幾實有觸於天之幾，而天之將至，已早能見之。至誠與神皆能置而妙於無有者，幾也。〔二九五〕幾動而慧生焉，實有合德者耳。（將「神」亦粘合在「至誠」上。）夫物之輕者，易動而不滯，至誠也，神也，各捐其形骸而益甚其聰明；物之靈者，善應而不窮，至誠也，神也，各積其精爽而遂操夫造化。（二比精切不磨。）嗟乎！人以爲神者，真理絶人區，事出天外者也，而豈知至誠即神，而神亦不外一誠也乎？（結出全篇主腦。）

抉發六經之藴，微言真諦，可敵程子之《易傳》、朱子之《集注》也。前輩所云，神有所往，理爲之開，理出而神已往者，其此種文乎？○都從「神」字倒起，轉合「至誠」，方無連上之病，而比比語意不犯複者，意思多，道理熟也。徒講法律而無學問，則其中枵然無有，謂之未嘗爲是題可也。○「如神」二字都從「至誠」中抉出，得旨。（薄聿修）

## 不誠無物

物之有也以誠，而不誠者可慮矣。夫物非誠不爲功也，物不可無，則誠亦安可少哉？且夫聖人之於天下之事也，所爲而成，成焉而不復敗，蓋亦恃夫心之所運而已。得其所以爲心，而一得則無之弗得也；失[二九六]其所以爲心，而一失則無之弗失也。故爲焉而不成，成焉而必敗者，其必有由矣。古之帝王將以求盡天下之無窮，必從其天而不以人參焉，故夫一世之事粲然無不畢舉。何者？非有因循苟且，則其天自有足恃也。古之聖賢將以從事於身世之故，必存其真而不以妄間焉，故夫平生之爲快然而無不足。何者？非有文采緣飾，則其真自不可掩也，此則誠之爲也。誠之於人甚矣夫！而奈之何有不然者？人之心本實也，亡何而虛焉，氣拘之矣。不能養之於其靜，而內欲遂以潛滋而暗長，烏睹所爲本然者乎？人之心本一也，亡何而紛焉，物蔽之矣。不能察之於其動，而外誘遂以乘間而蹈瑕，烏睹夫所謂渾然者乎？不誠如此，而凡其所存者人也，非天也。及其有所規畫，則曰姑試行之而已。（發揮注意，誰有此俊健之筆！）好文而益媮，飾詐而相高，夫人之妄用其心與夫不用其心者無以異也。事變之投，亦多勞瘁我躬之具矣，而其實竟等之於無有，則其精神之不屬爲可惜耳。凡其所具者妄也，非真也。即其有所建立，亦以誕謾應之而已。事出而人莫泯其疑，恩施而人不生其感，夫人之心而雜用之與夫人之心而專用之者固有間也。接物之際，亦多翹然可喜之觀矣，而其終俱歸之於無成，則其庶務之欲舉吾知難耳。夫以吾心自有之誠而行吾所得爲之事，非有所待於人而後具也。黜虛名而求實效，能無意乎？乃爲此役役也。心之既亡，斯亦不獨心之亡矣，區區而竭其力以遇物，庸有當乎哉！夫喪其自有之誠而萬無冀於能爲之事，又非其才識謀慮不若人也。本生初以應萬變，豈有是患乎？直爲此泛泛也。心之有累，斯亦不獨心之累矣，鰓鰓然役其智以徇物，亦何爲也哉！（理題擺去拘束，非大家不能。）不誠無物，誠之於人甚矣夫！而知其故者誰歟？是在君子矣。

以坡仙筆意爲注疏之文，宜其理解透闢，意致超妙。（汪武曹）
「不」字須有人不他，勘透此意，横説竪説，理境愈闢。（朱丹霞）

## 悠久所以成物也

物之成於聖人者，以悠久故也。夫物不獨成於聖人，而固已成於聖人；物必成於悠久，而聖人固已悠久，其用亦何大哉！今夫至誠之無息也，不獨其在内者而已也，（跟「久」字落「悠久」。）即其驗於外者亦如之，而天下之無窮遂託命於此，而常恃以爲無虞。蓋物雖既已載之，而物之望未厭也。卒然而載之而輒已無餘，是猶之乎未嘗載也。然而不聞物之載於博厚者有時而盡，則何也？物雖既已覆之，而物之願尚奢也。卒然而覆之而即已畢事，是猶之乎未嘗覆也。然而不聞物之覆於高明者有時而竭，則何也？（頂「覆載」，跌落「成」字意。）蓋吾於至誠之不息而見其久也，又於至誠之徵而見其悠遠也，而吾即合至誠之悠與久而見夫物之所以成焉。（出題，字字洗刷。）今夫物各有其形，形豈有弗具者？而或不免夭閼於中道，則形質雖具而不可謂之成，（「成」字頓挫。）顧成之難矣，一蹴而期焉不成，得半而止焉不成也。（轉到「悠久」，反跌更醒。）至誠者，優而游之，使自求之，厭而飫之，使自得之，處於從容漸漬之内，而疵癘夭札之患不生，則至誠之悠久不徒然也。（得「所以」二字神理。）今夫物各有其性，性豈有不正者？而或不免淪胥於流俗，則性命不正而不可謂之成，顧成之難矣，淺而嘗焉不成，躁而迫焉不成也。至誠者，過化存神，其機既甚速，而百年必世，其量復無涯，游於久道化成之中，而群動萬態之生以固，則至誠之成物非無故也。吾嘗試觀於氣機之運行，默移於無迹之内，遂遞相禪而爲古今，（映天地之悠久。〔二九七〕）而流轉於其中者，無一物而不成也。（映天地之成物。）嗟乎哉！是殆至誠矣！成物者不自知其爲成，物之受成者亦相忘於其成，而揆厥由來，是豈有他道以致之乎？（反剔「所以」二字）又嘗試覽於氣化之絪緼，不見有斷續之迹，遂迭相生而成宇宙，而覆載於其間者，（又顧「覆載」。）物物而各有其成也。嗟乎哉！是亦至誠矣！入乎物之中，出乎物之類，而成非出於勉强；或操乎成之之權，或阻於成之之勢，而成亦出於一致。倘非其無息，則亦何恃以爲成物之資乎？至誠之配天地也，誠不偶矣。

渾乎維節氣息，而真實的確，非維節之所及也。（韓慕廬先生）

# 天地之道　二句

有可以盡天地者，則第一言而已足也。夫天地之道不可盡也，而盡之於一言，則天地之道可盡，而一言之所包舉者又無盡矣。（便妙。）且天地有其體用而聖人同之，其體用即其道也。夫道則亦何盡之有？然而以可盡者盡之，而不盡者已盡於可盡之中。故夫天地之道，惟其不盡而固已可盡，又惟其可盡而愈以不盡也，將何以盡之？其盡之於言乎？（取「盡」字説入。）夫事之微渺，言不能文焉，況以天地之大而欲寫其形容，恐千萬言而不能肖也。舉之不勝舉，則亦以無涯者付之無涯之論説而已矣。（兩路逼出，語極精妙。）抑心之精微，口不能言焉，況以天地之道之大而欲施其摹繪，恐即善言天地者而不能贊一言也。論之無從論，則亦以無言者還之無言之造化而已矣。然而無涯者必有其所以無涯也，所以無涯者可言也；無言者必有其可以言者也，有可以言者則言又不必多也。吾故以一言盡天地之道。盡之云者，索之而無餘蘊也；而一言可以盡之者，必索之而有餘蘊也。以有餘蘊之言而無餘蘊者出焉，則何可無此一言？盡之云者，括之而非僅大端也；而一言可以盡之者，必括之而僅大端也。以大端之言而不僅大端者具焉，則亦何必更有一言？凡理之愈精則其旨愈秘，深思默會而乃得其大要之所存，即古來聖賢之相傳者〔二九八〕不過片言而萬理皆舉，天地之道亦若是則已矣。（旁見側出，以明其理。）凡事之至多則其義極少，繁稱博引而非其指歸之所在，即古來帝王之相授者亦不在多言而傳心已畢，天地之道亦若是則已矣。故一言之外不復他有一言，而可以從此一言而止；即一言之外亦不能更無言，而莫非從此一言而生，故曰盡也。（更妙。）古之言天地者多矣，此一言也，於群言之中而得之乎！夫此一言之意未嘗無及之者，而不以之盡天地，遂覺此一言之不專屬之於天地。（指「至誠」。）即吾之言天地者屢矣，此一言也，自今思之而始得乎！夫此一言之意蓋亦嘗及之矣，而今以之盡天地，遂若此一言之已專屬之於天地。噫！是何言哉！是何言哉！則不貳之一言而已矣。

題無實際，以虚意游衍，逐字挑撥，轉入轉妙。（儲同人）

於無可結撰處結撰，自有制義以來未睹此秘。（韓慕廬先生）

## 國有道其言足以興

觀君子於足興，而其言有賴於國矣。夫君子之言，國之所賴焉者〔二九九〕也。特至有道之時乃能興，而其足以興者自在君子耳。且君子之於至道，既凝之於己，是君子之身，有道之身也。（將「有道」串在「君子」上。）然則君子之言亦有道之言也，以有道之身爲有道之言，而值夫有道之時，其言爲時之所用者，則其身不能爲時之所舍可知也，故君子不第不驕不倍而已也。天下之氣運自君子而轉，君子出而宇宙之光華不能終秘焉，則國爲有道之國；然君子之氣運又随天下而轉，天下治而《詩》、《書》之焕發即在於君子，則君子之言必待國爲有道之國。蓋君子至是而興矣，而足以興者，其言也。（方切此章「言」字。）其言者何言也？德性之言也，問學之言也。以之爲己，則順而祥；以之爲人，則公而溥；以之爲天下國家，無所處而不當。當是時，吾之意氣與山川之光氣相爲發舒，而一謦欬之間，君之所咨而拜者其言，下之所誦而法者其言也。（就「言」中發出「興」字，精警之極。）平天成地之功不外居平之數語，有不加之以高位而與之商略天下之事者，必非有道之國矣。（倒煞「有道」。）其言者又何如言也？其言亦洋洋也，其言亦優優也。三王雖往，考之不謬也；聖人復起，俟之不惑也；鬼神雖幽，質之不疑也。當是時，吾之文章與天地之文章〔三〇〇〕相爲醖釀，而一籌度之際，治功之所爲成者其言，民物之所爲奠〔三〇一〕者亦其言也。片言半辭之發，皆爲經世之遠，猶有不奉之以厚禄而與之斟酌當世之故者，必非有道之國矣。然而君子有可知，有不可知，不可知者國有道也，而可知者其言也。人遇有道，師其言亦可以有爲； 後世有道，讀其書亦可以致治。蓋言足於理而無愧於時，固不因興而早已具耳。（八面玲瓏。）君子有自必，有不自必，不自必者興也，而可自必者其言也。然其於言既有可以必興之理，則其於言即有可以不必興之理。蓋言足於己而無待於外，又不必至於興而早已決耳。今夫俗言之勝者，至言不出，平居扼腕攘臂而争，自託於窮愁之著書，及國有道而群言皆息，（襯出「興」字。）獨君子以訏謨定命，懸之日月而不刊。（有聲有光。）且夫窈渺之言，衆人不識，當其抱殘守缺而群相視爲無用之陳言，惟國有道而至文乃興，則君子之崇論宏議，藏之名山而不必。大哉！聖人之道。大哉！聖人之言也。

「揮灑動入〔三〇二〕垠」，讀此覺劉宋諸公尚爾委蘼。（方百川）

鳳翥鸞迴，淵渟岳峙，氣象何等峥嶸。震川謂《項羽本紀》事與氣稱，此亦辭與題稱也。（韓慕廬先生）

讀末二比，知作者自命何等。（袁惠於）

## 愚而好自用　一章

明爲下不悖之義，在聖人亦慎所從焉。夫夫子之學禮而從周者，不敢反古之道也，而愚賤之人，豈知爲下不悖之義哉！且古與今之相閲也，而三代迭興。（以「生今」、「反古」及末二句驅駕全題。）夏天子，聖人也，有天下而天下從之；殷天子，聖人也，有天下而天下從之；至於今，無有從之者而從周，周天子亦聖人而有天下者也。聖人而有天下，而天下莫不自安於愚賤，故夫天子者所以治天下之愚賤也。無德者皆爲愚，即有德而不爲聖人，猶之愚也；無位者皆爲賤，即有位而不爲天子，猶之賤也。（提清「德」、「位」，打通第五節。）愚矣賤矣，而好反古之道。古之道不用久矣，而欲反之，（插「用」字。）是無異於自作禮樂也，而敢乎哉？（提「作禮樂」。）子曰：「之人也，是自用也，是自專也。」而獨非生於今之世者乎？試亦思今天下，何氏之天下也？（逆出「生乎今之世」以滚出「今天下」。）周天子以聖人之德，居天子之位，而作禮樂以治之者也。（提出「周」。）其所議之禮，今用之而行同倫，彼將欲不從而反古之禮乎？其所制之度，今用之而車同軌，彼將欲不從而反古之度乎？其所考之文，今用之而書同文，彼將欲不從而反古之文乎？（一路以末二句運化過去。）夫其禮也、度也、文也，皆不外於禮樂也，而其議也、制也、考也，凡以云作也。此有德有位者之事也，二者得其一焉猶不敢作，而況愚賤之倫乎？故曰：「灾及其身也。」使其可作也，莫夫子若矣。（飛渡。）然而夫子之於德位二者，僅得其一者也，而又生乎今之世，當今天下用周禮之時。（以「從周」運化夏、殷。）夫子雖聖人，不得不自處於愚賤，夏之禮未嘗不能言也，殷之禮未嘗不學也。以其爲古之道而杞宋之所當守者，即學焉而不敢從也。學焉而且從之者，惟周禮而已，以其爲今之所用也。用其禮而同倫也，則從其所議而已矣；用其度而同軌也，則從其所制而已矣；用其文而同文也，則從其所考而已矣。蓋夫子者，有其德而無其位，不敢作禮樂者也。彼生乎今之世，反古之道者，適以成其爲愚賤，而自用自專之灾，其可逭乎？嗚呼！爲下不倍之義，亦折衷於夫子而已矣。

一氣滚下，元神宛然，飛仙耶？劍俠耶？吾不得而知之矣。（錢亮工）

「今」字，章中凡三見，故擒一「今」字以控御全題，偏師直搗，萬馬齊奔，所向勢如破竹。（韓慕廬先生）

# 上焉者　一節

時與位之不得也，難以寡民之過矣。夫上焉者無其時，下焉者無其位，而民之信從不在是焉，則三重惟王天下者得操耳。且以聖人之德而在天子之位，得時而爲之，而操三重以臨天下，其禮議之善矣，其度制之善矣，其文考之善矣，或以爲惟其善也。（就「善」字翻「信」、「從」，以逼取「無徵」、「不尊」意。）故天下咸囿於其範圍之中，而雖欲背而去之，而有所不可，是其説似也而未盡也。蓋民之所以寡其過者，以其從之耳，以其信且從之耳。（逆入。）聖人作而萬物睹，凡屬本朝臣庶，莫不覲天子之光，而風化之所漸被，習俗之所轉移，歲月之所淪浹，耳濡目染，家喻而户曉也。相與講明於國家之成憲，而遵道遵路之恐後，安有生今而反古之道者乎？天降下民作之君，凡茲四海群黎，莫不奉大君之令，而勢位之所控御，號令之所施行，賞罰之所鼓舞，父老子弟，循分而服教也，相與震懾於興王之令典，而是訓是行之不敢越，安有庶人而議國之政者乎？然則民之信且從也，以其出於得時而駕之主也，豈徒以其三重之善而已哉！如以善而已矣，則上焉者豈其不善乎？（領「善」字説入，筆意極超，而「雖」字亦托得起。）彼其初亦神靈首出之人，爲之經營而區畫，然而時移勢異，欲問其遺事，而故老盡矣，彼民亦豈能讀先王之書爲之憑吊〔三〇三〕其遺迹？（就「無徵」抉出「所以不信」之故。）徒以其出於煨燼之餘，爲生平之所未習，則乍而駭，久而疑，指古來之大法而反以爲無稽，而相與安於目前之制，（此意更精。）或且靳之曰：「此上古之所不及也。」然則上焉者，雖善而無徵，而欲致民之信且從不可得也。 如以善而已矣，則下焉者豈其不善乎？彼其人亦聰明睿知之姿，豈不能移風而易俗？然而等分齊量，不足以相制，是亦民而已矣，彼民亦豈能於儕偶之中相率聽命於一人？（就「不尊」抉出「所以不信」之故。）第見其處於卑賤之地，必經綸之有未諳，而等夷視之，空言置之，指百世之常經而反以爲愚妄，而相與狃於時王之令，或且鄭重之曰：「後有王者起，不能易也。」然則下焉者，雖善而不尊，而欲致民之信且從，不可得也。 由是知國不異政，家不殊俗者，微信與從之故，胡爲乎致此也？由是知民之信而不疑，從而不違者，微徵與尊之故，胡爲乎致此也？若夫居其位而得其時，下一令而使人疑，定一法而使人叛，緦緦焉以不信不從爲患者，其道可知矣。

只從題之所以然處洗發，無一語膚末。（王宛先）

## 小德川流　三句

分言天地之德，而極贊天地之大。夫猶是德也，自其小者言之而見天地之大，自其大者言之而見天地之大，非仲尼，孰能同其大乎？且夫體用分合之際，未有不相因者也，而吾於此有以見夫造物者之無盡藏矣。今夫天地吾不知，觀其不相害不相悖者而可知矣。（先呼動末句。）各遂其生而各安其類也；各神其運而各著其機也，是孰爲爲之也？待命者雜然其不齊，而無以爲之分給，則其所出自有不暨之處。而新與故之相乘，古與今之相閱，如是其無紀極，而安所恃以遍焉，而天地或幾乎息矣。乃天地之德，固不息者也。自其條分縷析，散見於宇宙之萬變，則小德著焉。悠然流布之間，出之不竭，與化偕往也；用之無已，與時俱進也。雖其理未嘗不一，而同出而異用，則盛德之日新，固有所以運乎其間矣。（帶起「所以」二字。）今夫天地吾不知，觀其並育並行者而可知矣。天高地下，以覆而以載也；錯行代明，迭出而迭入也，是孰爲爲之也？變化者紛然其不一，而無以爲之原本，則其所存已居必竭之勢，而剛柔摩蕩之間，循環往復之際，如是其無涯涘，而又安所運以久焉？而天地或幾乎窮矣。乃天地之德，固不窮者也。自其經緯錯綜，備具於乾坤之一元，則大德著焉。淵然静深之中，包含萬象，無不有也；宰制群動，無不裕也。故其變不可勝紀，而異象而同體，則大業之富有，固有所以立乎其本矣。（二比字字確實。）由此言之，（接得自然。）不必别有所據以指天地之大也，而已莫大乎此矣。夫不得其所以爲大而舉一人焉，而况之爲所况者莫之見也，而又何從見夫况之者乎？一一實指其故，而確然有以得其量之所際，則人之所極難况者此也。（挽合仲尼，妙。）由此言之，不必臆有所度以揣天地之大也，而已莫大乎此矣。夫不得其所以爲大而擬一境焉，而肖之爲所肖者在恍忽之間，而肖之者亦何從見其比並之實乎？明明實指其端，而昭然有以得其量之無際，則人之所不能肖者此也。噫！其惟仲尼乎？

疏解詳明，而以渾灝之氣行之，神似熙甫。（韓慕廬先生）

## 齊莊中正　二句

即禮之德以觀至聖，而其能敬者本此矣。夫禮者，敬之具也，至聖之禮無不全，故其敬無不足也。且人之心無可忽之時，而吾心之視天下，亦無可忽之事，然而莫必於人之心者，何也？緣飾之具多非其真，而勉强之迹必不可繼，夫是以皆莫可必也。今夫聖人端拱垂裳，天下但見其容而莫能窺其意，不知其天則之合本於生初，蓋非一日之故矣。聖人從容暇適，天下共睹其安詳而遂忘其兢業，不知其本原之地正自無窮，蓋非矯飾之文矣。人莫患乎其心之雜焉，雜則不一，不一則擾矣。聖人之心渾渾已耳，而參差之所不形，以故萬念之純，而無一念之雜焉者以間之，蓋齊之謂也。人莫患乎其心之肆焉，肆則不嚴，不嚴則佻矣。聖人之心穆穆已耳，而率易之所不形，以故萬念之肅，而無一念之肆焉者以敗之，蓋莊之謂也。理之一定而不可逾者而中名焉，變化從心而要不出乎範圍之内，則惟至聖爲能中也，不然者則偏而已矣，豈有當哉？理之自然而不可枉者而正名焉，優游合節而要備極其裁制之能，則惟至聖爲能正也，不然者則僻而已矣，豈足觀哉？今夫雜焉肆焉偏焉僻焉者之於敬之本已失也，則必怠棄，必慢侮，不待其不敬而知之也。然則齊焉莊焉中焉正焉者之於敬之本已具也，則必雍雍，必肅肅，亦不待其敬而始知之也。（横送不羈。）天下凡事皆或有猝致之時，而敬之爲道非可以猝致也，當敬之時而始求致其敬，則已不敬，是固敬之先固已充然其有餘也。（確是「足以有敬」，移向别句不得。）天下凡事皆或有暫息之期，而敬之爲道非可以暫息也，當敬之餘而已畢其敬，則已非敬，是故敬之理常處於悠然不盡也。「齊莊中正，足以有敬也」，至聖之禮、之德如此。

宋儒理實，先輩法程，其凌雲健筆則作者自有。（徐貽孫）

## 知天地之化育

天地不外一誠，故至誠者知之也。夫天地之所以化育者，誠也；至誠之所以知化育者，亦誠也，誠與誠相契而有不能知哉！且人之所以小吾身而大天地者，以爲杳冥而不可知，莫若造物者之無盡藏也。夫亦思人心原與天地有相爲流通者乎？天地非大而吾身非小，則亦誠之所貫通而已矣。今夫大經大本之所自來者，天地也。天地之爲天地者，誠也。其變通鼓舞之妙，而故者使之新，是所爲化也，而化豈可以僞爲？其知始作成之功，而無者使之有，是所爲育也，而育豈出於假設？（先發明「化育」二字。）故夫天地之化也育也，莫非誠之至也。自人心之蔽於私，而吾之氣與天地之氣往來不相應。夫人之相與苟非其志之通，則乖離扞格而不入，而況於天地之遼闊乎？（轉到「知」字。）惟天理之不間於欲，而吾之心與天地之心出入而相協。夫人之相親必其情之契，乃渾融吻合而無間，而況於天地之幽遠乎？至誠者，天地在心而化育在手，故能有以繼天地之志。其感而遂通者，誠之通也；其寂然不動者，誠之復〔三〇四〕也。在天地爲顯仁而藏用，在聖心爲彰往而察來。以至誠知至誠，而塞於兩間者，無非教也，即無非其所默而契之者矣。至誠者，裁成天地而贊助化育，故能有以述天地之事。吾心之陽舒而陰慘，即一誠之屈伸也；吾心之静〔三〇五〕虚而動直，即一誠之翕闢也。乾坤吾父母，而豈不能體其心？民物吾胞與，而豈不能悉其意？以至誠知至誠，而察於上下者，各有命也，即無非其所不思而得者矣。（總粘定「至誠」二字講。）體天地之撰，通神明之德，而廣生大生，一一如其所自有，而鑒觀無毫髮之差；通幽明之故，識性命之源，而資生資始，一一如經其耳目，而昭融立萬物之命。若是者，窮神知化，德之盛也，惟至誠爲能之而已矣。

多引經傳以詁題，皆若自己出。（左未生）

## 夫焉有所倚

至誠有其自然者而能爲，不可及矣。夫有所倚者，其誠未爲至也，而能出於自然者，是無所倚也，此之爲至誠。（抉出「倚」字根由。）今夫人有所歉於己而後思所以足之，有所虚於中而後求所以實之，艱難勞苦之餘，而吾之自中出者，已不知幾竭其神明矣。而至誠之經綸也、立本也、知化也，人固不得而測焉，可測者迹之所爲，而不可測者神之所爲也；即己亦不得而知焉，可知者有意之所爲，而不可知者無心之所爲也。吾蓋想夫至誠之倚者也，而孰是其倚焉者乎？吾蓋想夫至誠之有所倚也，而孰見其有所倚者乎？今夫人之用其心也，不能懸揣而用之，必有所憑藉焉，而無窮之心思因之以起，則心之用雖百變，而要不能離乎其宗。是故倚亦學者之所不廢也，而求至誠之所倚而無有，則是出之於心者並不倚之於心也。（疏「倚」字親切。）人之用其力也，不能凌虚而用也，必有所依據焉，而無窮之功力恃之以生，則力之用雖多方，而要不能外乎其所主。是故倚亦學者之所必由也，而求至誠之有所倚而不得，則是形之於力者並不倚之於力也。（抬高「倚」字以振起「無所倚」。）蓋倚者，己之量有不足而不能無所依也，依於欲而其能爲欲所累，即依於理而其能亦爲理所膠，雖倚理不同於倚欲乎？然而均之倚也。凡倚者，道之宜有難協而不能無所偏也，偏於虚而其能爲虚所蔽，即偏於實而其能亦爲實所拘，雖倚實不同於倚虚乎？（以「倚」字形起「無倚」。）然而猶之倚也。至誠者，從容以中道者也，何思何慮亦如太極之包含萬象，而不見有鼓舞作爲之迹；至誠者，從心而合矩者也，不思不勉一如太虛之宰制萬有，而不見有回斡運用之勞。（所謂「堂堂然流出來，焉有倚靠？」）實理之所流形，沛然莫御，何所資於物而藉於人？功用之所發見，自然無阻，何所事於學而事於慮？由是而其經綸也、立本也、知化也，更可想矣。

朱子云：「聖人自然如此，若是學者，須是靠定一个物事做骨子，方得。」故「倚」字發得親切，而「無倚」更襯得警醒。（韓慕廬先生）

## 肫肫其仁　三句

贊至誠之心體，一如其誠而已。夫至誠之仁也、淵也、天也，合而言之無非一誠也。《中庸》極贊其盛，非無倚者而能若是哉？且大同一事也而有所倚，與無所倚之有間也。有所倚者，力之所强爲固已。（借形。）出之而易盡，探之而無餘，而至於深而求之，而愈見其深，則真無倚也。今夫大經之在天下也，不可無文，然在人非真有不容已於天下之心，而所虧者不既多乎？聖人覽於倫類之廣而獨用其真，於是懼天下之相遺而至於相亂也，又懼夫天下之相狎而至於相凌也。運量區處，皆其取懷而與之。前有千古，後有萬年，莫非吾世也； 四海之外，六合之内，莫非吾身也。（「肫肫」二字不費力摹畫而自透。）肫肫乎懇惻之周流，直纏綿於意計而浹洽於綱常，蓋其誠至者，其仁亦至也。（「其」字落得自然。）今夫大本之在天下也，寧有終窮？然則人非能有以包涵乎不窮之變，而所存者不已淺乎？聖人究於性體之全而獨盡其致，於是茫乎而不得其畔岸也，灝乎而不得其津涯也。凝神淵默，非他有纖悉以雜之。探乎其源，寂而不滯，積之已厚也； 溯乎其流，深而能通，出之不竭也。淵淵乎静存之有主，直會萬感之真而具渾淪之趣，蓋其誠無極者，其淵亦無極也。今夫化育之在天地，處於杳冥之間，在人苟不能有以通乎造化之故，而所操者不已隘乎？聖人非等於聞見之知而獨得其微，於是據萬物之上而無所於讓也，合兩間之撰而無所於歉也，盡性至命，而不得以狹小之見窺之。位育之功可不謂盛焉，而猶是天自天、聖自聖也； 參贊之效可不謂隆焉，而亦猶是天自天、聖自聖也。（剔「其」字，醒快。）浩浩乎聖人有聖人之天，聖人之心有聖人之心之天，（參差不對。）蓋其誠無外者，其天亦無外也。 嗚呼！盡之矣，夫是之謂至誠，夫是之謂天德也。

伐毛洗髓之候，爲訓詁義理之文，故應如此明快。（弟雲奏）

# 淵淵其淵

想立本於其淵，仍以淵貌之而已。夫立本即其淵也，不以淵形之而不盡，即以淵形之而猶不盡也，故曰淵淵也。且吾嘗言：「至聖之淵，泉如淵矣。」如之云者，淵自淵而猶非其淵也。（借上章陪說，剔醒「其」字。）且以淵言，則一言淵而已足；以其淵言，則第一言淵而尚未足也，此其說在至誠之立本矣。大本者，萬化之所從出，而支分派別，何其動而不窮也！（從大用說到全體。）然動而不窮者，而莫非靜之涵也；大本者，衆理之所從生，而川流不息，何其淺而可見也！然淺而可見者，而莫非深之息也。（「静」、「深」分比。）此乃所謂其淵也。渟焉蓄焉而瀾之不生，此乃瀾之所以不竭也。一理中涵而象於止水，不象於流水，喜怒哀樂之未發而可以想其淵矣。（句句切「静」字。）渾焉灝焉而挹之無從，此乃所以挹之不盡也。一源内澈而不見其有涸，亦不見其有溢，無聲無臭之不顯而可以想其淵矣。（句句切「深」字。）淵淵乎静存之有本而萬感不形，所爲大德之敦化也，而萬殊之用皆自其淵出之。蓋主夫静者，誠有不得而撓之耳。淵淵乎深藏而不露而萬理畢含，所爲天命之謂性也，而率性之道皆自其淵發之。蓋資之深者，誠有不得而遏之耳。（又從全體説到大用。）私意起而相汩，而大本已浸淫而壅之，烏睹所爲澄泓之自然者耶？至誠既欲致和，必先致中，而遂獨有其淵，其淵也而淵淵微乎，微乎中在是矣。（入神之筆。）物欲起而相滑，而大本已潰决而去之，烏睹所爲微妙之不測者乎？至誠不求道生，務期立本，而遂獨有其淵，其淵也而淵淵水哉，水哉本在是矣。（更貼切。）是故溝澮之皆盈，不能爲晝夜之不舍，而原泉之混混，夫豈同細流之涓涓？（須四語局勢亦展括，亦緊密。）自其淵屬於至誠，而澹而静乎，漠而清乎，（蒙莊筆，妙。）油然滲然，所謂淵泉者乎，而全體渾一泉之涵於淵；（又以「瀾泉」陪襯。）自其淵屬於至誠，而不雜則清，莫動則平，（莊對莊。）芒乎芴乎，所謂躍淵者乎，而化機真一魚之躍於淵。（工對。）嗟乎！逝者如斯，見道者會心於川上；而秋水時至，望洋者見笑於大方。（出奇不窮。）自至誠而外，率皆潢污行潦之水耳，而淵淵其淵，吾安得不於至誠之立本而想之？

從「淵淵其淵」四字中發明「至誠」性體，精警微妙，洗盡一切膚泛語，又得形容摹擬之神，與許敬菴《肫肫其仁》篇皆注疏義理之文，當共傳不朽也。（喬武公）

# 君子之所 一句

即人所不見以觀君子，而君子不可及矣。夫人之所不見，未有不自恕者也，而君子之爲君子者即在是焉，謂可及乎？謂不可及乎？且使於人則飾之，而於己則欺之，是所畏者，在人而不在己也，非君子也。（明快。）夫己之不可以欺者，即人之不可以飾，故君子必不以其機尚隱而苟以自肆焉。吾觀君子之內省不疚，無惡於志，而知君子之不可及也。指吾者人乎？視吾者人乎？吾能無懼乎？必如是而懼，則已不復能懼矣。君子無時不懼，而轉形其泰然也，則君子之用其懼者不可及矣。吾有善而人共許乎？吾有非而人莫恕乎？吾能無慎乎？必至是而慎，則已多不及慎矣。君子無時不慎，而自生其暢然也，則君子之用其慎者不可及矣。君子曰：「吾之於學，所以爲己也，而如之何當事機之已著而始用其皇皇也？」故君子之才力聰明亦猶夫人耳，乃其寤寐則獨有所難安矣。蓋天下以爲至微至隱可以自欺之時，正君子所爲莫見莫顯求其自慊之時也。（刻畫。）夫人之所不見，誰則無之乎？而君子輒已如此乎？（淡而有味，「不可及」意自見矣。）君子曰：「吾之於學，非以爲人也，而如之何當事勢之既形而始致其兢兢也？」

故君子於大廷廣衆尚猶夫人耳，乃其閑居則獨有所甚嚴矣。蓋小人所爲力肆其惡以成其小人之時，正君子所爲必審其幾以成其君子之時也。夫人之所不見，誰則慎之乎？而君子獨能如此乎？（説「人所不見」即見得「不可及」。）然則獨見之心之關於人品，固可知矣。蓋無形之形，其得失在我而已矣。於此而能謹焉，則致謹於人之所不見，而何況於人之所見，是終身無自逸之一日也，而誰能及之？然則獨見之心之關乎學術，固可知矣。蓋無象之象，其操舍惟我而已矣。於此而能謹焉，則致謹於人之所不見，而已可爲人之所共見，（對更妙。）是天下無難對之一人也，而誰能及之？吾嘗嘆君子之德，而不知君子之得力正自無多；　吾嘗嘆俗學之疏，而不知俗學之相蒙其故有在。吾更且賦《詩》以觀君子矣。

不脱上句，又不空發上句，且得唱嘆之神。（汪武曹）〔三〇六〕

## 詩云予懷　一節

歷引《詩》以形德之至，而得之於《文王》之篇焉。夫德之至者，未易形也。《皇矣》之所咏，《烝民》之所歌，而皆不若《文王》之篇之爲得也。《中庸》之贊不顯之德者，可謂盡矣。今夫聖而不可知之謂神，神也者，妙萬物而爲言者也，則不當求之於萬物之中，而當尋之於萬物之外。然即萬物之外，而亦莫得而尋之也，夫是之謂神。若是者，其惟不顯之德乎？此其爲德豈猶未至，（伏「至」字。）而或有可加焉者乎？而吾特未知古人曾有論及於此者否，未知古人論及於此而有合焉者否，吾且仍爲之賦《詩》，而其或可以極盛德之形容，而得至人之仿佛也。爲之賦《皇矣》，其咏「明德」也，曰：「不大聲以色。」夫聲色未爲至，而不大〔三〇七〕，則庶幾乎至也。而予以爲猶之末也，非其至也。（反剔「至」字。）爲之賦《烝民》，其咏「德」也，曰：「德輶如毛。」夫但言其輶也，則不知其輶之分數何若，猶未爲至也；而如毛則已極乎輶之分數，庶幾乎至也。而吾以爲猶有倫也，非其至也。夫以詩人之致，每善於立言，賦家之心，最曲於寫物，獨至於不顯之德，而摹擬已不能工，如此，德豈不至哉？（全以末句作綫索。）然吾爲賦《文王之什》而得之矣。曰：「上天之載，無聲無臭。」今夫可以言論者，物之粗也；可以意致者，物之精也。若夫並聲臭而無之，則非但不可以粗言，亦不可以精言矣。至矣！其孰能至此乎？遊於無何有之鄉，而藏乎無端之紀，嘗相與無爲乎？（漆園神境。）窅乎冥乎，淡而漠乎，神而化之，使民宜之乎？是《詩》也，庶其可以極盛德之形容，而得至人之仿佛矣。

由此觀之，夫既無聲而無臭也，則是無聲而無色也，奈何哉而猶聲之色之也？以其不大求窮其至大之域，以其不大求窮其未始有大之域，而果非其至也。夫既無聲而無臭也，則是無倫也，奈何哉而猶倫之也？毫末不足以窮至大之域，毫末又何足以定至細之倪？而果非其至也。（又將上兩層翻駁，以見「無聲無臭」之爲至。）嗟乎！聲臭俱無者，天之載也，而聖人之德之至亦如之，是聖人一天也。聖人與天爲一，而孰得而知之，故曰：「聖而不可知之謂神。」

其來如風，其去如風，泠然善，忽然無端，空靈窅渺，神致欲飛，此種文境，得之於理題，斯亦奇矣。（韓慕廬先生）

## 詩云予懷　末也

《皇矣》之詩，其言德也未盡矣。夫以聲色求德，而即以不大者形德，是詩人已明知聲色之不足以言德也，故其辭，聖人無取焉。且夫天下之平，君子之篤恭爲之也，君子之化民也，有以夫。顧此篤恭者，謂可見乎？謂不可見乎？謂可聞乎？謂不可聞乎？（引脉有神。）吾無從而知之也。意者留連往復之間，於《詩》其或庶幾其有一當乎？則嘗賦《皇矣》之四章矣。其辭曰：「予懷明德，不大聲以色。」今夫人之相感也莫善於聲，是故聲之不能以泯也固也。乃若聖人之德，天下之聞之而動者，何其無涯也！而聖人之所以感之者，又何其渺也！此渺焉者，帝鑒之矣。人之相示也莫不以色，是故色之不能以泯〔三〇八〕也固也。乃若聖人之德，天下之見之而動者，何其無已也！而聖人之所以示之者，又何其微也！此微焉者，帝念之矣。詩人之意如此，蓋亦知明德無所徵，而徵之於聲色，即聲色不足以盡明德，而擬之以不大，其亦可以極盛德之形容矣，乃嘗質之孔子之言而又殊不然。（東住上截，如〔三〇九〕題頓挫〔三一〇〕而下，最得神情。）今夫〔三一一〕文告之間，威儀之際，中主以下類能之。聖人者，既度越夫尋常，而區區者復有纖悉之未化，是其本已薄也。試觀其咨自警而不得謂之聲，垂裳而治而不得謂之色，此何故歟？且夫物之望未厭，而〔三一二〕吾之具已窮，雖英主猶難給之。聖人者，既首出夫庶物，而熙熙者夫且涵泳而不自知，是遵何德哉？彼夫形聲雖寂而其端尚存，其與弛張太甚而其機已淺者，相去豈有間歟？聲色之於以化民末也，而豈足以〔三一三〕極盛德之形容也哉！吾更求之於《烝民》之篇。

脱盡理題畦封。（程叔才）

# 孟子

## 孟子見梁惠王　一章

梁王志在於言利，大賢正告之以仁義之利焉。夫害伏於利之中，而仁義未嘗不利也，梁王何獨舍仁義而專言利耶？昔自周衰以至戰國，世之人主惟知有利而已矣，莫不自以爲有得焉而不勝其失也，自以爲有利焉而不勝其害也。獨孟子明王道、述仁義，則見以爲迂遠而闊於事情。然而孟子欲撥亂世而反之正，則必正告天下，先去其利之一言，而仁義之效乃可睹也，其與梁惠王言者可以得其大端矣。蓋惠王在位，朝無腹心之臣，野無愛戴之民，身爲君父而不能得之於臣子，（伏「遺親」、「後君」。）國之不利亦已甚矣。故時時而計之，念念而營之曰：「何以利吾國乎〔三一四〕？」（先將〔三一五〕「何以利吾國」句，栩栩欲仙。）見孟子，遂不覺吐其胸中之所欲言曰：「亦將有以利吾國乎？」夫亦可知利之溺之者深，而梁之爲梁從可知矣。孟子曰：「嘻！王誤矣，王奈何欲危其國而出於利之一言乎？（插「國危」。）王必曰：『仁義勤勞而寡效，王道迂闊而莫爲，吾知利吾國而已。』試問王一人皇皇言利於上，而大夫、士庶人皆兢兢奉職於下乎？且群然而尊親之，（搭上「不遺親後君」。）莫不以利奉於皇皇言利之主乎？果若是也，則吾謂『王何必曰利』，其言誠謬矣。今夫利必以多爲貴，然多之云者亦未有一定之數也，見爲多矣，而多之中更有多者焉，則雖多而仍有見爲不多者焉。今梁萬乘之國也，猶無饜焉，況其下者乎？臣以爲雖奪之猶不饜，蓋上以是倡之，而下遂尤而效之，本欲求利，適以得害，豈不悲哉？以梁之近事言之，文侯與韓、趙皆千乘之家也，三分晉國而奪其地，而祖也而忘諸乎？（忙中閑筆。）王必曰：『吾早夜求利尚無利焉，況仁義與利反者也，而更何利之與有？』臣以爲王之臣子皆孝弟忠信，而利莫大於此者也，特王不欲耳，王苟先仁義而後利，王曰：『何以仁吾國？』大夫曰：『何以仁吾家？』士庶人曰：『何以仁吾身？』（「身」、「家」等字反在第五節中借點。）上下交言仁，而國焉得危？王曰：『何以義吾國？』大夫曰：『何以義吾家？』士庶人曰：『何以義吾身？』上下交言義，而國焉得危？未有言利而下應之，言仁義而下不應者也。不遺其親，不後其君，王之所得於下者抑亦多矣，而王猶曰不利乎？（妙。）而王猶曰利乎？言利之效如彼，言仁義之效如此，王以爲孰得而孰失也？」梁王聞斯言也，不聞復有所請，是其心果溺於利而不知反，而孟子不遠千里而來者，亦不遠千里而去也。（補點。）厥後梁日以削弱不振，卒併於秦。

**敘題之妙，真覺巒生其前，濤涌其後，非熟於《左》、《國》、《史》、《漢》諸書，讀之不能得其旨趣。（韓慕廬先生）**

## 七十者　二句

民既得所養，而王道已驗其成矣。夫民有衣食之安而無饑寒之患，此其事亦至常而正，非王道之成，不能如是也。且夫王者之所求於民，不過得其日用之常而止，而正難得此一日也。迨至得此一日，而王者之事固已無餘。人見王者之世，以爲民如此其安也，而不知王者之盡心於此，其詳且悉也，蓋已久矣。（收得住。）以吾所言王道，不既班班可考乎？凡此者，爲七十者計也。先王養老之典，其法具備，而必先使之自得其養。且其養也，復使之大別於黎民，蓋先王甚重此七十者矣。而七十者，何其幸也！凡此者，爲黎民計也。先王安百姓之道，其科條甚具，而必先使之自謀其安。且其安也，亦不必遽等於七十者，蓋先王甚念此黎民矣，而黎民何其幸也！當是時，不必人人而予之帛也，亦不必人人衣帛也，不必人人而給之肉也，亦不必人人食肉也，七十者衣帛食肉也；當是時，不必人人而問其饑也，而果無復有饑也，不必人人而問其寒也，而果無復有寒也，黎民不饑不寒矣。今夫戰國之時，民生之憔悴亦孔亟矣。（瑰姿譎起。）農夫輟耒，紅女下機，而凍餒之憂，在衰暮者爲尤烈；流亡之苦，在少壯者爲甚多。一日有王者出於其間，則父老扶杖以觀德化之成，而群黎遍德以樂太平之日，其喁喁嚮風者寧有涯乎？且夫況瘁之餘，即區區之補救亦無濟耳。解衣之恩，壺餐之德，而勢難遍及，不能以向衰之精力待我君王；惠亦無多，不能以蠲賜之贏餘穀我婦子。誠能以王道行於其際，則含哺鼓腹之中而帝力已忘，耕田鑿井之間而民生已遂，其蒸蒸慕義者豈有既乎？（似散實對，雲轉飄忽。）以是知人生之需不過在於衣食，而王治之大要在無使饑寒。爲問大梁之〔三一六〕內，兩河之間，七十者無恙耶？黎民無恙耶？王之心盡矣！（逸甚。）何王之不王也？

涵浸卷軸，出以豪逸，吾愛其采烈而興高。（吴荆山）

機致生動，着紙欲飛。（劉海觀）

## 狗彘食人　一句

爲國而檢之不知，則又食非所食者矣。夫食非所食，則狗彘之食人食是也，梁王而不知檢也，此其所爲盡心於狗彘也乎？且天地之性人爲貴，人以食爲天，先王知之，於是制爲品節，而人有人之食，物有物之食，人不可以食物之食也，則物亦豈可以食人之食乎？此蓋有檢焉，而爲國者之所當知也，然而狗彘不幸矣。（出「狗彘」二字不測。）王者之世，狗彘之畜以供食肉之需，則狗彘者是即〔三一七〕人之食也；及至後世，狗彘之畜亦爲害人之具，而人之食顧乃以食狗彘也。（從上節説入，天然陪起。）是故狗彘不樂生有道之時，而遇之檢之主也。今觀梁之國中真匱乏矣，人食幾何而復狼戾於狗彘？（悲痛。）夫且恣其貪饕而無所忌也，彼儼然爲人，且有睨其旁而朵頤於其所食之餘者矣。夫有國者，狗彘貴乎？人貴乎？而何爲乎聽其蕩檢而不知貴賤之節也。且梁凶荒之餘更不支矣，人食又幾何而復蹈藉於狗彘？夫且快其饜飫而無所惜也，彼枵然無食，且有羡其飽而自嘆爲我生之不如者矣。（悲痛。）夫盡心於國者，狗彘重乎？人重乎？而何爲乎任其逾檢而不知輕重之制也。人非食無以爲生，而狗彘食人食是即食人也。一人食人於上，而群千百萬之； 狗彘食人於下，而國之民且盡，尚嫌少乎？（倒映末句不測。）（亡國景象宛然如〔三一八〕畫。）檢不知無以臨人，而狗彘食人食是率獸而食人也。食人食者，狗彘推之，而食人食者，不皆狗彘而莫非狗彘，（學士、大夫、宦官、宮妾皆是也。）而人之食且盡，即狗彘安能長食乎？（更深。）以狗彘之食還之狗彘，以人之食還之人，此則其檢之者也； 以人之食還之人，所以全人； 以狗彘之食還之狗彘，亦所以全狗彘，此則其知所以檢之者也。 嗟乎！無道之時，遇不知檢之主而泰然一飽，（遥應。）勢非狗彘不能。（不嫌刻毒。）狗彘之幸，人之不幸，國之不幸也。（「幸」字遥應。）噫！梁王之於狗彘也，盡心焉耳矣。

此讀史傷心之作，一字一慟。（汪武曹）

設言於此，而百世事無不該〔三一九〕。 按之題之神脉，不差銖黍。（張超然）

## 孟子見梁襄王　一章

戒時君以嗜殺，可定天下而無難矣。 夫戰國之君無所嗜，獨嗜殺人耳。 孟子於見梁襄王發其端，而惜襄王之不能變所嗜也。 且君子之欲有爲也，雖庸主不能忘也。 覘其威儀，聽其言議，無可望者矣，而猶將時勢之所最急者反覆曉譬，以冀幸其一唔〔三〇〕，如孟子之於梁襄王是矣。昔孟子遊於梁，梁惠王卒，襄王立，孟子去魏適齊，蓋嘗見襄王矣，而知其不足與有爲也。（虛提。）且襄王者果能一天下乎哉？（此句如飛瀑萬丈。）不能一天下，安能定天下？而以天下莫之與爲患，是必殺人而後可也。孟子曰：「王嗜殺人，天下莫之與也；王不嗜殺人，天下莫不與也。今夫嗜殺人者，將欲以一天下定天下也，而天下卒不可一，而天下卒不可定，則嗜殺人將何時休乎？（筆勢飄忽如〔三一〕捕龍蛇而搏虎豹，不可得而來〔三二〕縛。）爲人牧而不嗜殺人，何以異於爲天而不嗜殺苗也。且夫民者，君之苗也；君者，民之雲雨也。君不爲油然沛然者以逮於民，而天下之民皆槁矣，其安能興？（轉摺起伏，竟是一篇古文。）嗟乎！民之望君如望歲焉，皆嗜殺人者，而有一不嗜殺人者出於其間，天下莫不與矣，而不必問孰能與之也。（一〔三三〕齊倒捲，勢如雲翻波湧。）自是能一天下矣，而不必問孰能一之也；自是能定天下矣，而不必問天下惡乎定也。譬之水然，水未有不就下者也，天下之民未有不歸仁主者也，故臣今日以不嗜殺之言效於王，而願王察之也。」維時襄王不復有所往復問答，漠然無所動於中，而孟子出矣，因述其所見所問對以告於人，（倒出。）以見襄王之不足與有爲也。（呼應一氣。）

此章鋪叙原妙，作者將「出，語人曰」句〔三二四〕結處倒點，又别是一叙法，熟於《左》、《史》者自知之。（汪武曹）

## 是心足以王矣

保民不外於一心，大賢欲齊王之自察之也。夫人主莫不欲王天下，而不知操之一心。有其心矣，而又不自知其足以王，豈不亦甚可惜哉！故孟子舉以示之也，謂：「夫人主以渺渺之身，而臨制天下，法不能以相及，勢不能以相服，而要其具亦無多也。（古雋。）晚近世主忽於治、溺於俗，往往失其具，而無偶發之時，變所從來，亦多故矣。王道衰息，遼闊百祀，胡爲乎今之世哉？以羊易牛之説，臣乃今而幸王之真能若是也，曾何區區霸功之足云，蓋深幸而更以爲賀也。（得神。）今夫天下如此其大，而皆待命於一人，此一人者，其何恃而不窮乎？亦恃乎心之所運而已。昔者三代之盛王，其所以經理天下者，犂然備具，而要莫不本此肫然惻然與天下無已之心。當是時，湛恩汪濊，誦聲洋溢，不勞而成帝王之業。自夫霸功興，而桓、文之徒，一切以智取術馭，彼烏知所以用吾心與心之所以及於天下？王道衰息，遼闊百祀，胡爲乎今之世哉？而不謂王之有是心也，不謂是心之發竟得於以羊易牛之舉也。是心也，出於卒然之間，成於不再計之頃，而已不覺惕惕而動者，王無易是心也。是心也，存之而竟存矣，發之而竟發矣，窒之而竟窒矣，通之而竟通矣，王無忽是心也。（字字飛舞。）今夫王天下，（陡接。）此亦王之所震驚却顧，而以爲旦暮不可致者。夫苟得是心，何不可致之有？而王已有其機矣，以是知心之運量者大，而天下事之誠可爲也。抑又王之所日夜撫心，而欣然庶幾遇之者，（絶不犯下。）夫苟無是心，即奚能遇之？而王已無虞矣，以是知心之維係者重，而人主誠不難摻〔三二五〕天下而惟所欲爲也。惜也，此不忍之心，僅發於以羊易牛之舉，而外此臣未之前聞也。（照「推恩」。）然又幸也，此不忍之心，竟發之於以羊易牛之舉，而非此臣又未見王之足以王也。（轉筆靈變。）臣之以爲可以保民而王，正在於此。而泯之蚩蚩，且紛紛然議其後，王也返之夙夜之間，稽之里巷之語，其以臣〔三二六〕言爲然也。」

古氣歷落中，仍緯以淡思曲致。（劉木齋先生）

前半篇未免頹然淵放，後半篇則謹嚴之中，正復筆筆飛動。（韓慕廬先生）

# 王笑而不言

齊王於大賢之所問而以一笑置之焉。夫笑則笑矣，而何爲乎不言也？然孟子亦豈待王之言而始知之哉！昔齊宣王以羊易牛之舉，王之自笑者屢矣，（「笑」字陪襯自然。）前之笑也曰：「是誠何心哉？」蓋自笑其心也，且無以解於百姓之相笑也。及至於大欲之問，而王又自笑，何王之多笑也？然前之笑也有言，而此之笑也無言者，何也？情有難以告人者，不便出之於口。吾方欲匿之，而彼欲吾宣之，而吾窮於不能匿，則聊以一笑答之以塞其意，（「笑」從「不言」中來。）而使之更端而之他。情又有欲以告人者，而又不敢遽出之於口，吾姑且匿之，而徐而俟其可宣則宣之，而先陽爲其必欲匿，則且以一笑嘗之，以示其意，而使之自思而代爲之度。（玲瓏曲折，最爲入情〔三二七〕。）此皆王笑而不言之隱也。且夫笑必有所慚也，王亦何慚之有？乃對孟子而若慚也，曰：「奈何令孟子得聞之，得無笑我乎？吾先自爲笑，就令彼知之，而吾可以一笑者釋其慚也。」笑與言可以並形，而茲以笑掩其言，若不暇言者然，蓋不言而已笑者，言之而愈必笑也，故不言也。（轉出「不言」，用筆神化。）笑必有所喜也，王亦何喜之有？乃因問大欲而忽喜也，曰：「吾寤寐未嘗忘之，豈畏人之笑我乎？一言及而已形於笑，彼即不知之，而吾自以一笑者明其所喜也。」笑與言可以次及，而兹以笑奪其言，若不及言者然，（刻畫〔三二八〕妙。）蓋其不言也，即以不言爲言，而其笑也，亦即以笑爲言也。夫開口而笑，每難得之於數日，而王一再笑不已者，其大欲雖未津津然於口，而已洋洋然於心矣；夫相視而笑，常見爲莫逆於心，而王獨自笑者，其大欲雖未得之謦欬之際，而已略睹之於顔面之間矣。（莊對莊。）言及易牛而戚戚者，言及大欲而欣欣，神飛色動，已不知有觳觫之在前；言及易牛而諄諄者，言及大欲而默默，意篤情深，已非復語言之所能繪。噫！吾恐秦楚笑之，中國笑之，而四夷笑之也。

就「笑而不言」内寫出「大欲」，巧絶。（汪武曹）

每能尋無中之景，却是題内所有。（韓慕廬先生）

## 緣木求魚　二句

所求未必得也，亦云魚之不得而已。夫求魚而乃緣木，則其不得魚也固宜然，至於不得而所失者，亦止如是焉耳。孟子若曰：「今天下猶魚也，諸侯王不以仁義爲餌，以道德爲絲，而欲得之而甘心焉，是何異乎求魚而不得魚也，夫不得固其所也。（如題扣住。）王疑緣木求魚之喻爲甚乎？臣請申其説。夫求之者將欲得之也，而無如其非所求也，且曰：『吾其有得矣。』夫欲得之者不可昧於求也，而無如其不知所以得也，且曰：『吾必無不得矣。』因有從而阻之，以爲是終不得魚也。彼則謂：『以吾所爲，求吾所欲，何遽不得也？然即不得，其何傷；且以吾所爲，求吾所欲，吾亦明知不遽得也，然即不得，吾亦何恨。』（用本色，有風趣。）乃未幾，求魚者果束手而空還矣。斯時有笑其拙甚者，然亦不過笑其不得魚耳，不能於不得魚之外而更有所笑也；世有嘆其徒勞者，然亦不過嘆其不得魚耳，不能於不得魚之外而復有所嘆也。（「雖」字飛動。）吾見夫未求魚之時食無魚也，既求魚之時猶然食無魚也。雖不得魚而轉一念曰：『吾之求，一如未嘗求也。』則亦可引以自寬矣。吾見夫不得魚之時意在魚也，然而不得魚之時意已不在魚也。（屬對亦工。）雖不得魚而内自問曰：『吾即得，未必有加於不得也。』則亦聊以自慰矣。（含吐下句，有神。）凡人之有所求者，計是非，亦計得失，何求魚者之不知計也？豈求魚也而遂可不計乎？然而以妄行求之，即以不〔三二九〕得報之矣，天下事豈可幸哉！（説開去，題神仍不走〔三三〇〕。）凡人之有所得者，量物〔三三一〕我，亦量始終，何求魚者之莫知量也？正惟求魚者而亦可以不量矣，彼以妄行求之，亦僅以不得報之耳，天下事豈可概論哉！吾今且觀王之求大欲之後也。」

「雖」字之神，不呼而出。（方覲文）

## 皆欲赴愬於王

人得所愬而欲赴之者，衆矣。夫其赴也，所以欲愬也；惟其愬也，所以欲赴也。人之得其欲者，固不一端而已也。且夫遠方之人而有所欲於王者，非直以欲安其身，亦且以欲抒其憤也。嗚呼！無告之民亦竟有告之之一日乎？（虛按一筆，留下文地步。）天下之民無不欲疾其君也，而所欲於發政施仁之王者無有已矣。籲之弗聞，呼之弗應，其君之忍也抑已甚矣，（此説得無可赴愬，轉落有勢。）不得不轉而有所籲也，不得不轉而有所呼也；口則有防，謗則有監，其君之怒也抑亦甚矣，不得不他往而宣之口也，不得不他往而肆其謗也，蓋皆欲赴愬於王矣。彼其父與子愬，兄與弟愬，愬之而莫吾伸也，必欲得一能伸之者而愬之矣；愬之於天，愬之於人，愬之而莫吾救也，必欲得一能救之者而愬之矣。今夫痛之深者遇一釋其痛之人，則必自追其痛之情狀，宛轉以陳，而又以形今日倒懸之解爲非常之恩也，蓋痛定而思痛，其情辭更可悲耳。（極言「欲赴」之情，而「赴」字亦出。）今夫憤之甚者忽有泄其憤之日，則猶不能遽忘其憤之情事，而激切而談，且又以幸今日水火之脱爲前此之所不料也，蓋憤極而仍憤，其煎迫實難堪耳。以故相率而赴也，身離其土而心猶懷其憾也；以故相率而欲赴也，身雖未即往而心已先往也。（「赴」字中有「欲」字意。）人有至急之勢，恨不能奮飛，而及其赴之，語反無多者，嗚咽之至，不能遽白也；人有不平之鳴，冀千里之外應之，而不能待其來，必身親往之者，愁苦之形必如是，乃能早達也。（刻畫「赴」字極〔三三二〕透「欲」字意。）於是仕者皆欲赴愬於王曰：「宵小盈朝而掊克在位也，賢豪擯斥而忠良戮〔三三三〕辱也。」於是耕者皆欲赴愬於王曰：「奪我農時而使我凍餒也，增我税歛而浚我脂膏也。」於是商賈皆欲赴愬於王曰：「山澤之利，關市之征，有加無已，而市囂不可處其小者也。」於是行旅皆欲赴愬於王曰：「旌節之通，委積之待，澌然無有，而道茀不可行其小者也。」王之聽其愬也，（補出「聽愬」意，周密。）必且嗔〔三三四〕目而扼腕，以爲彼昏者，何遂若是甚耶？不待其辭之畢而當按劍而起矣；必且太息而深悲，以爲蚩蚩者，何遂使至此極耶？不待其聽之終而當扶義而往矣。發政施仁之效如此，而王胡不〔三三五〕念也？

韓非之筆，虞卿之舌。（張逸峰〔三三六〕）

## 所謂故國　全章

進賢所以爲民也，一以國人爲斷而已矣。夫國有世臣而爲故國，則進賢不可不慎也，苟不以國人爲斷，而何以爲民父母哉？今夫父母之於子也，曲體其心而慎擇其所與處之人，其有利於子而爲子之所喜者必多方以致之，其有害於子而爲子之所惡者必遠之，又〔三三七〕其甚者必斥〔三三八〕且擯絶之。（就「父母於子」籠「用舍」〔三三九〕意，是全章題作法。）務使其長養成就之者之有人而不致累於宵小，其流風餘思遂以及於子孫，故入其家，而見其門多有長者車轍，且有老成耆舊之在其坐也，必知其爲故家也，所謂故國者亦然。（《史記》提掇法。）夫國之有君，民之父母也，爲民父母，則必有世臣以共治其民，而後可以爲故國。彼齊之有國，至宣王時凡六七百年，入其境，望其喬木森然鬱然，或且指之曰：「此所謂故國者耶？」孟子曰：「非也，有世臣之謂也。」今日之親臣即異日之世臣，故臣之用舍不可不慎也。（先逗「慎」字。）獨奈何昔日進而今日不知其亡乎？王曰：「此亡者皆不才也，故舍之。」意此不才也，王自不才之耶？抑左右、諸大夫不才之耶？抑國人不才之耶？（即串入左右諸大夫、國人。）然則其舍之也，王自舍之耶？抑左右、諸大夫舍之耶？抑國人舍之耶？當其才之而以爲賢也，故尊之戚之；及其舍之而以爲不可也，（串入「賢」字、「不可」字。）而又從而卑之疏之。乃又有才之而以爲賢焉者，而尊之親之，則何其進賢之不慎至於是也？慎之奈何？如不得已也。如不得已奈何？見之明而察之審，一以國人爲斷而已矣。今夫進退人才而與左右、諸大夫謀之，未有不誤者也。國人之論公而其情私，其有利於己與不便與己者，輒欲用之而去之。人人各私其私，此乃所以爲公也，如此而後可以用吾之察，如此而猶不敢不用吾之察，何其慎於用與去也！故曰：「國人用之，國人去之也。」所謂如不得已者如此，非獨用舍如此也，即用殺亦如此，此雖父母之於子，曲體其心而慎擇其人，亦不過如此而已矣。（一片做去，中間有無數錯綜變化。）如此然後可以爲民父母，不如此則是以民之身家嘗試於忽用忽舍之人，民之安危顛倒於左右、諸大夫之口。（大海迴風生紫瀾。）國無人焉，誰與共理？而民之生日蹙，民且不以爲父母而以爲仇讎，下焉不能親其民，上焉無臣之可親，又安得有世臣焉而與共國之休戚？又安能長有此故國乎？有心者所爲撫喬木而心傷也，（妙。）宣王不能用孟子之言，不數傳，而「松耶、柏耶」之歌，喬木尚存而國已墟矣。

驅題以從我，投之所向，無不如志，所謂六轡在握，一塵不驚。（韓慕廬先生）

## 爲巨室則　全章

任賢不如任木，是愛國不如愛玉也。夫愛國家未有不任賢者，乃若匠人乎其身，而不肯玉人乎其賢[三四〇]，（上下兩意而實一串。）齊之室其傾矣，即王亦無以自解也。昔孟子之時，有國家者，莫不好人之從己，而獨患賢者之挾所學而不肯變也，即足用爲善，如[三四一]齊宣王，亦不免焉。於是孟子見而告之曰：「臣之至齊也，未見王之所以治國家，（提起「□國家」三字。）而竊窺王之意，因得約略聞王之言曰：『仁義勤勞而寡效，王道迂闊而莫爲，姑舍女所學而從我，（提出「姑舍女所學」句作主。）寡人行且任以國家之事矣。』則臣有説於此，而試請爲王譬之。今夫齊國者，王之巨室也。爲齊國，必須人；爲巨室，必須木。夫人者，王之大木也。王曰：『吾烏得[三四二]大木，爲斲而小之，何不可？』是王以爲齊國者爲巨室，王之智盡若[三四三]此也，而王不然。王且喜其得，王且怒其小者，何也？則勝任與不勝任之分也。匠人之罪，其何以解免乎？夫人者，王之大木也。王曰：『女幼誤矣，女壯又誤矣，女棟梁之材乎？（入化。）吾惡用女？爲斲而小之，吾喜焉。』是王之怒匠人者而身自蹈之也。試令匠人詰王，王無以應也。獨是夫人而從之，則任必不勝；夫人而不從，則巨室竟無以爲。棟折榱崩，王將壓焉，王能長有此國家乎？（即帶起「國家」。）且夫國家之大，非特璞玉〔三四四〕之重也，非特萬鎰〔三四五〕之直也。然而王之國試有璞玉，王之國又試〔三四六〕玉人。玉人者，幼而學其術，壯而欲行其技。（入化。）其雕琢玉也，未有舍所學而從人者也，王亦不曰「姑舍女所學而從我」也。（妙妙。）假令王而教玉人雕琢玉，如王之教，則玉毀；不如王之教，則玉人雕以璞玉還之王，而奉身以去耳。而王必不然也，王必使玉人雕琢之矣。夫人者，亦王之玉人也。王不敢教玉人，而獨以教夫人，是國家之大，果不若璞玉之重也，果不若萬鎰〔三四七〕之直也，而豈其然哉？臣爲王計，莫若以璞玉視國家，以玉人視夫人，夫人必能勝其任也，（兩意一串。）王安坐而視其室之成也，不亦可乎？」

正意喻意夾寫，上節下節襯發，文□之妙，亦酷似孟子。（韓慕廬先生）

## 如水益深如火益熱

民困益甚，非所以取國也。夫水之深，火之熱，民已不支矣，又從而益之，民豈真無可避哉！且吾悲夫避水火者之無所擇也，（從上「避」字引入本題，詞旨悲切。）避水而復之於水，避火而復之於火，夫亦以見天下之無往無水火，而民情之急有欲如曩日之在水火之中而不得者矣。嗟乎！水有時而不深也，則以又有深焉者也；火有時而不熱也，則以又有熱焉者也。水本深，但求不益焉，而深猶可測也；火本熱，但求不益焉，而熱猶可濯也。以世之淪胥而不反也，滔滔汩汩，孰爲狂瀾〔三四八〕之砥？時時而望拯溺之有人，而不料溺人者之亦以拯溺爲號也。（切齊。）方虞手足之濡，俄焉而滅其頂矣，行險蹈窞而輾轉益深，誰實堪之？已矣乎！絶望於拯溺之人乎？（虚吸〔三四九〕下句。）（此比句句切「水」。）以燎之，方揚而莫止也，赫赫炎炎，孰是撲滅之期？時時而望救焚之有人，而不料焚人者之亦以救焚爲號也。方憂毛髮之焦，俄焉而剥其膚矣，（二對。）如焚如熏而浸尋益熱，誰能堪此？已矣乎！絶望於救焚之人乎？（此比句句切「火」。）方其困夫水火而邀於幸也，曰：「能脱我於水火者，豈復罹我於水火？及再罹焉而益不勝也。」蓋自失望者之心視之，水火不啻有加於前。天下何在而非水火，而在水火之中者，仍欲置身於水火之外也。（趨下句。）方其患夫水火而激於辭也，曰：「有釋我日前之水火者，甘益我以異日之水火，豈真甘焉而以爲可受也。」（情真語痛。）蓋自失望者之心推之，水火自當日甚於後，天下何在而非益深益熱之水火，而在益深益熱之中者，豈猶妄意於不深不熱之地乎？然而民情猶轉而之他也。

以急語赴其深思，刻畫獨至。（弟容若）

全史在胸，出於發憤，妙在字字與章意相赴。（韓慕廬先生）

## 滕小國也　二者

大賢之爲滕計者，有去與不去之二說焉。夫去則爲太王，不去則爲守死，舍斯二者而他，真無可爲滕計矣。且事有無可如何者，賢智之主而與昏庸者同受其亡國之咎，其平居之所以圖免者非不至也，而賢人君子之爲之謀者，非不多方也，然卒以無救，則亦度其力之所能爲者爲之而已矣。（側注下節，得旨。）滕文之昭也，具有國已歷六七百年，（伏「世守」。）寖危寖弱，至文公而愈不支，乃日夜爲求免之策，孟子曰：「向也君謀於臣，而臣以爲無已則有一焉； 今君復謀於臣，而臣以爲無已則有二焉，（巧甚。）而試得爲君陳之。今君之欲求免也，將免之於皮幣乎？將免之於犬馬乎？將免之於珠玉乎？國中之耆老，方共誦爲仁人，（點化俱妙。）而逼處之强鄰，實欲貪其土地，此太王之已事也。嗟乎！邠非太王之世守者乎？（串「世守」節。）以邠人之不肯失太王，而太王與之守死勿去，邠人豈不能從之？而太王曰：『嘻！吾失一土地，而復得一土地，是猶之未失土地也。吾告二三子，狄人真而主矣。』（音節古甚。）二三子相顧嘆曰：『嗚呼！烏有仁人而可失者乎？請從而去也。』今君四顧鄰封，有爲君之岐山者乎？（補點「岐山」，即趨下節。）即有岐山，滕之人能如邠之人乎？遷國而不能圖存，而土地真失矣，夫土地受之先人，而奈何乎去之？或曰：『吾有一言焉，而固身之所能爲者，是則可爲也，效死勿去而已矣。死於野，不如死於國也，（對照上節。〔三五〇〕）奔竄而死，不如守土〔三五一〕而死也，吾焚吾之皮幣、犬馬、珠玉，以示必死，吾聚吾之父老子弟，以誓共死，吾得其所以死而死，無害也；而土地之失，亦無害也。』以土地之故，而君死國，民死君，至是而真以其所以養人者害人矣。（補點入化。）而君子斷斷然勿去者，誠以不能爲太王故也，（抱轉有力。）能爲太王則去，不能爲太王則勿去，斯二者惟君所擇焉，（收繳緊密。）舍是而求免，誠無策矣。嗟乎！勢之所積，而至於以死爲得，誠事之無可如何者，自古無不亡之國，亦無不死之人，則亦問其〔三五二〕何以亡，何以死哉？」

「鴛鴦綉出從君看，不把金針度與人。」讀者能得其金針所在，其於文章一道，思過半矣。（高查客）

敘〔三五三〕次古潔，真趣盎然，賓王、魯叟，合而爲一人。（韓慕廬先生）

## 將見孟子

以見賢告嬖人，而非嬖人之真不之知也〔三五四〕。夫見而曰將將然者，未可知之辭也，固已授嬖人以其意矣，而臧倉豈真不知公爲孟子出耶？若曰：「事之已行者，子不及問也，寡人亦不及告也。今猶幸而及其未行，（即取「將」字意。）而有吾子之一問也。微吾子之問，而寡人幾忘爲吾子告矣。寡人平日無事，不決可否於子，豈今茲之出而不以商也？蓋尚在徘徊之際，未免足將進而趑趄，非有待也，（妙。）而若有待也。在吾子平日無事，不效忠愛於寡人，豈今茲之所之而不以關心也？既以致諮訪之殷，亦不必口將言而囁嚅，願以聞也，而或亦吾子所樂聞也。蓋寡人之於孟子，殆將見之也。寡人素不知孟子何如人，（淺語自妙。）而有人焉，（影樂正子。）以孟子言於寡人，而寡人意不能已也，欲出未出之間而想其人，（醒「將」字意。）亦必候之於道左矣。寡人亦不知孟子之來此爲何事，而亦既來之，諒必欲一見寡人，而寡人義不獲辭也，欲見未見之頃而想孟子，亦擬即拜之於下風矣。方今縱横之士，憑軾結靷以遊人國，（襯孟子。）而獨不數至於魯焉，獨孟子惠然而肯來，是亦足音跫然者之可喜也，故將見之，以見寡人之未嘗不好士也。方今列國之君，卑禮厚幣以招遊士，（襯「見孟子」。）而寡人從未有此舉焉，孟子獨不聘而自至，是必慕義殷然者之難却也，故將見之，以見吾魯之亦來重客也。以吾子之閱人多矣，孟子者豈亦嘗有握手之歡耶？而向者何以不吾告也；即吾子之更事亦熟矣，將見孟子者或亦甚盛德之舉耶？而今者還欲與吾子商也。齊梁之間，未聞得志，而羈棲寂寞又在於兹土，寡人何惜一見以慰其窮途；（妙。）鄒滕之小，不能留行，而後車從者又集於魯邦，寡人又何惜一見以光寵。（又影樂正子。）其弟子一一爲我告有司曰：『君之所之者，孟軻氏也，吾子倘以爲可見，則不知肯一驂乘而偕往否乎？』（妙。）

添毫在一「將」字，如聞聲應響〔三五五〕，寫生至此，可稱神妙。（韓慕廬先生）

# 夫子當路　一章

齊有時勢之可乘於以行仁政，而王也易矣。夫同一行仁政也，而有時勢爲之則易，無時勢爲之則難，此齊之王所爲易於文王也，而何管、晏之足〔三五六〕云哉！今夫仁政者，王天下之本也；而時勢者，又仁政之所藉也。世有有其時勢之可爲者，不能行仁政以自奮，而賢人君子之能大有爲者，又困於勢之不在己，而時之去爲可惜，於是乎有一切以就功名之會者，薄物細故而後世猶且稱之。昔當周之衰，諸侯並争，迫於孟子之世，山東之國齊爲大，地廣而民衆，孟子嘗欲得其政而操之，以爲所欲爲。而先是，齊人中有管仲、晏子者，一霸其君，一顯其君，而管仲之功烈，齊人尤震之，而豈知鄒魯之學者固無不鄙其功烈者乎？以曾西之所艴然不悦者而爲孟子願之。（筆墨之痕俱化。）假令孟子得君之專，行政之久，豈徒以齊霸，豈徒以齊顯？蓋其以齊王直易易也，而功烈倍於古人矣。（串入末二句，妙甚。）公孫丑惑焉，曰：「弟子誠齊人，誠止知有管仲、晏子，然弟子尚知文王百〔三五七〕年之久，又數聖人相繼，乃以周王未聞，其猶反手也。」嗚呼！是又豈知文王之時勢有其難爲，而齊之時勢有其易爲者乎？文王欲闢地，而齊之地不待闢也，（以文王與齊王夾叙末二句，意已透。〔三五八〕）文王欲聚民，而齊之民不待聚也，王者不作久矣。至〔三五九〕若紂之近在武丁之後，而且地莫非其有，民莫非其臣，此〔三六〇〕民之憔悴於虐政甚矣。非若紂之時尚有遺風善政之存，與二三賢人之相與彌縫而匡救之也。一難一易，夫亦較然而可見矣。蓋古人之智慧非不逮於今，鎡基非不利於今，而事且難於今，而功且减於今，則以彼之勢難乘，而今之勢已集，彼之時有待，而今之時已可。（一氣渾成，烟雲變滅。）齊人有能爲時勢之言者，丑爲齊人，知有管仲、晏子，而斯言也，獨未聞諸乎？（閑情。〔三六一〕）且夫勢者難集而易散也，時者難得而易失也，視乎其能行仁政與不能行仁政而已矣。能行仁政，則民之饑渴已救〔三六二〕，而民之倒懸已解，其流行之速，誠有如孔子之所云者。古之人倍其事而半其功，今之時半其事而倍其功，則時勢使之然也，又何惑焉？由此觀之，則一反手之間而齊王，亦猶武丁一運掌之間而商興。（補點。）彼蓋亦乘天下歸殷之時勢也。嗚呼！齊之時勢，易爲而不爲，未幾時且失而勢且絀，由於不能用孟子以使之當路於齊也。（補點。）而齊人顧沾沾焉，一則曰管仲、晏子，再則曰管仲、晏子，此乃其所以爲惑之甚也。齊獨有時耳、勢耳，齊安得有人哉？（閑情。〔三六三〕）

運用本文，皆是一股仙氣。○歸熙甫論《史記》：「項王與漢王相臨廣武時如做戲，一出上，一出下，最妙。」又云：「《史記》叙事時有捱幾句似閑的説話，最妙。」田有於《史記》寢食不離者，故下筆能得其妙，而於長題更露出精神。（韓慕廬先生）

## 孔子曰德之　一節

引聖言以明德之速，有不專恃於時勢者矣。夫以天下之至速者，而莫能喻德之速，是易爲者，不僅時勢也。孔子之言，可勿念乎？且夫世主者，處可以爲之時，有必成功之勢，即何憚而久不爲乎？吾知之矣，欲速之意甚，而縱横功利之溺之者深也。有告之以帝王之道，比三〔三六四〕代而君，曰：「久遠，吾不能待。」（紆餘爲妍。）且夫仁義勤勞而寡效，王道迂闊而莫爲，安能邑邑待數十百年以成帝王乎？嗟乎！是亦惑矣。彼其所恃者勢耳，挾其區區之勢，以爲可以馳騁海内，究不聞有尺寸之獲，而日浚月削，且不能保有其勢者，此何故乎？得無其所以運乎勢者，尚有在乎？且其所昧者時耳，争於戰攻之際，意謂此時功難堪矣，然而止益夫吾民之困，而坐失事機，時且一去而不可復得者，此何故乎？得無其所以致於時者，尚有在乎？嗚呼！是蓋有在也。夫即世主之所謂

「久遠而不能待」者是也。則德也，夫使其果久遠而不能待，則必逾時而不達，達之而不遠。朝之上勞心焦思，曾無明效大驗，而諸侯王之肆情適己，其得失亦與吾同，而吾之報且懸之，異日以俟之，不可必之天與人。若是，則迴翔却顧而退然不前，其無足怪，而豈知風靡而景從。舉人主之所欲得而不易得者，顧已得之於此乎？（一氣盤旋。）今夫置郵而傳命〔三六五〕，天下莫有速焉者也，而德之流行且過之，此昔者孔子之說也〔三六六〕，故曰：「仁義勤勞而寡效，王道迂闊而莫爲。」爲是說者，此大惑也〔三六七〕。蓋民罔常懷，懷於有德，此其速一也；天下嗷嗷，新主之資，此其速又一也；兩堯不能相王，兩桀不能相亡，德與無德者敵，其速又一也。誠能與民更始，除其苛政，休兵息争，薄征已責，賑貧振匱，務財訓農，敬教勸學，任賢使能，明罰飭法，朝爲之而夕被乎天下矣，夕爲之而朝被乎天下矣，莫不延頸舉踵，嚮風慕義，即莫大諸侯，强力且十此者，亦莫敢不歛衽而朝，而帝業成矣。（波瀾老成。）當孔子之世，周之德衰矣，未有起而發憤修政者，諸侯以孔子之道難行，不用其說，而不知孔子所言，誠有不誣也。夫當世雖衰度，不至於今日之甚也，（筆筆轉。）孔子且決其流行之速，况今日者，更不逮孔子之世矣，而又處可以爲之時，有必成功之勢，即何憚而久不爲乎？

「勢吞萬象高，秀奪五岳雄。」東野佳句，可移贈此篇。（錢越秀）

## 孟施舍之　一節

昔賢之所守，非任氣者所及也。夫守得其約，則與守氣者殊矣。彼孟施舍者，亦止賢於黝耳，詎可與曾子同日而語哉？且人人皆言養勇，而所守往往未能真得其要，（即擒「守約」意，甚得主腦。）故天下能勇者卒歸之大賢。蓋氣象可以仿佛而求，學問難以掩飾而得也，以吾論養勇而及曾子，曾子者，孟施舍嘗似之矣。（有來脉，亦伏後二比。）以舍言之，不取必於人而取必於己，舍之所守如此也，然此特氣矜之隆耳，則所守者氣也，而究不得謂之約也。（「守約」亦有來脉。）以曾子言之，止求己之可安而不期人之必勝，曾子之所守如此也，然已爲義理之歸矣，則是所守者非氣也，而始可謂之約也。（「守約」之義極其分明。）（以「孟施舍」與「曾子」流水對，二股極合。）蓋天下氣不能以勝理，而理可以勝氣。吾兢兢焉奉一理以爲準，而不爲氣之所亂，則自反必縮，天下豈有足以撼我之人？而其爲勇何如也。彼守氣之流，非不恃其所得以矯衆人之靡，（竟是古文。）而要不過於其儕偶之中稍有可勝之處，而至與夫聖門之徒較長絜短，則度量之相越亦已遠矣。且天下理之所在而氣至，氣之所在而理未必至。吾第汲汲焉視一理以爲歸，而不爲氣之所役，則千萬必往，吾心豈復尚留不縮之憾？而其爲勇何如也。彼養勇之徒，亦或挾其所有以稱一時之雄，要止可於其彼此之間，姑存分別〔三六八〕之見，而至與夫大賢之勇參觀並論，則優劣之相形迥不侔矣。以是知守約者可以竊其似，而不可以得其真也。（單二句亦是前輩局法。）惟可以竊其似也，（是結上語意。）故即赳赳武猛之夫入於有道君子之林，而可以較之而得其象；惟不可以得其真也，故雖斤斤繩尺之儒直能出於武夫力士之上，而不可以擬之而失其倫。嗚呼！守同也，而守約不同也；守約同也，而所以守約者不同也。（分明。）舍豈能如曾子哉？吾故表而著之，令天下知養勇而不動心之道，不在彼而在此也。

書貴瘦硬方有神，唯文亦然，此種始可謂之瘦硬。（李子固）

## 我知言　二句

大賢之不動心，去其心之疑且懼者而不動也。夫告子不得於言〔三六九〕且勿求於氣以制其心，不反其道而心奚以不動〔三七〇〕□，此孟子之所長也。意以心一而已，而疑吾心與懼吾心者，常相率而至而未有窮也，疑吾心者至而置〔三七一〕之，懼吾心者至而亦置之，（**針對告子。**）莫不自以爲有得焉而不勝其失也，則盍亦自反於心而求其〔三七二〕不疑，且懼者而已矣。今夫世變而衰而英華不歇，天下有日趨於〔三七三〕言之勢，三代之書何以簡而直也？百家之語何以新而奇也？簡直〔三七四〕無悦耳之言，新奇多可喜之論。（**浩浩落落，如長江大河，萬怪**〔三七五〕□**惑**〔三七六〕。）是故文章愈工而大道愈散，爲之按〔三七七〕其升降，辨其是非，而昭昭然白黑分者，豈惟吾心之常明，抑亦理亂之所繫也。（**含下意**〔三七八〕。）而不知者從而爲之説曰：「言亦多端〔三七九〕矣，吾寧逐逐焉與之相求於無盡乎，抑將泛泛焉聽其自鳴而自止乎？吾甚愛吾心也，則言於我無與也。」（**對「告子説」，緊切之極。**）夫不疑於其所當疑，而輒自謂無疑，即此疑根之未去，而强制其疑之心，必有不自釋者就令釋之，而此心冥然而無所受，亦焉用此不動爲也。（**見得明，説得出。**）我則以天下不能無言，而吾心不可無知，但一當吾之前，而言之先與言之後，舉無有一能遁者，而天下事之猶有足皇惑於吾心，未之有也。斯亦曷嘗勿求哉？而豈有動哉？今夫人生而後而賢愚雖異，吾身有本具於氣之理，其充於體也必有其充之之故也，其不充於體也必有其不充之故也。氣之所向而天下無難舉之事，氣之所沮而天下無得爲之時。是故一人無氣而舉世無功，爲之究其原流，狀其義藴，浩浩然本始復者，豈惟吾心之常定，抑亦宇宙之不毁也。（含下意。）而不善養者從而爲之説曰：「氣不可知矣，與其兢兢焉求之微眇而甚勞乎，孰若漫漫焉任其自闔而自闢乎？吾甚愛吾心也，則氣於我無與也。」夫不懼於其所當懼，而輒自謂無懼，即此懼端之未絶，而强制其懼之心，（注中「疑懼」二字發揮得暢達無遺。）必有不自安就令安之，而此心頽然而無所發〔三八〇〕，亦安用此不動爲也。我則以吾身不能無氣，而吾氣不能無養，既已得於其方，而氣之似與氣之真，舉無有一能紊者，而天下事之猶有〔三八一〕足震撼於吾心，未之有也。斯亦曷嘗勿求哉？而豈有動哉？

文所以明理，理不足，文安得工？然理足而氣不足以舉之，則抄撮宋人之陳言，如腐木濕鼓之音，無生氣矣。合理與氣而無所不足，而可以精騖八極，心遊萬仞者，其斯文也歟！（劉大山）

## 我故曰告子　之也

述所以辨異端之故，因論義而及之也。夫義在内者也，而乃外之耶？謂之爲知義，則未然也，是不可以不辨也。且夫同一理也，而此見爲如此焉，彼又見爲如彼焉。彼之說，彼非不自謂其見之真也。然而其見之真與不真，吾不敢决，而即於彼之說而决之矣。今夫行有慊於心則氣生，行有不慊於心則氣不生。氣之所以生者，義爲之也；氣之所以不生者，不義爲之也。若是乎義之出於心，而氣之出於義也。（落脉分明。）然而内外之說且紛紛焉起矣，（出「外」字不測。）内之者曰：「義從心生。」而外之者曰：「不也，心從義生也。」内之者曰：「義不可襲。」而外之者曰：「不也，義何必集也。」内之者曰：「義以生氣。」而外之者曰：「不也，氣不由義也。」今夫義也者，由内以達外，此自然之理也，（的確。）由外以爍内，此必無之勢也，而顧且云云，甚矣，其惑也！假而如其說，則吾且得詰之曰：「心在内乎？在外乎？」則必曰：「在内矣。」又詰之曰：「氣在内乎？在外乎？」則必曰：「在内矣。」則吾又且得詰之曰：「義在内乎？在外乎？」乃獨曰：「在外也。」則吾又且得詰之曰：「爾内心而外義，而義之出於心，若是也，内乎外乎？爾内氣而外義，而氣之出於義，若是也，内乎外乎？」（原是印證本節，若泛泛辨「義外」，則失「故」字語脉矣。）然而彼懵弗知，（出「知」字不測。）則第外之而已矣。既已不能知之，則必外之；既已外之，則必不能集之；既已不能集之，則其於氣必不能生之。故其言曰：「不得於言，勿求於心；不得於心，勿求於氣。」凡如此云爾者，皆其外義者之爲之也。噫！此其所以爲告子歟？（出告子不測。）我嘗與告子論義，而不憚辭而闢之，則直斷之曰：「不知義。」不知義者，外義者也；外義者，禍義者也。由吾前日之言以證今日之言，（是「我」，故曰神理。）則知義之出於心，而心不可外之，義顧可外之也耶？吾之力辨異端之言必有深闢異端之故，則知〔三八二〕氣之出於義，而氣不可外之，義顧可外之也耶？信乎義之不可以不集，而集之又自有道也。

此二句直爲本節及前數節作一指點印證，不獨指斥告子之不知義已也。通篇夭矯騰擲，疑有絲弦變化，真馭風騎氣之才。（劉大山）

辨才無碍，亦自莊〔三八三〕子得來。（韓慕廬先生）

## 學不厭知也　聖矣

聖之名有不可辭者，即以聖之言而知之也。夫聖不過期於仁智，仁智不過期於學不厭、教不倦，如是而夫子之聖固已自道之矣。且夫天下有一獨絶之詣，未至其域者，希而及焉而不可得，而至乎其域者，輒恐恐焉不敢以自處。究之即其不敢自處之言，而知其久有處之之實，則夫有當於其實者，即無所辭於其名也，此非子貢不能見及之，其言曰：「賜謂夫子爲聖，至德難名，固不識夫子聖何在也。（爲「也」字、「矣」字添毫。）自夫子不敢自謂爲聖，略述生平，賜而後乃今識夫子聖所在也。」聖則不能矣不能學，學矣不能不厭，此爲真不能聖，聖人不如是也。且夫聖則不能矣不能教，教矣不能不倦，此爲真不能聖，聖人亦不如是也。（「聖」字頓挫，爲「既」字作態。）然則反而觀之，聖之所以爲聖，可知矣。平[三八四]而論之，夫子之所以爲夫子，又可知矣。夫子曰：「聖，丘非敢當也，學不厭而已，將無輕視此學不厭也者。」夫人誰不學，學誰不厭，其有由矣，所以自治者無其明也，則學不厭若斯之難也，蓋智也，（「也」字指點如畫。）其然乎？其不然乎？夫子曰：「聖，丘非敢當也，教不倦而已，將無輕視此教不倦也者。」夫人誰不教？教誰不倦？其有由矣，所以及物者，失其具也，則教不倦若斯之難也[三八五]。蓋仁也，其然乎？其不然乎？由此言之，則夫子縱不自謂聖，不能不自謂智，不能不自謂仁；夫子縱不自謂智、自謂仁，不能謂學不厭爲非智，教不倦爲非仁。夫子不能謂學不厭爲非智、教不倦爲非仁，即不能謂仁且智爲非聖。（「既」字、「矣」字作如許描摹。）今夫聖也者，固非舍仁智而虛懸其名於天下者也，又非仁智之外又有加於仁智而可以爲聖者也。夫子既聖矣，（點得飛舞。）而猶岌岌不敢當，何哉？蓋詣造其極者，欲掩其名而不得，雖有貶損之辭，而愈見其夐然而難及，使學者亦即得之擬議之間。德居其盛者，已入其途而猶不自信，乃有偶然之語，而適以彰其盛德之無窮，使學者無所得其比並之處。子貢之稱聖，如此已矣。子不若子貢，而吾不如孔子，子其勿復言。（「蒼然暮色，自遠而至」。）

澹蕩清空，純是一片靈姿真氣，具此筆妙，真可超越人寰。〇「既聖」處本從「學」、「教」四句看出。然將上四句呆疏，便是拙筆。此文全以「既聖」句運化上四句，是真得前輩要訣者。（汪武曹）

只須將白文略一指點，便成天地間奇闢境界。（韓慕廬先生）

## 子夏子游　二段

因論聖而及於諸賢，詳其人而著其詣焉。夫諸賢之於聖人，或得其體之一，或體則具矣，而猶微焉，此以見聖人之難及，而諸賢之各有當也。意以今者，夫子之不敢自擬於聖人，夫亦以聖人之不可及，亘萬世而莫有及之者也。然當其時，而已有及之者焉，雖或不能盡及，而不無一及焉，（淡析。〔三八六〕）且亦往往有能盡及之者，而稍稍不及，亦無損乎其不及焉。丑也，竊敢以其所聞進云。今夫聖人之道，大而難名，其中固無乎不具也，（題前籠罩。）而一時及門之士，不能遍觀而盡識焉，而各得其性之所近，以成其是於天下，以故後之人，追而論之，而無不得其所以然。且夫取法之道，以至者爲歸。（領取發問大意。）故遞而上之以推其極，匪以云夸也，而衡品之識即次者不遺，匪以云卑也。蓋聖人之門卓卓可紀者，類不乏人，而吾嘗於文學之科得兩人焉，曰子夏，曰子游。而子張者，亦與游、夏無異致焉。之三子者，不知於聖人何如？然以爲皆有聖人之一體，其必有見焉耳矣，夫豈溢爲美而已乎？顧論者猶有歉焉，則以〔三八七〕其所有者體之一，而非其具體也。（蟬聯而下，筆勢參差。）然而亦有之矣，以余所聞，則有若冉牛、若閔子、若顏淵，所謂具體者，非其人歟？然其德業猶未臻乎廣大之域，而極乎神化之天，又以爲具體而微，或者其不誣云。嗟夫！以聖人之不可及也，而諸賢者或得偏焉、得全焉，奉一先生之言，而百家莫之能易；師一聖人之學，而統緒傳於無窮，名垂後世，豈虛也哉！以夫子好道，而有志於古之仁聖賢人，試爲登闕里之堂，考尼山之譜，其於此數子者，宜何所法守也哉！

此種文字，俗下鮮不以爲淡而置之，然其神理氣骨，實自古文中沉浸而出，胡可廢也？（汪武曹）

疏疏落落，絶去襞績之痕，其氣古淡，其味深醇。（慕廬先生）

## 皆古聖人　三句

於古聖之中而有所願，知大賢之學之有本也。（破承即貫串。）夫學不本於孔子，終非其至也。不然，如夷、尹者，獨非聖人乎哉？而何以孟子之願學不在是也？若曰：「今者子以伯夷、伊尹爲問，而予並及孔子之三人者，（「皆」字語脉。）子蓋私心嚮往之久矣，顧非徒嚮往之而已也。輾轉於意計之内，决擇於趨向之途，將孰同而孰異？且何去而何從？（幽情古筆。）能無於此一躊躇乎哉！」蓋當日各著其盛，而流風餘韵，直有以爲百世之師，乃時異地殊，猶可以得之於尚論之際。然予所謂望孔子之門墻而不得入者，（單提出孔子，爲末伏脉。）又安足以知其人耶？顧其境詣之所臻，有不可誣者。是故聖孔子，即不得不聖伯夷，聖伊尹，（「皆」字中用側筆。）彼此不必相謀，而俱非天下之所易而及也。聖伯夷，聖伊尹，更不得不聖孔子，前後未嘗相襲，而俱非後世之所苟而同也。嗚呼！吾生也晚，去孔子遠矣，去伯夷又加遠矣，去伊尹又加遠矣。（入「未能行」句，雲氣滃起。）聞其風而慨然以起，讀其書而悠然以思，反觀内顧而又恧然以慚。雖然，以吾自度，世無孔子，（又單提孔子。）不當在弟子之列，是故未能行有二焉，其一以不同道而未之行也，雖庶幾能之而非其所願；（出末句，神化之筆。）其一以同道而未之行也，雖不遽能之而不可以不學。（「未能行」作兩樣寫，奇極確極。）吾師乎？吾師乎？其孔子乎？夫人不幸而不獲親見孔子，即幸而親見孔子，如七十子之徒，若冉、閔、游、夏，猶未盡其傳焉，（通章零細，收拾都到。）況百年之後，私淑之餘也哉！然苟道之同，則有不必語言付授，而可〔三八八〕以竭蹷趨之而不失者，生平得力，止此一二大端，而淵源所自，則願以誦法孔子之道，而正萬世之傳。子告我曰：「夫子聖矣乎！是孔子我也，孔子不敢當，學孔子亦不敢當乎？」夫人不幸而無聖人導我以前路，乃既有聖人導我以前路，如商周之間，若伯夷、伊尹，猶未合其轍焉，而況生知之資，天縱之聖也。然苟道之同，則有不難守先待後，而可以一己任之而不辭者，抑邪與正，亦止此一二大端，而師承之緒，則願以講習孔氏之書，而息群言之亂。子告我曰：（**繳本節首句，即挽歸本題首句。**）「伯夷、伊尹何如？」是夷、尹我也，夷、尹則未嘗學，孔子亦未嘗學乎？」

（「願學」句重發二大股，一句一轉一意。）此則吾之所必欲行焉者也。（結「行」字橫甚。）

題本有三層轉折，文能將三層轉折打成一片，而其中却自有無窮轉折，遂覺雲山縹緲，烟雲迷離，俱在腕下。（汪武曹）

賓主輕重頗難位置，以逆取爲勢，以側出爲鋒，天産神鏤，不似人間斧削。（韓慕廬先生）

## 宰我子貢　聖人

欲知聖人，當觀之知聖人者矣。夫聖人不易知，知聖人亦不易也，是故觀之知聖人者而可以知聖人矣。且余嘗誦法孔子，雖不能至，心竊嚮往之，蓋從流風餘韵而慨然想見其爲人。然得之異日者，不如得之當日者之有當也；得之私淑者，不如得之親炙者之更真也。今夫天生聖人，必更生知聖人者。聖人不能自言其故，而使無知聖人者爲之推崇，爲之論述，是一時有聖人，萬世無聖人也。天既生知聖人者，必且多生知聖人者，吾黨亦第各言其見，而使無多知聖人者相與參觀，相與互證，（次第。）世且疑爲一人之私言，而非天下之公言也。嗟乎！人亦孰不欲知聖人，而特患其知不足耳。百家並興，其說紛然不一，而獨折衷於智者，以爲可信。何則？其識誠明也。即聖門多賢，其智豈無一可稱？而獨智足以知聖人者乃爲可據。何則？其言誠不易也。（次第。）則宰我、子貢有若是也。宰我、子貢素以言語稱，故其摹擬聖人者，無不工乎而弗然也；有若之氣象有似於聖人，故其稱述聖人者，亦無不肖乎而弗然也。蓋其智足以知聖人也。弟子之於師，類無不震其事而張之者，而此三子者非故欲張之也，實有以見其然也。夫當時之知聖人者或幾乎少矣，或日相對而不相知，（以「不知者」襯起「知」。）或臆爲度而妄爲擬，猶幸洙泗之間有二三子也，徘徊百代而動其慨嘆之聲，其說吾猶能志之。（語氣直接下文。）弟子之於師，又無不幽其故而秘之者，而此三子者正不敢秘之也，實有以道其真也。夫天下之知聖人者或幾乎難矣，目不能曠觀則近隘，胸無所獨得則近誣，猶幸論斷之才有二三子也，上下古今而各有悠然之意，其旨吾猶能思之。子欲知其所以異乎？吾不足以知聖人，請觀之宰我、子貢、有若。

遠山數點，雲氣溟濛，令人可望不可即。（周簡如）

文無可實發，然正不肯蹈虛講，神致亦超妙。（劉大山）

# 詩云迨天　一節

免侮有道，詩人知之，而聖人贊之也。夫免侮之道在未陰雨之時也，何時而無陰雨乎？則亦何時而非未陰雨乎？此詩人之知道，而孔子之所以嘆也。且世之諸侯大抵以相侮爲事耳，非我侮人則人侮我。然侮人者未有不受侮於人者也，及至受侮於人，而又鰓鰓然惟受侮之是患。试亦思曩者，先事之圖果竟何如耶？蓋自古有國家者，未嘗不时时懼人之侮予也，周公曰：「其敢侮予，何也？」以天之方凄然陰雨之時也，（逆落首句，筆古而有無窮之味。）於是托爲禽鳥之言以明治國家之道，（又插「治國家」。）而《鴟鴞》之篇作焉。漂摇之象未呈於目前，則一枝之棲自以爲可恃，而不知環而視之者之有人也；拮據之勞不勤於手口，則偷安之習亦幸其無虞，而不知哀而鳴焉者之有日也。惜哉！其天之未陰雨之時，漫焉不爲之綢繆也。其不爲之綢繆也，以未陰雨故也，而天豈其以未陰雨者誤之？（妙。〔三八九〕）其爲之綢繆也，以陰雨故也，而天豈其定以陰雨者？試之桑土之徹、牖户之圖，此免侮之道也。夫周公之爲此詩也，所以教孺子，（即點「爲此詩」句。）王亦所以告萬世之有國家者也。（即起「治國家」句。）而當時，周室之牖户則已綢繆矣，至孔子之時，而天方且凄然陰雨矣，此其所以爲之賦《鴟鴞》而嘆也，蓋嘆春秋之諸侯之不知道也。（點「知道」二字，妙甚。）且夫國家者，諸侯之牖户也；賢能政刑者，諸侯之桑土也。鄰國者，諸侯之下民也；用賢能而明政刑者，諸侯之綢繆也。綢繆云者，治之謂也，誠能治其國家乎？同此未陰雨之時，（帶定首句。）而彼也荒，我也勤，家室之固其在予矣；及至於陰雨之時，而彼也困，吾也安，覆亡之患不在予矣。誰敢侮之？蓋決言其無敢侮也，而《詩》言：「今此下民，或敢侮予？」或之者，疑之也。侮不侮，未可知之辭也。周公當未陰雨之時而懸揣之，（帶定首句。）故其辭疑；孔子當陰雨之時而深信之，故其辭決也。乃知侮未至而預防之則不至侮，既至而思禦之則已晚。一時之安不可易終身之計，前此之快不足償後此之憂。天道雖無常，然每多陰雨之日；（妙。〔三九〇〕）衆志本甚慘，常樂懷侮予之心。（妙。）今之有國家者，胡不誦周公、孔子之言而翻然變計也。

吾最愛其出周公及出孔子、落「陰雨」數筆，如奇兵自天而下，其餘尚是節制之師。○「或敢侮予」，「誰敢侮之」，换一虚字，各有義意，人不能洗刷及此。（韓慕廬先生）

## 今人乍見　合下節

即偶然者之心，可以知常然者之無不有也。夫心無其常然者，則其偶然者無由動也。人當自識其心也，亦還自念其爲人而可乎？且吾謂不忍人之心，人皆有之，或以爲幽深渺忽之地，無以爲徵，將無此心，猶在或有或無之間，而人之所以爲人，無所藉於此焉乎哉？然則吾不與之言先王之心，吾不與之言先王之政，而吾即與之言今人，謂：「今人有是心乎？今人不知也。」謂：「今人無是心乎？今人亦受也。」今人薄予己以是心，而吾則厚予今人以是心，蓋今人未嘗非人也。（呼得緊。）今夫事之出於習，與迹之泯於無者，無以發吾念也。事之習者，日試焉而忘之也；迹之泯者，目接焉而無從也。今夫情之〔三九二〕已然者，與事之後起者，無以用吾心也。已然之情，一過焉而不留也；後起之事，機寂焉而未萌也。（二比形起「乍見」。）乃卒然之間，而見孺子將入於井也，則今人無論其爲何人，而皆有怵惕惻隱之心焉。必非人也，（已逗出「非人」。）然後不忽然動而驟然驚也，人則不能也；必非人也，然後不痛之深而傷之至也，人則不忍也。若使其以納交要譽，免惡聲之故，而有是心，吾知其必無是心，即有是心，吾知其必非真有是心。何者？真僞之有不同量，而天機不可以或遏，即其不可以襲取也。嗚呼！若而人者，豈非惻隱之心與？由是觀之，無惻隱之心，非人也，先王有之，今人皆有之，既已驗之矣。（語脉清楚。）由是推之，苟其非人也則已矣，不然，未有無羞惡之心也；苟其非人也則已矣，不然，未有無辭讓之心也；苟其非人也則已矣，不然，未有無是非之心也。人之有羞惡、辭讓、是非之心者，以其有惻隱之心也，於乍見孺子時，而知其有惻隱之心，即因其有惻隱之心，而知其羞惡、辭讓、是非之心無不有也，則以今之人之所以爲人者而決之也。（收緊處絲縷不亂。）天之生人也，即以天之所有者畀之，是故人之身而各具有一天焉，不徒材質具而已。彼徒材質具者而已，不復有人矣。先王之治人也，即以先王之所有者共之，是故人之心而各具有先王之心焉，不徒形貌具而已。彼徒形貌具者而已，不復有人矣。嗚呼！隨在可驗之情，何以遂爲一往不復反之情耶？則曷不求之於其端也。

此篇照大山改本。（自記）

血脉注灌於「人」字上，關合自緊，靈異之氣一呵〔三九二〕而成。（劉大山）

## 知皆擴而　三句

無負於天之所與〔三九三〕，即無間於己之所得焉。夫擴充不可以已，而知之難其人也。彼不然不達，豈火與泉之咎哉？且以吾所言四端，謂人皆有之，有之者，將有之而已畢乎？抑有之而猶未畢乎？將偶有之而不必常有乎？抑偶有之而必期常有乎？將或有或不有而有之恐難繼乎？抑一有無不有而有之莫可量乎？蓋自吾觀之，有可恃，有不可恃。俄焉而有之者，俄焉而無之，此人之所以自視爲無有也。（項「自賊」句。）夫俄焉而有之者，天爲之也；俄焉而無之者，人汩之也。夫誠不汩於人，則天時時見矣。有之於其初者，未必有之於其既，此人之所以共謂爲無有也。（項「賊其君」句。）夫有之於其初者，有之以無意也；無之於其既者，亦無之以無意也。夫誠持以有意，則無意者時時動矣。而其如人之不知何也？（落「知」字，敏捷。）今夫端之發也，甚微而非微也。其本然之量有以盡天下之無窮，而特於卒然不覺之際，稍示其端，以人之淪胥而不反也，將恐並其卒然者而亦無之，而猶幸其端之尚未絕也，而奈何不於卒然之間而知所以得夫本然之量也？（「知」字呼應一片。）乃若積小以至大，由微而至鉅，（疏解正意，極其透闢。）即此一緒之呈、一旦之感，而引之而不使之盡也，由是而全體大用之無虧，其功不已兆於此乎？由外以識內，因此而及彼，不過觸之而鳴，叩之而發，而推之而不虞其竭也，由是而盡性至命之無餘，其機不已動於此乎？今夫天下之物既有成也，（高懷見物理。）立乎後日以觀，則已忘其始之狀若何也。（透發「始」字。）乃於其始而已有必成之勢，逆而計之，且莫得其所底止也。其發也烈烈，其來也汩汩，不能預定其究竟，而已可預定其究竟。世有知皆擴而充之者，亦若是則已矣。（「擴而充之」四字在此處點出。）夫火有不然者乎？火之始然，其然寧可量乎？世之有四端者，其火常不然矣。（雋冷。）夫泉有不達者乎？泉之始達，其達寧可量乎？世之有四端者，其泉常不達矣。擴而充之，曷可以少乎？而其如人之不知何也，（倒結「知」字。）吾甚爲其端危也。

靠實發揮，無一字影響，「始」字一段，形容更覺奇峰起而插天。（劉大山）

## 取諸人以　二句

大賢窮古聖取善之所極，有不獨善其一己者焉。夫人有善而已取之，人之爲善而已又有以與之，非大舜能至此乎？且一聖人者出而天下欣欣然，（從「與」字倒入「取」

字。）常有無窮之心，力行不倦而無自棄之意，此其故何也？蓋其所收者廣，所及者神，動於其中之誠然，而觸於其機之不容已。今夫人之自棄於善者，（復用逆翻。）由於心之不敢自信。蓋其始也，得乎一善，必有以自異。自異而人不異之，（切中人情。）斯赧然廢矣。以爲吾之無與於善也，而善之途遂相與畏難焉而不敢進。而人之自棄於善者，又由於爲善之無其利。蓋其始也，得乎一善，必有所厚望。望之而不克副，斯退然沮矣，以爲吾亦何利於爲善也，而善之一途遂視爲淺薄焉而不足事。乃以聖人處此，旁搜遠採，不患於無以盡人之隱；而凡感通所及，潛驅默運，不患於無以廣善之推。吾睹於舜有異焉。當是之時，孰不尊舜爲神聖？而凡屬庸愚，一旦挾其所有以質於神聖之前，而莫不得其意以去也。今而知聖心之竟有以相賞也，（奕奕神令。）當之者情深，而聞之者色動，則翻然者衆矣。當是之時，以舜之神聖而爲天子，而凡屬微賤，一旦出其所見以陳於君王之廷，而莫不快其願以往也。今而知上心之果有以許我也，有當於前，又恐無以當於後，則勃然者相繼矣。夫舜未嘗阻其翻然勃然而開其自棄之意，而及翻然勃然而用之以啓其無窮之心。取無盡，而與亦無盡矣；不勝與，而益不勝取矣。夫天下第知衆人師聖人，而不知聖人亦師衆人，而究無非以成夫衆人。唐虞之世，比户可風，此非其故乎？吾是以神遊其際而恍然於其大也。

神似大蘇，氣調自與之會。若執某句某字，謂是「步趨蘇堂」，乃其迹之所在，而非所以迹也。（何屺瞻）

## 非其友不友

準己以交友，而爲清聖之友者難矣。夫友必與己準，乃其友也非然，而友寧無耳，此則伯夷之所以交友也。且不知其人視其友，視其友而紛紛皆是也，（反面跌醒。）即以知其人之品之不高矣。夫友必從其類也，使其品果高，顧安所得至高之品而友之？故夫人不以高自處者，即不以高繩人，而天下之人莫非其友矣。（落「非其〔三九四〕友」，用筆超妙。）以吾尚論，伯夷有異焉。伯夷之初念，原不欲離人而立於獨也。苟得其友而友之，則北海之濱必有共處者，而何以姓氏至今不傳也？伯夷之所遭，一若天之生，是使獨也。然使得其友而友之，則西山之上必有偕隱者，而何以叔齊而外無人也？以彼其孤蹤高寄，而置身於黃、農、虞、夏之間，（爲伯夷〔三九五〕寫照，直與日月争光。）則當有商之季，而濡染於穢德者，非其友也。伯夷之外更無伯夷，則亦懸其友以待之千秋，而欲於橫流之世尋臭味之同，必不然矣。以彼其浩氣孤竹，而自處於義士頑民之列，則當我周之興而佐命於新朝者，非其友也。伯夷之外僅有伯夷，則亦屬其弟以兼乎其友，而欲於三千之衆結一旦之知，必不然矣。蓋人必意氣之合而後爲友，伯夷之意氣，久而悉融矣。人與人自爲友，而紛紛藉藉者豈真友乎？有伯夷之不友而乃可以言友矣。人必品概之相似而後爲友，伯夷之品概，高而難攀矣，人亦有視人爲不足友，而踽踽凉凉者豈真非其友乎？惟必爲伯夷之所不友而乃爲非其友也。（前後六比極力摹擬伯夷，此處略用「友」襯，乃虚實反正相參之法。）不降志，不辱身，人但見其施於君臣之際，而不知其亦見於朋友之間。舉世昏濁，清士乃見，彼塵埃之中當亦視伯夷非其友也。（翻轉看。）非其君不事，非其民不使，皆有事之可徵，而非其友不友，則第有情之可揣。懷情抱質，獨無匹焉。嗟賦命之衰，何並友而無之也？（辭工緻而意蒼凉。）嗚呼！伯夷視天下非惡人則鄉人也，而友顧安從得乎？

即此一句中現出伯夷全身，下文「隘」字已照到，先輩所謂以題意寫題面，以己意寫題意，雲行水流，超超元箸。（俞扶九）

絶照孤情，胸中並不知有三代，在文章中亦可謂聖之清者。（韓慕廬先生）

# 爾爲爾　二句

爾我之異也若無，難以處之矣。夫爾我之見不分，此古人大同之見也。然爾我正不能無異矣，惟其異也，則處之若無難也。其言曰：「世無不可處之人，原不必區而別之也。」然正惟世無不可處之人，所以欲區而別之也。天下之患夫爾也久矣，（雋絶。）無人而非爾，即無在而無爾也，爾亦嘗自問乎而相逼乎？（照「袒裼」句。）天下之私夫我也久矣，立而止有我，行而亦止有我也，我豈不自信乎而有虞乎？（映「浼我」句。）然如此者，知爾而不知爾也，知我而不知我也。何者？爾爲爾、我爲我也。天地之間既有爾又有我，有我而爾難爲爾矣，（妙。）有爾而我又難爲我矣，而何難也？爾非我也，我非爾也，各成其爲而已矣。造化〔三九六〕之理既生爾，又生我，生我而我可爲爾矣，（皆擊動下下〔三九七〕。）生爾而爾可爲我矣，而豈可也？爾有爾之我也，我有我之爾也，各爲其爲而已〔三九八〕矣。我一而爾萬，而爾何其多也？（字字空靈飛動。）即乎此而爾在焉，即乎彼而爾又在焉，幸〔三九九〕也爾爲爾，而爾何妨其多耶？爾萬而我一，而我何其少也？對乎爾而我止是我焉，不對乎爾而我亦止是我焉，幸也我爲我，而我何妨其少耶？（「爾」字、

「我」字如峰樹相伴，江雲對垂，令人目不給賞。）雖我之於爾，爾之於我，不必定有爾我之隔，（映「由之」句。）而無如難泯爾我之形；　即爾之待我，我之待爾，豈必過分爾我之見，而無如難混爾我之稱。嗟乎！以我而入爾之世，（瀾翻不窮。）爾之世何遽有我也？以爾而入我之懷，我之懷何忽有爾也？而何虞於我哉？而何患於爾哉？

句外有神，弦外有曲，真能妙絶時人。（韓慕廬先生）

題枯而文腴，何其味之雋永也。（雲軒臣）

## 有寒疾不（至）醫來

君臣皆託於疾，而醫固無所用矣。夫一以疾召，一以疾辭，適相當也，而醫胡爲乎來哉？昔齊宣王嘗自言其疾矣，（天然。）曰好勇，曰好貨，曰好色，何疾之多也？以孟子爲之良醫而不能治，（處處帶定「醫來」。）孟子曰：「請勿復敢見矣。」然而未嘗不可見也，而奈何乎召之？其召之也，曰：「有寒疾，不可以風。」此寒疾也，殆十日寒之者耶？（「寒」字天然。）吾見亦罕矣。（「見」字天然。）而至是欲其得見，此扁鵲之所爲望齊桓侯而退走也，（落到「孟子辭疾」，巧妙。）蓋孟子至是而亦不得不有疾矣。王之疾不能就見，孟子之疾不能造朝，然而王之疾可以視朝，孟子之疾可以出吊，何疾之同也？乃孟子不親往問王之疾，（落到末二句神巧〔四〇〇〕。）亦不使人問之，國有良醫而徘徊不進，王之疾其可瘳乎？顧王猶念孟子也。孟子方徘徊於東郭氏，而醫已至於孟子之門，蓋亦未知昔者之疾而今日之愈也。（補點神巧。）然而此醫也，何以王之寒疾不使之治耶？（挽合神巧。）豈王亦昔者疾而今日已愈耶？嗟乎！醫門多疾，王之疾，醫不之知也；（機法一片。）孟子之疾，醫又不必問也。醫當亦竊訝於此兩人之疾之異矣，而醫亦可以去而復於王矣，而奈何孟子之家又有一公孫丑也？（補點公孫丑，即起下仲子，妙甚。）

「美人〔四〇一〕細意熨貼平，裁縫滅盡針綫迹」，靈妙之甚。○機鋒冷雋，神巧天成。（甯觀齋）

## 孟子致爲臣　一章

齊王以富動大賢，適爲大賢之所賤而已矣。夫欲以富留孟子，富之是賤之也，齊之市其可處乎？自是而歸益決矣。今夫人情之欲富也，（以「欲富」作主。）甚於貴；即其欲貴也，亦無非以爲富地也。利之所在，莫不趨之，其意以爲吾富而貴已甚也，殊不知吾富而賤已甚也，是賤丈夫之故智也。昔者孟子率其弟子以遊於齊，（史筆。）蓋嘗爲臣於齊矣，於禄有十萬之富，而孟子辭之，明其臣齊非富齊也。當是時，齊之中國擁萬鍾者多矣，天下之欲富者趨之如市焉，（即帶末節。）而孟子且曰：「盍歸乎來？」王聞之，不待他日，亦不使人代爲之言，即就見孟子，爲之追述前歡，深懷去後，一似不能漫然於孟子也者。而王且徐而思之曰：「吾知所以留孟子矣，孟子雖不可使爲政，然使諸大夫、國人矜式，莫如孟子宜。今夫遊士之來齊者，一以爲身謀，一以爲弟子謀，大抵皆欲富耳。昔者孟子十萬之辭，今必且悔之，即其弟子亦悔之矣。居有室也，弟子有養也，孟子縱棄寡人而歸，能棄萬鍾而歸乎？惜前日就見之時，念不到此，語未之及也。」於是以謂時子，而時子以爲可。陳子以時子之言告，而陳子亦必以爲可矣，是皆爲萬鍾之富動也。而孟子曰：「嘻！其富我也，是市我也，是賤丈夫我也。此子叔疑之所爲異，而季孫之所爲譏也。夫既爲政不用，則亦已矣，又以萬鍾留齊之中國，（剪裁入化。）其爲吾之龍斷乎哉？龍斷者，賤丈夫之所登也。自有賤丈夫，而古之市一變，而市之利一空，是爲欲富乎？（筆筆入化。）如使予欲富，而賤丈夫亦可爲耶？人皆以爲賤，而時子猶不知其不可耶？」嗟乎！齊之廷無異於齊之市也，熙熙攘攘皆爲欲富，而至孟子，方恨無征之之法，（入化。）而齊王猶欲孟子懷市之心，與市之人共托於其市而不去乎？繼此之得見，誠不敢請矣，故卒致爲臣而歸。

《左》、《史》中有前事補叙於後者，非不能順叙於前也；有後事夾叙於前者，非不能順叙於後也。物相雜，故曰：「文錯綜變化，而後文生焉。」設以庸手易置，使按部就班，即不復成語矣。長題不得《左》、《史》遺法，則寸步不遺，猶或失之，昔人所謂「樂天拙於叙事也」。或曰：「不畏以凌駕失本文次第乎？」曰：「長題凌駕，成、弘、正、嘉前輩蓋已用之矣。」（方靈皋）

## 昔者魯繆公　兩段

昔賢之所以安者，人亦與有□焉。夫齊之(四〇二)客視魯之人何如也？孟子之去齊，不如子思之安魯，何故也？彼泄柳、申詳，猶有人焉，客自處何等矣？孟子謂客曰：「前日吾之在齊也，吾之側不見有子也，即王之側亦不聞有子也。（如面相語，字字有鋒。）今者逆旅之際，子來前，覩子之意，似非無意於吾者，宜子之責我深也。雖然，我語子以往事焉。夫齊之與魯，相去不遠也，又繆公至今，爲世無幾，子亦嘗聞其事矣乎？

而亦嘗聞其人矣乎？（擒「人」字。）夫繆公僅一中主也，然其於禮賢者，惟恐或失，以故士亦多歸之，非若今之獵取好士名譽而已也。當是時，道之高者莫如子思。蓋吾之師也，（重提子思有眼，插入自己一筆，更妙。）常安於魯不去其他，若泄柳〔四〇三〕、若申詳皆在焉，此三人者，雖賢不同，而要皆非可以處獨而枉〔四〇四〕就者也。吾嘗思之，不知其何以皆安於魯不去，追考其故，而後〔四〇五〕知此時上下之交，其間蓋有人焉以固之也。夫子思非有戀〔四〇六〕於魯也，可止則止，可去則去。而繆公非有厭於子思也，既盡其意，亦達其誠。日有人焉，過子思之廬，侍子思之側，而告以君之不敢忽且褻也。是故子思亦莫之拒焉，而遂安於魯也，何者？彼〔四〇七〕君之所命而素能不失其禮也。不然者，子思必且納履告去，（借子思影自己。）脂車輒行，斯時即有遮道攀轅，而爲魯留行者，子思豈能一日安哉〔四〇八〕？不獨子思也，泄柳、申詳，夫亦非苟安其身於魯者矣。夫人主之慢士，以有蔽之者也；君子之不容，以無先後之者也。繆公之側有人焉，日道此兩人不置，是以繆公尊之之意未嘗少衰，在□子非有所期於是也，而卒得此於人。噫！其人平居亦有所長焉，非周旋於倉卒而已也。而二子之去就卓卓，固亦無愧於子思矣。（前段用反桓，後段用正寫。）吾語子以往事如此，（「我」轉「昔者」。）吾雖不敏，其自處不肯後於子思，况泄柳、申詳耶？客自視其於吾竟何如也？奈何以重誣長者？子休矣。」

如閒雲出岫，自成變化，其氣味雅近蒙莊。（何屺瞻）

兩段不平講，爲下文伏脉。（范密居）

## 孟子去齊　全章

君子不能違天，而豫與不豫皆在其中矣。夫不豫者所以憂時也，而豫者所以自信也，而要皆莫非天爲之也，彼充〔四〇九〕虞烏足以知之？今夫君子之所恃者惟天，而天固可知而不可〔四一〇〕知者也。鼓萬物而不與聖人同憂，則天若無意於人世之事，而君子猶〔四一一〕不絶望者，以在我者卜之也。至以我卜之，而竟不驗也，則君子有時而〔四一二〕怨天也，（之甚。）亦無不可矣。蓋平治天下者，人之所爲也，而實人〔四一三〕之所爲也。天欲平治天下，則必生乎其人，而予之以具，又予之以行其具之時，又予之以用其具之人。自唐虞三代，其已事可睹也。蓋古之〔四一四〕君子之於〔四一五〕天，未有不得其所欲者，而後世之天不然矣，何者？後世之天〔四一六〕大抵未欲平治天下也。（以此句作主。）不怨天，不尤人，此亦平居無事之論，樂天安命之常，而非所語於天之未欲平治天下也，是故孟子去齊，而不豫之意見於顔面，充虞以爲似乎怨天尤人者。（怨思抑揚。）環九州之衆而仰而視之，天雖高，聽固卑也，乃視天夢夢而悔禍之竟無期；生賢者之身而憂且困之，天不言，誠難問也，何舉世茫茫而彼蒼之亦失職？（真是恨事。）孟子曰：「此一時也。」何時也？是歷數已盡之時也，是撥亂反治之時也，而又天之未欲平治天下之時也。（前後滚成一片。）五百年之數已過之，而又值大可以有爲之時，乃王者宜興而不興，而徒使名世自信自疑而不决，天之未欲平治天下如此，而吾何爲豫哉？安得以彼一時者而議此一時哉？（「彼一時」句留在此處點。）然而此一時也，（即就「此一時」句滚下，妙甚。）而何爲乎有我也，我何爲而生於當今之世也。古之時有王者，而名世出於其間，今之時有名世，而王者或出於其間乎？悠悠斯世，未知夫天竟如何，命竟如何，（一寸地上語，高天何由聞。）而窮年荏苒，未嘗不拊心而自疑。默默以思，其〔四一七〕或者天命有歸，天意有在，而手握經綸，又何必不慨然而自信。豈三代以前之天皆可據，而三代以後之天遂一無可據耶？據不據不足深論，君子亦言其理而已矣。子謂：「我若有不豫色然者，而吾何爲不豫哉〔四一八〕？」不豫之中，自有豫者，兩不相悖也。而豫之中，原有不豫者，各〔四一九〕視其時也。故曰：「君子不能違天，而豫與不豫，皆在其中矣。」（亦類叙法，結得完密。）

此曠世絶作，吾將俎豆之《離騷》、《史記》之間。（汪武曹）

觀孔孟之不遇，知天之未欲平治天下也，拈此句爲一篇議論柱子，激昂喟息，哀音怨亂，所謂「長歌之悲，過於痛哭」矣。（韓慕廬先生）

## 孟子道性善　二句

大賢以爲天下言者爲世子言，門人誌其大端焉。（破高渾。）夫性善，天下之共有也；堯舜，天下之能爲也。此固世子之所未嘗聞，而不得不以告之者耳。且世之人之不知有天也，因以誣乎己，則第肆乎己而已矣。生乎今則爲今之人而已矣，（見垣一方。）舉天之所以與我者，不難棄且褻焉，而以遜謝乎聖人，否則又以菲薄乎聖人甚矣，（切定「戰國時」。）其狂惑失守而不知所止也。昔者仲尼没而微言絶，七十子終而大義垂，浸尋及於戰國，百家並興，各自爲書，以詆呰唐虞三代，天下翕然信之。而孟子述王道、明仁義，以正告世主，世主莫能用也。有滕世子者，於一見之際，而爲之竭其生平之學，反覆於天人之故，丁寧於聖凡之途。其旨已著之非一日，而必原本之以爲言；其辭雖析之非一語，而可約略之以盡意。（深得題之□要。）蓋其所道者，性善也。嗚呼！性之不明久矣，（古文頓挫。）爲性惡之説者有之，爲義外之説者有之，爲爲我兼愛之説者有之。人情已汩於其私，而又習聞夫詖淫之説，如之何其不淪以胥也！夫性者天之所命，未嘗有不善也，聖人如是，凡人亦如是也。其所以不善者非性咎也，（補出「不善」一層。）溺之者深，而惑之者衆也。復其所本有焉，何求而不得？擴其所偶見焉，何爲而不成？（此是七篇大旨。）古之人有堯舜者，聖人也，（從「性善」串出堯舜。）後世無及焉，然非有甚高難行之處也，非有新奇可喜之端也，又非天之與之者加厚而於庸人薄也。人人有之者，彼不失焉耳；人人蔽之者，彼能充焉耳，是豈獨堯舜哉？（又從堯舜挽歸「性善」。）古之聖人，皆若是而已矣。夫聖人之所以爲聖，不外乎恒人之所共有者如此。今試執人而告之曰：「爾可以爲堯舜。」則必驚而退矣；曰：「爾之性善則可以安而受矣。」然則於堯舜不必驚而退矣，而亦可安而受矣。其積之也有漸，其變之也不難。孟子之言必稱之也〔四二〇〕，固堯舜世子也。（得孟子誘掖世人之意。）何以堯舜世子？於其性善而堯舜之也。聖賢之所必者，天而已矣。維時世子不聞有所往復論難，遂駕而去之楚也。（泠然善也。）

時文卑弱極矣，讀此等作，嘆萊峰、震川猶在人間。（沈天垂）

疏直爽朗，似蘇氏兄弟〔四二一〕之文。（徐錫民）

## 文王我師　三句

前王有可以師者，誦元聖之言而益信焉。夫文王之可師，公明儀知之矣，而周公已先言之，誦其言而嘆其不誣，非皆有以知道之一哉！孟子若曰：「以余所聞，成覸、顏淵皆立意較然，各自伸其說，以不欲棄於斯道者也。」若夫不自爲其言，而深有信於古人之言，觀其稱引之間，而古人之志即其志，則公明儀者是已。其言曰：「古之人有周公者，聖人也，（**先出周公，老筆。**）後世無及焉。」然其纘承不外一家之緒，（**意調如貫珠。**）而其作述即在父子之間，流風餘思皆已被於來世，承前啓後又已有其明文。蓋嘗言之矣曰：「吾幸生聖人之庭而得所依歸，則儀型之極，余小子極不忘耳，雖心法之傳，未可以一蹴而至，而勉勉〔四二二〕焉誠不敢以棄且褻也；生當世德之朝而失其軌範，則陟降之間，我先人深有惘耳，（**句句切周公口中語。**）況盛德大業，無不可奉以周旋，而兢兢焉誠不敢以隕且墜也。『文王我師也』，觀周公之言，周公之自命豈其微哉？吾嘗思古之聖人，方欲去其所以不如文王者，（**落周公句，文瀾蹴起。**）就其所以如文王者，以爲文王真我師也，而周公已師之，而周公已言之，斯以見聖凡之無一定之名，而古今非有不相及之事也。假令聖人不復予人以共至之途，而雖有希聖之心、奮迅之力，終莫能至乎其境，則是周公之欺余實甚也，而周公卒非無見而爲此言也。不然，成、文之德，周公且畢世而莫就矣。（**還「豈」字口吻。**）假令恒人不能優入夫聖人之域，而此詣竟寥寥可數、寂寂無傳，究不能奮乎其後，則是周公又以自欺者欺我也，而周公竟乃無據而有是説也，然而繼文之志，周公已非徒勞而罔功矣。觀公明儀之言，公明儀之自命豈其微哉？（**收繳完密。**〔四二三〕）然則文王之可師也，必其性之一致而道之同揆也。由文王而上，爲堯舜、爲禹湯；由文王而下，爲武周、爲孔子，皆是物也。周公之言不欺後人，而吾之言顧欺世子乎哉！（**餘波駘宕。**〔四二四〕）滕文之昭也，得是説而思之，其國家可幾而理歟！」

**語氣中復有語氣，出落安頓最得法。（伍驤雲）**

## 爲富不仁矣

志在爲富者，去〔四二五〕其有害於爲富者也。夫有害於富者，仁也，陽虎知之曰：

「爲富不仁矣。」何其善於爲富哉？謂夫人而誠審於生平之大計，則有所取，不得不有所棄。吾今審於所爲矣，審於所爲則爲富耳。爲迂闊之計者，謂國之所急不在於富。夫富者，人之所不學而俱欲焉，安得有此不近人情之言也？爲義命之説者，謂分之所定難期於富，夫富者，要亦不過誠壹之所致焉，而奈何爲此不達時變之論也？（**先寫「爲富」二比，便已隱含「不仁」意。**）彼世之爲富而未决者，疑其害仁耳；吾之爲富而不顧者，不知有仁耳。吾計决矣，爲富不仁矣。（**點題有神。**）民無不吝其財，誰肯出其資用以奉於上？視吾之桁楊鞭樸而紛然羅之於前，（**畫出。**）此吾爲富之具也。身與民孰重？則必曰：「身重。」竭衆人之力，以供一人而爲歡，誠不知所止。盛德之舉，任他人之爲之，而非吾之所有事矣。人無不戀其私，誰肯棄其親戚以供於我？舉吾之禮義廉耻而一切不以縈懷，此吾爲富之術也。富與仁孰急？則必曰：「富急。」圖一人之便，豈顧衆人而爲謀？誠不得不鶩。長厚之風，亦誰則肯爲之，而吾獨引之以自處乎？是故吾審於所爲而必不以彼易此，則吾之於仁，始而自愧，繼而自喜，喜其已得富也，而愧顧安所用之？吾决於所爲而必不以此分於彼，則人之於吾富，亦且笑之，亦且羨之，羨其果得富也，而笑何不可任之？（**取出他心肝。**）且吾觀爲富者，忍嗜欲，權輕重，未必爲富給之資也。竊嘗悲之，明明有不仁之一道而舍而他求，不已拙於計乎？若而人者，雖欲學吾術，終不告之矣。（自然入妙。）而況爲富者，或好行其德，或以適其力，人富而仁義附焉。吾嘗試之，雖其從事於不仁而名顯天下，豈非以富耶？彼長貧賤者如此不慚耻，則無所比矣。（對工。）嗟乎！仁一爲而即已不富，仁顧可爲〔四二六〕乎哉！

爲富秘密藏，被陽虎供出，而此文爲之暢其説，富人讀之應無不點頭道是。（吴繁仲）

如見其肺肝，然非此妙筆，恐亦形容不出。（慕廬先生）

## 國中什一使自賦

不盡用助者，正善用助者也。夫助所不能行者，國中也，而以貢濟之，此徹之所爲善於用助也。且夫均一法也，有施之於彼而宜，施之於此而不宜者，則法之用於是乎窮。雖然，法亦何定之有？見爲善而不可以概行者有之矣，見爲不善而不可以概棄者又有之矣，則恃乎君子之有以通其窮也，如周之徹，九一而助，既行之於野矣。然而地無變遷而有廣狹，彼平原廣野可以布其經畫，而形拘勢格則奈之何也？是以爲地擇法、爲法擇地，而利物宜民，不得持其一説，則補偏救弊必有所在矣。蓋以助之行也，無以處夫國中者也。以區區之土壤，而山林場圃、川澤溝瀆、比閭族黨，去三分之一。國中之地固異於野之地也，泥古而鮮通，即先王之書亦可以病國，以此之不便而遂舉而廢之者，往往然矣；以畇畇之原隰，而墳墓廬舍、桑麻果蔬、牛羊耒耜，爲終身之計。國中之民無異於野之民也，地窮而計沮，則先王之時果何以致治？以制之相反而必舉以相成者，斷斷如矣。（竟是古文波瀾，不知其爲制義。）則什一自賦，厥惟國中，取夏之法以濟殷之窮；而國中之制，厥惟夏后氏參貢之用以補助之不及。今夫國中之地近，地近則耳目易及，而其情可察。古者君民之勢不甚闊絶，而損下益上，決不至有其科條。野之民曰：「食邑之取，不至於過也。」（照注：「治野人使養君子。」）國中之民亦曰：「公家之輸，亦不勞於遠也。」且國中之地少，地少則利害無壅，而其蠹不生。古者上下之間一家告語，而賜復蠲租，猶時時被其愷惻。野之民固嬉嬉然誦父母也，國中之民亦不至盼盼然怨君王也。（此二比，董華亭之所謂「斡字訣」也。）何者？其什一則同也。凡此者所爲，取夏之法以濟殷之窮，參貢之用以補助之不及，周之徹法如此。今滕之國中按籍而考，其何如也？是願有請也。（繳「請」字結。）

**處處以上句伴說得旨，行文亦古雅高秀。（韓慕廬先生）**

## 許子必種 一節

詰之以其所必窮，而先予之以可對者焉。夫孟子詰之而陳相對之，陳相以爲無可以窮許子者，而不知可以窮許子者，皆已一日[四二七]見於陳相之所對矣。且夫人之好爲異說以害世者，君子辭而闢之，固矣。然吾以吾之說，而彼亦以彼之說，雖辨之而莫吾服也。是莫若使之自言其情，而後其情乃可得而屈也；使之自予以間，而後其間乃可得而攻也。使之自言其情，奈何？今夫天下之情一也，彼但知己之情而不知舉世之情，惟使之自言其情，而舉世之情已具之矣，何者？彼其說已如是，不可再更也。使之自予以間，奈何？今夫無故而求人之間者必自有其間者也，彼欲窮吾之間而不知自有其間，惟使之自予以間，而吾之無間者乃可見矣，何者？彼其情已如是，不可以遁也。嗟乎！許子果聞道乎哉！許子不能不食，許子不能不衣，許子不能不冠，許子不能不爨。（先**將問意提明，然後入答者之意，則機緒自能清楚。**）不耕之數者，天下之人莫不有然也，而何異乎許子？孟子曰：「吾有以詰之矣。」有順以詰之者，彼不得不以爲然也，而果曰：「然」。有逆以詰之者，彼不得不以爲否也，而果曰：「否」。其然之者則種粟而食也，則冠也，則以釜甑爨，以鐵耕也；其否之者則織而衣也，織而冠也，自爲而釜甑與鐵也。嗟乎！許子食而粟，衣而褐，冠而素，爨而釜甑，耕而鐵，（一縷穿成。）許子之自養者抑亦厚矣。今夫粟，許子之所有也，而衣、而冠、而釜甑、而鐵，許子之所無也。許子之所無者胡爲乎至哉？如許子之言必自織之、必自爲之而後可，而陳相一則曰以粟易之，再則曰以粟易之，許子之粟，其取數者不已多乎哉？（纍纍問答，只[四二八]欲逼出「害於耕」三字，然文却不説煞，留下文辨駁之地。）粟之取數者多，則耕之不可有害也明矣，故承奚爲不自織之問而曰：「害於耕也。」（衆谷走水，同注一壑。）試使孟子再詰之曰：「奚爲不自爲釜甑與鐵也？」則亦必曰：「害於耕也。」（補筆雋妙。）嗟乎！向謂許子不知有害故也，如陳相之言，許子猶知有害乎哉？陳相猶知許子之有害乎哉？（有神。）此所爲使之自言其情，而其情乃可得而屈也；使之自予以間，而其間乃可得而攻也。

題緒甚繁，其神氣但欲追捕「害於耕」一句以爲招案，然此節只使其自供，而攻擊尚在下文，一語觸犯則非也。滿紙皆烟雲之氣，令讀者心[四二九]迷離，而用筆仍

是案而不斷，此爲神化之至。（劉大山）

層層問答，只要逼出兩個「易」字、一個「害」字，易則不能並，並則有所害，並耕之説不攻而自破矣。以題之曲折爲文之波瀾，其行文錯綜反覆，正如題妙，看去惟覺烟雲萬變，按其層次則秋毫可數，此真化工之筆。〔四三〇〕（吴劉〔四三一〕山）

## 江漢以濯之　三句

爲極至之辭以擬聖人，而聖人無能似之者矣。夫其有可似，必其有可尚也，以濯且暴者擬之，而猶謂可尚乎？而猶謂可似乎？若曰：「弟子之於師，有與師遠不相似而竟事之者，有與師稍稍相似而欲事之者，有以師爲不可似而卒無可事者。」夫以師爲不可似而卒無可事者，子亦嘗聞其人矣乎？曾子是也。曾子曰：「吾之不可二三子之説也，吾非敢遂忘夫子也。夫子之生平，二三子豈遂忘諸？而奈何以萬無可似者而舉似之？甚矣，其誣也，吾是以不敢褻夫子也。（二股如一股。）夫子之境詣，吾豈能實指其然？而亦即以萬無可似者而舉似之，庶乎有得也。」今夫人之德，苟纖悉之未盡也，則有間，有間則人得以乘於其間而加之矣。（翻出「不可尚」。）若夫無纖悉之累而既去之，又去之無不盡焉，（疏「濯」、「暴」二字，切甚，雅甚。）是不已絶人以其途也乎？故人即有可取，或一得焉而已矣，（略〔四三二〕带「有若」一筆。）或小節焉而已矣。信乎亘萬世而莫之及者，聖人也。今夫人之德，苟極至之未造也，則不足，不足則人得以藉口於其不足而並之矣。若夫居極至之詣而既盡之，又盡之無有憾焉，是不已示人以其獨也乎？故人所爲可似，止外飾焉而已矣，止大略焉而已矣。信乎合及門而無一及者，聖人也。蓋水莫大於江漢，而日莫烈於秋陽，以濯之、以暴之，凡此者豈不皜皜乎？蓋聖人誠不可尚已，不可尚而猶有可似乎？不可似而猶有可事乎？不可事而猶以强余乎？（倒捲上文。）尋常委瑣之境而可以極盛德之形容，言行氣象之間而難以得至人之仿佛，子去矣，毋污我，我且守其道而遵其教焉。（結「不可」意，古韵悠悠。）

只在空中描寫題意，已極刻露，時手或多用替身字眼，沾沾以爲切題，則吾不知之矣。（汪武曹）

「洞庭始波，木葉漸脱，漻寂而氣清，然後得之。」艾東鄉嘗以論平遠臺稿，此文真足以當之。（孫起山）

# 秋陽以暴之

狀聖人之德，復借喻於所暴焉。夫聖人之德，非暴所可言也。然以暴喻之，而豈猶是尋常之暴乎？且聖人而既可以舉似也，則其所以舉似之者，必盡乎其量而無餘，而後他物不足以擬之，凡以絶其妄欲擬似者之心也。今夫物之濯者，其質雖潔，而其潤尚存。物有時而不貴乎潤也，則人雖愛其潔也，而不能不惜之曰：「吾猶嫌其潤也。」（從上句轉落，思理入微。）物之濯之者，其事主濡，而其體未固。物有時而必期於固也，則人雖欲其濡也，而不能不企之曰：「吾更俟其固也。」故吾復以暴之者喻聖人之德，則見爲秋陽以暴之云。今夫陽之爲體也，以至烈爲能，是以物遭之而質變，至於秋則加烈矣。（從「陽」字説到「秋」字。）春之華者，至秋而實，而物無不凝於堅者，日之爲也。故當夫天高日晶，而潤者莫不爲之斂，第見爲純白之至而已矣，聖人之德亦若是焉則已矣。秋之爲氣也，以燥物爲候，是以日因之而功全，其所暴較異於常矣。（從「秋」字説到「陽」字。）陰未移者，其色已改，而物無不去其滋者，暴之爲也。故當夫淒淒烈烈，而燥者所照而皆是，第見爲堅貞之至而已矣，聖人之德亦若是焉則已矣。氣至秋而肅，而陽則至是而其光愈顯；聲至秋而悲，而陽則至秋而其輝偏盛。（襯發精彩。）故惟秋陽之暴，雖欲有幾微之晦者而不得也。夏日之可畏也，而物震之，反有蒸變之形；冬日之可愛也，而物狎之，不改沾濡之舊。故惟秋陽之暴，雖欲有纖毫之遺者而不得也。吾以此狀聖人之德，世有如是焉以暴之者乎？吾恐夫子爲之秋陽，而人皆在照臨之下，藉夫子以暴之，而猶未必能受其暴也，而謂能似夫子乎？

此題一着色相，即近惡俗，變而爲游光掠影，又絶無刻畫處。此作精理爲文，秀氣成采，一切膚泛語盡爲掃却，快甚。（汪武曹）

雋旨獨裁，掃盡人間言語。（潘右石）

大家之文，人皆震之，以爲難及，殊不知其亦無他奇，只是能做題耳，時文之多，汗牛充棟，然未見有能做題者也。（王令貽）

## 夫物之不齊　二句

物不可以齊，以物情自有其不齊者也。夫使物而可齊，則必其情之自齊而後可也，而物之情豈其然哉？今夫情與僞，相反者也，（根〔四三三〕「僞」字，生〔四三四〕出「情」字。）治市之道固貴乎情而無僞矣。然市之各致其情，必視乎其所市者之各如其情。唯所市者之情既得，而後市之各致其情者，始可因以見也。若許子之市賈不貳，非欲齊乎物乎？而豈知物之情乎？夫物有其賈，市之人定之者也，而實非人能定之，賈從物生者也。賈從物生，而物情受之； 抑物有其賈，市之有司平之者也，而實非有司平之，賈隨物轉者也。賈隨物轉，而物情安之。今有爲市者於此，任交易者之取一物焉，而即此一物之中又聽其自擇，而徐以索其所直。其誠者，即財貨之美惡而道其高下； 其詐者，亦或揣人意之緩急而故爲低昂。（寫俗情瑣事，何其入妙〔四三五〕。）要之，誠與詐皆因物而施，未有不出其物以使之决擇焉，而漫而思售者也，則以不齊者之原具於物也，此其情也。今有適市者於此，唯鬻貨者之予一物焉，而即此一物之中又互爲較量，而漸以讎其所直。其諳者，悉物産人爲之故而裁其多寡； 其疏者，亦將托稱物平施之意而惜其錙銖。要之，諳與疏皆因物而得，（妙。）未有不驗其物以細加辨別焉，而携而遽往者也，則以在物者之已顯呈其不齊也，此其情也。（「爲市者」一比，「適市者」一比，妙悉人情。）故物有因時而各異，貴者倏賤，賤者倏貴，貴賤亦正無常然，此其時之異也，而情則有常；（以「時」字翻「情」字。）物亦緣地而或移，此地屈而彼則伸，此地伸而彼則屈，屈伸亦自無定然，此其地之移也，而情仍自若。（以「地」字翻「情」字。）物以不齊爲情，而人必欲以齊爲其情，物情不之便也；　物有不齊之情，而人必欲以齊拂其情，即人情亦莫之便也。吾恐禁國人之僞者，適率國人以僞而已矣。

偶有以此題文見示，其於物情多不能摹寫，適案上有友人舊作，取而改潤之，其於「情」字頗瀾翻不窮矣。（自記）

刻畫俗情，摹寫物態，極其工妙，所謂「以文言道世事」也。（施對揚）

## 孟子謂戴不　全章

設喻以曉宋臣，欲其知善君之術也。　夫欲善君，而君與爲不善者仍衆，君豈能善哉？戴不勝者，固不得善君之術者也。　且夫爲人臣而欲善其君，此賢臣之誼也；　欲善其君，而進善士於君，此又善君之要術也。　而君子猶有議者，以其卒困於無可如何，而不能爲之計也。　蓋勢處於衆者常易勝，而勢處於獨者必無成，天下之事，舉無有外於此也。　宋有臣曰戴不勝者，蓋欲其王之善者也。　何以知之？於其進善士薛居州於王，使之居於王所而知之也。（**史法**。）夫王欲爲善，必有與爲善者；　王欲爲不善，亦必有與爲不善者。當其與爲善者衆，則雖有一不善者在於王之所，而彼無如王何也。何者？獨不勝衆也。（提「獨」字以〔四三六〕與「衆」字對勘。）戴不勝曰：「以宋國而善士一人，可謂衆乎？」孟子曰：「以宋國而善士一人耳，不已獨乎？則亦嘗聞楚大夫之欲其於之齊語者乎？欲爲齊語，則必使齊人傅之，而不可使楚人傅之，不勝之所明也。傅之者一齊人，而咻之者衆楚人，其語猶是楚也，而不能齊也。此一齊人者，無如其子何也，此不勝之所未明也。夫獨不有莊岳之間乎？而何不引而置之乎？向也求其齊而不得，今也求其楚而亦不得，則衆齊人之勢，足以移之也。今子之欲於之王善也，以薛居州爲齊人而傅王，吾將謂環王之左右，長幼卑尊皆齊人也，王之善其有望矣。乃即而視之，而盈於王之朝者，莫非楚人也，（正喻入化。）日呶呶焉讙讙焉，環子之王而咻之，咻之以取威定霸，咻之以驕暴縱恣，咻之以戰勝攻取。當此之時，一薛居州，夐然孑然，一言出而窮其辨者至矣，一事行而沮其成者多矣，安能常居於王所也哉！居州無如王何，子亦無如居州何。何者？獨之不能勝衆也，無以異於子之學爲齊語者也。夫善士何地蔑有？朝進一善士焉，而使之居於王所；暮進一善士焉，而使之居於王所。善士又復進善士焉，而居於王所，此亦王之莊岳之間也，（入化。）而何不引而置之也？吾之告子者如此，願子無爲楚大夫之所笑。」

是吾弟文字，不是《國策》文字，此其所以似《國策》。（兄瀾〔四三七〕石）

凌挫折挽，縱横如意，非深於古文者不能。（袁宗安）

## 段干木　二節（其一）

賢士有已甚之行，聖人所不爲也。夫賢士寧不自知其已甚，曰：「吾以守不見之義耳。」然而聖人之見也，亦何害於不見之義乎？且世之衰也，諸侯無好士之心，士莫不枉己以求見，而諸侯且拒之而不得進，未聞有以禮先者，此聖人賢士之所痛心而浩嘆者也。夫自守之義不可以或忘，古之人與其過而就也，無寧過而去之，惟聖人折衷而得其當焉，而何後世之士之不聞也？古者不爲臣不見，以余所聞，則往往有其人矣。孔子，大聖人也。（以孔子作主。〔四三八〕）周流天下，卒無所遇，不得已而退而老焉。當世猶知有重孔子、慕孔子者，而終無人焉能用孔子，然而孔子卒以禮自守云。其後被孔子之澤者，多守節之士，而鄒、魯、三晉間尤推段干木、泄柳焉。逾垣而避者，段干木也；閉門而不納者，泄柳也。雖然，士見君，不可也；君見士，何不可也？君見士而不與之見，則人不可也，請以孔子之事證之。（翩然竟下。〔四三九〕）夫陽貨者，竊大夫之權而遂以自居者也，（「大夫」二字梳櫛。）非文侯、繆公、王侯有士者比也。且其不肖萬不可與二君等，而其重孔子、慕孔子，又不如文侯、繆公之於段干木、泄柳。蒸豚之餽，瞰亡之舉，其術則巧矣〔四四〇〕，然而彼惡無禮而以禮先焉，以爲禮之可以服孔子也。孔子曰：「彼以禮來，而吾不以禮往，是已甚也，吾第如其禮以報之而已矣。」夫以孔子之待陽貨者且如此。今者南面之君，損威重，親枉車騎，造布衣之士而請謁焉，而布衣之士深藏固閉而不出，有是理哉！（「已甚」句〔四四一〕在此處迴抱前半不做，此虛實互見也。）故曰：「古之人與其過而就也，無寧過而去之，惟聖人折衷而得其當焉，而要之其爲不見諸侯之義則一也，吾又嘗聞緒綸於聖人之徒矣。」

「略施筆墨，自造古人」，錢宗伯謂震川熟精馬、班二史，而能得其風神，王、李之爲僞體，正坐皮毛似而風神轉遠耳。此等文字亦當從風神賞會之。（吳荆山）

## 段干木　二節（其二）

守不見之義而失之已甚者，亦未衷諸聖人矣。夫與其見而自輕，不如其不見而已甚也。然而已甚，聖人不爲，亦豈有害於不見之義乎？且不爲臣不見，古今之通義也，然而有異焉。可以見而見者，義也；不可以見而不見者，亦義也。可以見而不見者，義又〔四四二〕不在於不見也；見而無害其爲不見者，義又在於見也。自三代之衰，士之輕也實甚矣，（先虛挈一段。）士自輕，天下莫不從而輕之。其慢士者，不獨諸侯爲然也。大夫執政，陪臣執國，（映「陽貨」，絶不犯實。）命而士之，假他途以進者可勝道哉！孔子以大聖不得位，卒守不見之義以老焉。（逆提孔子。）孔子没，而鄒、魯、晉、魏間，守志不污之士亦往往而有，如段干木、泄柳其尤者也。此二子者，非第不見諸侯也，（無筆不圓。）諸侯亦不得見二子焉；諸侯欲見二子，終不得見二子焉，或逾垣而避之，或閉門而不内，其所守不已高哉？然而以此處于〔四四三〕不欲見賢之君，未爲甚也，即以此處于〔四四四〕欲見賢而不迫於見賢之君，亦未爲甚也。二子亦思文侯、繆公之於己，固何如者哉？以二君之賢，（飛渡無迹。）曾不得比于〔四四五〕陽貨，此孔子之所不爲也。陽貨賤〔四四六〕有司也，賤有司而假託於大夫之禮，以交於士，視文侯、繆公不大相遠哉！使二子處此，必毅然絶之，惟恐浼我，而孔子不然也。彼以饋豚，我以往拜；彼以瞰亡，我亦以瞰亡；彼之禮如是，吾亦如其禮以報之。孔子豈不知陽貨小〔四四七〕人也不可見，且夫不見，士之大節也，尤不可見陽貨，然而孔子不爲已甚者以爲禮，（晴〔四四八〕空迴照。）如是斯可以見矣。故曰：「見而無害，其爲不見也。」非段干木、泄柳，不能不見文侯、繆公，非孔子不可見陽貨，世之士固守二子之義，而折衷於孔子之禮焉，則幾矣。

**映帶縈拂，絶無痕迹，神龍之攫霧耶？天馬之行空耶？（汪武曹）**

## 戴盈之曰　一章

知非義而尚有待，宋大夫得攘之術焉。夫天下未有非義而尚有待者也，非義而尚有待，是無時而已也，此攘雞者之智也。且世主之取於民者，皆出於非義，（以「非義」作主。）而民之憔悴於虐政，莫大於此者矣。上之人幸而知之，而且曰：「已之，是易非義而爲義也。」民之困，其庶有救乎？而忽轉計之曰「未能」，而又預策之曰「有待」。嗟乎！未能則誠未能矣，而有待猶可及待乎？昔者先王之取於民也，一皆度之於義之所可行。什一而取，所以重農；關市譏而不税，所以通商也。自後之人主貪於財，而聚歛之臣，爲之攘奪，於是廢先王之法，興額外之征，而農與商交困，而猶不知其爲非義也。（**插此句妙**。）方且請加某賦，請增某税，民之膏已浚而猶不肯已焉。嗚呼！何其悲也。戴盈之曰：「吾知之矣，是非君子之道也，已之則未能而有待也，輕之則願有請也。」（插「知」字並即逗「是非君子之道」及「已」字。）彼民之困也，匪朝伊夕矣，豈其不能忍而待於來年？今有人於此，痛之在其身也，（痛切。）呼號宛轉，而須臾之際、呼吸之間，生死存焉，有從旁慰之者曰：「爾姑忍之，吾行且釋爾，吾行且積日而月，積月而年，以至來年而釋爾。」而其人之死也久矣。蓋亦嘗有以攘雞之術，告於大夫者乎？（古文神境。）日攘其鄰之雞，亦猶之日攘其民之財也，而攘雞者不知其非義也，因或者之言，而乃曰：「今茲未能，請損之，易日攘而爲月攘。」此輕之之説也，以待來年而後已。來年無可攘也，雖欲不已而豈可得乎？已之之未能也，安知月攘而不仍還爲日攘乎？即月攘而攘之名不猶在乎？豈前此之所爲者非義，而今茲之輕之、損之遂爲義乎？如知其非義，斯速已矣。今有見人之蹈於水火也，其勢誠急，而其情誠可悲，爲之焦毛髮、濡手足而救之，猶恐不及也，（發「速」字痛切。）而乃從容紓緩曰：「吾姑徐徐赴之云耳。」是實欲殺之也。故欲已之莫貴於速，而最可惡，莫甚於待。因循玩愒，而日復一日，年復一年，空言無補，禍愈深而事莫救；拘牽濡滯，而議去議留，議輕議重，盈庭集議，算未成而勢已移，皆待之説階之禍也。（二比就「待」字發端，寫出亡國景象。）嗚呼！攘雞者而在高位、操國柄，（冷。）吾恐不能一朝居也，來年其可待哉〔四四九〕！

其言至深痛不可讀，勝從來諸大家史論。（俞扶九）

陶庵作視此，未免粗浮矣。直得古文神髓。（宣左人）

## 外人皆稱　一章〔四五〇〕

以辨止亂，所以承往聖也。夫亂至人心，不正而已極，則楊墨所當距也，孟子不得已而有辨，而可以承往聖之治矣。且天下非聖人之道不治，苟生聖人之後，爲聖人之徒，而不閑聖人之道，（扼要。）則天下之亂將無時已也。夫撥亂世反之正，亦各視乎其時之所變、勢之所趨，而功以起。至孟子而以空言救天下，罪之者曰：「好辨。」知之者曰：「此懼孔子之所懼也。」（靈變。）孔子之道莫大於仁義，孔子之懼莫大於無父無君，然則懼孔子之懼，莫大於以言距楊、墨。（提挈處俱得要領。）嗚呼！自生民以來，治亦多矣，亂亦多矣，不大亂則不大治。堯舜時亂於洪水，文武時亂於夷狄猛獸，春秋時亂於亂臣賊子，戰國時亂於楊、墨。楊、墨爲邪説、爲詖行、爲淫辭，（逆提楊、墨，倒捲而入。）率天下之人而爲禽獸，天下之言争歸焉，前此之禍，不若是之烈也，君子於此能無懼哉？而辨豈得已哉？且夫天下之生之不可絶也，而於是乎聖人迭生以生天下。假使不得已者而已之，則禹生當洪水而無以抑之，而天下何以平？周公生當夷狄猛獸而無以兼之驅之，而百姓何以寧？孔子生當世衰道微、邪説暴行，而不爲《春秋》，而亂臣賊子何以懼？（一路俱用逆勢，掀騰文情，風發泉湧。）況邪説誣民而充塞仁義，乃人心之洪水也，人心之夷狄猛獸也，人心之亂臣賊子也。設禹生此時，禹必懼甚，以爲不得已於抑也；周公生此時，周公必懼甚，以爲不得已於兼且驅也；孔子生此時，孔子必懼甚，以爲不得已於尊天子以懼之也。孟子而不懼，而以爲可以已焉，則人心不能正而何以承三聖哉！嗟夫！欲承三聖者，惟有辨而已矣。辨其爲我兼愛之非，辨其生心害事之失，此亦所以遏泛濫、驅龍蛇、遠險阻、平污池園囿，而討紂奄、戮飛廉、驅虎豹犀象、膺戎狄、懲荆舒也。（補點。）至是人心正而天下之生不至于〔四五一〕絶，（遥接。）而謂辨其得已乎？其不得已乎？如是以爲辨，而楊、墨之道息，孔子之道著，安得聖人之徒而皆爲昌言以排之，而楊、墨之徒不得以滋蔓而難圖，是則生此時而能辨者，猶恨其少也，而外人顧云爾耶？（抱轉章首不測。）或曰：「老近楊，佛近墨。」則是楊、墨至今尚存，而天下卒以大亂而不治，而爲聖人之徒者且爲彼辨之，以顯叛孔子、孟子之道，何怪乎禽獸食人，而人且相食也。

以「懼」字、「不得已」三字爲眼目，三步迴頭五步坐，又如萬丈危城，忽然飛入，又忽然飛出，神勇莫當。○大結似有慨於良知家言而發，按嘉靖間，蔣文定、石文介爲考官發策，欲燔王氏之書而禁斥之，廟堂之上猶能持正論。自興化、華亭兩執政尊王氏學，遂浸淫無所底止，涓涓不塞，終爲江河。《日知録》曰：「以一人而易天下，其流風至於百有餘年之久者，王夷甫之清談，王介甫之新説，王伯安之良知是也。孟子曰：『天下之生久矣，一治一亂。』撥亂世反之正，豈不在於後賢乎？」（汪紫滄）

緣鏇在手，横縱自如，真是辨才無礙。（徐學）

提孔、孟作主，而以禹、周聯絡，配合之古邁雄深，時流無與抗行。（王天一）

## 昔者禹抑　一節

覆言古聖之治，皆道之所不得已也。夫天下之治亂，而可以置之，則無爲貴道矣。觀於禹、周公、孔子，而不得已之心，百世如將見之耳。孟子於三聖之功既論著之詳矣，至此乃覆言之，謂：「夫天下之變，竭聖人之力以勝之，而遞勝而遞出，此自然之勢也。惟適逢其變者，出其身以當大難之衝，則吾道有所伸，而世道亦有所賴，苟曰：『我一人也，何能爲繼之者？』又所云若是，則天下之亂亡而莫救也亦已久矣。吾嘗上觀千古，下觀千古，而見夫盛衰之故略已見於前世，即造物亦在氣數之中。神聖之出，凡以爲乎生民，其心思各有隱痛之處，此以知道在聖人，而所以自待與所以待世者，誠非可苟焉而已也。」（**語意渾括，得過脉體。**）昔者唐虞之際，（**三還三段，毫不侵實語。**）堯舜共治於上，而天下猶未平，（**趨注下文。**）則洪水之爲也，於是起而當其任者惟禹。使此時而可諉，禹當有以諉之，然而竟不敢諉矣。成周之時，文武相繼而興，而百姓猶未寧，則夷狄猛獸之爲也，於是起而救其患者惟周公。使此時而可安，公當有以安之，然而竟不敢安矣。自是而後，國家失太平幾百年，（**變换生動。**）乃復有孔子出乎其間。當是時，王道衰息，亂臣賊子肆行而莫之忌，於是孔子作《春秋》，以明一王之大法，定尊卑之大防，其於禹、周公，直以空言配之而已，此則不得志於時之所爲也。蓋同此聖人，由帝而王，由王而相，由相而布衣，患益深者遇益薄，而視夫蚩蚩之衆生，其悲憫雖所遭殊勢，皆皇然其責之無所於逃。（**神氣貫注於本題部位，不走一絲**〔四五二〕。）且同此天下，亡何而變起，亡何而變息，又無何而變生，世愈衰者任愈重，而當夫舉事之初，落落難合；迨事定之日，始曉然其心之不容自已。以予稍誦法往聖，而所遇之時、所遭之變，曩者之患又不至此也。而未知其所終，其奈何不爲之所也。

著意題之上下，於總束過峽處取其神致，毫不侵占下節，而自任意思已躍然欲出。（劉大山）

## 離婁之明　一章

爲政當法先王，君臣交有其責焉。夫先王之道，仁政是也，舍是而不因即無以治天下，彼君與臣，豈可不各盡其道乎？且天生民而立之君，君不能獨任也，而又有臣焉以輔之，（提出「君臣」逆説入。）其相與經營天下者，亦甚勞苦而難成，而猶幸生先王之後，凡後世之所當爲者，先王爲之已甚具矣。（落到「先王之道」，筆意不測。）先王爲其勞，而後世爲其逸，其於治天下則均也，（一齊挈起。）此智主賢臣之所樂爲而無難者也。乃世之在高位者，吾惑焉，澤不及於生民，法不傳於後世，非無仁心仁聞也，而不能平治天下，夫亦思先王之仁覆天下者果何道乎？（以「行先王之道」作主，驅駕首節，即滚到第五節。）道莫大乎仁政，仁政者，不忍人之政也，行之當時則爲政，傳之後世則爲法，此亦先王之規矩六律也。故夫先王者，治天下之離婁、公輸子、師曠也。且夫先王之在高位也，（此處却以「先王」作主以運化三節、四節、六節。）仁心爲質而非徒善，法令畢舉而非徒政。當是時，朝有恭敬之臣，野有淳厚之俗，在上者秉乎道而不違，在下者循乎法而自守，君子、小人，莫敢爲不義以犯國典。（就「先王之法」牢籠下意，絶不犯手。）嗚呼！何其盛也，是先王之法誠未之有過也，然則遵先王之法，而能以先王之道，爲丘陵川澤之因，而又豈有過乎？吾嘗由《假樂》之詩推之，而知仁者而在高位，未有不知所因者也。而不仁者不然，以先王之法爲不足遵，以先王之道爲不必因，而毀棄規矩、決裂六律，是智不若爲高爲下者也。由是而播其惡於上下，播其惡於朝與工，播其惡於君子小人。小人中有賊民興焉，而國之灾、國之害，莫大於此矣。且夫賊民者誰召之也？（落下不測。）國有賊臣焉以召之也。賊臣者，以吾君爲不能者也，彼不知陳善責難之義，遂以爲吾君不能法堯舜，吾君不能遵舊章，而聽其不仁不智，以播惡於衆，是導其君不能者，皆此賊臣爲之也。《詩》之所謂「泄泄」，而俗之所謂「沓沓」者也。上有賊臣，下有賊民，（亦是史家類叙法。）喪無日矣，其國豈能幸而存哉？蓋天之怒甚矣，是皆由於不仁而在高位，故致此也。嗚呼！世之人主，誠能由仁心仁聞，而充之以行先王之道，是亦先王也，將見禮修於上，學興於下，無愆忘之過，有平治之效，賊臣不得立於朝，賊民不得興於野，天方且鑒觀之而默佑其興矣，而奈何甘蹈於不仁者之禍哉？

作長題尤須以史法爲之，震川所謂「如畫然，聯山斷嶺，峰頭參差；又如地，高高下下相因，乃去得長」。看此文縱横驅駕，屈伸自如，幾不能尋其生滅變换之迹，非熟於史法不能。（韓慕廬先生）

## 賊民興

民而賊也，無禮、無學之效也。夫賊民者，國之不可有者也，而奈之何其興乎？此皆居高位者之有以致之也。且吾觀世之盛也，雖小民而皆有士君子之行焉。其有一□好亂樂禍者之出於其間，則衆共棄之，而終身弗齒，何風之美也？（從「賊民」對面説起，筆力高渾。）蓋其薰陶漬漸之者，非一朝一夕之故矣，若夫上無禮，下無學，視其時殆有興者。興者何？曰「賊民」是也。民惟邦本，本固邦寧，是以諸侯寶之，寶其安分而易使也；匹夫匹婦，一能勝予，是以聖王凜之，凜其難安而易動也。若之何而出於賊也耶？（一小比從「民」字便起「賊」字。）在家則賊於一家而勃谿相構，在國則賊於一國而攘奪相加。（賊之情事，簡而該。）始也賊於下，而繼也且賊於上，林林總總者，視之莫非民也，而非民也，民而賊矣。其比周爲暴，則賊與賊且效尤，其反目相噬，則賊與賊且斗捷；始焉賊於心，而繼也且賊於形，（妙甚。）紛紛攘攘者，視之莫非賊也，而猶不號爲賊焉，賊而民也。廉耻之不知，而自以賊爲快意；公論之盡泯，而共以賊爲得時。寖昌寖盛，成一賊之淵藪；而赫赫炎炎，其立基且不可傾。（「興〔四五三〕」字一段形容，説得凛凛可畏。）賊於禮而自以爲禮，於是有賊之禮行於時；賊於學而自以爲學，於是有賊之學鳴於世。（賊之種類甚多，處士橫議皆是也。）雄唱雌和，遂成一賊之景象，而鬱勃藴隆，其爲勢且不可遏。當是時，豈無一二良善而不肯染於賊者？力弱黨孤，方困於賊民而不能脱。且曰：「賊勢方盛，誰能違之？」（旁襯「興」字。）迨其後或有悔而從之者矣，即上之人豈可不奮焉？震怒而籌所以討賊者，日浚月削，且坐視賊民而不加罪。倘或以賊詰賊，賊且從而詰之，賊之名亦未有適主矣。（更爲尖冷。）賊民興，知秀民之不興也，（波瀾不窮。）人心已盡澌滅，理義已盡消亡，天道人事，至此日而已大變其常；賊民興，知賊臣之亦興也，或且爲之釀亂，或且爲之養奸，（觀明末縱賊諸臣，可勝浩嘆！）國法官箴，至賊民而一無所能用。嗟乎！此乃國之灾，此乃國之害也，而由於上無禮，下無學，致之可不懼哉？

熟於漢唐諸史，而借題以寓論斷，警快無倫，惟大士能辨此耳。（汪聖功）

## 天之方蹶　二句

大賢引《板》之篇，而知不獨君有責矣。夫爲臣者，莫不喜泄泄然也，而亦思何如時乎？曾亦未睹於天乎？則盍誦《板》之篇？且天之爲人任過也久矣，國家禍患之事，其君主之，而其臣實成之，乃歸其咎於天曰：「此天之所爲也，吾無如何也。」（言之可慨。）夫天之變也有因，而天之變也猶有救，乃其君莫之知，其臣亦舉莫之知也，則終無救矣。吾讀《詩》至《板》之章，凡伯刺厲王而作也。今之臣如凡伯者蓋已無矣，吾取其一二言以爲官箴焉。曰：「天之方蹶，無然泄泄[四五四]。」昔者先王之時，法度具舉，愷澤旁流，而天方錫之以福而永之以[四五五]命，天人之交相與如此其至也；（包舉全章之意，勢撼山岳。）而當此之時，君臣恐懼，上下修省[四五六]，惟恐天厚其大罰而降之大厲，凡以天人相與之際甚可畏也。（流水對法。）曾幾何時，而昊天不吊，則天亦變其常矣；

昊天不平，則天亦失其職矣。（「天高無消息」，真是恨事。）嗟乎！是孰使之然哉？天下事，殷憂者興之而逸樂者敗之，入其朝，而士大夫從容俯仰以頌太平，即以知其大命之將傾也。（「泄泄」二字好摹寫。）抑天下事，讙讙者謀之而蹻蹻者笑之，遊於其國，而百官、有司周旋唯諾以爲順時，即以知其淪胥之不遠也，是則「天之方蹶，以泄泄然」故也。（層層轉換，出奇無窮。）然而天之愛人也甚矣，天之悔禍也亦亟矣。苟一旦克警天戒，凡向之所爲，一舉而更張之，大臣沃心，小臣竭力，相與彌縫其闕而匡救其灾；而天亦一旦回其疾威，自今日以後，不難與更始焉，禍亂已弭，灾害並去，安見天心之不復而天命之不假。（一氣直下，不知其爲排偶。）（二比正寫「無然」二字。）易而無奈，其猶然泄泄也。有識者皆知其旦夕之莫保，而泄泄者猶計富貴於百年；局外者皆知其死亡之及身，而泄泄者且竊寵禄以驕世，如是而天亦真不能悔禍矣。貪爵慕位之心，國既遭其顛覆；卑論儕俗之見，已亦喪其身名。嗟嗟！用泄泄者何人也？（歸重君身，得旨。）而遂至此也。敬天之怒無敢戲渝，敬天之渝無敢馳驅，豈泄泄者之遂不足以回天意乎？然而泄泄者必不能也，天方爲天下除其賊也。（冷隽。）

文氣疏越，得西漢之遺。（徐七來）

禍夫好讀史，論其成敗得失，故每借題以抒其議，而於題之脉縷仍不差一黍，此陶庵、卧子諸家所遠不及也。（翟希顔）

## 斯二者天也　三句[四五七]

天無其一定者，而存亡之權皆操之矣。夫天之所爲，人豈能争之？而一順一逆，存亡繫焉，人不可以不知天矣。今夫無可奈何而安之若命者，莫不諉之乎天。夫天定勝人，人定亦能勝天。（照下「修德」、「自强」。）人未之定也，則聽於已定之天而已矣。夫人之存者天存之，而人之亡者天亡之，於是乎存者歸功於天，而亡者歸怨於天。（就下二句逆翻而入。）而世之論天者，感憤之言，則以天爲不可信；而信天者，又以天道爲無不驗。及有時明效著見而不驗也，則又遷就其説而爲天諱，而要之不必疑也，亦不必諱也。夫天，固有二者也，二者一爲理道之天，一爲氣數之天。（照注疏出二者之天，極爲分明。）理道之天，有道之天也；氣數之天，無道之天也。當有道之時，而氣數之天不能與之争；當無道之時，而理道之天不能與之争。天且不能與天争，而顧以區區之人思出而争之，亦終必亡而已矣，而安能存乎？（奇論，快論。）今夫天之所興誰能廢之？天之所廢誰能興之？斯二者之天之所同也。天愛賢德而處之以崇高富貴，而不遺於其小者，此可言也；天暱强大而縱之以恣睢驕暴，而故屈抑於其小弱者，此不可言也，斯二者之天之所異也。吾以爲存亡之機，操之順逆，所謂無可奈何而安之若命者，此則處斯二者之天之道也。（波瀾起伏，倏忽萬狀，真天下奇文也。）順斯二者之天而不能不爲其所役，非役於賢德也，役於天也；非役於强大也，役於天也，如是者存矣。逆斯二者之天而不甘爲其所役，夫天以其權付之賢德，吾以爲逆賢德而不知其逆天；天以其權付之强大，吾以爲逆强大而不知其逆天，如是者亡矣。嗚呼！自古以來，理道之天常少，而氣數之天常多，此亦事勢之難解也。然天雖有二者之分，而其運相爲循環者也，而獨在前世。無不平之嘆而視賢愚以爲貴賤，無有所爲倒置也；無不吊之嗟而分順逆以爲予奪，無有所爲差忒也，此事何以不再見於後也，得無天亦有不得自主者乎？（語意側在「無道」邊，直趨下文。）且夫理道之天易順，而氣數之天易逆，此亦人情之同然也。然天雖有二者之異，而其心則主於仁愛也，而獨至後世。逆天之運者中亦有順天之心，而不能使之存；順天之運者其實逆天之心，而不能使之亡。此事何以不見於古也，得無天亦竟有不可憑者乎？（二股筆意變化不測，其猶龍乎！）然而世有聖人，可以化無道而爲有道者，何也？蓋常人以天爲天，故或仰天而問，或呼天而訴，而天不念也，不能不聽命於天。而聖人以我爲天，而天且聽其命，是天果不可憑，而果不得自主也。

「天高無消息」，真是恨事。斯文出而韓、柳二家之論未爲盡矣。（方靈皋）

時而風雨在足，時而波濤在首，何從測其所至？朅夫其猶龍乎！（韓慕廬先生）

此種文當别録入經傳中，不當作時文讀也。（程偕柳）

## 今之欲王　五句

欲王者之不得也，可以預料其終身矣。夫有其畜之，不有得於今，必有得於後也，獨奈何以三年之懈而誤有終身乎？且夫人必合終身以爲之計，而後乃可以有成。蓋謀不可以卒就，而機不可以卒乘，凡目前之所舉，皆所以爲終身地也。世之諸侯王而知此也，庶其有瘳乎？今夫天下事，未有無故而得者也，亦未有終身而不得者也，視乎其求與否耳。（從「終身不得」句逆入「求」字，方[四五八]能截住題位。）終身之美似不易合，然吾苟有道焉，今日不合，終必有合之者也；終身之力似不易就，然吾苟得其要焉，一時不就，終必有就之者也。以予度今諸侯之政，勢形於倒懸，病深矣，可若何？奚啻七年矣？有好仁之主，效徵於反手，事雖半，功必倍之，何惜三年乎？（從正意映出「七年」、「三年」，雋妙。）惜也，無有以「七年之病求三年之艾」之説告之者也。彼非湯也，以數年之桀求爲一旦之湯；彼非武也，以數年之紂求爲一旦之武。（雋快。）時既屢遷，事更相左，蓋徒計今日之情而不計後日之情也，徒商緩急之形而不商得失之形也，徒僥幸於不畜而得之功，而不從事於畜而後得之功也。夫爲一朝之事，必一朝之力任之，況三年者乎？當其不得則以爲遲，及其得之猶爲速矣。爲終身之事，必終身之力任之，況其僅三年者乎？較之目前則以爲晚，較之畢世未爲晚矣。（以後只虛合正意，作法最得。）若之何其不畜也？宜其終身不得也。是故以終身之中，其爲受病也有年，其爲畜艾也有年。使艾畜之於先，則病可以不七年；（妙妙。〔四五九〕）使艾畜之於後，則病亦不過七年。然且不求，雖求之亦止欲之耳。（顧「欲」字。）夫天下事亦烏有虛懸一欲之之念而得者耶？以終身之中，其爲七年也有幾，其爲三年也有幾。以七年而待三年，爲日雖多而猶可冀；以三年而救七年，爲日甚少而又何難？然且不畜，既不畜將何道以求之乎？夫天下事亦烏有空挾一求之之意而得者耶？然則勿藥而有喜，世固無其事也，因循輾轉，而七年又復七年，是病既已與之終身矣，亦何救乎？諱疾而忌醫，其病更爲甚也，玩日愒時，而三年又復三年，則不得又已與之終身矣，尚有望乎？今之欲王者正猶是也，死則死矣，而又多一憂辱焉，悲夫！

做「苟爲不畜」二句，只虛含正意，不用明説，故能不脱首句，又無連下之病。○妙在以譬喻作主，故能截去下文。（汪武曹）《國策》文字有一種最高者，輕點冷逗，清微淡遠，絶不説煞，而含韵無窮，此文可謂神似。今人止〔四六〇〕習見縱横諸篇，概以爲雄豪不可羈紲，而此種神韵，誰復能領略而得之？（韓慕廬先生）

## 曠安宅而　二句

觀人之所弗居與弗由者，而其自絶也甚矣。夫吾自有其可居、可由者，而曠且舍焉，非自絶於天者而能爲之乎？且人之情未有不欲其身之有所托，而足之有所處也。（從「居」字、「由」字意翻。）假使環顧熟視而無可以托其身、措其足者，（襯托極緊。）猶必汲汲皇皇，而庶幾其一得當也，烏有自有之而顧欲去之以爲快者耶？仁，人之宅也，而有安無危，人之當去危而即安也明矣，宅安而身亦安，故有樂乎其居之也；　義，人之路也，而有正無邪，人之當去邪而即正也明矣，路正〔四六一〕而行亦正〔四六二〕，故有樂於其由之也。（正點「居」、「由」二字，已伏後二比。）今有人焉，指其宅而言曰：「吾非不知其安，而吾不能居也。」堂之高而豈易升？室之深而豈易入？不能望其門墻，而何敢窺其奥窔？（句句切「安宅〔四六三〕」。）於是乎安宅之中闃其無人矣、曠矣。（切「曠」字。）今有人焉，指其路而言曰：「吾非不知其正，而吾不能由也。」雖則如砥而非其所習，輒形其趦趄；　雖則如矢而非其所經，反覺其迴遠，視他人之共趨，而何妨爲我迹之不至？（句句切「正路」。）於是乎正路之間望望然去之矣、舍矣。（切「舍」字。）曠而弗居，而安宅猶如故也。　然而浸尋頹壞，久之已爲墟矣，而安宅尚可尋乎？（所謂「牿之反覆」、「去禽獸不遠〔四六四〕」，與「爲間不用，則茅塞之」是也。）舍而弗由，而正路猶如故也。　然而浸尋充塞，久之不成蹊矣，而正路尚可求乎？（强對。）且夫弗居者而在安宅，則必於其甚危者而居之也，（看妙。）棟折榱崩，勢將壓焉，不可以一朝而處，而方且視爲宅之至安，（真切。〔四六五〕）而反以安宅爲危地也；　弗由者而在正路，則必於其甚邪者而由之也，猖狂妄行，以蹈夫陷阱焉〔四六六〕，而一往而不知反，方且視爲路之至正，而反以正路爲險途也。（就「弗居」、「弗由」對面。）斯時即有納之於安宅者，而彼且拒之甚堅曰：「吾之安宅，吾自曠之，而汝何爲者也？」（「不可與有爲。」）即有掖之於正路者，而彼且止而不前曰：「吾之正路，吾自舍之，而汝又何爲者也？」故曰：「不可與有爲也。」哀哉！

溺於怠惰之狀，刻意形容，真無躲閃。其屬辭之雋妙工緻，則擅玉茗風流。

（薄聿修）

## 子欲手援天下乎

天下不可以手援也，則道固不可失矣。夫援天下而以手，必無是事也。苟失其道，是必手而可也。而髡也，乃以孟子欲之乎？若曰：「子疑吾爲不援天下，不知此乃吾之所以援天下也。」何者？誠不欲等天下於嫂也。而子之所欲於我者，試自思之，當亦啞然笑矣。守道以爲援，不但援天下也，即援嫂而不盡以手也。其以手，即其以道也；（「手援嫂」亦是道，妙。）棄道以爲援，雖嫂不可援也。謂援天下而不必以道也，其不以道，即其以手也。（股法次第相生。）援天下者，子之所欲也。手援天下，而亦子之所欲乎？運掌之治以道，而運之也。苟徒逞其掌之能曰：「吾指掌而天下定，吾恐以一掌而塞洪流。」在有是掌者，亦與之俱溺矣。（**所謂**〔四六七〕**「人不正而已先枉也」**。）反手之易以道，故見爲易也。　苟徒憑其手之力曰：「吾舉手而天下平，吾恐以兩手而挽滔滔。」在有是手者，已先天下而溺矣。（**「運掌」、「反手」二義作襯天然**。）假使手而可援天下也，則天下誰不有手？外顧世而淪胥莫返也，曰：「吾手尚存，一左提一右挈，豈其難者，而子獨於我欲之乎？」抑使手而可援天下也，則天下誰不能援？內顧己而臂指可使也，曰：「斯世何憂，上其手下其手，惟其所爲，而子何爲於我欲之乎？」援天下而果手也，則溺天下者亦手也。（**雋妙**。）順流恬波，而汩而亂之者誰耶？就子之言推之，非他也，手也；（**股法次第相生**。）溺天下而果手也，則援天下信當以手也。　隨流揚波，而障而迴之者誰耶？就子之所欲思之，非他也，手也。　於是乎視天下如嫂，視援天下如援嫂，猶之溺也，則亦猶之援也，而亦竊笑援嫂者固拙於用手，因小於用手矣；（**雋冷之甚**。〔四六八〕）於是乎舉天下如舉嫂，則舉嫂者當亦如舉天下，同是援也，則亦同是舉也，而亦自幸其援天下固巧於用手，因大於用手矣。　棄道弗務，勢必出於此而後可，子何不自試之？天下不可援，直匍匐而歸耳。

**以滑稽應滑稽，當使滑稽閉口。（孫子未）**

辯才無礙。（兄仲升）

## 先聖後聖　二句

即聖人以揆之，而得其道之合焉。夫先聖後聖不一矣，然而君子一之。一之者何也？曰：「其揆一也。」知此可以論聖矣。孟子若曰：「吾由虞周以來，略觀前世之迹，殆倏然有遐思焉。夫時異地殊，何其遠也！迨夫時至事起，又何其合也！理有各得，業不徒成〔四六九〕。嗚呼！有以也夫！」（飄然。）蓋聖人之生久矣，宇宙不能以無故，而聖人能相繼而謀其安，故有一聖人以開其先，即有一聖人以起於後；大道日在於人間，而聖人獨相繼而荷其責，故先聖之前已有先聖，而後聖之後復有後聖。然而所遭之變，所遇之時，既不相如；又況地之相去，時之相後，復甚懸絶。在先聖未嘗鰓鰓然冀後聖之我〔四七〇〕同也，親相付授，猶不能必其盡通，而何望於流風餘韻之既遥？（翻「一」字。）在後聖未嘗沾沾〔四七一〕然惟先聖之是師也，有心摹擬，即不能期其相肖，而何以豐功峻烈之悉洽？於是尚論之家不無惝恍，吊古之士别生擬〔四七二〕議。（落「揆」字，古筆參差。）嗚呼！蓋亦未嘗揆之而得其故矣。今夫時有變也，道不可變也。惟時有變也，故前後不必相承，彼此不必相襲；　惟道有不變也，故先聖無異於後聖，而後聖無異於先聖。而特是參差之見，由權度之不精；　上下之形，必折衷而始定，奉一道以爲衡焉。而或則數聖，或則百聖，皆可齊觀；　或皆得志，或不皆得志，亦非異轍。嗚呼！後之君子倘亦有靨然而興者乎？（言了而意不了。）

短比十餘，中間略單行數筆，一氣相生，只如一股。至於俯仰唱嘆，具有餘情遠致，此文家逸品也。（汪武曹）

句短而韵長。（郘甘來）〔四七三〕

## 子產聽鄭國　一章

以惠而悦人者，非聽政者之所宜也。夫子產務欲悦人，故行之以惠，而亦思聽政者誰耶？亦未聞君子之道矣。且夫爲政者，亦貴得其平而已矣。無廢其法之謂平，無失其體之謂平。得其平焉，而民雖不悦，弗顧也；　失其平焉，而民雖不悦，弗貴也。然則爲政者之所重有在，而不徒恃乎區區之間也。昔者鄭國之政，子產實聽之，則其爲政，當無不修舉者，子產第持其大體，而守其成法，而民之詛也、祝也、喜也、怨也，皆有所不計也，斯則知爲政矣，而政平矣。（就「聽政」提出「知爲政，平其政」。）而世顧盛傳其乘輿濟人一事。吾聞鄭之郊，有水曰溱，有水曰洧，雖非洪流巨浸，而詩人歌其涣涣，得無民有病涉者乎？然先王之時，率不聞有以病涉告者，何也？乃至於子產，而一日者，駕而之乎溱、洧之濱，不聞人避於道，而見民病於涉，因載而濟之。當是時，濟者悦甚，而論者因争以子產知爲政矣。（就「濟」字串出「悦」字。）孟子曰：「此乃所以不知爲政也，此所謂惠也。」惠也者，一二人悦之，而千萬人病之者也。誰實聽鄭國之政，而區區徒杠、輿梁尚不知，按故典以修之，况其他乎？君子知鄭國之政不平矣。夫徒杠、輿梁之修，可以人人而濟之也，乘輿之濟，焉得人人而濟之也？推子產之意，必將人人而濟之。蓋欲人人而悦之也，而焉得人人而濟之？而焉得人人而悦之？以有限之日，待無算之人，而給有限之車，必不得之勢也。然則被其惠者少而不被其惠者多，（綰「惠」字發論。）則是悦其惠者少而不悦其惠者多，故曰「鄭之政不平」也。嗚呼！子產務爲悦人而不善悦人，而豈知爲政者不務悦人，乃所以悦人也乎？今由濟人一事推之，而子產有車馬，而人馳之驅之；則子產有衣裳，而人曳之婁之矣（四七四）；子產有鐘鼓，而人考之鼓之矣；子產有酒漿，而人啜之哺之矣。無論萬萬不暇給也，即能給之，而聽政者如此，則聽政者難矣。（可謂博辨。）故爲政者貴平其政也，不知爲政，而可以聽鄭國之政乎〔四七五〕？子産此事，人多稱之者〔四七六〕，而吾爲辨之，所以存〔四七七〕聽政者之體，而亦以見聽政者之有法也。

曰「聽政」，曰「不知爲政」，曰「平其政」三句，實題之眼目，文提此作主，又以「濟」字串出「悦」字，隨手變换，自成妙文。（汪武曹）

以史法爲文，呼應之妙，題隨手轉。（李公凱先生）

興會酣適，化筆墨爲烟雲。（盧聖望）

## 君子深造　二句

於君子之用功，而得君子之用心。夫一自得，而其所得者無有已也，君子奈何不欲之，既欲之而奈何不深造之以道哉！且天下之理，莫患乎其不爲吾有也，夫其不爲吾有者，亦以其心之不在是焉。（從「自得之」轉到「欲」字。）然而徒有其心而終不爲吾有，彼有所從事焉而汲汲而不已者，（從「欲」字轉到「深造以道」。）人以爲何其勤也，而不知其所爲存於心者端有在矣。（又從「深造」句轉到「欲」字。）今夫理之在君子者，自其後而計之，總其成而觀之，固自得之者也。（擒「自得之」，通體俱振。）一日之報，貫乎終身，而終身之程，積於一日。蓋君子之致此者綦難矣，而豈徒也哉？君子之爲此者又久矣，而豈苟也哉？（從下句倒入首句。）且夫淺深無定位，視乎其人之所至。立乎今日，而覺昨日之爲淺矣，立乎明日，而又覺今日之爲淺矣。浮慕於其間，或一再進而輒已之，或稍稍積累而又輒已之，以爲其〔四七八〕境止此也，其中寧復有幾乎？（此比反振「深造」二字。）且夫功候有定在，亦視乎其人之所至。前日之力，今日用之而已遲矣；後日之力，今日用之而又早矣。凌節於其途，或持者挾而望者奢，或身雖勤而事則左，以爲其成可期也，而其成庸有異乎？（此比反振「以道」二字。）君子則以理無涯，而吾之造之也亦無涯。夫境之深則其至者加少，其又深則其至者又加少矣，（「深造」一層。）而君子至之而卒不得其所止，而又不敢躁也，（「以道」一層。）一〔四七九〕往直前之勢而有迴翔容與之思，蓋所以之乎其途者漸而積焉，而君子之心非無〔四八〇〕所爲而爲矣。（呼起「欲」字〔四八一〕。）且夫境何以深？惟其造焉。而始知其深未嘗造焉，則不復知其深矣，而君子造之而歷歷見乎其處，而初非有躐也。優游厭飫之間而入乎精微曠渺之域，蓋所以循乎其序者徐而臻焉，而君子之心庶乎可以慰矣。蓋理不得之於心，而吾身之患雜然而生，然沾沾焉形迹之間，介介然口耳之末，是亦猶之乎不得也。（跌醒「自」字。）心解神會，而油然極從容之致，其所由來者，夫豈徒然也〔四八二〕？（遥應。〔四八三〕）君子未嘗以此心告語於世，（「欲」字刻露。）而自念非艱苦以圖，無以遂其所願，則勉勉者曷可以已也。且理不得之於身，而吾心之患雜然而生，然强而索之而留之，虚而張之而居之，此固終不足以得也。潛融默運，而快然其實獲我心，何以致此乎？夫固非苟而已也，君子未嘗於此心時設一境，以期其然。（「欲」字更精。）而自其次第赴功，無非以爲此境，則亹亹者以有迫之而然者也。（講末句不脱首句。）欲其自得之也，然一自得，而其所得者無有已矣。

「自得之」，章中凡三見，題之針綫脉理，神氣俱在於此。□文於題中，字字皆詁得精當，而重振「自得之」〔四八四〕句尤有法。（韓慕廬先生）

## 以善養人　二句

服天下之具，在不以善勝人而已。夫善者，人之所公也。用以養人，而不用以勝人，而人未有不服者也。且夫天下之服也以善，而非善不能以服天下，（從「服天下」

起。）此人之所明也。乃亦既善矣，而天下猶不服者，何也？夫以善自爲而形人不義之名，與以善爲人而自居有道之色，其去不善之意幾何也？然則天下之不服者，以其無以養之也。（以「服」字形起「養」字。）善不足以感人，乃曰人實不欲善，而不知人之不感之者，非不知其善而不感其爲善之心也；善之足以感人者，未嘗自明其爲善，而人之感之者相與明其爲善之心，而因而感其善也。以善爲天下之所共，而吾特不過善中之一人，逡巡退避，未嘗以此自多，而天下之人，歲月之所涵濡者，莫非是善也。（疏「養」字精。）若曰：「爾之善爾自有之，非取之吾者也。」猶之「爾有旨酒，式飲庶幾，爾有嘉餚，式食庶幾」云耳，而天下之人享其飲食之利，莫不含哺而鼓腹也，争歌之而舞之矣。（「服」字粘定「養」字説。）以善爲人人之所能，而吾特不過先得其所同然，從容委折，未嘗期其有效，而天下之人，性情之所漸摩者，莫非是善也。若曰：「爾之善爾自能之，而非效之吾者也。」猶之「風雨之潤，草木自蕃，灌溉之頻，良苗自盛」云耳，而天下之人咸在滋（四八五）培之中，莫不欣欣而向榮也，皆翻然而勃然矣。蓋天下之人莫不以氣矜用事，和之而乃靡，角之而益起，故於善未嘗不知所從，而獨於以賢知自命者，必不肯降其心，一旦有長養之者殷勤懇惻，而其氣矜自平矣。（曲中人情。）且天下之人莫不以義理自居，樂其有美之在己，諱其相輔之在人，故於善未嘗不知所取，而獨於以名號自竪者，必不肯聽其令，一旦有生養之者煦㖃翳育，而其義理自安矣。（「人」字以「平等人」言，此二比猶爲親切。）本其始則養其心、養其性，無在不得其養也，而自養有全功；及其被之於人，而或懷之以德，或定之以威，無之而非養也，而養人有明效，王天下豈易易哉〔四八六〕？

「人」字指「平等人〔四八七〕」言，正希文未免混看「人」字，此篇實勝之，而「養」字洗發精實，則波瀾莫二矣。（韓慕廬先生）〔四八八〕

## 雨集溝澮皆盈

盈視乎雨，與盈科者不同矣。夫雨之集也，溝澮之幸也，何也？以其盈也。非雨集而何由盈乎？且物有無端而來者，其來也，不知其所自也，而境已爲之增其勝，而意象已爲之變其常。（但寫題意，而「聲聞過情」者已照到，妙能截住題界。）是故天下莫不甚幸乎其無端而來者也。吾得觀無本者於七八月之間，然而當斯時而儼乎有本矣。（一句虛籠全篇。）今之境非前之境也，得之於意外者也；今之意象非前之意象也，是亦〔四八九〕得之於意中者也。今夫自顧無奇，而舉世之視之亦甚易者，孰有如溝澮也耶？（出「溝澮」，雋冷。）涓涓之流，涉之而裳不必褰；一勺之水，越之而足不能濡。溝澮將何時得盈乎？溝澮無盈之理，而溝澮有盈之時，天下之得時者，莫溝澮若也；（冷刺入骨。）溝澮無盈之具，而溝澮有盈之勢，天下之乘勢者，亦莫溝澮若也。孰爲溝澮之時與爲溝澮之勢者？其雨其雨，殆爲溝澮集矣。（出「雨集」妙。）油然沛然，而須臾之間，觀者之耳目爲之頓易，蓋忽焉而洋洋而活活，自以爲天下之美盡在己矣。（成語自然。）此時之原泉不加增益，而爲溝澮者，豈復肯望洋而旋其面目乎？（從《秋水》篇翻出。）以陰以雨，而霑足之施，在受者之浸灌易以自多，蓋忽焉而滔滔而汩汩，無識者亦以爲極天下之大觀而無憾矣。（對工。）此時之原泉亦自奔騰，而爲溝澮者，豈不猶曇空之在於大澤乎？（雖「盈」亦止「溝澮」，更爲冷妙。）當夫密雲之不雨，亦或見晛之曰〔四九〇〕消，則溝澮猶是溝澮也。（從「雨集」前一〔四九一〕層托起。）而溝澮不懼也，以必有見多之一日也。蓋其量易滿而又屬有天幸焉，欲不盈不可得耳。（總爲「聲聞過情」者寫照。）是以谷風之既布，隨即零雨之其濛，而溝澮非猶是溝澮也。而溝澮益狃也，以常有此自喜之一時也。蓋其勢甚驟而果恃有憑藉焉，欲不盈豈可得乎？溝與溝相連，澮與澮相比。

當雨之集而各挹之、而各注之，（「皆」字亦用鏤刻。）遂覺彌望而莫非原泉。（以僞亂真，可嘆。）盈於溝而止是溝，盈於澮而止是澮。當雨之集而雖若有所進、雖若有所放，究之舉目而莫非溝澮。（小人本色自在。）嗟呼！雨止而溝澮窮矣，其混混者仍在原泉也。

句句針對「聲聞過情」者，又以上節伴説，微辭泠〔四九二〕諷，語語刺心。若其屬辭之妙，對仗之工，特餘事耳。○題字折開點，且以波瀾跌宕出之，自是行文秘訣，然時人即知此訣而無其筆妙，亦不能生動飛舞如許。（劉大山）

溝澮可恥，自盈時已見得，不待涸也，冷眼婆心。（江讓臨）

## 禹惡旨酒　一章

歷舉三代之聖人，其存心各有可指者焉。夫存心不可見，而見之於其事，合夏、商、周以觀，而其事殊，其心一焉耳。且夫道者所以持世也，心者所以持道也，而聖人者又所以持心也，吾觀運會推移之際，正賴有此數聖人在宇宙間耳。則舜尚矣，吾又得夫禹。禹之存心不可勝述也，而其大端，則發之於所好與所惡焉。絶而疏之者，旨酒也；

拜而納之者，善言也。由是推之，凡其可以溺吾心，與夫可以裨吾心者，其審而擇也，亦若是則已矣。（説得廣闊。）吾又得夫湯，湯之存心不可勝述也，而其大端，則著之於行政與用人焉。執而不弛，其守者中也；立而不拘，其類者賢也。由是推之，凡其所以操吾心，與凡所以用吾心者，其嚴而寬也，亦若是則已矣。越數百年而周興，文王其首出也，其盛德大業，載之方策者，可考而知也。然吾第論其不自足之心，民已安矣，而不敢曰治成，道已登矣，而不敢曰子聖，大矣哉文乎！當是時，父子作述，一家濟美。嗚呼！何其盛也！蓋武王繼起云。嘗觀其於遠邇矣，人情莫不狃於近習之間，而忽諸耳目之外，武王無是也。不泄不忘，斯非其存心之密之一證耶？（古文段落。）此三王之四事，其大概固有然者，而周公之思乃不可已矣。近切紹庭之志，遠鑒二代之模，思其所不合，而行其所已得，直旦夜交勉焉。故於今誦周公之德而稱周公之功不衰，有以也夫！（前整後散。）

五節本各舉其事言之，若彼此串合，皆爲節外生枝。此文各自開説，極爲得體，股法有整有散，亦得先正「化板爲活」法。（汪武曹）

不總不結，別有畦徑，神韻無窮。（朱林修）

章法出自《飲中八仙歌》諸體，先輩張小越《或問管仲　全章》題文亦是如此作法〔四九三〕。（汪聖功）

## 西子

人有以美著者，其得於天者厚矣。夫西子之美，出於天者也，而西子顧可自薄乎？且猶是人也，而獨有人焉擅千古之至美，使人見之而意移，聞之而神往者，（反照「掩鼻」。）孰有如西子也耶？西子之前豈無西子，西子出而上掩夫前之爲西子者；西子之後豈無西子，西子出而又下掩夫後之爲西子者。蓋世有略仿佛夫西子已，可以出而邀憐。（襯。〔四九四〕）一有西子之臨其前，而己之色忽焉失者，人之目亦忽焉移，乃嘆出於天者之不可〔四九五〕强也；（描畫西子，正擊動下意。）又有萬不及西子，已自知出而取憎，復有西子之形於旁，（映「惡」字。）而己之陋愈已彰者，人之視亦愈以刻，乃嘆生於天者之不得其平也。在西子亦非徒恃乎天也。（單一句開出下二比。）膏沐之容，環珮之飾，（反照「不潔」。）西子良自愛，而修其容者亦工，而觀之者指其人爲之迹，亦以爲出於天然；（反照「掩鼻」。）申椒之佩，芳蘭之施，西子不自信，而飾其姿者必備，而見之者忘其生成之美，而以爲善於容飾。有妒西子者，以不美爲美，而反以美者爲不美也，無如美不美之形已儼然呈矣；有效西子者，不美者出之西子而美，（暗用「效顰」事。）美者倣之他人而不美也，蓋其美不美之質已判然分矣。不言而自芳，在西子已狃於人世之愛，然安得常據之以爲固然？絶世而獨立，在西子已幸其天質之優，然安得遂肆焉以爲無害？爲西子者，無使過之者掩鼻也則可矣。

筆筆對下文講，對次節講，對正意講，靈妙絶世。（鮑孝儀）

## 禹之行水（至）大矣

行水者以利爲本，而大智者以鑿爲戒矣（四九六）。夫行所無事，豈獨行水爲然哉！能行所無事，大智豈獨在禹哉！若是而何惡於智也？且吾性之智莫患於鑿，而人往往鑿之者，以爲吾將從事於智之大者，而不知求其大而適以見其小也。放言高論而無所忌，狂惑失守而不知所止，天下有如是之大智乎哉？今夫無惡於智而必若禹，誠以禹之智，大智也，（伏。）而亦觀禹之智於禹之行水乎？而亦觀禹之大智於禹之行水乎？水有水之性焉，不知其性以予之，而以己與乎其間，是與水爭也，水之所以益横而不可制也，而禹則固如其性矣； 水有水之利焉，行水者不因其利以相導，而有所作而制之，是水之治亂可以意爲也，障水者之所以徒勞而卒弗成也，而禹則固因其利矣。 由是觀之，則禹之智，誠大智也，（緊。）而何天下之智者之不知出此也，彼蓋以行所有事爲智耳，而不知行所有事而已非智矣。 理之出於自然者，莫非天之所爲，而乃以人爲者，（筆意灑然。）而汩之而戕之，而別求夫新異者曰：「是性也。」觀其所著之書類皆汪洋恣肆，而自託於智者之所爲，而其害性也已甚矣。 假令有得於古人之遺意，而本天之命，去己之私，無好爲艱深，而無務爲矯强，若是之智在古人不已見於前事乎？（「亦」字神理。）而智者不已仿佛似之乎？ 理之循於自然者，原爲性之所自盡，而乃以後起者，而間之而勝之，而別求夫支離者曰：「是性也。」觀其堅僻之行類皆汗漫奇詭，而共指爲大智者之所爲，而其誣智也亦已甚矣。 假令有合於古人之成迹而物當其可，事順其則，從容以俟其機之相引，而積累以致其緒之日出，若是之智在古人不已稱爲獨絶乎？而智者豈獨逡巡莫及乎？是故無惡於智而必若禹，而必若禹之行水。 誠以若是，則其智大智也。 大智者利也，小智者鑿也。 利者故也，鑿者非故也。 智而可鑿，是世有不求其故之智者也。

上下極能通貫，後二股更爲明快。（汪武曹）

## 公行子　一章

以不與言者待小人，即其以〔四九七〕禮待小人也。夫與右師言者，右師重於禮也。孟子第知有禮而已矣，安知有右師乎？即以爲簡右〔四九八〕師可也。且夫人之相與言者，必其人之相類也；人之不相與言者，必其人之不相類也。欲於不相類之人而與之言者，小人之心也。小人暱小人，故相與言；小人知重君子，故欲得君子之與言。惟其如是，而固已成其爲小人矣，何者？以其不知有禮也。（落〔四九九〕「禮」字，不測。）昔者，齊國諸君子中有右師焉，王之信愛臣也。右師者，子敖也，所謂王驩者也。（提掇處悉是史法。）諸君子皆奔走之惟命，而不知有禮。（題前籠題。）其或以言媚右師，其或以言有求於右師，望下風而請謁者何可勝數？孟子惡之久矣。一日，有公行氏之喪，孟子與諸君子皆以王命吊，相繼先往，諸君子相與言歟？諸君子或與孟子言歟？皆未之聞也。自右師一往，而公行氏之門紛紛矣。（冷雋。）當是時，孟子升乎其階，處乎其位，遥而望之，則見與右師言者何其多也。（以末節運化「與右師言」二〔五〇〇〕句。）或進右師歷己之位而相與言，或已歷右師之位而相與言。其言也，必揖之而後言，亦無論其同階不同階矣。於是乎諸君子之身群向於右師，而諸君子之目〔五〇二〕畢注於右師。斯時也，右師必悦甚，然而右師不悦矣。（就「與右師言」一句即走「右師不悦」，駕過孟子「不與右師言」句。）蓋右師之目中有一人焉，獨升乎其階，處乎其位，而曾不獲一親其謦欬也。噫！其孟子也耶！而何其意中無驩，口中亦無驩也？諸君子聞右師言，必私相喜曰：「吾等幸不開罪於右師，彼孟子者，何爲者也？而獨爲是簡也。」或以告孟子，孟子曰：「嘻！甚矣，子敖之不知有禮也！此雖公行氏之門，固有司之所涖也，夫亦猶之朝廷也。子敖素挾朝廷以爲重，禮則不知矣，獨不知有朝廷耶？歷位而相與言，逾階而相揖，禮之所禁也，而顧蹈之，其於朝廷也不已簡乎？諸君子以非禮待子敖，子敖不以爲簡，而獨以我爲簡也。」嘻！甚矣，子敖之不知有禮也！而要之右師者，孟子之所不屑與之言，又無論其行禮不行禮也。行禮云者，姑有一説以解於小人足矣。（得解。）他日與子敖出吊於滕，又有不與言之事。

穿插點化，逼真慶、曆能手，而用筆之古過之。〇慶、曆諸公作長題法，實即良史叙事之法，但人若從時文入手，則能得其法之巧而不能使其筆之古，此則深得力於司馬、歐陽二史記中，而非僅得慶、曆諸公脚迹下盤旋，故其文法巧而筆古如此。（汪武曹）

吾嘗謂田有之文，篇篇有畫景，有詩意，有史法，若此文直作一篇《史記》讀。

（韓慕廬先生）

## 此亦妄人也已矣

人而妄者，於君子有無已之横逆焉。夫非妄人，必不以横逆加君子。蓋不待此日而已知其爲妄人矣，君子雖欲爲之諱而不得也。且惟君子，故有横逆，外此皆其所宜受也，非横逆也，何者？以妄遇妄也。（快極。）蓋既爲君子，則已操其致横逆之具。君子而屢自反，則又適爲招横逆之府。（須知此數語不是寫君子，是寫妄人也。）然而君子於此猶寬之，蓋夫夫也幾不可以人之，而君子猶且人之也；（映「禽獸」。）然而君子於此又哀之，蓋夫夫也終不可以人之，而君子不得不妄之也。（雋妙。〔五〇二〕）夫妄人則亦安有底哉！有靦面目，别有肺腸，不自知其爲妄也，不自知其爲妄，此其所以妄也；（妄人不須多作形容，只此已足。）夫妄人則亦何所不可哉！意願難滿，怨望易生，且以君子爲妄也，以君子爲妄，此其所以妄也。君子者，孚豚魚而不疑，履虎尾而不懼，乃遇妄人，而君子之道窮；（照上三个「自反」。）妄人者，投有北而不受，投豺虎而不食，乃遇君子，而妄人之術展。（照上三个「横逆」。）君子至是，雖欲自反而無可自反也。（起下「又何難」句。）夫使君子無可自反，君子則已矣，而妄人將何以自處也？（逼「禽獸」句。）抑使君子無可自反，妄人則已矣，而君子又何以處之也？（對「無一朝之患」句。）嗚呼！妄人者，毒君子以難堪，而孰知君子悲憫之心，欲且人之而不可，適以成就君子，而自暴其爲禽獸而已矣。

腕下有照妖鏡，不然那得使妄人乃爾無遁形也。（汪武曹）似有所指，然何嘗差却題神一字。（曹漣漪〔五〇三〕）

## 禹稷當平世　一章

聖賢異世而同道，要各當其可而已矣。夫聖賢之心，皆主於救世，而何以有〔五〇四〕救不救之異者？而孔子賢之無異也，則以其道之同焉耳。今夫天生聖賢，所以救世也，（即拈「救」字。）世無論治亂，皆所當救，然往往治世則救之，而亂世未之救者，何也？則其所處之地使之然也。（拈「地」字。）顧或者於救不救之間，而疑聖賢之道有差數者，（拈「道」字。）則盍亦折衷於孔子乎？救唐虞之天下者，禹、稷也，（說首三節即串入「救」

字，方是全章文字。）禹、稷救之，故其世爲平世；　不能救春秋之天下者，顏子也，顏子不能救之，故其世爲亂世。（先將「平世」、「亂世」洗〔五〇五〕刷一番。）嗚呼！世之治亂，在聖賢之用不用而已矣。嘗考洪水未平，黎民阻饑，其世何嘗不亂，而禹、稷見用則不爲亂世矣，春秋之世能用顏子，獨非平世乎哉！且夫世之不可不救，與救之不可不急，豈曰平世當如是，而亂世可不如是耶？何以禹、稷當平世，如是其急，而顏子當亂世，獨莫之急也。論世者賢禹、稷之救，即不得賢顏子之不救矣。然而孔子皆賢之者，賢其同道也。禹、稷所處之地，一爲司空，職在救天下之溺；　一爲后稷，職在救天下之饑。饑者、溺者不能舍，禹、稷而望〔五〇六〕救於他人也。當顏子之世，天下之溺抑又甚矣，天下之饑抑又甚矣。然而有溺之者，非猶顏子溺之也；　有饑之者，非猶顏子饑之也。故一時之饑者、溺者，未嘗有入顏子之室，叩顏子之户而求救者，（即串入末節，入化。）是以如是其莫之急，而陶然自樂也，此顏子所處之地則然也。嗟乎！聖賢之不同者，其地也；　而無不同者，其道也。在禹、稷曷嘗以必救爲其道，而顏子曷嘗以必不救爲其道哉！其或〔五〇七〕救或不救者，所遇之人則然也。當平世之人，禹、稷之同室也；　當亂世之人，顏子之鄉鄰也。（正喻入化。）其饑也，其溺也，猶之鬬也。而禹、稷以三過其門而不入者，爲被髮纓冠之救；　而顔子以簞瓢陋巷陶然自樂者，爲閉户之不救。（補點首二節。）其救之者，一夫不獲，惟予之罪，而拮據經營，不能自有其家，亦不能自有其身，而義無所辭，責有所在，其息同室之鬭，較之於聖賢之不得志者，誠有以盡其才而能成蓋世之勳。（淋漓痛快。）其〔五〇八〕不救之者，屏居窮巷，蕭然遠引，然殷勤惻怛，蒿目而憂世之患，撫膺而憫人之窮，（顔子未嘗不憂世〔五〇九〕。）而有才無命，有志無力，竟恝置乎户外之人，較之於聖賢之得志者，誠無以愜於心而獨抱千秋之憾。　嗚呼！以同道之人，而一當平世，一當亂世，其不同遂有如此者，豈非天哉？

輕逸駿快，如天馬之行空，此前輩之所謂「以法行機，以機化法」也。　歸太僕云：　「《史記》叙事，或追前説，或帶後説，此是周到。」又云：　「《史記》叙事如説平話者，有興頭處就歌唱起來。」如此文後二比，乃太僕之所謂歌唱也。（韓慕廬先生）

## 齊人有一妻　一章

述齊人之事，而求富貴者之態具之矣。　夫由衆人觀之，齊人固不得與富貴敵；　由君子觀之，則求富貴者庸愈乎？而何怪乎齊人。　且天下有一術焉，心相授也，不約而同也，泰然得意，而旁觀者太息焉。嗟乎！俗流失，世壞敗，尚可言哉！夫富貴利達，非不祥之器也，至今日而不祥甚焉，而天下幾無復學士大夫也，皆齊人而已矣。齊人者，得其所以求之之術，而以乞於齊者也。（一句挈起。）然而齊人愚矣，何者？齊人也即顯者也，顯者也即齊人也。何遽不如彼哉？（妙。）而奈何託之以自驕？且夫酒肉之饜，一飲食之人也，墦間之餘，非饜足之期也。挾其術，何難富貴哉？（妙。）而奈何小用之以行乞？嗟乎！夫也不良，國人知之，而其妻若妾，猶良人之也。（神化所至。）夫富貴利達者之妻妾，不聞有疑其良人，而瞷其良人者，而齊人之妻，顧疑且瞷之；夫富貴利達者之妻妾，不聞有訕其良人，而泣其良人者，而齊人之妻妾，顧訕且泣之。嗟乎！訕良人，是訕求富貴利達者也；泣良人，是泣求富貴利達者也。使齊人之妻若妾，早知齊人之無異於富貴者也，則固已居然富貴者之妻妾矣，而何訕與泣爲也；使富貴者之妻若妾，早知其良人之無異於齊人也，則固已儼然齊人之妻妾矣，而安能已於訕且泣也。何者？蓋羞之也。（如一聲曙鐘。）夫富貴利達，不皆可羞，人之所以求之者，故足羞也；夫求富貴利達，本以爲榮於妻妾，而適以見羞於妻妾，而已不復自羞焉，是遠出妻妾下也。彼富貴利達者之家，其婦子嘻嘻於中庭，亦或驕良人之所驕，以爲良人者，仰望而終身，真得所依歸也，而詎知其若此哉！（妙在議論跌宕中能運化題面。）嗟乎！世之求富貴利達者，莫不笑齊人，而孰知使齊人者，反而相詰，不能自解免也。彼亦一齊人，此亦一齊人，非君子孰〔五一〇〕識其故，孰定其論哉？嗟乎！此等輩則亦已矣，而俗流失，世壞敗，將何所極也？三公不之易，而萬乘莫之屈，由彼觀之，且迂闊君子也。（妙。）

嬉笑怒駡，出之淡雅〔五一一〕，淋漓翻〔五一二〕覆，歸於緊密，非田有之胸次筆力，固不能爲也。（何屺瞻）

敘事題以議論運化，筆筆入神。（顧俠君）

言之者無罪，而聞之者足以戒。（韓慕盧先生）

## 不得於君則熱中

形失意之情，而知慕君者之切於慕矣。夫得於君猶不足以形其慕也，惟不得於君而其慕難以形容矣，擬之曰「熱中」，而前此之所慕者，俱不得比之矣。今夫人之有所慕者，期於有所得也。（擒「得」字翻入。）有所得而繫戀於其中而不知反，假令無所得，而即爲之悲傷，於其際而不可解矣。然而猶可解也，或期於異日之得而姑以俟之，或安於目前之不得而聊且置之。大抵不得於少艾，不得於妻子者皆然也，而惟仕則慕君者不然。其或得於君，則生平之願已足，而志高氣揚、泰然自得之意據於其中；其或得於君，則嗜欲之情紛出，而美好玩弄、侈然自奉之意又塞於其中。而及其不〔五一三〕得於君，則情態又百出矣。（有得君之得意，即有不得君之熱中，對面摹寫妙甚。）利禄之在前也，吾睨而視之，誠不禁其欲之忽熾而不能有之於己，則艷羡之餘化爲急遽，是故朝不能待之暮也，（好摹寫。）暮不能待之朝也。人皆處高位而尊榮，我猶拜下風而跼蹐，一念之起又一念之續，如火之燎於原也而不可滅也。（引證確。）富貴之可欲也，吾懸而揣之，（更妙。〔五一四〕）誠不知其樂之所底而不獲有之於身，則遲拙之咎無寧巧速，是故寤寐亦不能忘也，須臾亦不可忍也。既已不置身於通顯，安得復自比於人數，一情甫動而百情交攻，如湯之沸於鼎也而不可探〔五一五〕也，則見以爲熱中云。憂心之如焚也，而此利達之念又不能焚；冀幸於灰之復然，而其中則已然矣。（更爲刻畫。）其或爲意態之慘沮，其或爲言動之怨懟，惟其熱中而見於外者，不覺其憔悴枯槁之甚也。（以外面襯出〔五一六〕「熱中」。）執熱之必濯也，而惟勢位之資乃可以濯；呼號於焚之必救，而其中則已難救矣。其或爲神色之飛揚，其或爲手足之舞蹈，惟其熱中而見於外者，又不覺其傲睨躁妄之甚也。想其人別有肺腸，故易熱乎？傍徨宛轉，而其中之煎迫者獨苦，蓋其精神之所注止此一事，庶幾其得於君而熱中者，乃可以寖消而寖滅矣；（又就對面說。）想其人薰於習俗，故相率而趨於熱乎？情見勢出，而其中之煽惑者轉甚，蓋其性命之所殉惟此一事，就令其得於君而熱中者，亦不能冰解而凍釋也。（更深。〔五一七〕）嗚呼！此不得於君者之情態也。即有少艾，即有妻子，而無解於熱中；即或熱中於少艾，熱中於妻子，而愈益不得不熱中於君。斯時也，豈復知有父母乎？

以冷眼看「熱中」，妙極形容之至。（熊繩武）

## 始舍之　三句

校人善狀魚，而其辭可聽矣。夫生魚之狀，固有是圉圉焉、洋洋焉，攸然而逝者，而校人狀之最工，豈不使聞之者足慰哉！若曰：「日者大夫不以小人不敏，而辱使余畜魚也。余承命以往，懼魚之未必能生，以負大夫之嘉惠，余亦無以報。」（聲情都肖。）大夫因徘徊水濱，良久乃去。幸也，魚果生而其狀猶在小人目中也，今敢爲大夫告焉。當大夫之得生魚，而不忍其困也，而畜之池。蓋魚本有是攸然者，而大夫望魚之復還其攸然也。（布置自當如此，非率爾倒插也。〔五一八〕）維臣亦望之曰：「庶其攸然乎？且逝乎？」然而魚之離夫水也久矣，其困也，亦已甚矣。群魚方動蕩而揚波，而斯魚也，獨浮沉而呴沫。蓋舍之之始，而魚之狀如此。小人且疑且慮，（「少則」二字一波。〔五一九〕）且冀幸於其後。於是俟之俄頃以觀其態，而小人忽驚且喜曰：「幸矣，圉圉焉者不復圉圉焉矣。」（「圉圉」二字工妙。）雖未即相忘於水而樂，而已漸得乎水而舒，蓋去舍之之始未幾，而魚之狀如此。自是而見水不見魚矣，所謂洋洋焉者，已杳不知其所之矣。以泳以游，入水惟恐不深也，蓋至是而果攸然，而果悠然〔五二〇〕而逝，（遥應。）余又俟之良久而竟不出也。（得神。）此大夫之德意，而余不敏，亦無負所使乎？於是余臨池而嘆，亦得意而歸。蓋魚樂其樂，而臣亦樂魚之樂，即大夫亦必樂臣之樂、魚之樂也。

如脱於口，更勝前輩名作。（韓慕盧先生）

## 天之生此　一節

元聖之覺民，决於天而已矣。夫天既生湯，又生尹，凡以爲斯民也，尹固知之而有不能辭也歟！且古之君子，其於出處之際，本之往古，驗之天心，按之當今之務，日夜念之至悉也。故其平居數語，類往往定一代之規模，而其慨然自許，誠有迫於不獲已者，如伊尹者是也。其言曰：「堯舜之既遠也，君民之間，吾惓惓焉，其何恃而然耶？」（**落脉甚緊，得六一風神。**）蓋有見於一二，以有信於己也。運會無將轉之機，則亦付之無可如何耳。而今已當此往復之交，能少緩須臾乎？一人之適而舉世之危，其亦何以自安矣。（**總做涉於武斷，而筆持圓秀。**）反躬無戡定之才，則亦碌碌未有竪立耳，而何以負此交迫之任，豈復堪濡忍乎？上無以慰而下無以綏，其亦何以自解矣。今夫天之生此民也，欲人人而覺之，而不能人人而自覺之。故知有先後，覺亦有先後，而任其覺之責，是惟有道者，此天之所使也。以吾觀於世，而誰其人者？其予也夫！其予也夫！一王之興，天之所命，誰能違之？而不能獨有成，或推之，或輓之矣。今者不已有願治之主出耶？吾想夫夏德之衰，至於今而已極，茫茫者世耶？蚩蚩者衆耶？胥沉淪而莫悟也，其誰實導之以及此乎？前人既去，後人未來，而予適當其際，静而觀之，而皆可憫也。偕奉一父母，而罔顧赤子之危，而謂吾道其何爲乎？聖明難遇也，其勿復棲遲已爾。定亂之具，天之所與，豈偶然哉！而不能遽有爲，逢其會，遭其時耳。今者不已有蒼生之望屬耶？吾想夫太平之失，非旦夕所使，然冥冥而行耶？冒冒而趨耶？遍宇宙而皆然也，其誰實縱之以至此乎？天道既窮而欲轉，人情亦厭而思治，而予交荷其責，即而視之，而果可悲也。相倚爲手足，而絶無同胞之恤，而謂吾民其曷賴乎？躬耕雖樂也，其無復終老已耳。（題中要緊字面皆鏤刻一番，又已照定下節。）（兩大比一句一轉，一轉一意，令人尋味無窮。）是則考之天，而天意大可知也；徵之民，而民望不忍置也；度之身，而斯道無容秘也，而况又有迫之者，冠蓋相望也。吾志决矣。

精神只在末句，上數語皆其鱗爪，寫翻然光景，筆筆入神。（馮文子）

題之散者整之，落落只寫大意，於體制似與先輩不合，然幽意獨沉，靈機滿紙，其神韵風度固已獨擅一時。（韩慕廬先生）

曲筆深情，極古文唱嘆抑揚之妙。（吴元朗）

## 思天下之民（至）溝中

以民爲己責者，元聖思之深矣。夫民無與於己則不思，即與於己而無不被其澤，則亦不必思，伊尹之思誠有所不能已也。且凡爲民者，未有不樂堯舜之出者也。非樂其道也，而樂其澤也，（從「道」字出「澤」字。）一有樂其道者出，而民之安危皆其己之所爲，

（「己」字。）而非他人之爲之矣，吾由伊尹之言，而得伊尹之所思焉。民雖望澤甚殷，（着筆「澤」字。）決不向畎畝之人而告之以情事，是即漠然而不引爲己之責，自有受其責者也；（切「樂道時」言，對[五二二]下「就湯」一句。）民雖被澤無期，亦決不環旁觀之身而加之[五二三]以怨咎，是即恝然而不引爲己之事，自有主其事者也。而伊尹不然，天下之民蓋無一人不在其胸中久矣。匹夫匹婦不啻寢處於溝中，呼號焉而莫有聞也。誰非天之所生，而使之至此極也，即使他人爲之，而己之念猶動，（重發「己」字。）況實出於己而親見之也，能不爲之惻然乎？匹夫匹婦莫不淪胥於溝中，宛轉焉而莫之有睹也。誰非堯舜之民，而禍之若是烈也，假令實己爲之，而己之辜猶顯，乃若出於己而竟置之也，（爬梳「若」字更妙。）其志不更慘乎？尹於是思曰：「吾天下弗顧也，千駟弗視也，溝中之民而亦弗顧、弗視也耶？吾欲使是君爲堯舜之君，使是民爲堯舜之民，乃使民爲溝中之民也耶？」溝中之民因不被堯舜之澤也。世無堯舜，則溝中固其所也；有樂堯舜之道者，而溝中非其所矣。何世無溝中而推之者，非堯舜也；（題中字，無一不醒。）有樂堯舜之道者而推之，是堯舜推之矣。嗚呼！此溝中者即後知者也，而推而内之者，即天所使之先知也，非己之罪而誰也？（重發「己」字，下句已躍然矣。）此溝中者即後覺者也，而推而内之者，即天所使之先覺也，非己之辜而誰也？凡此者皆尹之思也。斯世不能以無患，聖人更覺其多情，彼阽危而困窮者何人乎？方且自安於塗炭，而豈知深山之内猶有人焉，爲之深悲而嘆息也； 聖人以天下爲身，故聖心不以天下罪人，彼滅德而作威者何人也？方且日肆其殘賊，而豈知匹夫之中獨有人焉，爲之引咎而自責也。（一比映「救民」，一比映「伐夏」，總攝入一「思」字内，淋漓痛快，極文之豪。）是故既内之溝中，則必起之溝中，而必無人不起，乃可以償其内之之罪； 思天下之民，必當人人被之以堯舜之澤，而苟有一不被，即無以畢其思之之局。 嗚呼！此重任也，非伊尹，其誰能任之？

直寫胸懷，感慨百折。（徐子璲）

龍睇大野，虎嘯六合，九天之雲下垂，四海之水皆立，想見草廬抱膝時，蒿目而憂世之患，其氣象峥嶸如許。（韓慕廬先生）

讀末二比〔五二三〕，不圖伊葛尚在人間。（錢歐舫）

## 知虞公之　一節

大賢反覆以明古人之誣，亦據其事而斷之也。 夫奚而自污，孟子知其誣也。 其知之奈何？曰：「於其智知之，於其賢知之。」孟子以爲信知人言，則百里奚僅一頑鈍無耻之徒，人亦不當以此藉口。然其説有無不可知，而據以彼之迹，參以吾之意，即夫人之情，酌夫理之宜，固已萬萬無此而不幸而蒙此譏也，則余不得不爲之辨。蓋自好事者流，不難降志辱行，謂可以攖榮利而取世資。然而治與亂不能擇，語與默不能宜，廢與興不能識，事機至不能決，賢主興不能輔，而徒揣摹人主之意旨，貶損平生之氣節，在今之人，或亦不耻其所爲也。（筆力騰踔。〔五二四〕）而以余所聞，百里奚則斷斷不出此。方晉之亡〔五二五〕虞也，行道皆知之，而奚獨不諫。嗟乎！虞公之不可諫也，奚知之矣，知而去之秦。當是時，年已七十，則奚亦且老矣，日暮而客他鄉，撫心而悲故國，乃以流離播遷之餘希冀恩寵，是身蹈其污而曾不之知也，可謂智乎？奚而智也，則斷斷不出此。且夫智者一舉事而不爲，（以「智」字貫串。）無益以費其辭，不可諫而不諫，謂爲不智其可乎？智者一審幾而不爲，濡遲以罹其禍，知虞公之將亡而先去之，謂爲不智不可也。智者一遇時而不爲，退却〔五二六〕以失其機，時舉於秦，知穆公之可與有行也而相之，謂爲不智其可乎？以彼其知若此，而猶疑其有污也，必不然矣，必不然矣。（作一小束。）且吾嘗按百里大夫遺勛。當是時，度無奚，則穆公僅一中主，山東之國未可得而服也，而其流風餘思至於今，無不嘆息稱賢。嗟乎！奚而賢也，不賢而何以能顯其君於天下，可傳於後世？而世顧竊竊然疑之曰：「是且自鬻以成其君。」（風神蕩漾。）夫奚而誠賢也，不忍〔五二七〕爲此態也。夫里巷之間，鄉曲之士，砥名立行，猶知矯矯自好而謂賢者爲之乎？以彼其智與賢若此，而猶疑之也，人之不樂成人之善，如奚之所爲卓卓如此，猶不得免，其他則又何説章也？掇拾無稽之語，污蔑長者之行，此奸人惑世以自飾其慾，而子述之何數數云？

隨題之筋節脉絡，緼爲雲烟，若無意爲文，而絲縷逼清，變化悉備。（劉大山）

不必他起議論，只以題還題耳，而瀠洄迤邐，其波瀾徑陌，自然處處着勝。（姜泰麓）

## 夫義路也　四句

君子以禮義自守，而欲見者不可無其道矣。夫自守以禮義，則非禮非義者不得干焉，明乎此而知不可召之故與不往見之故矣。且賢者生平抱道而〔五二八〕居，其素所蓄積也，豈專以爲出處之具而孑孑焉出以示之，而傲於侯王君公之前哉？然而大節之所在，尤非可苟而已者。一日之進退，必原本於生平，而士之自重，人亦安得而輕之也？今之世主，類無不自閉之門者，其意非以爲閉之也，曰：「吾闢之門，庶賢者入焉。」然而賢者之所出入者，非是門也。（就上「入」字翻起「出入」二字，並插「是門」二字。〔五二九〕）是闢之而適以閉之也。夫亦知賢者自有其門，而非人主之所得而閉之者乎！賢者又有其路，（從「門」字側出「路」字。〔五三〇〕）而非人主之所得而歧之者乎！路也者何也？則義也。義無論大小，終身而與之俱，一舉足而不能離也。往役，義也；往見，不義也。是固路之所在而不可不由也。（「何以他人不解」拈出。）門也者何也？（即帶起下截。）則禮也。禮無論高卑，終身而偕〔五三一〕之游，一動靜而莫能外也。見於諸侯爲非禮，不敢〔五三二〕見於諸侯爲禮。是固門之所在而不得不以此爲出入也。衆人視其路曰：「何用此迂遠者爲也？（神致飛動。）吾有他途，可以捷得焉耳。」君子曰：「否也，由其路虛無人焉，獨行踽踽，而所得已多矣。」（「惟」字乃有此事外遠致。）衆人視其門曰：「何用此嚴峻者爲也？吾決大閑，聊以自便已耳。」君子曰：「否也，出入是門闃無人焉，徘徊往來，而所守已孤矣。」君子之欲得志於天下者，凡以廣其義於世，廣其禮於世，而使之知所趨也：「我有正路而自舍之，我有短垣而自逾之。」誰復有所挾以責之世也？人不正而已先枉，有道之士固如是乎哉！是故士之不見諸侯，此其故也。人主之欲見賢人者，凡以聞其義而慕見其禮，而敬而謂其不同流俗也，今曰：「爾無由爾路以從我，爾無出入爾門以從我。」(此「姑舍女所學而從我」意〔五三三〕。)是自戾其見賢之意也。伸其勢而絀其德，有爲之君固如是乎哉！是故君之不可以召士，此其故也。子告我曰：「不見諸侯何義？」即此義也、章也，猶疑吾言乎？」則曷觀於《大東》之首章。

有筆者或疏於法，若乃逸氣凌雲，而於法律又復甚細，吾目中所見，未有先於田有兄者也，吾師乎！吾師乎！(汪武曹)

禮門義〔五三四〕路，刊落煩濫，就上指點，能者要必爾。逸氣往來，飄飄凌雲，則獨見〔五三五〕此神仙才也。余往者偶論作小題文之法，以輕、新、靈□□□訣，乃世人方拘隅見，吹索不已。夫輕清上浮者天，終古常見□景常新者日月，爲萬物之靈者人，固難與細論及此，然使快其意，而易爲「重」、「陳」、「蠢」三字，恐聞者皆不勝軒渠也。願將田有此種文字以祛其惑〔五三六〕。(何屺瞻)

## 以人性爲仁義

不知性之有仁義，而以爲出於爲之者焉。夫仁義而可爲，且以人性爲之，是人性自人性，仁義自仁義也，而豈仁義之謂哉？告子若曰：「知天之所爲，知人之所爲者，至矣。」天之所爲者，無爲者也； 人之所爲者，有爲者也。（拈「爲」字起，用莊子語，自然。）夫由中出者不受於外，而由外入者必無主於内，吾觀有爲者之自外入之而中受之，是以知無爲者之必至於有爲也，吾今以是論人性與仁義。 窈窈冥冥者，人之性耶？無端而有蹩躠爲仁、踶跂爲義者之出乎其間，性豈能從容而聽命也？然而性與仁義争，而性卒不勝者，何也？昏昏默默者，人之性耶？忽焉而假道於仁、托宿於義者之随乎其後，性亦且扞格而相疑也。然而性且舍其故，而卒横奪於仁義者，何也？蓋有所以爲之者也。「周心於淡，合氣於漠」，非所以爲之也，爲之必竭其神，必合其體，而人性以毁而成。 頑然而處，塊然而居，性自無不可爲也，爲之亦且枘鑿，亦且膠漆，而仁義以拙而巧。 使人必仁義而後可，則天當以仁義予性矣。（逸氣如濤。）天不之予，而聖人乃弊弊焉以仁義爲事，有爲其煦煦者而號之曰「仁」，有爲其孑孑者而號之曰「義」，性不樂有仁義，而仁義强與之附，性之失其性久矣。 使性必仁且義而後安，則性必以仁義自予矣。性不自予，而聖人於是乎多方乎仁義而用之，鑿性而爲一仁曰：「此性之仁。」鑿性而爲一義曰：「此性之義。」性不能逃仁義，（更妙。〔五三七〕）而仁義遂與之合，性之自累其性甚矣。是以仁義非人情也，彼仁義何其囂囂也？仁則愁我身，義則又愁我，已〔五三八〕故時時欲違而去之，而又爲之禮、爲之樂以防之，（爲之瀾翻。）蓋所以爲之者亦多矣。且夫人性有常然也，而仁義之端其樊然亂也，駢於仁義之拇，而枝於仁義之指，然又不敢決而齕之，故又爲之名、爲之法以輔之，蓋所以爲之者亦勞矣。古之至人，行乎恣睢之途，遊於無有之鄉，不必離跂攘臂〔五三九〕而有仁義之名，世俗之人，假乎道德之名，溺於淫僻〔五四〇〕之行，卒之歸根復本而無仁義之實。故夫性者，桮棬之杞柳〔五四一〕也，而仁義者，杞柳之桮棬也。

異端之學雖各立一宗，然只是一家眷屬〔五四二〕。□□□□，天然《告子》注脚也，運化處直入神品。（韓慕廬先生）

## 惻隱之心　之也

即情以指性善，而知所有者之不容誣矣。夫情之所發，莫非性之所爲也，而謂非我所固有者耶？彼由外鑠者，必非仁義禮智耳，且天下之言性者，大抵不從我言之，而從外言之也。（提起末二句，即以「我固有之」句作主。）從外言之，是自有其心，而不知其心之何爲而有也，不知其心之何爲而有，於是乎外性。然能並其心而外之乎？夫心，我之心；性，亦我之性。彼紛紛而言性者，盍亦驗之於我而已矣。吾謂惻隱、羞惡、恭敬、是非之心，人皆有之，使其非恃源而往也者，則取之而已窮，用之而已竭，烏能有之？烏能皆有之也？是蓋惟其本天而動也者，故發於不自知，出於不容已，一念有之，念念皆有之也，然後知酬酢之間經緯萬端者，性也，而性乃可言矣。彼仁非性乎？而亦知何者是仁乎？夫煦煦以爲仁者，非仁也，有所不忍而形爲惻隱之心，則仁固在我也。（提起「我」字作綫。）彼義非性乎？而亦知何者是義乎？夫孑孑以爲義者，非義也，有所不爲而形爲羞惡之心，則義固在我也。彼禮非性乎？而亦知禮於何見乎？禮在我而形爲恭敬之心，彼以虛僞爲禮者，非禮也。彼智非性乎？而亦知智於何見乎？智在我而形爲是非之心，彼以刻深爲智者，非智也。夫仁義禮智之在我如此，世之言性者豈敢謂是爲不善哉？特以是爲先王强設之名而非其本有，吾身增入之物而非其自然，蓋鑠之謂也。（從「我」字、「有」字翻起，「固有」逆落出「外鑠」。）今夫內之有間，而在外者可緣而合也，則用鑠鑠之云者，乘之以不得不合之機也。（文足以發難顯之情。）其中本判爲二，獨賴有物焉，爲之融會於其間，而至於心之德，偶觸之而偶動矣，常觸之而常動矣。

境過則遷，物來斯應，而豈其自外而乘之？夫亦可知固有者，欲少之而不得，欲益之而不得也，而謂可鑠也耶？（總以「非外鑠」翻醒「我固有」。）今夫內之甚堅，而在外者不能遽入也，則用鑠鑠之云者，攻之以不得不入之勢也。其中頑然未化，獨賴有物焉，爲之鎔鑄於其間，而至於心之德，存之則自我存矣，發之則自我發矣。寂然不動，感而遂通，而豈其〔五四三〕自外而攻之？夫亦可知固有者，無所歉於中，即無所假於外也，而謂可鑠也耶？我固有仁義、禮智之性，即固有惻隱、羞惡、恭敬、是非之心，而豈先王强設之名，吾身增入之物哉！彼以性爲有不善者，直以不仁不義，無禮無智，因而鑠其性，卒之本心雖失而天性不盡亡，故亦未嘗受鑠也。嗟乎！我心之固有者何如而可不思耶？

此題須以「我固有〔五四四〕」句作主，過虛〔五四五〕亦須一氣直趕出「我固有」句來。此文提起「我」字作通篇綫，帶説上八句，即將「我」字穿入過處，翻起「我固有」意例，落出「鑠」字，後幅二股將末二句總發，只〔五四六〕以「非外鑠」翻〔五四七〕醒「我固有」意，作法高絕。（汪武曹）

# 故理〔五四八〕義之 二句

心有同悦者，觀於悦口者而益信矣。夫惟心有理義，故無不悦也。口之於味也，有同嗜也，故復以悦於口者譬焉。且人心即易入也，而假使心有所不然者，則難以强之入矣。（從「同然」發出「同悦」。）心之所否則必爲心之所拒，心之所可則必爲心之所暱，是以可於心者之不能强之使不可也，與夫可於口者之不能强之使不可也，其故一也。人之情往往於其所獨私者則悦之，故有此之所喜移之於彼而或拂焉。（翻得雋快。）何者？此之所私，非彼之所私也。乃若各私之者而莫非同其所私，則其私者，天下之大公也。人之情往往於其所絶異者則悦之，故有前之所好歷之於後而又變焉。（物象由我裁。〔五四九〕）何者？前以爲異，後不以爲異也。乃若既異之者而終不易其所易，則其異者，天下之至常也。今夫理義者，其淡泊者也，淡泊之中而有至味存焉。（即串入下句。）被人以惡名而無其故也，則必怒之；即稱人之凉德而當其情也，亦必憾之。（明快。）其所不悦者在非理非義，則其所悦者必在理義也，倘心自然之而心自違之，非所效於性情之分者矣。理義者，又所謂飽以德者也，飽乎仁義是即正味在焉。忠孝義烈之事，愚人亦能談之而不倦，仁人君子之稱，匹夫亦能聞之而神往。其在外之理義悦我心者，即其我心之理義悦我心也，（更精。）倘心皆然之而心自拂之，是反其理實之常者矣。天下之口相似也，至於味，天下期於芻豢。芻豢者，我口之所同然者也。口之於味有同嗜焉，至於味，天下期於易牙。易牙者，先得我口之所同然者也。故理義者，悦我心之芻豢也；而芻豢者，悦我口之理義也。（正喻入化。〔五五〇〕）一見理義而欣欣然於心，一見芻豢而津津然於口，世有絶去滋味而矯之以爲高者，悦之甚故矯之也，故異端之輕理外義而相與非之者，即於其不悦之言而知其悦也。（辨才。〔五五一〕）理義有時去於心而仍悦〔五五二〕我心，芻豢有時去於口而仍悦我口。世有失於飢湯〔五五三〕而甘之以爲害者，悦之甚，故〔五五四〕害之也，故常人之棄理滅義而相與去之者，即於其不悦之時而知其悦也。（就此兩種人發「悦」字，警快之極。）理義之悦我心，猶芻豢之悦我口，由此推之，亦猶聲音之悦我耳也，亦猶美好之悦我目也，世之人信耳目與口，而獨疑其心，其亦不思而已矣。

讀書深，入理熟，涉世久，見事多，境到意到，微事揣情，自成天下之至文。後二比猶爲辨剥明晰，如老獄吏手。（韓慕廬先生）

後二比於「不悦」中看出「悦」，向來未有見〔五五五〕及此者。（張鶴天）

意境深微駿快，能説我心。（王東發）

## 一日暴之　二句

多少之數殊也，則陰陽之變至矣。夫有其暴之，又或寒之，恐暴之不勝寒也，而況以一日之暴欲勝十日之寒乎哉！且喜陽而畏陰者，物之理也；有陽而即有陰者，天之道也。天不爲物之喜陽而盡予之以陽，不爲物之畏陰而遂輟其陰者，亦天之道也。然而陰陽之常不失而多少之數不懸，則猶可恃以無恐焉耳。如物何以知其易生？以其暴之而即生也，以其寒之而猶生也，故曰易也。夫暴之則不厭其多矣，驟焉暴之，而暴之效見矣；久焉暴之，而暴之效收矣。夫寒之則不厭其少矣，未嘗寒之，而寒之害伏〔五五六〕矣；適然寒之，而寒之害未甚矣。（頓拙暴之、寒之，爲一日、十日作波。）奈之何暴之者而僅一日云耳？暴何以一日？以寒之者之多也。暴固〔五五七〕足以敵寒，然而一日之暴，其暴有幾？欲以敵無窮之寒，寒可盡乎？奈之何寒之者而遂十日矣乎？寒何以十日？以暴之者之少也。寒雖不足以敵暴，然而十日之寒，其寒有力。欲以敵有限之暴，暴可恃乎？且夫陽舒而陰慘，物未有不樂於其舒也。迨至狃於其慘而安之，而不復思於其舒者，則雖無一日之暴，而物情亦有所甚安。抑陽剛而陰柔，物未有不樂於其柔也〔五五八〕。矧又憚〔五五九〕於其剛而避之，而惟繫戀於其柔者，則雖不止〔五六〇〕於十日之寒，而物情亦有所不厭。（二比亦是寫物，亦是寫人，影照齊王，何其痛切。）彼未嘗不知暴之生我也，苦寒之餘而責償於一日之暴，（曲盡。）暴〔五六一〕豈不盡其用也，而無如其一日也，乃遂曰：「暴亦何利之有？」從此天下不復知暴之利矣。彼或遂以爲寒之生我也，暫暴之後而取快於十日之寒，（更痛沈〔五六二〕。）寒未有不厚其毒也，而況積而十日也，乃宣言曰：「寒亦何害之有？」從此天下不復知寒之害矣。明明暴之也，而以爲非暴；明明寒之也，而以爲非寒。（可慨〔五六三〕。）是暴與寒之名將顛倒焉，而未有適主也。一日之後難有一日，而一日已多；十日之後復有十日，而十日尚少。（更進一層。）是一日與十日之勢分勝負焉，而安所補救乎？無惑乎物之不生也。

摹寫物態，深切事理，曲盡人情，真神〔五六四〕於文者也。（汪武曹）

如游千巖萬壑中，步步引人入勝，令閱者意奪神駭，心折骨驚。後半篇於古今治亂、邪正消長之故盡之矣，三復誦之，能無喟慨！（狄向濤）〔五六五〕

# 一心以爲有鴻鵠將至

有物至於其心，而聽者不在奕矣。夫未有將至之鴻鵠，而其心以爲有矣。所聽者何事？而其心顧如此哉！今夫人止此一心，而用之於其所習則專，特恐局外者有物焉以亂之，則專者有時而不專矣。然果有其物焉以亂之而心不專，則心猶未爲不專也。（翻跌靈快。）一人雖聽之，而聽之者耳也。當用耳之時，而此一人者忽去耳而用目，目不能代耳也，而目可以奪耳矣；當用目之時，而此一人者不從目而從心，目未嘗以有形者予心，而心欲以無形者予目矣。蓋其躊躇於意念之間，審顧於想像之表，而鴻鵠將至，一心以爲有矣。人之一心可以無所不之也，不必有因也，而無端之意象每結之於虛。夫以爲虛，則虛之中更有虛焉，而何所不有乎？象自心成，形自心造，而真若有其象也，而真若有其形也。雖稠人廣衆之中，而獨凝其神於耳目之外，旁觀者亦不知其經營何事也。迨想過境移，而虛者無一實也，即其人有不惝然自失者乎？且人之一心夫亦何所不用也，不必有故也，而適然之意境每出之於幻。夫〔五六六〕以爲幻，則幻之外更生幻焉，而何所不至乎？一以爲無，一以爲有，而固明知其無也，而又儼如其有也。雖生平未涉之境，而若入其想於夢寐之間，旁觀者方共訝其深思何苦也？迨推求詰問，而幻者無一真也，即其人有不啞然自笑者乎？（二比凌空寫意，盡人世幻妄之情。）是故以爲有鴻鵠而其心喜，以爲將至，而又懼其不至也。一喜一懼之交集，而其心勞矣。而此一時，誨之者方諄諄矣。（迴盼有〔五六七〕態。）是故以爲有鴻鵠而有之於空中，以爲將至，而又至之於目中也。空中目中之交戰，而其心變矣。而是時也，彼一人之聽之者正殷殷矣。假使易此一人而爲羅者之視也，（映下句無迹。）衆方趨於藪澤，而彼一心以爲有國工焉，（顧「奕秋」。）而將從之受業也。假使此一人而易爲弋人之慕也，衆方望夫冥冥，而彼一心以爲有對局焉，（顧「彼一人」。）而欲與之角勝也。嗟乎〔五六八〕！聲色貨利，王心之鴻鵠，其來者無窮，而仁義道德，齊廷之奕秋，其誨者安用？此可嘆也。（重重海市，臨了更現奇觀。）

句句生動，句句變化，句句空描，句句實寫，滿目靈機，烟雲萬狀，此直蓋代手眼中之人，未見有兩。荆山咨賞，云神明於莊、蘇三昧，靈臺萬頃，濬發無涯。今方城先生對此，猶當袖手低徊，無論餘子也。（汪武曹）

人心幻妄，何所不至，得此妙筆描摹，真〔五六九〕一快也。（徐許公）

# 一簞食　三節

本心不失於生死之際，而爲萬鍾所喪焉。夫死生決於微物之得失，而能辨理義而不受，此以知人之皆有本心也，乃爲萬鍾而失之，豈不惜哉！今夫哀莫大於心死，而身死即次之，（自然痛切。）故有寧死其身之時，以爲吾心之死更可哀也，俄焉而寧死其心而欲生其身，其身雖生，猶之死也，以死之身而居宫室、擁妻妾、結窮乏。（以爲嘲笑亦可，以爲悲憫亦可。）嗚呼！世之居宫室、擁妻妾、結窮乏者，孰是有生之氣者哉！（痛切。〔五七〇〕）豈其天之生之者原無有本心耶？而非也。本心者，何心也？（提出「本心」二字爲綫。）所欲有甚於生，所惡有甚於死者是也。人人有之，不論行道之人、乞人也，吾即以死生之際驗之。一得一失，關乎死生；一死一生，決於俄頃。此非辨禮義之時，然而辨禮義之人即其人也，然而辨禮義之具即其具也，然而辨禮義之時即其時也，爲身死而不受，豈非以嘑爾蹴爾故耶？（説首節，即提起「爲身死而不受」句。）吾不以非禮非義之食，而失吾有禮有義之本心，無貪於生，而無懼於死。此非行道之人也，賢者也；（打通「禮義」二字。）而簞食豆羹亦非辨禮義之具，而行道之人、乞人亦非辨禮義之人。

此非乞人也，賢者也。何者？爲其能辨禮義而不受也。奈何哉！不辨禮義而受之者在此萬鍾，此非「得之則生，弗得則死」者也，可以已者也。其爲嘑爾而與之乎，而受之；其爲蹴爾而與之乎，而受之。（帶上，如晴空迴照。）此時見萬鍾不見有我也，此時見萬鍾又見有我也。我欲有宮室而居我，我欲有妻妾而奉我，我欲有所識窮乏而得我，故萬鍾於我有加焉，盍亦思鄉？爲身死而不受者何人耶？何心耶？而今遂若是耶？蓋其視宮室重於身也，視妻妾重於身也，視所識窮乏者重於身也，而因以身殉之也，而因以心殉之也。（滾到末句。〔五七二〕）嗚呼！本心失於萬鍾，而存於簞豆。（開下二大比〔五七二〕。）蓋當情危勢迫之際而與我爲緣者，原不置於胸中，而此身以内更無瞻顧，亦更無徘徊。浩然一往，而獨抱吾不屑之心，一瞑而萬世不視，雖死之日猶生之年也。而本心之發見於倉卒者，正以計較不形而自全其匹夫之正命。至於從容暇豫之頃而與我爲緣者，無不環其左右，而此身以外多所沉溺，遂多所拘牽。薾然委命，而因使吾不屑之心，一喪而没世不復，不能善吾生者即非所以善吾死也。（屬對天成〔五七三〕。）而本心之顛倒於利欲者，正以萬緣難割而畢露其富貴之真情。嗚呼！有萬鍾者，故行道之人也，故乞人也。當其行道、行乞之時，人皆賤之；而於其有萬鍾之時，人皆貴之，而豈知其有萬鍾也？固行道、行乞時之不若。而所謂貴者豈誠貴，賤者豈誠賤耶！人能以簞豆視萬鍾，則一切皆其所可已者，而本心安得有失？雖人人皆賢者可也。

**爲此輩垂涕〔五七四〕泣而道之，仁者之心，才子之文。（韓慕廬先生）**

## 所識窮乏者得我歟

計及於所識，而萬鍾亦爲窮乏者受也。夫以窮乏故而受萬鍾，即奈何以萬鍾故而忘窮乏之者乎？使之得我，而萬鍾之於我有加者，此其一矣。且世俗之人止知有我而已，不知有人也。其知有人也，亦欲人之知有我，且欲人之感我，如是而我之有宫室妻妾也乃益甚安。（**將此項歸併在上二項中，妙。**）我而泰然於廣厦細旃之間，而華門圭竇之子，足趦趄而不敢進，是誠丈夫之豪舉，而我之意有不然者。彼身在貧賤，而忽分富貴之一飽，榮之甚斯感之甚矣，從此而義聲四布，在我原非無益之一擲也。我而晏然於粉白黛黑〔五七五〕之奉，而形單影隻之夫，（**即從上二句領出本句。**）望下風而不敢前，是以顯者之常態，而我之意有不然者。既身都爵位，而肯賜匹夫之餘瀝，欲取之必姑與之也，從此而交口以稱，在我豈真友道之獨真也？嗟乎！自我而外，大抵皆窮乏者耳。（**出**

「窮乏」二字，趣甚。）窮人也，而所乏者，升斗之需，吾向日曾受嘑蹴之辱矣，今而還以嘑蹴者加諸人，而人不以爲嘑蹴也，曰：「得我也。」（找〔五七六〕「得我」二字，趣甚。）窮人也，而所乏者，涓埃之惠，吾向日曾有不屑之心矣，今而還以不屑者予之人，而人不以爲不屑也，曰：「得我也。」（「窮乏」二字拆開，妙。）況我之爲此也，豈能於不識者而概給之耶？（出「所識」二字，趣甚。）當我之爲行道之人，彼亦逐隊而趨，今見我之富厚，或私詡爲平生之交，然亦不過識之云耳。（看「識」字，妙。）既不幸而識之，而見其一寒至此，使之怨憾於故人之不我顧，我獨不自憶我窮乏之時耶？而獨無此怨憾之情耶？當我之爲乞人，彼亦比肩而立，今見我之烜赫，亦自慶爲富貴之與遊，然亦不過識之云耳。既不幸而識之，而雖其不足收恤，（尤妙。）亦使之感嘆於貧賤之交之不相忘，我獨不自憶我窮乏之時耶？而幾有此感嘆之事耶？今日者我所識盡富貴也，彼一萬鍾，此一萬鍾，往來酬酢，此爲相識之常，而無如我所識又有窮乏也。一得我者去，又一得我者來，紛紛攘攘，此爲相識之變。是故我方宴樂於堂皇之上，（又將上二句來伴説。）而窮乏者之儕偶相約强顔而前，爾時之聲情爲之頓失，而不加斥逐者，以相識故也。量其親疏，而予以多寡，倘終窮乏乎，其分我贏餘者亦已僅矣。我方媟褻於妾嬴之間，而窮乏者之姓氏偶一屈指而道，爾時之左右亦爲之不歡，而終不屏絶者，以相識故也。因其緩急，而畀以重輕，倘不終窮乏乎，其報我德意者豈有量哉？受萬鍾者之情事，宫室妻妾而外，或又在乎此也。

爲此輩寫一小照，鬚眉謦欬如生。○在戰國時，四公子之徒尚有「窮乏得我」一項，此後便不爾矣，將此項併入「宫室妻妾」上，妙絶揶揄，聲口如話如畫。（趙驂期）

## 欲貴者人　一章

能思仁義之爲良貴，而人之所貴不願矣。夫人同心而欲貴，不能同心而欲良貴也。誠思之，而仁義之外豈復有貴哉？則亦豈復有願哉？且世俗所謂貴者，千百人而僅有其一焉，莫不奔走而艷慕之，而自視直賤甚矣。彼蓋不知天下人人而皆貴也，人人皆貴而不自知，而惟彼之願，於是乎人人而又皆賤矣。嗚呼！欲貴者，人之同心也；（落首句奇快。）欲賤者，亦人之同心也哉！今夫人之同心所欲者有二，曰膏粱之味也，曰文綉之衣也。（欲貴不過是欲此二者。）此兩者，人之有而非己之有也。然而非貴不能具，此人之所以欲貴也。嗟乎！膏粱之中而曾有貴人乎？文綉之中而曾有貴人乎？（目空千古。）吾以爲不於膏粱、文綉之中而求貴人，而貴者出矣。（妙。）蓋人人有貴於己者也，則良貴是也。良貴者，仁義也。己之有而非人之有也，人不得而貴我，人不得而賤我也。且夫能貴我者莫如趙孟，趙孟食我以其餘而我甘之，趙孟衣我以其衣而吾被之，無何而趙孟又奪之以去，是其貴我之日，即其賤我之日也。（仍帶定□節。〔五七七〕）然則人之所貴者豈足貴哉？而如之何弗思也？然則人人有貴於己者，可不知所貴哉？而如之何弗思也？誠思之，則不必他有所願也，即仁義而已是矣。世之人莫不賤仁義，以爲貴者不必仁義，而仁義者不必貴。吾仁義在躬，此非得貴之道也。（滿目紛紛。）人皆粱肉而已則一飽之無時，人皆文綉而已獨敝衣之不改。甚矣，仁義之爲累也！（都是如此見識，良可悼嘆。）嗚呼！其亦不思而已矣，吾爲賦《既醉》之《詩》，其曰：「既醉以酒，既飽以德。」德者何也？仁義也。仁義而曰飽者，詩人若曰：「此天下之正味也。」而人之膏粱又何足飽哉？吾安能以彼之飽而易此之飽也。且夫味膏粱者必衣文綉，吾有仁而世之稱仁人者歸焉，吾有義而世之稱義士者歸焉，人之文綉對於吾之令聞廣譽而已黯然無色也，而又何願焉？所謂良貴也，而人人有貴於己者此也。（以挽爲鎖。）嗟乎！凡外重者則内拙也，而己重者則物輕也，人各有良貴焉，舍之而不務而惟外之是徇，則宜其顛倒於趙孟之手而已，豈不悲哉？則盍亦反而思之也？

如此激切指點，而猶迷惑不悟者，不必與讀此文。（洪去燕）

「度白雪以方潔，干青雲而直上」，文境如是如是。（張柱客）

## 任人有問　一章

以至輕者論禮，亦以禮之重者折之而已。夫禮乃何與食色較而以爲輕乎？然即與食色較而其輕重自明，知此可以折任人之辨矣。且禮之重於天下久矣，而世俗之人以禮爲束縛之具，時時欲去之，而又懼守禮之士，兢兢執尺寸以相繩也，於是遂放言高論，而以爲天下更有重於禮者，而禮不足重，君子即其説而可以窮之者，固以輕重之衡原自不可紊也。任人之論禮也，而較之於食色，其意以爲有食而不暇顧禮矣，有色而不暇顧禮矣，而猶不敢遽以禮爲可廢也。曰：「禮本輕也云耳，食色本重也云耳。吾取食之重者與禮之輕者而比之，而食重矣，而禮輕矣；吾取色之重者與禮之輕者而比之，而色重矣，而禮輕矣。（綫索在手。）方今天下，重禮之儒莫如孟子，惜孟子在鄒，而吾未得面詰之也。屋廬子者，其徒也，吾以吾說窮之，即所以窮孟子矣。而屋廬子奈何卒窮於辨而詘於辭哉？」（只輕輕〔五七八〕虛點過，留此後叙出。）孟子曰：「果若任人言，是寸木高而岑樓卑也，是等禮於一鈎金而等食色於一輿羽也，不惟本末之倒置，而亦輕重之失衡矣。」於答是也，何有，而遂不能對耶〔五七九〕？今不必以本末、輕重之定衡往應之也，仍即以彼之所云食色者一比之而已。取禮之重者與食之重者而比之，奚翅禮重乎？（神化。）取禮之重者與色之重者而比之，奚翅禮重乎？任人曰：「不以禮食則得食，紾兄之臂而奪之食則得食，（類叙法。）大無禮也，而可爲乎？」任人曰：「不親迎則得妻，踰墻而摟處子則得妻，至無禮也，而可爲乎？」使之自權其輕重而自思之，恐任人亦不能對也。然則試問任人曰：「禮與食孰重？」吾知其必曰「禮重」；「色與禮孰重？」吾知其必曰「禮重」。（補點前文，信筆皆成妙境。）即愛食色如任人，而至此不得不爲禮屈也，則禮之重，任人其知之矣。嗟乎！自戰國之世，異端者起，其於先王之禮，蕩棄而譏侮之，彼任人者亦豈其流耶？而吾黨析義之不精，往往見窮於彼說，如屋廬子者，又豈少哉？

剪裁運化，題中字字都是波瀾，長題文至此，化不可爲矣。（韓慕廬先生）

亦是本色白描之文，乃臻神化。（徐燕公）

先輩文有「不做而做」之一格，此種其殆是乎？（張兆人）

# 怨

《小弁》而果不當怨也，則誠小人之詩矣。（破拙而古。）夫以《小弁》爲怨，是誠怨也，豈以怨也而遂成爲小人之詩耶？公孫丑述高子之意，以爲《詩》有之：「民之無良，相怨一方。」夫以兄弟昏姻之間，猶以怨取譏於君子，（「怨」字先用襯托。）而況子之於父，遂可直致其怨，而獨無所忌乎？則《小弁》是也。疾痛慘怛，未嘗不呼父母，則所怨而釋於父母之前者有之矣；（再用襯托。）明發不寐，而有懷於二人，則所怨而欲訴〔五八〇〕於父母之前者有之矣。而若之何怨且及於其父母耶？人子過則歸己，而乃憂心於我罪之伊何，其涕泣以自明者，是即其罪也。（刻深。）天下無不是之父母，而乃悼嘆於君子秉心之忍，其暴揚而無隱者，是已自爲其忍也。（看他對法，每股皆變。）自比於投兔耶？死人耶？而莫或先之，莫或墐之者，其父也。待哺之身，稍一不遂，而怨懟以生，則爲父者難矣。寄慨於伐木耶？析薪耶？而不爲倚之，不爲扡〔五八一〕之者，其父也。信讒之故，罰一不中，而怨毒遂起，則爲子者過矣。吾不謂壞木之無枝，（股頭起法又變。）遂可若是恝也，亦何至於嘆憂心之莫知，而中情抑鬱，誠有不能以告人。吾不謂舟流之莫知所屆，遂可置度外也，亦何至於嘆假寐之不遑，而無聊不平，誠有不能以暫釋。（以鬆爲緊，以縱爲擒。）「民莫不穀，我獨於罹」，是則然矣。乃若羨鸒飛而躑躅，顧茂草而咨嗟，其辭無乃已甚乎？「我躬不閱，遑恤我後」，亦信然矣。乃若計我梁之無逝，求我笱之無發，其戀戀何獨不在君父乎？（亦是鬆一步法，然與前二比意又别。）斥言其不惠不舒，曾不若行役之大夫，但微諷爲何人之故，君子讀《黍離》而嘆其忠厚遠勝於《小弁》也。彼其斥言之者，夫亦由怨之者深，而其音遂不暇有所擇耳。（「怨」字又用陪襯，瀾翻不窮。）直陳其隕涕疾首，曾不若申許之戍人，但自寫其還歸之懷，君子誦《揚之水》而嘆其怨思實減於《小弁》也。彼其直陳之者，夫亦由怨之者至，而其愬遂不能不激焉耳。在《小弁》不自知其怨也，（翻新出奇，波瀾壯闊。）方且親之曰：「靡瞻匪父，靡依匪母。」從來仁孝之言，何妨出於怨者之口乎？在《小弁》亦自知其怨也，以故絶之曰：「不屬於毛，不離於裏。」從來彝倫之斁，何非怨爲之階乎？故曰：「《小弁》，小人之詩也。」《小弁》之詩具在，夫子試一尋味之，而亦不得不曰怨矣。

其斷案則深文冷筆，其行雲則水窮雲起。○凡十四比，翻法、襯法、擒法、縱法以及反正、順逆、賓主、虚實、淺深，各盡其變，單題向來推許子遜擅場，恐見此等文，當亦失色。〇《小弁》之詩何人不讀，求如此(五八二)之運化入神，難其人矣。(吴山嵛)

鄙夫小人另有一種識見，篇中所云皆高叟心曲中言也，其行文曲折變化，三百年來正無幾人。(韓慕廬先生)

## 屋廬子喜曰　間矣

誌門人之所喜，而觀大賢於其間。夫素未有間，而忽焉得其間，而究之非真有間也，此屋廬子之所以喜也。且弟子學一先生之言，凡其所行，不敢漫焉弗察，而况一時之舉有出於尋常意計之外，而莫得其旨之所存，有心者不能舉而置之，必有反覆躊躇而爲之恍然以失者，(跌「喜」字。)而何以油油然而有動於心，竊竊然而有見於議也？如季子、儲子之交一也，而孟子之報之不一也。在孟子必有説，而當是時，其門有從旁觀者，且欣欣乎喜也，何人歟？(點題婉曲。)則屋廬子何喜歟？則喜得間也。其言也：「吾從夫子遊也久矣，人有非則夫子明指之，而未嘗曲護之也。然吾之察夫子也詳矣，凡夫子所爲，皆示人以共信，而未嘗予人以可疑也。蓋幾幾乎欲求其間隙而不可得，豈第一日也哉？豈第一事也哉？而不謂於今，乃忽焉有不遽解者，若授人以口實也。間起於理之有所蔽，蔽焉而或近或遠，無意以失之而不適其宜。苟有推其事而窮之者，不能自解免也。若吾夫子豈猶有蔽於理也？而疑似之間則已然矣。間起於情之有所私，（擊動次節意。〔五八三〕）私焉而爲厚爲薄，有意以出之而不顧其安。苟有執其故而詰之者，不獲自掩飾也。若吾夫子豈猶有私於情也？而形迹之際則已然矣。蓋交之者同而所以報之者不同，報之者不同而無奈其交之者無不同。連幸矣，君子之舉也，尋常之事必有精微，參伍之中乃見變也，吾豈能恝然而已哉？（趨到「問曰」。）且交之之人同而所以報之者不同，固間也；乃交之之人不同而所以報之者亦不同，益間也。連一矣，吾人之學也，深切著明者固所當知，而微眇曲折者亦不可臆定，吾豈能懸揣焉而得其然哉？曷往問焉？夫子必有以示我也。

次節「爲其爲相歟〔五八四〕」，末節「悦」字，都暗暗關照，若認真説有個「間」在，便癡絶矣。（汪右衡）

題中有一竅穴，便能搜剔入微，此作者長技也，疏發「間」字，妙手巧心。（韓慕廬先生）

# 行拂亂其所爲

所爲而又困也，知天之無已於是人矣。夫其所爲未有可以拂亂之理也，而有必欲拂亂之天。天之困其行也又如是哉！且吾觀古之帝王以及霸王之輔，其所爲者，非常之事也，然而行之甚易，不久而觀其成，成焉而不復壞，説者以爲此其中有天焉，不可幸也，而非所論於將降大任之先。豈獨形體之困、貲用之窮而已哉！匹夫之行，其尋常者耳，非有求多於天也，即使如其所求，較之於庸人之得志者，已萬不逮一也。（真是一字一慨。）當厄之所行亦自謹之矣，非敢獲戾於天也，即使遂其所願，較之於終身之閲歷者，已得不償失也。而孰知其所爲已有拂亂之者也。行乎此〔五八五〕而躓於其前者已迎之也，行乎彼而厄於其後者已待之也。是險阻之境故與其所爲者相遇也，此其故不可解矣。（不□□之者不能爲此言。〔五八六〕）行亦無害〔五八七〕也，自吾〔五八八〕行之而已早也；行亦有利也，自吾行之而又遲也。是順適之途故與其所爲者相左也，此其故殆難言矣。同一所爲也，而衆共受其利者已獨罹其禍，豈其謀之不臧乎？將自悔其行而無可悔也，蓋自是求一可行者而不得耳。獨有所爲也，而衆共笑其愚者已果蒙其咎，豈其理之有逆乎？（「拂亂」二字洗發盡致。）將自咎〔五八九〕其行而若可咎也，然自是別求可行者而又誤耳。（前四比從「行」字起〔五九〇〕，此二比從「所爲」起。）一舉目而世無可任事之人，（迴顧「大任」。〔五九一〕）舍我其誰乎？而及其試之以微淺之一事而不克辨也。時有利有不利，而此則常得其不利者矣，不能無疑於時矣。一撫膺而世無不可慨之事，惜非我任耳，而試觀之於當前之細務而無不亂也。才有長亦有短，而此則常見其短者矣，不能無疑於才矣。秉上智之資而其遇出庸愚之下，時時救過不遑，而世俗之耳目，早已料其畢世之無成。守平夷之軌而其咎蹈陷阱之害，事事倉皇無措，而昊天之罔極，何其與人好惡之特殊？（應起二股，悲壯激昂。〔五九二〕）然而天意從可知矣。

身是個中人，故能道得親切〔五九三〕。（□□公）

寫窮愁情〔五九四〕事自有「高衢騰塵，長劍吼血」氣象，真英雄也。（王汶山）

## 所以動心　二句

得所以當大任之具，而後知所以降大任之天也。夫無具之身不可以當大任，而其具從困厄中來也，天之所以成之者豈小也哉！且天下之窮於過者所在而皆是矣，勞苦倦極，未嘗不呼天也。然而卒窮且老，以至没世，而天莫之惜也，是豈天之意恍惚不可知歟？非也。聖智遇之而以爲得力之資者，庸流遇之而且爲喪敗之由，而又何足惜哉！（撇開「不動忍」者一流。）彼大任將降，其困厄之者如此，天意從可知矣。天之生是人也，有終古不已之奇，而無庸人一日之遇，非豐其德而嗇其命也。能立一己之命，而後可以立天下之命，故以其愛之者，反而用之。（振出「所以」二字神理。）是人之於天也，常浮雲其蓋世之功名，而游衍於聲華之寂寞，非惡夫達而習夫困也。身不親嘗其困，則亦無以救天下〔五九五〕之困，故於其拂之者，順而承之。蓋驟而試焉，未有能濟〔五九六〕者也。無辨是事之才而投以辨是事之任，必且適適然而驚矣。不然，或且悻悻焉而敗之矣。積之者薄，而發之者早，人以爲天之無意於是人也，而不知其無意於是人者，其事已在前矣。（兩路旁襯「所以」二字。）且夫嘗試勉强，其〔五九七〕人亦有幸而獲成者也。無仁聖賢人之德而操夫帝王君相之權，亦止庸流中稱獨異而已矣，亦止百年内號小康而已矣。倉卒以趨功，而旦夕以畢業，人以爲天之加意於是人也，而不知其加意於是人者，其事至微淺矣。今夫心，人人有之，（始入正面。）而動者誰也？乃若而人也。經憂患危疑之戒懼，其戒懼乃深；閱險阻艱難之發憤，其發憤乃切。苟無所以動之，而心之槁而不靈也久矣。今夫性，人人有之，而忍者誰也？乃若而人也。紛華靡麗之無望，則其念旋起而銷；窘窮困辱之既多，則其氣因挫而定。苟無所以忍之，而性之逞而不反也久矣。今夫人，或一無所能，或有能有不能，而何以增益之也？乃若而人也。當其初，天之予之者未必半也，而若至此日而全；即己之具之者未必半也，而若必入之世而全。苟無所以增益之，而能之汩而不出也久矣。世之所謂富貴者，吾知之矣。狃於晏安之可懷，而不知其爲酖毒也，雖有奇才異質，亦將沉淪汩没而不反，况下此者乎？是故富貴之中無復有豪傑也。彼以其未諳之情、未悉之勢，而晏然逸已。識者鄙其無遠謀矣，豈有補於萬民之勞苦哉？（胸中有物，眼底無人。）古之人，巖居川觀，有若將終身之意，而特其外之境愈涉而愈精，内之神愈厲而愈出，如是以帝天下、以相天下、以霸天下。夫夫也，固即前日之厄窮而世之所賤簡者也。乃知向者天之困之者以爲今也。（收出「所以」二字神情。）即世之所謂貧賤者，吾亦知之矣。厭於□〔五九八〕疾之常存，而不知其爲藥石也，是故悲憤怨尤，雖賢者不免於展轉束縛而不悟，况庸人乎？然則貧賤之中無復有豪傑也。即有遁世之士、遠引之人，（對照「當大任」講〔五九九〕。）不得已而矯以鳴高。其計畫無復〔六〇〇〕之耳，烏知聖賢之分哉？古之人，山林市販，往往混乎庸愚之中〔六〇一〕，而特其道日益高，功名必發越於遲暮，身不遑恤而聲華已照〔六〇二〕耀於人間，如是以興太平、以撥亂世、以定中原。夫夫也，固即前〔六〇三〕日之所蓄積而一旦措置之者也〔六〇四〕。乃知向者天之困之者非無故也。嗚呼〔六〇五〕！有志者能自立於窮而無歸之日，豈可謂不幸哉〔六〇六〕？

□□□□□□□□□□□□□之，亦一奇也。（韓慕廬先生）〔六〇七〕

## 然後知生　樂也

生死無不可知其故，皆天爲之也。夫憂患或以致疑於天，而安樂無不共快於天，然而一生一死已相懸絶矣，此之不可不知也。且吾惑夫世之人無不願死而不願生也，（奇快。）吾因哀夫世之人亦遂無不死而果不復有生也。謂天下之大，人人皆死，豈人人而皆願死？其不願死者，乃其所以死也，彼不知所以生之之道，而日蹈於死以求生。嗚呼！死矣！不生矣！蓋其説曰：「生我者吾喜之，死我者吾畏之。生我者何也？吾安樂焉，而吾生矣。死我者何也？吾憂患焉，而吾死矣。」今夫生死之權天操之，即憂患安樂之境亦天與之也。憂患果死我，則君子必死。且憂患果死我，天宜以與小人。既小人矣，以憂患死之不竟死矣乎？然而憂患，人之所厭，天之所珍也，（字字透闢。）故不以與小人而獨厚之於君子。安樂果生我，則小人必生。且安樂果生我，天宜以與君子。既君子矣，以安樂生之未必不生也。然而安樂，人之所重，天之所輕也，故不以與君子而惟棄之於小人。（「棄」字妙。）當其憂患之時未嘗不自疑，以爲知我如此，不如無生。蓋濱於死久矣，而不知玉我於成，正在此時也。人以一日不憂患則可以一日生，而天以爲一日不憂患則岌乎其一日死，彼紛紛安樂者，不須臾而形骸皆盡，而獨此憂患者，一世而生，百世而猶生，至是乃嘆生之之道在憂患也。（寫憂患安〔六〇八〕樂，情景逼真。）當其安樂之時未嘗不自祝，曰：「古而無死，其樂何如？」（絶對。）蓋戀其生甚矣，而不知其亡，其亡正在此時也。人以一日不安樂則死一日，而天以爲多與安樂一日則早死一日，彼身在憂患者，雖卑賤而氣運攸關，而獨此安樂者，身死之悲小，心死之悲大，至是乃嘆死之之道在安樂也。（滔滔皆是。）君子願爲憂患生，天故以憂患生之。始也，憂患之以困辱羈窮；繼也，即憂患之以崇高富貴。君子視天下，總無安樂之一境耳，（即大任亦是憂患，妙絶。）而如之何不生？小人願爲安樂死，天故以安樂死之。始也，安樂之以福履駢臻；繼也，又安樂之以富〔六〇九〕害並至。小人視天下，總無憂患之一境耳，

（安其危而利其災、樂其所以亡者，是此句注脚。）而如之何不死？究之從憂患得安樂，其安樂可以無〔六一〇〕死，而從安樂得憂患，其憂患真乃〔六一一〕不生。世人徒見夫生者如彼，死者如此，不知其何以生、何以死也〔六一二〕。及察於其生之、死之之故，然後知生於憂患而死於安樂也。（一氣注到此處。）

文之無用於世者，不作可也。若此篇議論，皆孟子之所隱具其理而未明言者，一經闡發，雖昏愚者無不猛省，此爲有用之文。（韓慕廬先生）

奇闢極矣，却是真情真景。（查東亭）

## 莫非命也　二句

命有其正，以順之者受之而已。蓋人之所遭，無非命爲之也。而命有其正焉，順以受之，自得其正耳矣。且夫事有不可知者，倏忽之間而不能定之，又况逆而數之，以至於後之久遠，則其不可知也又加甚矣。然而天之所以予我者，吾不得而與也，亦吾不得而辭也，則亦吾不得而逆也，是則其可知而已矣。夫人挾塊然之軀以争勝於造物，則惑之甚也；負必敝之器以馳逐於終身，則愚之甚也。（虚籠「命」字，便照下意。）是烏睹夫所謂命乎？命至無常也，往往有離群絶類之英，而命與庸人同，且或有不及者，此非人力可强也，窮通之遇，無一有出乎其外，而人亦止聽於杳冥眇忽之鄉。命又難測也，往往有一人畢世之遇，而前與後不同，至大相懸者，此非人意所及料也，禍福之至，無一有逃乎其理，而人亦但處乎恍惚莫定之地。（「莫非命也」一句貫通章，故應單做二比。）蓋命者，出之於天而無可移，授之於我而無可據，其誰有能不受者，（出「受」字。）特不知其受之者何如耳。窮通固命之所爲，使預擬其窮也，（透快之極。）而處於必窮之勢以待之，安知其所待者之果如吾之所擬也，而命不爲吾專任其咎矣。君子自反於夙夜，而求無愧於天，無怍於人，以無慚於己，（「順」字實際。）一旦有莫之爲而爲者，窮也、通也，任之而已，於吾何有哉？禍福皆命之所定，使先意其禍也，而爲一召禍之人以赴之，（妙妙。〔六一三〕）即使其所赴者之果合吾之意也，而吾與命且各任其半矣。君子止殫其躬行，以求應事而事當，涉世而世宜，問心而心慊，一旦有莫之致而至者，禍也、福也，安之而已，於吾何與哉？況因材而〔六一四〕篤大造，原無可執之成見，而轉移在我，聖人亦有潛挽之天心，（無意不到。）則君子安命之常即立命之學，此爲知命之人也夫！（逼起下節。）

其於性命之故，可謂擇焉精，語焉詳矣，「順受」二股，知命者宜三復之。（汪武曹）

高忠憲云：「有一毫逃死之心固害道，有一毫求死之心亦害道。」文於此絶有發明。（徐道沖）

## 求則得之 一章

求有當辨者，辨之於在我與在外而已。夫求在我者有益，求在外者無益，人奈何不審於所求也。孟子欲爲天下正其求也，若曰：「人情之愛有益，而惡無益也甚矣。」（拈「有益」、「無益」起，筆勢飄然。）終日營營而生其計較之心，曰某有益也，其無益也；卒之所謂有益者無益，而無益者有益也。倒視其所在，而誤用其所求，則亦惑而已矣。（領起下二比。）其倒視其所在也，以爲仁義道德，天且於我乎靳也，是不在我也，舍之可也；（題字於發議中帶點。）富貴福澤，命不於我乎嗇也，是誠在我也，外之不可也。其誤用其所求也，以爲吾無賢人君子之命，而一切以道自繩，憊甚矣，此不必求者也；吾有一求必得之利，而無故自甘於失，愚甚矣，此不可不求者也。嗚呼！是果知孰爲有益，孰爲無益者乎？夫求之而得者，是有益也；　求之而不得者，是爲無益也。在我、在外之分，不可以不審矣。　在我者，原吾所固有，不可以得言也，然而不失即爲得矣，而不舍即爲求矣，旋求之而旋得，其得也，以求故也，世有有益如此者乎？而可舍乎？（題字如此點法，真乃奇變。）在外者，原吾所不屑，不可以道言也，然而安命即爲道矣，而有命即不待求矣，屢求之而屢不得，其求也，何關於得也，世有無益如此者乎？而可求乎？人情於其所固有者無不喜之，非獨取之而甚便也。（借襯更加警醒。）護惜之私而恐其見奪於物，鄭重之念而侈爲外間所希，誠貴〔六一五〕其在我者也。　至於性命之際而獨不然，毋〔六一六〕乃動於紛華靡麗者，（互映。）而遂舍之而去乎？此既喪其我，而彼復制於命，是兩失也。　人情於所不獲自主者無不棄之，非獨視之而甚輕也。　物不吾與而何辭以責其償，（語語名雋。）事非己出而何名以邀其幸，誠賤其在外者也。　至於利達之途而獨不然，無乃棄其辭讓羞惡者，而遂求之不顧乎？一則求而不得，一則求而無功，是兩無求也。　夫人求在外之念甚誠，而用力甚苦，以此而移之於在我則必精；　夫人求在我之心甚懈，而用力甚難，以此而移之於在外〔六一七〕則必淡。　吾□〔六一八〕人之一取而熟思之，而決擇之也。

元氣渾然，自首至尾，止似〔六一九〕一句。（□□□）

# 古之賢王　五句

勢不可不忘，古之人皆然也。夫勢無論其在己與在人，皆不可不忘也。彼賢士之能忘，益以致賢王之自忘矣，然而其風已古矣且甚矣。今之士之輕也，（從士説入，得立言之旨。）不必世主之有加於己，而往往求爲其奔走而不得，彼世主者亦晏然受之曰：「吾固有加於彼者也。」士亦曰：「彼固有加於我者也。」問其所以加之者何也？則皆曰：「勢也。」（擒「勢」字）勢之爲害不亦甚矣哉！是故天下不聞有好善之君也，第以勢自恣而已；不聞有樂道之士也，第相競於勢而已。（君、士雙提。）蓋天下相率以自重其勢，而於人之善則輕之；天下相率以伸人之勢，而於己之道則絀之，若是者非一日矣。然則士之求爲其奔走而不得，而世主亦晏然受之，豈足怪哉！古者士自重，賢王亦莫不重之，或師之焉，或友之焉，猶懼不得一當，而何敢侈然而臨之也？古者道常伸，賢士皆莫不伸之，或在朝焉，或在野焉，常懼莫我肯顧，而安敢傲然而處之也？好善忘勢，賢王有然矣，古之賢士何獨不然也耶？（中間轉捩。）且夫己之勢與人之勢固有間也，身有之者方置之度外，而旁觀者且置之意中，不已病乎？欿然下者常自顧而當其屈，而群然趨者欲苟得而分其榮，豈不謬乎？古之人身在畎畝，未嘗無天下之憂，而特其浩然自得，雖三公莫之易也。愛之者動之以富貴，憫之者嘆之以困窮，是烏知丈夫之志哉？以故沉淪没世亦有所不辭，而道德適增其重。古之人身係安危，不必無一日之遇，而特其囂然無欲，雖萬乘莫之屈也。迂之者謂當降而希世以求合，矯之者謂當任而不反以鳴高，是烏知夫聖賢之分哉？以故太平之興非其人莫屬，而君公自失其尊。然則勢之忘不忘也，豈可以獨責之諸侯王哉？嗟乎！後之王公者，或不能如古矣，（筆勢縱横。〔六二〇〕）而士之自輕又甚焉，果勢使然哉！惟無道焉，故至此也，而天下於是乎無士矣。

雖云二者宜各盡其道，然觀「何獨不然」轉下意，固重在士邊。此文起處並提，上下截分講，而其實乃側重在士，且以「何獨不然」句作中間轉捩，極爲得解得法，其行文更如虎蛇捉不住。（汪武曹）

## 窮則獨善其身

善有獨得者，古人之所以處窮也。夫善非獨得之物也，而處窮則如是，不窮無以見古人之獨耳。且人苟不得志，則反視内顧而蕭然無與，輒自傷其窮矣，而不知吾窮於世，原不窮於身也，則正惟其蕭然無與，而古人之所以囂囂者在於此矣。今夫善莫善於德，能尊其德，則是能善其身矣。善非身之所獨私也，而善專屬之於其身者，其身必爲世之所共棄可知也。（洗剔「獨」字，轉到「窮」字，用筆神妙。）善莫善於義，能樂其義，則是能善其身矣。善非身之所得自靳也，而其身若專擅夫善者，其善必爲世之所不須可知也。古之人於此蓋已窮矣。窮則離人而立於獨也，獨則善遂專屬之身也。善何必獨，獨何必不善？善則獨也可矣。（就「窮」字疏出「獨」字。）窮則天之生是使獨也，獨則身遂專擅夫善也。身安往而不窮，窮安往而不善？善則獨善〔六二一〕其身也可矣。吾有德義而吾獨尊之、獨樂之，此事原不關外人也，則惟其獨而精神之所注者，（「獨」字刻入。）凝聚固結，而善益以無餘量矣。當舉世莫知之日而獨寐寤言、獨寐寤歌，若將終身焉，非窮無以顯其〔六二二〕獨立之操耳。（「則」字意亦出。）世有德義而吾獨得之、獨不失之，此事原無所依倚也，則惟其獨而寂寞之所營者，憔悴專壹，而善益以無餘蘊矣。當深山太息之時而人醉獨醒、人濁獨清，（對立。〔六二三〕）務欲潔其身焉，因窮愈以暢其獨往之懷耳。天豈私窮我哉〔六二四〕！而何以其身之不遑恤也，則因吾之善其身而遂爲致窮之具。然吾之窮天爲之，而吾之善天不能奪之，天不能奪吾之善而固已窮矣，而固已不窮矣。世豈真窮我哉！而何以其身之遭衆忌也？則因吾之善其身而遂爲召窮之府。然吾之窮世受之，而世之善吾不能棄之，吾不能棄世之善而固已不窮矣，而固已無傷於窮矣。吾見〔六二五〕夫世之不窮者，身爲庸愚而獨享其尊富，而憂患困窮之境，惟君子獨處之，（襯得妙。）其言之而無聽也，唱之而無和之〔六二六〕也，在他人於此不免形影之相吊，而古之人方且浩氣之獨伸矣。（方是囂囂。）吾見夫世之不善處窮者，身遭險阻而獨致其悲憤，而樂天安命之修惟君子獨任之，雖廓然而無徒也，漠然而寡與也，在今人視之以爲孤寄之難堪，而古之人方且幽懷之獨抱矣。其不失義而得已也，獨得之詣難以告之於人，其修身而見於世也，獨知之契不可概必之於世。此所爲人不知亦囂囂也。

着眼故在「獨」字，每一點睛，輒作一番風雨。（韓慕廬先生）

就題實講，追入深微，無一字落空，惟戴子能之。（吴學山）

## 待文王　一節

興不可以有待，而人當自立矣。夫凡民與豪傑等興也，然一則有待，一則無待，此其所以相去遠也。人奈何不爲豪傑而甘出凡民下哉！且自聖人之既遠也，而人遂皆以自棄曰：「吾獨不得聖人而見之，而爲之樂以育也。」顧視其儕偶之中，其庸愚莫不與己同也，則又以多〔六二七〕自慰，以同自證，相安爲固然，而不復有所自立。嗟乎！今天下第有凡民耳，安得有士？安得有豪傑之士哉！（從「凡民」出「豪傑」，有鳳凰翔於千仞之概。）且夫凡民已下矣，然而今之凡民不及古之凡民遠甚也。古之凡民能興者也，今之凡民不能興者也。古之能興之凡民，有文王者也；今之不能興之凡民，無文王者也。夫文王不世出，一日而無文王，則亦一日而不興，是何時而能興也？必有文王而後興，則亦有有文王而不興，是何人而能興也？君子於此恕之曰：「此凡民耳。」然而又悲之，（旋床炙轂，無以喻其敏妙。）悲凡民之不遇文王，故致此也。君子於此惜之曰：「此凡民耳。」然而又冀之，冀凡民之或遇文王，必能變也。何者？興之事不以責凡民，而姑以待之也。夫姑以待之者，不以豪傑之士望凡民也，（出「待」字忽轉入「豪傑」，惝怳恣肆，不知其所自來。）然則豪傑之士可知矣。士莫不有鄙夷凡民之心，然考其所爲，則凡民之所同，凡民之所喜也，是亦凡民也，而豪傑者異矣。天之所命既不偶然，而學之所造亦非倉猝，固不必有他人之漸摩也，而己之所爲漸摩者倍深。嚴氣正性排天下之異，而絕類離群正斯道之傳，固不必有風化之轉移也，而己之所爲轉移者彌切。是故以豪傑而遇文王亦興，其興也，非以文王故也；以豪傑而不遇文王亦興，其興也，亦非以無文王故也。（更妙。〔六二八〕）何者？雖無文王猶興也。（曲折寫出「雖」字、「猶」字，靈氣欲飛。）文王之前已有文王，文王之後又有文王，未嘗面相指授，親相告語，而推其故者，以爲前後源流之莫二。豪傑之興是亦文王，文王之興是亦豪傑，未必不聞風而起，慕義而思，而衡其實者，不得謂流風餘韵之使然。嗟乎！世之人，貴者、賤者、秀者、頑者、種種者，皆凡民而已矣，猶且相與議而笑豪傑也。

「而後」字、「雖」字、「猶」字無不着紙欲飛，起處忽然提起「豪傑之士」，中間忽然落下，結處忽然轉到「凡民」，用筆直如乘雲之龍，假令東坡執筆爲之，正未知孰先孰後也。（汪武曹）

迴環飛舞，神化斡〔六二九〕旋，不可蹤迹，此真得漆〔六三〇〕園化境，不似世人，但襲內、外篇一二陳語，便自詡南華老仙復生也。（韓慕廬先生）

## 王者之民　二句

大賢有懷三代，而擬其民之氣象焉。夫世有王者，則民亦成爲王者之民矣。擬之以皞皞，而豈霸世之所有也？且自三代至今，天下凡幾變矣。世争稱五霸，而不知霸者之出以王者之作也，（出「王者」，雋永有神。）吾蓋神游其世矣。今夫煦煦爲仁，孑孑爲義，此霸者耶？下一令而使人驚，發一政而使人悦，而頌聲之洋溢，正治道之日替矣。（痛切。）期望易滿，悦懌易生，此霸者之民耶？苦之至而偶得甘，威之下而忽得惠，而寤寐之感激，正民情之可哀矣。（言之慨然。）吾不幸而不見王者，不見王者之民而猶能仿佛其象，則皞皞如也。有詛有祝者，夫非人情歟？而王者之民無之也。王者垂裳而人自得於河山萬里之外，蓋無一人不被君王之賜，而若竟無一人被君王之賜，第日月〔六三一〕飲食焉而已矣。出作入息者，夫非帝力歟？而王者之民忘之也。王者不勞而人自安於耕田鑿井之中，蓋有心者人亦以有心報之，無心者人亦以無心報之，第含哺鼓腹而已矣。（二比寫「皞皞」二字，古氣浸淫。）資生資始，萬物無所歸其功，此事寧復可冀也？以覆以載，而萬物又無所遁其形，此境寧復有幾也？（咏嘆二比。）蓋上古之世，標枝野鹿，其氣混〔六三二〕沌，自王者出而治道日開，而民情猶渾。晚近之世，美言小數，其風凉薄，有王者出而治道日開，而民情可反。（借形作收。）夫民何幸而爲王者之民也！

寫「皞皞」二字，宛然如畫，仍不侵下意，故妙。（江燕臣）

## 父母俱存　二句

事有出於天者，非人之所能爲也。夫父母兄弟，誰則無之？而俱存而無故者少矣，此豈可謂非天乎？且倫有以人合，有以天合，而人合者不如天合者之親也，顧人合者往往由疏而得親，而天合者至有時欲親之而不得，此生人之大憾也。（便反映「樂」字。）「罔極之恩，厥惟父母」，明發之所爲不寐也；「凡今之人，莫如兄弟」，既翕之所爲載歌也。爲天子父，以天下養，孝子之至也，（關照「王天下」説，極妙。）然而以舜禹之有天下，而或號泣於中野，或傷心於羽淵，曾不若匹夫之家，依依膝下者之無恙也，則父母之俱存，其難也。親之欲其貴，愛之欲其富，友恭之心也，然而以虞周之有天下，而或鳴琴於焚溺之餘，或破斧於東征之日，曾不若愚賤之衆，雍雍式好者之無尤也，則兄弟之無故，其難也。乃若一堂之上，怙恃依然，而「靡瞻匪父，靡依匪母」，雖啜菽飲水而有不羨王侯之榮者，（仍借「王天下」者反映。）彼之父母未必俱存，而吾之父母俱存也。一門之內，瑕釁無聞，而「伯氏吹壎，仲氏吹篪」，雖并食易衣而有不願生帝王之家者，彼之兄弟未必無故，而吾之兄弟無故也。於是哀父母之劬勞者，自傷罍耻而出入如無所歸，（下文「樂」字從對面反撲，故不犯手〔六三三〕。）此《蓼莪》之詩之所爲作也。民莫不穀，我獨何害，民莫不穀，我獨不卒。蓋慶人之父母存，而已之父母不存也。然則吾苟父母俱存，而從旁而羨之者不少矣。於是傷兄弟之胥遠者，釁生受爵而相怨，各據一方，此《角弓》之詩之所爲賦也。此令兄弟綽綽有裕，不令兄弟交相爲愈。（工對。）蓋慶人之兄弟無故，而已之兄弟有故也。然則吾苟兄弟無故，而局外之慕之者不少矣。本尋常之理，而在宇宙爲至奇之境；似極易之遭，而在人倫爲至難之事。（渾結四語，更爲精警。）君子處此，如之何不樂也？

處處關照「王天下」，暗吸「樂」字，似從周玉繩文脱胎，而吴雨來評周作「揚扢風雅，字字飛鳴」，吾亦欲移評此文矣。（蔡鉉升）

## 食之以時　一節

謹其食與用者，所以處既富之民也。夫民既富矣，而無何而失其富者，則食與用爲之也。以時以禮，而財不勝用，則王者之致於民者已無餘矣。且夫民之貧者輒自爲計之，而民之富者必待上之人詳爲計之，何也？貧者有不終日之計，故常慮之深而思有以自全，而至於富者，其情易縱而難收，苟非爲之上者，有以詳爲計之〔六三四〕，則雖有經制之宜，而富者不久而必流於貧也。然則爲民上而欲民財之不勝用，豈無其道乎？今夫民之情易狃於目前，前日亦嘗不遑給矣，至此日而若忘之，（全於委曲處説盡人情。）且以爲終身之所有，皆如此一日也，人事既侈其贏餘，天時豈可以屢幸？而民莫之顧也。民之情又易移於習俗，其初亦嘗知愛惜矣，至其後而遂侈之，且惟恐儕偶之所尚，或勝乎一己也，止以快耳目之觀，遂至竭平生之積，而民莫知思也。於是王者慮之，躬行節儉，（補法。）以倡於上，而更制之法曰：「食之以時，用之以禮。」今夫乾糇以愆，民之所以失德也，夫非爲食歟？而豈其靳之？然而節其食者，正以給其食而已矣。定以時而朝饔夕飧，（醒快。）節有常期，歲時伏臘，奉無逾度，庶不至一人而兼數人之食，一時而縻數時之食也。今夫遺秉滯穗〔六三五〕，民之所以相餉遺也，夫獨非用歟？而豈其吝之？然而限其用者，正以遂其用而已矣。定以〔六三六〕禮而度數之間，制有常式，等殺之際，法有必遵，庶不至無事而致有事之用，小事而費大事之用也。（帶起「財不可勝用」。）夫財者，人情之所甚愛，雖多焉而不厭，而儉嗇者，人情之所多有，又避焉而不居。今既給之以甚愛之物，而復予之以可居之名，曰：「此非嗇也，時則然也，禮則然也。」民且欣然從之而務爲積貯之謀，即有習於淫侈者，必爲衆之所共非，而以自愧。如是而財之少者多矣，財之多者愈多矣，迨至財愈多，而人豈猶有争於其多者乎？（照到「仁」字〔六三七〕。）且財者，人力之所能爲，日生焉而不竭，而居積者，人心之所甚樂，又趨焉而日工。今既予之以甚樂之境，而更日從事於能爲之力，曰：「爾不可以自逸也，食且迫爾也，用且迫爾也。」民且鰓然慮之而恐有匱乏之患，即有儉不中禮者，亦爲衆之所共許，而以爲近古。如是而向之無可用者有可用矣，向之有可用者不可勝用矣，迨至不可勝用，而人豈猶有私於其用者乎？夫是故菽粟如水火，而民以仁也。

文有藍本，特爲之暢其説。（自記）

善度物情，而妙於處置。（黄崑圃）

俗情即是至理，世事發爲文言。（汪建士）

## 昏暮叩人之門户

叩户而非其時，曾不以爲異焉。夫門户非不可叩，而昏暮非其時也，非其時而不以爲異，所謂日用而不知也。且時之當有事與不當有事，民之所共知也。乃若不當有事之時而不能無事，夫既不能無事，則亦不必問其時矣。（下意隱躍。）今夫日之夕矣，而群動且皆息，於是户必扃焉，在内者莫之出，而在外者莫之入，終日擾擾，而至此一無經營，有閑適之意。（刻畫「昏暮」。）日云暮矣，而萬籟且俱寂，於是門必閉焉，或且爲汲而飲，或且爲炊而食，（映「水火」〔六三八〕。）雖酬酢紛紛，而至此不相往來，如至治之世。乃有昏暮之時而於人之門户是叩者乎？非有急，則昏暮必不出吾門，（映「求」字。）人之門户未叩，而己之門户先啓，獨不峻内外之防乎？非有警，則昏暮必無叩吾門，外之叩之者愈急，而内之聽之者愈疑，得無有意外之虞乎？然而叩之者絶不計及此也。以爲可以叩之於日出者，亦可以叩之於日入，不得以昏暮故而禁吾叩也。聲之而使聞聲〔六三九〕者啓户〔六四〇〕以應，而吾足且進，而吾口且言，（照「求水火」。）不必以昏暮爲嫌而趦趄也。以爲可以叩之於晝者，亦可以叩之於夜，不得以昏暮故而咎吾叩也。撼之而使閉户者披户以出，而吾或爲其識面，而吾或爲其不識面，知彼必不以昏暮爲嫌而不納也。（照「與」字。）在叩之者，無所瞻顧，無所徘徊，既内顧室而遂出向鄰也，非有艱難相告，（映「至足」。）何爲而不叩其户乎？在受其叩者，或知其意，或不知其意，亦不必謀於室而遂出見客也，一日倘有同情，亦何妨轉而叩彼之户乎？（巧而雋。〔六四一〕）蓋其所爲叩者，不過求水火而已矣。

張魯叟此題文，繆太質稱其「一味空中鼓舞，略無纖豪棘手」，此篇落筆時目無前輩，遂超而上之。（程偕柳）

着〔六四二〕想時凌空而入，落〔六四三〕筆時脱穎而出，真造極之作也。（韓慕廬先生）

## 孔子登東山　一章（其一）

大賢反覆以形聖道，而爲學者示其程焉。夫道莫大於孔子，觀之也有術，而其求之也有方，是在君子矣。且匹夫而爲百世師，吾嘗聞其人矣，（飄然而來。）而亦嘗思其道矣。自處以甚絶之勢，而未嘗不予人以可入之途，（簡括。）爲低徊曲折於其中，而可以識其所依歸矣。蓋吾嘗願學孔子，孔子者，道之宗而亘萬世而莫之及者也。今夫人囿乎目前之境，而欲以極其顧盼，則亦目前而已，不能遠也。出其上焉則遠，更出其上焉則更遠。彼居於其下者，莫不各以爲有得，（雋妙。〔六四四〕）然而小〔六四五〕矣，魯之小以登東山故也，天下之小以登太山故也。是故身入乎儕偶之中，而與之較其分寸，則亦儕偶而已，無以異也。出其類焉則異，更出其類焉則更異。彼挾乎其技者，亦或自以爲多能。然而難矣，難爲水者以觀於海故也，難爲言者以遊於聖人之門故也。（還他「故」字，二股只如一股。）大哉！聖人之道，吾何以觀之哉？雖然，有術焉，即觀水何莫不然？水何以流？觀於其瀾而可得其故矣。即日月〔六四六〕何莫不然？日月何以明？觀於容光必照而可以得其故矣。而又何疑於聖人之道乎哉！（緊。）今夫流水之爲物也，激而爲瀾，滙而爲海，（映帶作波。）抑知其蕩乎浩乎者，皆浸淫漬漸者之所爲也，彼君子之志於道也，豈有異於是乎？氣之太鋭者易有欲速之患，功未及於此而志輒已及於彼，輾轉相失而去道也日遠矣。是故君子於道，不敢以輕心處之，懼其剽而不留也；不敢以躁心嘗之，懼其驟而不入也；不敢以易心雜之，懼其匱而難繼也。日積月累，而次第之無蹤；有要有倫，而條理之不失。夫如是而後達，達豈易言哉！不成章不達，亦猶水之不盈科不行而已矣。然則聖人者果自處以甚絶之勢，而未嘗不予人以可入之途也。（純乎古文。）余也仰高有懷而學海無術，雖未獲遊其門而頗嘗志其道，至其從入之方，願與世之君子共之，而未敢以自私也。（言不盡意。）

隨題位置，不求異人，而空靈超忽之致，自具於尺幅之中。（王洪聲）

東鄉於此題，遍被一代，竟無合作，惜不及見此文。（蔣揚孫）〔六四七〕

## 孔子登東山　一章（其二）

道之大也有本，求之者自有其方也。夫天下莫大於道，而道非無本者也，善學者誠能知其方而遁之，其於道也幾矣。且夫天下之無涯者，其惟道乎！道無涯而天下不得而及之，道無涯而天下未嘗不可得而觀之而志之。（曲折以赴題神。）然而道無涯而學者亦往往與之無涯，（注眼末節。）與之無涯而去道也益遠，無涯者故自無涯也，而學者其將如此無涯者，何哉？世之君子或有志於道矣。（從「君子志於道」逆入。）夫道莫大於孔子，孔子者，崒乎太山不足爲高，浩乎滄海不足爲廣，昭乎日月不足爲明者也。今夫身之所處者高，則其視下也小，其又高則其視下也又加小矣。不登東山，不知魯之小也；不登太山，不知天下之小也。是故天下有水，而海其統會之區也，水即〔六四八〕其浩渺。（隨題之曲折，以爲波瀾。〔六四九〕）不觀於海斯已耳，迨觀之而後知難爲水焉，（隨題。〔六五〇〕）彼遊於聖人之門者亦若是則已矣。天下能言之流，或有奇文高論以鳴於時，著書立説以傳於後，而對之聖人，自無不爽然而失，是則觀於高下大小之相形，而可以知聖人矣。然而吾究不足以知聖人，何也？蓋其所爲流行而不窮者安在也？其所爲光被而不晦者何故也？而吾不得而言也。則仍得之水，是蓋有瀾焉，觀之者之術不外此矣；又得之日月，是蓋有照焉，其明之所及無有遺矣。世之觀聖道者，不可於此悟其術哉！（且繳且渡。）然而學者莫不欲一蹴而造聖人之域，而求一日之幾乎道而不可得，則亦未睹于〔六五一〕流水之爲物也。不盈科不行，豈非秩然有不可紊之施，乃沛然有不可遏之勢也耶？彼君子之志於道也亦若是則已矣。成章而後達，是亦猶太山之積土壤以成其高也，（仍以喻意發正意。）滄海之本源泉以放於深也，日月之循度舍以揚其輝也，而不然者，則求一日之幾乎〔六五二〕道而終不可得已耳。吁〔六五三〕！世之君子，或有志於道矣，而抑知道果何如者耶？苟不得其仿佛，烏能睹聖道之真？苟不審其層累，烏能窺至道之奧鬩也？從事於道有年矣，（畫出孟子。）頗能低徊反覆爲言其故，又夙昔嚮往孔子，亦惟以成章自矢焉而已，其達也未敢必也。

以題目爲波瀾，以烟雲爲筆墨。（韓慕盧先生）

一氣盤旋，兜裹甚緊。（錢宜中）

# 拔一毛〔至〕放踵

一毛而重於頂踵，用愛者異也。夫一毛〔六五四〕之與頂踵則必有分矣，乃不拔者如彼，摩而放之者如此。君子〔六五五〕曰：「是可以觀楊、墨。」且異端之異也，有忍乎人之所不能忍，亦有忘〔六五六〕乎人之所不能忘，此兩人者勢若相反，而憔悴專一之狀皆於其〔六五七〕一身，（**恰是題**〔六五八〕**之起訖**。）而見之楊子之取爲我也，爲我有身。我身而外而勞苦我身者〔六五九〕，皆無故而蹈滅頂之凶，踵禍敗之轍者也。我之外安所加毫末於其〔六六〇〕身哉？則有謂楊子者曰：「子之一毛而肯拔之乎？拔子之一毛〔六六一〕而利天下，而肯爲之乎？」楊子曰：「一毛爲我之一毛，而天下非我之天下，則是莫大於一毛，而天下爲小也；莫重於一毛，而天下爲輕也。吾甚愛吾一毛，於無所用天下爲。」（**運用《莊子》，入化**。〔六六二〕）而墨子曰：「嗟乎！彼何其愛之專也！（**接得有神**。）浸假而化吾之一毛以爲頂，浸假而化吾之一毛以爲踵，浸假而化吾一毛之拔以用吾之頂踵，而吾視吾之頂、視吾之踵，不啻一毛矣。」於是乎摩頂，於是乎摩頂放踵，以視楊子之一毛，且有晏然於其身而無恙者，而墨子之頂踵曾不得偃息而自如焉。然而墨子者，則且沾沾以兼愛鳴。（倒點「兼愛」收住。）然則爲楊氏之一毛，固〔六六三〕不得不重於墨氏之頂踵矣；而爲墨氏之頂踵，固不得不輕於〔六六四〕楊氏之一毛矣。故曰此兩人憔悴專一之狀，皆於其身見之也。

上下映帶處〔六六五〕不難，難此用筆〔六六六〕敏妙，而運古又能入化。（翟玉度）

## 摩頂放踵

不自愛其身者，兼愛之故也。夫不自愛其身，何以愛人？而墨子則曰：「不如是，無以爲兼愛耳。」今夫人有身而各自愛也，雖有急於愛人者，亦必先自愛其身，而後以其愛愛人，而異端者流以爲是未足爲奇也，必將擇其至奇者，以號於世，而於是乎身受其困矣，則墨子之兼愛是也。人人之所有者，而人人自私之，吾獨不以之自私而公之焉，則世之私其所有者必服矣。人人之所私者，而人人自愛之，吾獨不以之自愛而戕之焉，則世之愛其所私者必動矣。（先在墨子意中摹寫。）體各有所具，即各有所司，而以言乎頂踵，則一身皆舉之矣。墨子曰：「天與吾以頂踵，而頑然無所效於世，則安用此頂踵。」於是乎頂以下，踵以上，皆不能免焉，以視一毛之在於體，（襯一筆，扣住題位。）而晏然得其所也〔六六七〕，則爲墨子之頂踵者不已苦乎？人之一體疲，而百體爲之累，况摩頂放踵，則一身愈益病之矣。墨子曰：「吾不自有其頂踵，而慨然有以給於人，乃所以善用吾頂踵。」於是乎頂以外，踵以外，皆無所惜焉，以視一毛之在於身，雖渺然亦靳之也，則爲墨子之〔六六八〕摩頂放踵不已侈乎？然而頂踵者必敝之器也，今之日摩之，明之日又摩之，久之不可摩，而以難久之頂踵，處無窮之歲月，恐兼愛於前者，（快辨。）必不能兼愛於後也。况夫墨子之頂踵又大共之物也，此之人欲其摩之，彼之人亦欲其摩之，卒之不勝摩，而以有限之頂踵，給無窮之求取，恐兼愛於此者，未必能兼愛於彼也。在墨子必有意於人之頂踵，（又進一步。）而以己之頂踵爲之倡。假使人人而墨子，而各以其頂踵互爲摩也，而世之人幾無頂踵矣。自墨子出而人人不能保其頂踵，則是亦憯甚矣，而何愛之有焉？（針對「愛」字。）在墨子亦或欲得人之頂踵，而以己之頂踵爲之招。假使人人而墨子，而皆以其頂踵爲墨子摩也，而以無盡之頂踵償此一頂踵也。自墨子出而人人效其頂踵焉，則是亦私甚矣，而何兼愛之有焉？（針對「兼」字。）然而墨子且詡詡然曰：「吾以利天下也。」

峭刻類韓公子。（韓慕廬先生）

妙能曲盡。（章爾卓）

## 饑者甘食　二句

食與飲而甘之者，以其出於飢渴也。夫食飲者，原人之可甘，而出於飢渴者，則非猶是甘也。何人能不飢渴？而亦何人〔六六九〕能不甘食甘飲乎？且養生之具，爲日用之不可少，而不能一人而却〔六七〇〕之者，此其常也。吾非謂常者之可廢也，而人有時而不能如其常者，則以其人誠有所不獲自主而不能自禁耳。今夫飲食者，人之情各有所嗜焉。此之所甘者，彼或以爲不甘也，故或進之以非其所嗜，則必投箸而起，而竊訝夫人之嗜之者之何爲。（就平常之飲食形出飢渴之飲食。）抑食飲者，人之嗜又各有時焉。前之所甘者，今或以爲不甘也，故或進之以非其時之所嗜者，則必避席而去，而自笑夫前之嗜之者之無謂。（入情。）然而嗜亦有失其常者，（轉得快。）人之嗜非我之嗜矣，乃我忽焉嗜之而甚於人，恣其所欲，饜其所求，即不嗜焉，而不能不食之飲之而不暇擇也，有甘之而已耳。其人也，何人也？飢者也，渴者也。然而時亦有處其變者，前之嗜非今之嗜矣，乃今忽焉嗜之而甚於前，饜而飫之，挹而注之，即非其所嗜，而不得不食焉飲焉而不及審也，有甘之而已耳。其人也，何人也？飢者也，渴者也。飲食，人之大欲，而皆欲其美，而〔六七一〕不欲其惡。一自飢渴之餘，而惡者一如其美者，即有可甘者之在其前，而彼非以爲可甘而食且飲也〔六七二〕，以爲飢渴而食且飲，故甘也。（「甘」字透快。）飲食，人之所需，而皆有其節，而不貴其多。一自飢渴之後，而多者已逾其節，雖有不足甘者之在其前，而彼非不知其不足甘而食且飲也，以爲飢渴而食且飲，乃竟甘也。假有人焉，見飢渴者之急於得飲食也，而慰之曰：「爾姑緩之。」而飢渴者必怫然怒曰：「爾惟不飢渴故也。」飢渴之困，惟飢渴者自知之而已。（妙悉人情。）假有人焉，見飢渴者之易於甘飲食也，而教之曰：「爾何不擇之？」而飢渴者必啞然笑曰：「爾惟不飢渴而飲食故也。」飲食之甘，惟飢渴者甘之而已。嗟乎！飢渴之害一至此哉！

**形容飢渴之害，曲中物情，八比淺深開合，一氣相生，甚得前人筆意。（劉長籍）**〔六七三〕

## 柳下惠不　其介

介有不可易者，斯真介矣。夫介而可易，豈復得爲介乎？三公不易，則柳下惠而已矣。且夫内外之辨，輕重之勢，所自出也。辨之未審，則在外者得操其重以臨我，而我爲之奔命而不能以自閑。故夫平日之所挾忽敗之於一旦，人以其所挾者之不終爲可惜，而吾嘆其原不知所挾〔六七四〕也。（假學問、假經濟，假〔六七五〕氣節到底敗露，皆是如此。）今夫非道非義，其累我者不在大也，君子於毫釐之間辨之，挾是以往，而萬物遇之，而皆其所不屑。抑爲公爲私，其所争者正無多也，君子於分歧之際辨之，挾持有具，而萬物攻之，而有所不能入，是所爲介也。吾嘗博考六藝，尚論古之仁聖賢人，於柳下惠，輒不禁三復而嘆慕之曰：「嗟乎！此其介也，不以三公易者也。」（點得入神。）汚君而可仕矣，小官而可爲矣，其殆温温而與物無侮者耶！然而其於取舍之大閑，析之良已精也，則介甚也。（「介」字從「和」中講出，正合汪氏所云「惠之和嫌於不介故」也。）厄窮而不怨矣，遺佚而不憫矣，其殆油油然而不忘於世者耶？然而其於義利之分途，持之固已密也，則介甚也。當是時，三公之中，其人亦不少矣，（冷妙。）而獨不有柳下惠也。何也？惠介者也。蓋三公可終身無有也，介不可一日無有也。迹其浮沉宗國，而無可去，亦無可就，惠始終止此介也。挹其風則甚善，挹其致則甚恬，彼豈泉石之流哉？（瀟灑無塵。）然而隱約没世，亦有所不辭，而明明者截然不能亂也，此可以得惠之大矣。迹其淪落散僚，而仕者屢，黜者亦屢，惠進退莫非介也。矯之者謂當往而不返，迂之者謂當降而希世，是烏知聖賢之分哉？以故擯斥廢棄，亦有所不憾，而紛紛者淡〔六七六〕焉不屑意也，此可以觀惠之深矣。是故柳下惠之介也，可以三公也，惠即三公無傷於惠之介也，而惠究未嘗三公也。未嘗三公者，不以三公易其介也，後之君子聞柳下惠之風，可以知〔六七七〕辨志之學矣。

「介」字二比本屺瞻潤色。（自記）

陳壽翁云：「介有剛介、介持、廉介之意，惟其有分辨，所以能如此。亦如廉本訓廉隅，惟其廉隅分辨，所以清廉、廉潔。」今人〔六七八〕作此題大抵皆作剛介、介□〔六七九〕耳，文□□□□有分辨意〔六八〇〕，神清韻遠，平淡中致有腴味。（何屺瞻）

## 久假而不歸　一〔六八一〕句

非其有者而有之，其假不自知也。夫假之而即歸之，猶能自知其非有也，不然而豈自知其假乎？甚矣，假之爲害大也。且夫人之有無，難以欺之於世，而亦難以昧之於己，其有也自知之，其無也自知之，其以無爲有也自知之。乃若以無爲有，而竟不自知之者，其惟五霸之假之者乎？今夫己有所不足之物而貸之於人，人不吾拒焉。而予取予求，恣其所欲得者，夫亦以彼即用之而不能有之也，（翻剔「不歸」意即串入「非有」。）則用之者雖在我，而其實仍屬之於人。且己有所必須之物而告之於人，吾必與人約焉。而屈指計目，償其所初得者，夫亦以我偶用之而難常有之也，（雋妙。）則今日之用之也雖甚美，而異日之去之也又可惜。此則假其所有而歸之者也。果其歸也，則非己之有者不得而據之，未假之前猶是我也，既歸之後猶是我也，偶享一日之有而可以自誇其平生。（雋妙。）果其歸也，則非己之有者不得而冒之，未歸之時假者我也，既歸之後假者非我也，還吾本來之真而何必自諱其始末。然而既出於假者，則斷斷不爲此也。方其假也，不過曰少焉耳，以少爲先者，假之之次第也，其勢必至於多，而多其本志也。（雋妙。）取之也多，則用之也狃，一似爲己之物而靳之不肯推以予人者。或疑其心，未嘗不自知，然而居之不疑，較之於真有之人，而其情態爲侈矣。（雋妙。〔六八二〕）方其假也，不過曰暫焉耳，以暫爲名者，（雋妙。〔六八三〕）假之之善術也，其勢必至於久，而久其本念也。（「久」字更透。）挾〔六八四〕之者久則戀之者深，一似恐人之假而私之不肯出以相示者。人或疑其有，未嘗不自知其非，然而自以爲是，較之於乞貸之時，（雋妙。）而其意象大變矣。（洗發「久」、「假」二字，即透出「不歸」及「惡知〔六八五〕非有」意。）是故假堯也、假舜也，久之而真堯也、真舜也，而不自知其非堯非舜，究之堯舜不可假也，而非堯非舜之罪又多一假焉以甚之。假湯也、假武也，久而真湯也、真武也，而不自知其非湯非武，究之湯武不可假也，而非湯非武之罪又多一假焉以甚之。夫人情假於他人之物，而用之不熟，（入情。〔六八六〕）則必有扞格而闊略〔六八七〕者，如是而不歸猶之歸也，已雖不知，人知之矣。且夫人情假於他人之物，而愛之不篤，（入情。〔六八八〕）則必有輕舉而妄擲之者，如是而不歸猶之歸也，已何嘗不知，而以人爲不知，則遂佯爲不知矣。然則五霸者豈可與入堯舜湯武之道哉？

熟於世俗情態，故能刻畫如此，所謂其言有物也。（韓慕廬先生）

以仙筆寫俗情，從來未有。（張衡臣）

## 形色天性　一節

天性即形色而存，惟聖人爲能踐之也。夫外形色而言天性，豈復有天性乎？故聖人之所以爲聖人，固即在形色中耳。且人苟反而自視其身體爲粗，（筆鋒甚鋭。〔六八九〕）

未有不見棄於聖人者也。夫以區區身體之間，而必聖人乃能造乎其極焉，斯亦〔六九〇〕可曉然知其爲天道之所存，而弗可視之爲粗矣。故人生而有形而色具焉，此非徒形焉色焉而已也，蓋所謂天性固於是乎在也。道不能虛而無所寓，而於器焉寓之，故五官四體皆共載一道，以運其〔六九一〕能也。理未嘗懸而無所麗〔六九二〕，而於氣焉麗之，故一笑一顰亦各具一道，以效其用也。然而衆人有之而不知矣，（以轉筆〔六九三〕爲起句，超甚。）有耳目而不能運以聰明，有心思而不能出以睿知，甚且指形骸以爲桎梏之端，假衆體以爲戕賊之具，而恣其所爲而不知返焉，而天性之陷溺固即以此形色也。然而賢人踐之而不盡矣，（照注。）逐物以求則而或合或離，循迹以存心而或得或失，是故深知形色實爲天性之府，不使形色或爲天性之累，而用力於其所當然而懼不反〔六九四〕焉，而形色之未充每不克如其天性也。是則可以踐形之難其人也，是惟聖人者。智以通之，而所以知此天性者，極天下之至精。仁以體之，而所以由此天性者，極天下之至粹。（以「盡性」爲「踐形」之功，的當之極。）然後形之所在，人以爲聲色象貌者，聖人以爲盡性至命也。操其主宰之權，而肅乂哲謀，實有以盡其一定之理，而豈徒形質具而已乎？然後形之所在，人得之而知覺運動者，聖人得之而修德凝道也。本以欽若之懷，而動靜云爲，實有以全其本然之故，而豈徒軀體存而已乎？由此言之，形色非粗，而天性非精也，人以天性爲聖人所獨，亦將以形色爲聖人所獨乎？而可不求所以踐之乎？

說「踐形」處就「盡性」發出，最爲的當。中間「衆人」、「賢者」二股照注發揮，亦殊明暢也。（汪武曹）

## 古之爲關　一節

有慨於爲關者，而即古今以並形焉。夫同一關也，而一則便民，一則病民，何古與今若是之不同也？若曰：「事勢之變，而盛衰升降之相懸者可勝道哉！」（所見者遠。）吾嘗愀然有心傷者矣，亦嘗邈然有神往者矣，一時移勢易之間，而民情之苦樂分焉，其安能無慨於中也？今之世，何者不沿之於古？然而浸失其意，遂若古之貽今以禍也；今之法，何者不託之於古？然而其弊滋多，遂若古之借今以名也。即以關論，古爲之，今亦爲之，其所同也；而或以禦暴，或以爲暴，其所異也。往來者之行於其途也，倘無戒心，焉得無有攫其貨而去者乎？於是爲之察其出入，而奸宄無所容。蓋君不利其財賄者，並恐其財賄而失之，而設關之意至矣。行旅者之亦自備不虞也，君又爲之扞禦焉，庶不爲大盜積耳？於是爲之譏其言服，而寇賊有所忌。蓋君不入其錙銖焉，並恐其錙銖而亡之，而立關之法嚴矣。古之爲關也如是，而今也不然。不必真有暴客之發也，而攫其貨者即在於關，已不爲暴客地矣；（尖冷。〔六九五〕）民亦不必果受暴客之害也，而爲大盜積者即在於爲關之人，已皆貽暴客笑矣。（更冷。）終歲勤勤，而一信宿之間，輸之於官而侵之於吏者，不知其幾，民相〔六九六〕告，寧遇暴焉，猶不至若是甚也。（字字真切。）舉室嗷嗷，而一關津之涉，仰之□事而俯之所育者，蕭然略盡，民咸詛，彼何時亦遇暴焉，庶可以償我今日也。蓋上不爲民禦暴，而民自禦之，民猶得與暴抗也，以禦暴爲暴，而民不敢抗焉，則暴之禍烈矣。（明切似子瞻封事。）古之民望關而暢然以喜者，今之民望關而蹙然以悲耳。民即不幸而禦暴，而力不能禦之，其幸得脱於暴者猶多也，以禦暴爲暴，而民不能脱焉，則暴之網峻矣。（痛切。）古之時過關而〔六九七〕如其在家者，今之時過關而不如其在野耳。自是而上無以詰暴，暴亦且效尤而起，無之而非暴也；自是而民亦且爲暴，暴亦且禍及於國，無之而可禦也。亦思古之爲關也，果若是乎哉！古不爲關既無以禦暴，古而爲關又以起今日之暴，而愚民或且歸咎於古之始爲之者，亦古之所不料也。（遥應起比意。）嗚呼！事勢之變而盛衰升降之相懸者，又豈可勝道哉！

（應一句更有無窮之味。）

上截輕發，重發下截，詞旨多悲愴感人，一起一結，「掛帆遠色外」，此賈長沙太息痛哭之篇也。（韓慕廬先生）

## 奮乎百世　起也

聖人惟能奮，而其風及於百世之下焉。夫人特不能奮耳，聖人一奮而聞，而興起者在於百世之下，故曰：「聖人，百世之師也。」若曰：「吾壹不知夫古與今，何以相去之遠而相感之速也？」爲之前者原出於無心，而非有所期於後，而爲之後者亦不自知其何心，而往往流連而不能禁也。吾師乎！吾師乎！（跟「師」字得旨。）夫非百世之上之人乎？然而百世之上之下亦未有定也。黄農虞夏之歌，彼亦自悲其在百世之下，（妙甚。）然而天下皆其俯視之中，固儼然置身於百世之上矣，商之季於今不過數十世，而相與高之者，若游心於隆古，而邈不知其爲何代之人。（佳句。）不怨不憫之心，已自處於百世之上，（轉换得妙。）而其所不屑者雖皆爲同時之人，固群然遠在百世之下矣，春秋之季，於今不過數世，而相與思之者，若絶望於攀躋，而咸恨吾生之晚。嗚呼！人苟能自奮，皆爲百世以上人也；人不能自奮，即長爲百世以下人也。而聖人之奮之者異矣。翹然獨立而幽情浩氣，（疏「奮」字精切。）一空依附之門。或餓死於深山，或窮老於下吏。豈嘗欲以姓氏留之人間，而使百世之下一致其憑吊？而聞之者悲其遇、高其節曰：「彼亦人也，而所爲顧至此。」津津然，亹亹然，旦暮如可即也。傑然特起而孤情絶照，遂創未有之奇。或偕隱而不反，或三黜而不去。既不肯以芳踪寄之當世，而況百世之下之人更忘於度外？乃聞之者動其心、鼓其鋭曰：「吾獨非人歟？而何爲至此？」而翻然，而勃然，一旦若不自量也。蓋莫不興起也。夫歷年久遠而至於百世，非有形聲爲之接也。而相感以神，神則往焉來焉達於上下，（妙論，醒「上」、「下」二字又切「奮興」意。）而無有間隔之者，雖百世猶之一世也，使非有奮於上者而導其神也，而亂世之末流，其淪胥曷有極耶？且歷年久遠而至於百世，亦非必有師承之緒爲之續也。而相動以風，風則披焉拂焉通於上下，而無有滅息之者，何止百世？雖千世萬世可也，使非有奮於上者而激之風也，而晚近之人心，其頹放當何如耶？故曰：「聖人，百世之師也。」

丰致蕭遠，神情映徹，真能超越人裳。（謝永調）

入他人手仍是「聖人，百世之師」通用説話耳，此獨能從「奮」字、「上」、「下」字

着筆，含毫邈然，孤懷沁動，有輕烟籠水、明月入懷之妙。（韓慕廬先生）

古調高情，讀之使人奮起。（汪思白）

## 高子曰禹之聲　一章

即器以驗樂者，不必與之言樂矣。夫器不足以驗樂也，如高子之論聲，直欲以城門之軌爲兩馬之力焉，何其固也？且先王之迹遠矣，其可見者尚存於樂。後之人陳其器，聆其音，猶得有所據。依以想像，仿佛其爲人，是先王雖往，而其不與俱往者獨賴有器以留之。安見器不足以見先王？（先着此筆，妙。）然要非好學深思，心知其意，固難爲淺見寡聞道也。古者帝王莫不作樂以象功興德，是故聖人代興，而音聲亦遞起。夏之先爲禹，周之先爲文王，此兩聖人皆有聲矣，聲皆垂於後不朽，舞《大夏》而思禹，彈琴而見文王，雖知樂之人不能有所抑揚於其間也。（反逼題意。）高子者，自以爲有獨得於禹與文王，而世人之所不及察也，於是伸禹之聲而絀文王之聲。且夫古之人雖皆有聖人之德，而亦各有長，亦各有短，原不必其一轍也；即後之人果其有論古之識，而或則優之，或則劣之，亦不必其相諱也。（布勢寬然有餘。）高子之言，使能有所據以言之而得其當焉，亦奚不足以論樂？乃自孟子之詰之，則曰：「以追蠡而已。」嗟夫！是乃高子之所以論樂也，高子以爲是足以論樂矣。由禹之前言之，先禹而爲樂者有之矣，歷世既多，其器久處於欲絶之勢，或並其器而亡之，信如高子之言，不更愈於禹之聲乎？（此一層緊對題意，形容甚妙。）由文王之後言之，後文王而爲樂者有之矣，爲時甚近，其器豈不經夫聆人之手？然視其器如新焉。信如高子之言，將文王之聲不更有獨勝焉者乎？孟子曰：是奚足哉？子獨不見夫城門之軌乎？猶是軌也，而何以城門之軌獨異也？謂爲馬之力歟？豈不然歟？謂爲兩馬之力歟？豈其然歟？然則禹之聲固城門之軌，而文王之聲乃國中之軌也。甚矣哉！子之謬於論樂也！天地之間無不敝之質，故新者必舊，而舊者必亡。萬物之精，每見役於人。故用之愈多，則存之愈少，天下之如追蠡者何限，獨禹之聲以此見伸於高子也。（精理名言，高妙之極。）甚矣哉！高子之謬於論樂也！

「衆濁響雜沓，孤清思氛氲」，此文視諸家，正以淡泊勝也。（韓慕廬先生）

每一題入手，必有不刊之論。文境古茂，又其餘事。（尹又黄）

## 以追蠡

時人之言樂者，言其迹也。夫以迹論，則追蠡可據也。即以文王之聲爲不逮於禹也，亦宜。若曰：「先王之迹遠矣，其可見者尚存於樂，而樂亦有其迹之可見者。」是故後之人得有所據，以尚論其孰優而孰劣，事不目見耳聞，（成語自然。）而臆度其有無，可乎？如吾之言禹與文王之樂者，非以其音而言之，乃以其器而言之也。以音言之，則知音之難也久矣。即自謂考之已審，而人猶疑爲聽之不聰，則於古人之所作尚不敢有定論於其間也。而以器言之，則其器之設也昭然矣。人或習而忘其故，而我一見而得其情，則於先王之所創遂〔六九八〕不妨有獨斷於其際也，蓋以追蠡故也。今夫人情於物之精者，則用之者多，用之者多則敝之者早，所以天下美好之物往往勢不能長者，人以爲造物之難知，而不知其出於人情愛慕之過甚，而適以毀之也，此禹之聲也。（寫人情物理逼真。）人情於物之粗者，則用之者少，用之者少則敝之者遲，所以天下尋常之物往往勢獨能久者，人以爲秉質之甚堅，而不知其出於人情愛慕之不屬，而適以全之也，此文王之聲也。故吾於禹之聲，未嘗叩其音而知其盡善也，見其鐘紐欲絶焉者曰：「吾得之矣，其盡善者在此矣。」（得神。）於文王之聲，亦不待叩其音而知其未盡善也，見其鐘紐如新焉者曰：「吾得之矣，其未盡善者在此矣。」蓋其精焉者存，而其質易亡，使人流連嘆慕，而恐其一旦且絶也，（精切。）以視夫塊然而居者，知其美之易盡耳。抑其寄焉者雖敝，而其意可思，使人形容仿佛，而想其當年甚盛也，以視夫儼然而完者，反覺後起者之不朽矣。（隽甚。）是故同一聖人之所爲，而無不可以匹夫之意見爲之獨斷，以後世之久遠爲之定論者，以此故也，夫子其謂之何？

摹寫神（六九九）口逼肖，中二比尤爲隽快，此題絶作也。（陸希韶）

## 衆皆悦之　二句

一悦之而一笑之，晉人之善不終矣。夫本欲悦衆而適以得士之笑，孟子决不肯爲士笑也，故寧違衆也。今夫士之品其敗於衆乎？（「士」字、「衆」字並提。）衆之心非猶夫士之心也，以一士而爲衆所移，而自忘其爲士，而不復顧己之外更有士甚哉！衆之爲士累也一至此乎？則馮婦之攘臂下車是矣。彼見衆之滿其前，而不見士之在其側也，（士敗於衆，千古同慨。）以爲吾謹守士行而違衆志，衆實有口，能無怨乎？吾試徇乎衆也，吾且見諒於士也。彼意中之士不敵夫目中之衆，而事内之衆又勝夫事外之士也，以爲吾堅持士節而失衆望，衆實有心，豈可負乎？與其得罪於衆人也，不如得罪於一二士也。於是悦之者紛紛，而笑之者亦隨其後矣。夫士實難以致其悦，而衆則不爾也。（以下句翻出上句。）衆之見卑而情私，有遂其欲者，斯悦之而已。且争相告以爲至快之舉，而非迂士之所知也。（串出「士」。）士且有笑之者曰：「彼非爲善士者耶？而乃供衆之悦耶？」（綰上「衆悦」。）是亦化而爲衆耶？」悦之固可歡，而笑之亦良可耻矣。夫士實不以人之悦爲貴，而徇衆者則不爾也。衆之勢急而情殷，苟得其悦也，吾亦悦之而已。且私竊喜以爲權宜之舉，（照「發棠」。）而非拘士之所能也。士且從而笑之曰：「彼非向與衆逐者耶？而今又博衆之悦耶？是又衆之不若也？」悦之者雖多而不足多，而笑之者雖少而不爲少矣。且夫衆也者，易集而易散。俄焉而親之，俄焉而疏之，（警醒。）其爲悦也須臾耳，而士之笑則貽之於終身。悦之與笑也，孰榮而孰辱耶？獨奈何知有悦而不知有笑耶？衆也者，易喜而亦易怒。吾盡吾力而有效則樂之，吾盡吾力而不效則譏之，（正意更醒。）其爲悦也正難必耳，而士之笑則雖欲逭之而不得。衆之與士也，孰重而孰輕耶？獨奈何畏衆而不畏士耶？始也衆悦之，既也士笑之，與其有悦而有笑也，不如兩無之也；　始也衆悦之已亦悦之，既也士笑之已亦自笑之，與其一悦而一笑也，不如俱忘之也。今國人可謂衆矣，皆悦我之爲馮婦，而吾不惧有笑者之隨其後乎？殆不可復〔七〇〇〕，誠如子所言。

提法、串法、翻法、轉接法、呼應法，種種皆入神境。（韩慕廬先生）

出奇無窮，得法在一滚講。（梅耦長）

## 充實之謂　四句

即善信而推之，有進而愈深者焉。夫美而大、而聖、而神，皆自善信基之也，然而不於善信限之矣。且吾爲子言，樂正子之爲人曰善，曰信。夫人苟能至於善且信，則推其類以造其極，固不啻如斯而遂已也。此其間爲之有次第，而積之有淺深，蓋其境詣往往不一矣。今夫善特患不能有諸己耳。然有之矣，猶有追也。有之云者，可以言有，則必有所不有也，是故善之量有纖悉之未滿，而毫髮之或虚，即不能無憾。衡品者於此，雖欲美之而固已索然而無餘矣。（壯〔七〇一〕切。）若夫行之力，而優游厭飫之者未有已也；積之厚，而包舉涵蓄之者無勿具也，斯其人殆純粹以精者矣。吾嘗聞人之中有曰美焉者，未之見也。（是「之謂」二字，神理。）以此觀之，豈其人耶？今夫善特患不能充實焉耳。既充實矣，猶有進也。充實云者，言乎其内，而未及乎其外也，是故善之積或存之而不能發，或發之而不能盛，亦渺乎小也。衡品者於此，雖欲大之而固已黯然而無光矣。若夫暢於四支，而不言之喻莫非文章；發於事業，而功名之著一本道德，斯其人殆富有日新者矣。吾嘗聞人之中有曰大焉者，未之見也。以此觀之，豈其人耶？然而大可爲也，（股法又變。）而化不可爲也。大之迹未泯，使人共見其爲大而指而目之，斯其人大則誠大矣，而亦止此大矣。世有聖人者，人竊〔七〇二〕竊然疑之曰：「是何如其聖乎？」而不知即「大而化之」之謂也。方體形迹之所不事，而從容涵濡，游於自然之天。非天下之至聖，其孰能與於此？（滿紙靈氣。）然而聖可知也，而不可知也。聖之理至微，使人妙萬物而爲言，而惝恍遇之，斯其人聖則已聖矣，而亦非徒聖矣。世有神人者，人瞿瞿然震之曰：「是何如其神乎？」而不知即「聖而不可知」之謂也。擬議探索之所無從，而繼天立極，至矣，無復有加矣。非天下之至神，其孰能與於此？此四者，自善信基之，而不於善信限之矣，而樂正子顧何如也？

古風仙韵，乃見於精實義疏之文，向來未嘗有此。（韓慕廬先生）

## 充實而有 一句

合外内以言善，善斯大矣。夫善足於内而達於外，以較之美，不有進焉者乎？大哉！莫可及已。且夫品量之著，以在内者爲先；差等之間，以形外者爲盛。是故内之與外未有不相需者，而特不可以安其所未至，則相因之用出焉。吾言善與信，既並及於充實之美矣，雖然，抑猶未大也。今夫善莫患乎其不足，果其不足，其不足不獨在内也；而善莫樂乎其有餘，果其有餘，其有餘亦不獨在内也。蓋積之未深，而緣飾於其所發，則無本之學已居必竭之勢；苟藏之既裕，自表暴於其所爲，而積厚之流已有共著之機。（就「充實」勘出「光輝」，股法流轉。）於是挹其度而可親也，聆其言而可式也，想其丰采而可慕也，止此一緒之相引而出而不窮；（所謂「暢於四支」。）於是被之世而煌煌也，施之聲而洋洋也，垂之久遠而眙眙也，非若襲取之所獲而用而不竭。（所謂「發於事業」。）斯其人何人乎？夫亦由善而積之，由信而充之，而不得仍以前此之稱，則亦廣夫美之施，進夫美之境，而初非溢於分量之外。大哉！其發越何若是之盛也！（妙於「大」字内實發光輝。）蔚乎其相章，炳乎其相輝，天下之人仰其閎規懿範，而指而目之，而其人固已遠矣。大哉！其宣播何若是之廣也！本深而末茂，實大而聲閎，學問之途有此盛德大業，而層而累〔七〇三〕之，斯其人愈難量也。充實而有光輝，夫如是之謂大，則大難言也，而有不止於大者，〔七〇四〕吾並論著以終其說云。

逐層洗刷，字字精采，股法一氣相生。（汪武曹）

此是有意〔七〇五〕撫先輩之文，非作者本色。（畢雨稼）

## 言近而指　四句

大賢論遠近博約之間，而至善者出焉。夫言不善，無貴乎言也；道不善，無貴乎道也。遠近博約之間，可不審乎？且事有及於此，而即於此焉止之，則已無餘矣；意有及於彼，而專於彼焉騖之，則已無具矣。夫即此以見彼，而由此以得彼，斯固有餘於所及之外，而具夫能及之理也。今吾竊怪夫世之立言者之多，而何其善言之若是少也。尋常平易之境而曰是卑卑者無足述也，於是力爲驚世絶俗之辭，以自名一家，而孤行一意，蓋有汪洋自恣而荒唐不可詰者矣，有非毀前人而堅僻不可破者矣。其意自以爲指且遠也，而不知其爲亂也、迂也、僞也、誕也，是雖曼衍以盡其說，而工麗以發其奇，才人文士争慕説焉而不可謂遠也。（筆勢豪逸，如驚濤拍岸。）然則指竟不能遠乎？而非也，言近而即是也。非有新奇可喜之端，而耳目之所及，庸愚之所曉，宇宙之所共，而以聖賢體之而不盡也，百世由之而莫外也，斯其言而豈猶是言也歟？不已善歟？是則言不近則指不遠，非善言也。然又有徒近而狃於淺陋者，其指不遠，其言亦不善也。（又翻出一意收。）今吾又怪夫世之求道者之多，而何其善道之若是少也。反躬切己之圖而曰置之區區不足計也，於是力爲長駕遠馭之奇，而泛濫而無歸，狂惑而失守，蓋有意盡寰區而苦於願之難給者矣，有計安一世而窮於力之莫措者矣。其心自以爲施不可不博也，而不知其爲逆也、蕩也、窒也、窮也，是雖抱無涯之志，而無以得無本之用，縱横功利，遂浸淫焉而不可謂博也。然則施竟不能博乎？而非也，守約而即是也。非有繁複難舉之務，而簡易以居心，切要以圖功，渾涵以致用，而一事之未獲其宜，未之有也，一人之不獲其所，未之有也，斯其道而豈猶是道也歟？不已善歟？是則守不約則施不博，非善道也。然又有徒約而安於卑瑣者，其施不博，其道亦不善也。（包括無數曲折。）

放恣横縱，極文家之壯觀，却又能鈎住題句，逐字洗刷，其於法律正復謹嚴。

（汪武曹）

兩大比中各有無數層折，高下萬丈，東西千里。（韓慕廬先生）

## 則曰古之人古之人

狂士之所稱者，而鄉原以爲譏焉。夫均一古之人，而狂士之所稱者在是，鄉原之譏狂者亦在是，人之度量相越，豈不遠哉！且人苟有自負之志，而接於前者，紛紛不入其目也，世已遠者，時時皆入其懷也。（便是兩句。）君子嘆其不以凡近自安，則亦不當於今人中求之也。而有起而議之者曰：「夫夫也，言不顧行也，當不必遠爲志也。然正惟其如是，則所志者必更高。（出清「則」字。）夫夫也，行不顧言也，當不必大爲期也，然惟其如是，則所期者愈難信。」吾不知彼何所見，而天下之大，無一足以當其意者，而諄諄曰「古之人」也。古之人未必合乎時也，以其生於古也，故成爲古之人。假令今人聚處，而有一古之人來前，有不笑之者少矣，而狂者稱之，不憚其煩也。（步步照下「生斯世」二句。）一則曰「古之人」，再則曰「古之人」。（點清兩句題。）吾不知彼何所取，而古人之多，無一不可以繫其懷者，而沾沾曰「古之人」也。古之人不可作久矣，然或其生於今也，未必爲古之人。且夫古人雖賢，而止供一後之人稱說，其人〔七〇六〕與骨皆已朽矣，而狂者述之，不厭其複也。始則曰「古之人」，終則曰「古之人」。意古之人無徵，故易以自託耶？夫古之人又何所託耶？揮世俗之人而使之去，曰：「吾與古人爲徒也。」若古之人，其所私有者，何其榮古而虛今也。古人未必引爲知己，而今人亦不許爲同調，爲狂者亦妄甚矣。意古之人多奇，故易以動人耶？夫古之人又何足動耶？夸於儕伍之前而以自命曰：「古人其許我也。」若古之人，其所能爲者，何其是古而非今也。古人有知未必不慕乎今，今人雖不肖未必不及乎古，爲狂者亦愚甚矣。吾方厭聞夫古之人，而彼時時以聒之於耳，故狂者一至，而衆莫不掩耳而走。（確是兩句〔七〇七〕。）吾方欲人之共戒夫論古之人，而彼時時不釋之於口，故狂者未言，而衆已知其開口所談。吾爲狂者計，去其黄、農、虞、夏之思，一以前事爲戒，吾且與之共語而何所嫌；吾爲狂者思，泯其憤時疾俗之心，一以近今自處，吾且告之逢世而何所吝。吾於狂者非有譏也，所以愛之也，故曰：「何以是嘐〔七〇八〕嘐也？」

語意高超，復極古雋，摹寫刻畫，能使「則」字及疊句神情栩栩欲動，真入神之筆。○全從上文「何以」二字體會神情，看題亦妙。（汪武曹）

## 失編

### 子温而厲　一節〔七〇九〕

記聖人之德容，無在不形其中和而已。夫中和之氣見於容貌之間，温耶？威耶？恭耶？而厲，而不猛，而安，非聖人烏能如是？且人之賦於天者，其氣質未有全而不偏者也。而見於氣象者亦如之。是惟吾夫子純粹以精根於無極之真者已。（先寫出聖人全身。）衆美之畢具而陰陽合德，得於五行之秀者，無一疵之或形。竊嘗窺之而見其不偏而中，亦類觀之而見其不戾而和也。時乎温也，而油然藹然，何其予人以可親乎？夫可親者易爲物狎，而子不然。（「而」字透甚。）春生秋肅，並呈於一時；直温寬栗，不分爲兩事，則見其温而厲也，是爲子之温。時乎威也，而有嚴有翼，何其予人以難犯乎？夫難犯者易爲物憚，而子不然。陽舒陰慘，互濟以爲功；剛克柔克，並行而不悖，則見其威而不猛也，是爲子之威。時乎恭也，而亦臨亦保，何其持己以不肆乎？夫〔七一〇〕不肆者難以持久，而子不然。正色動容，悉屬何思何慮？小心齋慮，仍是爾游爾休，則見其恭而安也，是爲子之恭。惟不偏而中，斯不戾而和。惟有自然之德性，斯有自然之德容。彼夫偏於温則不厲，（將學者對照。）偏於威則易猛，勉於恭則不安，豈非其氣稟使然乎？救其偏而補其弊，此固吾黨事也。（結得高老〔七一二〕。）

筆有千鈞，字經百煉。（劉若千）

## 愚而好自用　二句

不自安於愚賤者，此其所以爲愚賤也。夫愚賤未有不好自用自專者，自用自專而可好乎？不得不爲愚且賤者慮之矣。且人情莫不以出於自者爲貴也。（「好」字、「自」字是兩句公同底，拈出便切要。）人之所作不以爲工，而自之所爲不知其拙，（映「災及其身」句。）於是乎不顧世之議論爲何如而沾沾自喜也，亦特甚矣。若而人也，必愚者也。愚與有德者相遠，而輒自擬於有德。（直提出「德」字、「位」字，不爲犯下。）一自擬於有德，而遂不安其愚矣。若而人也，必賤者也。賤與有位者相遂，而輒自擬於有位。一自擬於有位，而遂不安其賤矣。不安其愚，則必好自用也。夫果其當用，用之何傷？（下面「雖有其位」節，是反説。此是正説，犯字而不犯意。）古有操聖人之德而創爲非常，而天下不驚，獨非用乎？若之何而好自用也？不安其賤，則必好自專也。夫果其宜專，專之何傷？古有居天子之位而定爲法守，而天下咸遵，獨非專乎？若之何而好自專也？蹈常習故之可厭，而殫精竭能以求新奇之可喜，其意念之所注，直忘其愚焉。因人成事之可耻，而收權竊柄以誇獨攬之有功，其心目之所營，直忘其賤焉。無論愚也，即有德而不造於聖人，猶之愚也。且何以聖人而亦有時自處於愚乎？（借下面作襯，絶不犯手。）然則人而好自用，雖不愚，愚也，而况乎其愚也？無論賤也，即有位而不至於天子，猶之賤也。且何以天子而亦有時自比於賤乎？然則人而好自專，雖不賤，賤也，而况乎其賤也？究之自用者而終不能用，自專者而終不能專。且自用者必成於自專，而自專者必始於自用。自則好焉而已，吾恐好之者而有時而不好也。（起下「灾及其身」。）嗟乎！人不好自用，愚可也；不好自專，賤可也。豈愚賤者必不可以免乎今之世哉？

「德」、「位」二字爲通章眼目，此處竟爾提出，可謂大胆矣。然終不侵犯，仍是小心之至。（胡元方）

除却聖人，便是愚；除却天子，便是賤。直提德、位，先輩常法，然世儒必駭

之矣。（韓慕廬先生）

## 子曰吾嘗　一節〔七一二〕

學之有益於思也，聖人以身驗之矣。夫思不如學，自思之後知之，亦自學之後知之。夫子舉其所自歷者，爲思而不學者言之，曰：「事有兩者並衡，非身入其中，不能指其一得而一失也。」（浮辭盡掃，字字親切。）追數生平，其爲徒用其心者不知凡幾。當其時不覺也，而幸也其得力之端，亦自是而起矣。吾今者不嘗學之，（提句高甚。）而庶幾乎其有益耶？夫一生甘苦之數，外人不能知，而耿耿寸心，其閱歷猶能記憶，而身當有得之餘，實疇昔所不逮，而默默自計，其愧悔正復多時。（「吾嘗」二字神情，摹寫如生。）蓋吾嘗從事於思矣：宇宙之理無涯，不思則不能出，思固求其益者。乃思之仍如不思也，必其思之未深也，然而終日矣，終夜矣。吾人之知無窮，不思亦不能通，思豈遂爲無益者？乃思之等於不思也，必其思之未專也，然而不食矣，不寢矣。當其思也，詎不曰神而明之？在吾自有心得，而奚爲是學之勞勞者乎？乃事無所憑而恍惚莫定，力無所措而擬議皆窮。及試之好古敏求，而事事得其親切也。乃恍然悟曰：「不如也。」

（出「不如」二字，飛舞。）抑道未嘗實體，而心則浩渺而失其歸；事未嘗躬親，而心則泛濫而出其位。及進之以明辨篤行，而時時有所據依也。乃翻然轉曰：「不如也。」蓋學所以善吾之思而使思有所寄，（「學」字粘定「思」字講，不泛〔七一三〕。）如以思而已矣。思則能造爲意象，而意象皆虛，非能有其實得之地也。殫吾終日終夜之力以爲學，真〔七一四〕無須臾之可間者，而日獲所未獲，意境於是乎一異矣，而向者心之徒勞不既已多乎？學所以範吾之思而使思有其則，如以思而已矣。思則能入於艱深，而艱深亦苦，非能有其悦心之處也。積吾不食不寢之勤以爲學，真無他事之可奪者，而日增所未增，功候於是乎屢遷矣，而向者心之徒勞不重可惜乎？是則吾之學得於思之後，而益覺學之益之爲無窮也。雖然，學固未嘗廢夫思，而思亦有裨於學。假使以學故而遂謂思可不用也，則是終日不食、終夜不寢以學，猶之無益也。（結得超逸。）幾何而不又將自悔曰「不如思也」耶？

（原評）冰雪爲骨，楊柳擬神。每下一語，皆極根深蒂固，移掇不動。知非老手不能。

## 君子之道　自卑〔七一五〕

道有其序，取譬之而其所自可知矣。夫道不循其序以求之，必不可幾也。遠邇高卑之間，可以見君子之道焉。且天下有一蹴而即可至其域者乎？（超忽。）無是境也。有舉步而即可以不前者乎？無是事也。爲之以其漸，而進之有其方，則雖意中有所難期之一候，而固已當前而在焉矣。今夫同一域也，見淺者以爲淺，見深者以爲深。（空舉已得大意。）然無之而非淺，亦無之而非深也。而淺深之名不能無別者，凡以其所自不可誣也。同是事也，見易者以爲易，見難者以爲難。然無之而非易，亦無之而非難也。而難易之形不能無辨者，凡以其所自不可强也。吾於遠邇高卑之間可以取譬君子之道焉。遠者，人以爲望之而不可即者也，然千里之途始於跬步，則夫邇者行遠之所自也。高者，人以爲仰之而不可及者也，然九仞之危起於平地，則夫卑者登高之所自也。一事而分夫等級，則境雖屢遷，而各有一定，彼之境不可執以爲此之境也。然無不遺可執以爲此之境者，（遺貌□神〔七一六〕，幽意淡折。）蓋彼之境即於此之境而得之也。一事而論其精粗，則境各不同，而胡可一視？此之境不可侈以爲彼之境也。

而無不可侈以爲彼之境者，蓋彼之境早已於此之境而具之也。是故遠邇高卑無可執之形，吾之視爲卑且邇者，俄焉而高且遠矣。吾之視爲高且遠者，俄焉而又卑且邇矣。使於卑邇之外别求夫所爲高遠，（反掉更有力。）是天下有離邇以爲遠，離高以爲卑者，君子之道不如是也。（首句倒煞。）且遠邇高卑亦視乎人之所至，在在皆卑邇，則亦在在皆高遠也。在在皆高遠，則亦在在皆卑邇也。使謂高遠之中無復有所爲卑邇，是天下有遠而不自邇，高而不自卑者，君子之道不如是也。然則君子之道亦有所爲遠焉邇焉，不自安於邇而遠已舉之矣。君子之道亦有所爲高焉卑焉，不自安於卑而高已舉之矣。則其所爲自邇而遠，自卑而高者，是在爲之，以其漸而進之，有其方而已矣。

分股明净，用筆透徹，暗地想去，皆有可證。逼真先輩宗風。（原評）

## 孟子曰禹　善言〔七一七〕

以好惡論夏王而可得其〔七一八〕存心之大端矣。夫旨酒，人所不能惡也；善言，人所不能好也。而禹〔七一九〕能惡且好之，此禹之所以存心者也。且吾尚論古之聖人，其功業不可勝紀也。觀於其所好所惡之間，而已約略可睹矣。夫易以溺情者而不至於溺其情，易以拂意者而不至於拂其意，則禹之繼二帝之後而開三代之先者，夫豈偶而已哉？平天成地，終古驚以爲神奇，而不知其所爲小心與大度者，固已徵之一二事之間。（自然合拍。）無怠無荒，臣工猶用爲警戒，而不知其所爲人心與道心者，已自能辨之於一舉念之頃。今夫物非我有者，輒易以惑人。至於物之惡者常予人以甘，甘固人之所嗜也。（妙，有刻〔七二〇〕畫。）是故溺其中而不能出者，旨酒爲甚，悦我口而不知其累我躬也，而人情之所爲繫戀而不之舍者在於此矣。物本爲我益者，輒易以忌情。至於物之美者常示人以嚴，嚴固人之所畏也。是故入〔七二一〕於懷而不能受者，善言爲甚，逆吾耳而不知其益吾德也，而人情之所爲棄置而不之顧者在於此矣。禹則超然遠覽，預知夫千古之患在於酒而疏而絶之，則凡所爲縱欲而敗度者，自禹視之，皆旨酒類也，而其所好別有在矣。（推開一步，語意乃爲圓足。）一餉之以善，而歡然其靡已，蓋其胸中止有善。故善易入，不必在神明之佐也。即庸愚之衆，亦當有獻於聖人之前，而無不虛懷以拜〔七二二〕之者乎？且禹謹小慎微，豈必遂同夫常人之亂在於酒。（講得精細。）然必謹而去〔七二三〕之，則凡所爲節性而防淫者，自禹出之，皆惡旨酒類也，而其所〔七二四〕好遂以專矣。一聆夫善言，而殷然惟恐其盡，則其耳中常有善。而〔七二五〕善無窮，不獨在師濟之臣也。即微賤之倫，亦當有陳於天子之廷〔七二六〕，而無不中心以藏之者乎？蓋嘗即其事而想其心，覺大禹之憂勤惟此二者之更爲擅美，而不得疑其聖域之未優。抑嘗讀其書而論其世，覺有夏之政治實此二人之爲原本，而益令考古者之無間。然繼而起者又在商周間也。

六股文字次第相生，血脉自貫，有一篇如一股之妙。（原評）

## 子曰知者　一節〔七二七〕

一名　會墨

即知仁而極形之，其德有各見者焉。夫知仁之德皆備於心，而其所見則固有不同焉，子故取而極形之歟？且吾心之理固無有具有不具也，而特其意境之形則不嫌於互出。（原評：起境超忽。）是故欲極盛德之形容而得至人之仿佛，正可即其生平而一一想之矣。吾嘗博觀天下之物而見有寓意其間者，（二比籠罩全題。）因以得其人之體之所存。（從首句説到中二句。）吾嘗遍觀天下之人而見有所得之不同者，因以得其人之體之所自致。（從中二句説到末二句。）其惟知者仁者乎？知者之明不蔽於物，而淵然而悟者與水謀。（暗逗「動」字。）今夫水，其體主動，（就水言其動。）而知者類之。夫人情不能於其不相類者而强相悦也，（雋語可味。）而知者之樂水，亦止是自樂其知而已矣。仁者之心不役於物，（暗逗「静」字。）而悠然而會者與山謀。今夫山，其體主静，（就山言其静。）而仁者似之。夫人情不能與不相似者而兩相得也，而仁者之樂山，亦止是自樂其仁而已矣。蓋水流而山峙者，天地之知仁也；（束上即起下。）而仁陽而知陰者，吾心之山水也。吾於是觀乎其體，則知者動也，變而不居而神周於無際，流而不息而機運於無方。在知者萬理澄澈，夫亦何嘗不静？（互一筆意本朱子。）而動之意爲多，故樂水之意亦見爲多也。則仁者静也，安土能敦，物自紛而心自一，心存有主，理畢涵而神常凝。在仁者推行各得，夫亦何嘗不動？而静之意爲多，故樂山之意亦見爲多也。夫然而知者之樂可知矣。人惟有窒於胸則困於物，而其天機遂淺。（二比從動静講出樂壽。）宇宙間寬廣之境獨屬之知者耳。（此言樂必屬諸知者，是逆筆。）知周萬物，而何物之能傷？（此言知者必樂，順筆。）行所無事，而何事之能擾？樂出於動而樂豈有不足耶夫？然而仁者之壽可知矣。人惟有雜於欲則漓乎天，而與氣數難争。宇宙間不敝之身獨屬之仁者耳。（此言壽必屬諸仁者。）體天行之健，則神與守而俱完。（此言仁者必壽。）絶物誘之投，斯身與心而常在。壽出於静而壽豈有不可必耶？世有曠懷高寄之士，亦能怡情於山水。然止爲玩物之喪志，必出自知仁之動静，則雖登高臨水，皆有關義理之微。世有安常履順之人，亦或兼備夫樂壽。（總收，與單題處相應，俱以動静做主，但筆法不同。）然止是時命之適然，必出自知仁之動静，則凡樂志養身，總莫非聖賢之詣。是故就兩人而論之，則或見爲知，或見爲仁，其所得必至於偏勝；就一人而言之，則一以爲知，一以爲仁，其理亦無悖於並行。（神理完足。）世之學，知仁者得其意境而想象之，庶其有獲乎！

理致深醇，局度峻整。（原評）

以動静作主，貫串上下兩截，却是一氣渾成，略不見連綴之痕。鎔鑄儒先傳注，更有神力。先正元墨中有數文字。○題本應以中二句作主，但前路直提動静，未免易至淩亂。此文起處虚籠，暗用動静一層相貫；次借山水，明出動静，最善斟酌。○起二比籠題，一從首二句説到中二句，一從中二句説到末二句，是一順遞説。後幅結二股，一言樂水樂山之由於動静，一言樂壽之由於動静，是一順做逆

説，俱以動静作主，而用筆却自不同。（原評）

## 孔子之謂　二節〔七二八〕

一名　戴名世〔七二九〕

即樂而見聖智之兼備者，復即射而見巧力之有獨重焉。蓋聖智俱全而巧力並到者，孔子也。彼三聖者烏可同日語哉？是以孟子既擬之於樂，又取譬於射也。若曰：吾尚論古聖人，而竊悠然有遐思焉。嘗試置身於工歌之間，而見夫五音之繁會。又嘗試置身於角藝之所，而見夫衆耦之〔七三〇〕齊升。乃於其中得衆聖人矣，抑亦於其中得一聖人矣。（着筆欲仙。）至哉孔子！吾將何以謂之哉？今夫樂有小成，有大成。（爲通股立案。）小成也者，一音之自爲終始，其爲條理也幾何矣！夫事莫爲之前，則後之要歸也無本；莫爲之後，則前之托始也徒虚。是始之與終固相須而互用者也。孔子以明無不照者爲金〔七三一〕之聲，而以德無不就者爲玉之振。蓋自其極深研幾之日而已早爲成德之地焉。論者觀其聖而因推原於智，以爲其始如是，其終亦如是也。（逆筆。）而三子者沾沾然以小成自鳴。（極論三子之偏。而孔子之全，只股末一點便醒。）吾獨惜其行誼至〔七三一〕高，而總不能出乎其初之所見。蓋知其事之甚美，而一往而深。其他之所遺者不已多乎？而孔子之兼綜條貫，於是乎爲集大成矣。吾又何以譬之哉？今夫射有能至，有能中。能至焉者，一矢之能用其剛勇，其逾百步也不難矣。夫舍矢之能，固遠勝於却弱而中廢；而神明之用，要亦藉夫武勇以成能。是至之與中，亦相待而並行者也。孔子以始條理之智爲射之巧，而以終條理之聖爲射之力。（分股中帶串筆。）蓋極夫因心變化之妙，而不徒誇夫一遠發之奇焉。論者觀其中而因推原於巧，以爲其至可勉，而其巧不可學也。而三子者拘拘焉以拙射自安，以彼其賦力深厚而又何難？夫命中之才乃任其質之所偏，而造乎其極，其詣之所成者不猶有缺乎？而孔子之從容中道，於是乎爲善射矣。（强對。）噫！夫爲學而不本於孔子，終非其至也。吾是以備著之。不然，如三〔七三二〕子之風百世，其義又烏可少乎哉？

舉重若輕，筆法神妙。二股後半截俱就三子着筆，只於股末略一撥，轉醒出孔子作收。實處皆虚，虚處皆實，更極變化。

## 今夫天斯　二段〔七三四〕

一名　戴名世〔七三五〕

極言天地之生物，皆不貳者爲之也。夫非不貳，而天之無窮、地之廣厚何以不可測乎？此中庸於天地之生物所以極言之也。且天地爲有初乎？吾不得而知之也；天地爲有終乎？吾不得而知之也。不知其所以初，亦不知其所以終，（從兩段下半截逆入。）而第見覆於其下而載於其上者如是之無紀極也，則不惟以不大言之而不可，即以大言之而亦不盡也。然且有執一隅一曲之見，（翻起「昭昭」、「撮土」，恰好入題。）曰：天在是也，地在是也。豈爲知天地者乎？而究之天，亦未嘗不在是也，吾正可即是以觀天也。（接開講來，文勢一片。）今夫天不可以多言也。以多言則其多也無幾矣，況多而僅曰：昭昭云爾。昭昭者有窮者也。（就「昭昭」句内反映出「無窮」。）然而昭昭之多亦何莫非天乎？少莫少於昭昭，多亦莫多於昭昭矣。庸詎知量之所不能圉即從昭昭始乎？號物之數有萬，（徑接「覆萬物」，逆出「日月星辰」。）莫不共覆於無窮之下。（帶「無窮」。）而萬物之上有日月，有星辰。或經或緯以託天之能，相連相屬以附天之體，若有所繫焉者。然而萬物又無論矣。（再點「萬物」句，却用撇筆。）凡此者，由昭昭之多而推之以及於無窮也。（倒煞及其「無窮」句。）至是而乃嘆天之生物之盛誠非意計之所能定者矣。（收下半截。）而究之地，亦未嘗不在是也，吾正可即是以觀地也。今夫地亦不可以多言也。以多言則其多也不多矣，況多而僅曰：一撮土云爾。（即就「撮土」内反映出「廣厚」。）撮土也者，不可與廣厚並論者也。然而撮土之多亦何莫非地乎？少莫少於撮土，多亦莫多於撮土矣。庸詎知數之所不能紀即從撮土始乎？物之爲數盈萬，莫不共載於廣厚之上。（帶「廣厚」。）而萬物之中有華岳，有河海。（從「萬物」逆出「華岳河海」。）大而能舉如未嘗舉也，虚而能受如未嘗受也，不患其重且泄焉，而萬物又無論矣。凡此者，由撮土之多而推之以及於廣厚也。（倒煞及其「廣厚」，收下半截。）至是而乃嘆地之生物之盛有非窺測所能得者矣。萬物紛紜而終焉資生，於焉資始，總不出乎天地之甄陶，化工浩渺。而天得一以清，地得一以寧，亦不外乎知能之易簡。凡天地生物之不測也，孰非不貳之爲哉！

行文如江河之奔注，一往不可遏抑。其間波瀾變化，却自不可名狀，真天下之勝觀也！○「昭昭」、「撮土」本不重，只用以起「無窮」、「廣厚」意。然太脱略則又失

「及其」二字之神。篇中重注下半截，却步步帶定「昭昭」、「撮土」，最得語氣。「昭昭」、「撮土」句中反映出「無窮」、「廣厚」，手法亦靈。○下半截從「覆萬物」逆説到「日月星辰」，從「載萬物」逆説到「華岳河海」。至正點覆載萬物，却用撇筆，而本義更醒。「無窮」、「廣厚」上只帶説正面，直至股末煞出，用筆總非人意想所到。

潛虛先生時文丰致蕭遠，神情映徹，真能超越人裳，令人讀之心曠神悦。青厓氏漫記。〔七三六〕

校勘記

〔一〕「疾」，上圖本作「病」。
〔二〕上圖本無「學」字。
〔三〕上圖本於「漢」下有「以來」二字。
〔四〕上圖本無「爲」字。
〔五〕上圖本無「見」字。
〔六〕「馳」，上圖本作「耽」。

〔七〕「甚貧」，上圖本作「貧甚」。
〔八〕「受」，上圖本作「授」。
〔九〕「探」，上圖本作「揣」。
〔一〇〕上圖本「時」下有「文」字。
〔一一〕上圖本無「中」字。
〔一二〕「厓」，上圖本作「崖」。
〔一三〕「雅」，上圖本作「學」。
〔一四〕「余」，上圖本作「予」。
〔一五〕上圖本無「縣」字。
〔一六〕「余」，上圖本作「予」。
〔一七〕上圖本「時」下有「文」字。
〔一八〕上圖本「與」下有「余」字。
〔一九〕上圖本無「劉北固」三字。
〔二〇〕「同郡朱字緑」，上圖本作「德州孫子未」。
〔二一〕上圖本無「者」字。
〔二二〕上圖本無「惟」字。
〔二三〕「已於」，上圖本作「於已」。川大本誤。
〔二四〕「所」，上圖本作「之」。
〔二五〕「誠」，上圖本作「授」。

〔二六〕上圖本無「然」字。
〔二七〕上圖本「其」下有「凡」字。
〔二八〕「嘗」，上圖本作「常」。
〔二九〕上圖本無「近」字。
〔三〇〕「序」，上圖本作「叙」。
〔三一〕上圖本無「於」字。
〔三二〕上圖本無「是」字。
〔三三〕「買」，上圖本作「鈔」。
〔三四〕「一編」，上圖本作「其書」。
〔三五〕「盛」，上圖本作「甚」。
〔三六〕「譏謗」，上圖本作「謗譏」。
〔三七〕「文事」，上圖本作「文章同事」。
〔三八〕「原」，上圖本作「京」。
〔三九〕「持手」，上圖本作「手持」。
〔四〇〕上圖本無「舉」字。
〔四一〕川大本無此目，亦無此文。今據上圖本附入。
〔四二〕「仁」，原文作「人」，今據《四書集注》改。
〔四三〕此部分爲戴名世之應試墨卷，上圖本編於目録之首。
〔四四〕川大本有題無文，今據上圖本補。

〔四五〕「二」爲「三」字之誤。
〔四六〕「艮」應是「良」之誤。
〔四七〕《朱子語類》：「私小底人或有所見，則不肯告人，持以自多。」
〔四八〕「也」，上圖本缺此字。
〔四九〕上圖本「與」後有「之」字。
〔五〇〕川大本「不學即無時吾」六字漫漶，今據上圖本補。
〔五一〕川大本「學亦何」三字漫漶，今據上圖本補。
〔五二〕川大本「又覺明日之」五字漫漶，今據上圖本補。
〔五三〕川大本「之而已遲矣」五字漫漶，今據上圖本補。
〔五四〕川大本「成也」二字漫漶，今據上圖本補。
〔五五〕「今」，上圖本作「令」，誤。
〔五六〕「非」，川大本此字殘缺，今據上圖本補。
〔五七〕「些」，上圖本作「此」。
〔五八〕上圖本缺「寓」字。
〔五九〕上圖本「而」後有「不」字。
〔六〇〕「夫」，上圖本作「未」。
〔六一〕上圖本無「取」字。
〔六二〕「失」，上圖本作「夫」，誤。
〔六三〕「探」，上圖本作「深」。

〔六四〕上圖本無「虚」字。
〔六五〕上圖本缺「卒」字。
〔六六〕上圖本無「足」字。
〔六七〕「傷」，上圖本作「哀」。
〔六八〕川大本「孰」字漫漶，今據上圖本補。
〔六九〕上圖本無此旁批。
〔七〇〕川大本「之」字漫漶，今據上圖本補。
〔七一〕川大本「中」字漫漶，今據上圖本補。
〔七二〕川大本「滔滔」二字漫漶，今據上圖本補。
〔七三〕「□」疑爲「天」。
〔七四〕上圖本缺「快」字。
〔七五〕上圖本缺「甚」字。
〔七六〕「形」，上圖本作「異」。
〔七七〕「無」疑爲「與」之誤。
〔七八〕上圖本缺「之」字。
〔七九〕「浮雲二字」，上圖本作「二字浮雲」。
〔八〇〕上圖本「妙」前有「可」字。
〔八一〕「一」，原文作「二」，本書目録作「一」，今據文意改。
〔八二〕「遲」，原文作「進」，今據杜甫《江亭》改。

〔八三〕《初學小題秘訣》「商」後無「者」字。
〔八四〕「也」，《初學小題秘訣》爲「見」。
〔八五〕「而」，《初學小題秘訣》爲「爲」。
〔八六〕《初學小題秘訣》「沽」後無「之」字。
〔八七〕「二」，原文作「三」，此書目録作「二」，今據《論語》文意改。
〔八八〕目録此題作《不忮不求　二句》。
〔八九〕「具」，上圖本作「且」。
〔九〇〕上圖本、《初學小題秘訣》「韵」後有「固」字。
〔九一〕「疑」，上圖本作「凝」。
〔九二〕「瀼瀼」，上圖本、《初學小題秘訣》作「濃濃」。
〔九三〕「本」，上圖本作「木」。
〔九四〕「令」，上圖本、《初學小題秘訣》作「今」。
〔九五〕「照」，上圖本作「射」。
〔九六〕「穹」，上圖本作「窮」。
〔九七〕「邁」，上圖本、《初學小題秘訣》作「遭」。
〔九八〕「未」，上圖本、《初學小題秘訣》作「味」。
〔九九〕「生」，上圖本作「華」。
〔一〇〇〕「遺」，上圖本作「遣」。
〔一〇一〕上圖本此批僅「宛然」二字。

〔一〇二〕「之知」，上圖本作「知之」。

〔一〇三〕上圖本缺「巉刻」二字。

〔一〇四〕「志」，上圖本作「忠」。

〔一〇五〕「中」，上圖本作「申」。

〔一〇六〕「棓」，上圖本作「掊」。

〔一〇七〕「韓慕盧先生」，上圖本作「弟丙章」。上圖本於此條批文之後尚有兩條批文：「吾徒與之幾無不與矣，故嚴以治之，深得隳黨銷萌之意。文筆嚴快，如割昆玉而隕秋霜。（劉藜先）」「憤激之致，彌見孤情。具此心胸，固宜敝裘塵甑，處之泰然耳。（韓慕盧先生）」

〔一〇八〕「或」字，川大本點删。

〔一〇九〕「令」，上圖本作「今」，誤。

〔一一〇〕「一」，上圖本作「有」。

〔一一一〕「扯」，上圖本作「扛」。

〔一一二〕上圖本「半」字後有「篇」字。

〔一一三〕上圖本「半」字後有「篇」字。

〔一一四〕上圖本缺「人甚」二字。

〔一一五〕上圖本缺「域而處」三字。

〔一一六〕「萬」，上圖本作「一」。

〔一一七〕「人」，川大本漫漶，上圖本缺字。據下文，疑爲「人」字。

〔一一八〕「其」字，川大本點删，上圖本爲「其其」。

〔一一九〕「到」，上圖本作「入」。
〔一二〇〕川大本「之既」二字漫漶，據上文及上圖本疑爲「之既」二字。
〔一二一〕「此」字，上圖本缺。
〔一二二〕「事情」，上圖本作「情事」。
〔一二三〕「轉」，上圖本作「到」。
〔一二四〕川大本缺「二」字，今據上圖本補。
〔一二五〕「拘」，上圖本作「拒」。
〔一二六〕上圖本缺「主」字。
〔一二七〕「容」字，川大本不清，今據上圖本補。
〔一二八〕「惟」，上圖本作「爲」。
〔一二九〕「失于」，上圖本作「夫子」，誤。
〔一三〇〕「奇」，上圖本作「豪」。
〔一三一〕上圖本缺「來」字。
〔一三二〕「妙」，上圖本作「好」。
〔一三三〕「于」，上圖本作「子」。
〔一三四〕上圖本無此二字。
〔一三五〕上圖本無「反」字。
〔一三六〕「誣」，上圖本作「証」。
〔一三七〕上圖本無此批語。

〔一三八〕上圖本無「相」字。
〔一三九〕上圖本「筆」字後有「力」字。
〔一四〇〕「凡所作題」，上圖本作「凡作此題」。
〔一四一〕川大本此字漫漶，上圖本亦缺。
〔一四二〕「文」，上圖本作「又」，誤。
〔一四三〕上圖本亦作「入」，應是「八」之誤。
〔一四四〕「瑗」，上圖本作「之」，誤。
〔一四五〕上圖本無此批語。
〔一四六〕上圖本無此批語。
〔一四七〕上圖本無此批語。
〔一四八〕上圖本無此批語。
〔一四九〕「真」，上圖本作「直」。
〔一五〇〕「矣」，上圖本作「哉」。
〔一五一〕上圖本無此批語。
〔一五二〕「同」，上圖本作「曰」。
〔一五三〕「固」，上圖本作「因」，誤。
〔一五四〕「即」，上圖本作「抑」。
〔一五五〕上圖本無「以」字。
〔一五六〕「哀」，上圖本作「安」。

〔一五七〕上圖本無「以」字。
〔一五八〕「其」，上圖本作「此」。
〔一五九〕「自」，上圖本作「日」。
〔一六〇〕「皆」，上圖本作「背」。
〔一六一〕「點」，上圖本作「照」。
〔一六二〕「自」，上圖本作「而」。
〔一六三〕川大本「下」字漫漶，今據上圖本補。
〔一六四〕川大本「博」字漫漶，今據上圖本補。
〔一六五〕「安」字前疑脱「不」字。
〔一六六〕「地」爲「他」之誤。《史記》：「《書》缺有間矣，其軼乃時時見於他説。」
〔一六七〕「而夫子固已逸民」七字疑爲衍文。
〔一六八〕「沙包」疑爲「涉冗」之誤。
〔一六九〕上圖本「溟」後無「滓」字。
〔一七〇〕「則」，上圖本作「在」。
〔一七一〕川大本錯排，現根據内容給予調整。
〔一七二〕川大本「刦」字漫漶，今據上圖本補。
〔一七三〕上圖本無「濁者雖邪穢……愈章也」等字。
〔一七四〕川大本「姑待」二字漫漶，今據上圖本補。
〔一七五〕川大本「其」字漫漶，今據上圖本補。

〔一七六〕「以」，上圖本爲「有」。
〔一七七〕上圖本「用」後無「左」字。
〔一七八〕上圖本「云」前無「自」字。
〔一七九〕川大本「之」字漫漶，今據上圖本補。
〔一八〇〕川大本「也」字漫漶，今據上圖本補。
〔一八一〕川大本「引」字漫漶，今據上圖本補。
〔一八二〕「滿」爲「漏」之誤。
〔一八三〕川大本「而」字漫漶，今據上圖本補。
〔一八四〕川大本「道」字漫漶，今據上圖本補。
〔一八五〕「幹」疑爲「斡」。
〔一八六〕川大本「人」字漫漶，今據上圖本補。
〔一八七〕川大本「不」字漫漶，今據上圖本補。
〔一八八〕川大本「人」字漫漶，今據上圖本補。
〔一八九〕此字川大本漫漶不清，疑爲「免」字。上圖本作「也」，誤。
〔一九〇〕川大本「子又」二字漫漶，今據上圖本補。
〔一九一〕川大本「雪文」二字漫漶，今據上圖本補。
〔一九二〕川大本「棄」字漫漶，今據上圖本補。
〔一九三〕上圖本「思」後有「之」字。
〔一九四〕「入」，上圖本作「人」。

〔一九五〕川大本「語」字漫漶，今據上圖本補。
〔一九六〕川大本「間」字漫漶，今據上圖本補。
〔一九七〕川大本「析」字漫漶，今據上圖本補。
〔一九八〕「輝光」，上圖本作「光輝」。
〔一九九〕川大本「畜也」二字漫漶，今據上圖本補。
〔二〇〇〕川大本「謀利愈」三字漫漶，今據上圖本補。
〔二〇一〕川大本「聚斂之」三字漫漶，今據上圖本補。
〔二〇二〕川大本「危」字漫漶，今據上圖本補。
〔二〇三〕「插入」，上圖本作「側重」。
〔二〇四〕川大本「將聚」二字漫漶，今據上圖本補。
〔二〇五〕川大本「臣」字漫漶，今據上圖本補。
〔二〇六〕「耶」，上圖本作「也」。
〔二〇七〕川大本「隱」字漫漶，今據上圖本補。
〔二〇八〕川大本「己」字漫漶，今據上圖本補。
〔二〇九〕川大本「隱躍」二字漫漶，今據上圖本補。
〔二一〇〕川大本「其」字漫漶，今據上圖本補。
〔二一一〕川大本「其迹」二字漫漶，今據上圖本補。
〔二一二〕川大本「觀」字漫漶，今據上圖本補。
〔二一三〕川大本「於見」二字漫漶，今據上圖本補。

〔二一四〕川大本「乎字俱」三字漫漶，今據上圖本補。
〔二一五〕川大本「乎冥」二字漫漶，今據上圖本補。
〔二一六〕川大本「發」字漫漶，今據上圖本補。
〔二一七〕「首」字誤，當爲「骨」字。
〔二一八〕川大本「太」字漫漶，今據上圖本補。
〔二一九〕川大本「之」字漫漶，今據上圖本補。
〔二二〇〕川大本「知」字漫漶，今據上圖本補。
〔二二一〕川大本「行」字漫漶，今據上圖本補。
〔二二二〕川大本「而」字漫漶，今據上圖本補。
〔二二三〕川大本「字是」二字漫漶，今據上圖本補。
〔二二四〕川大本「豈」字漫漶，今據上圖本補。
〔二二五〕川大本「尚」字漫漶，今據上圖本補。
〔二二六〕川大本「天」字漫漶，今據上圖本補。
〔二二七〕川大本「入」字漫漶，今據上圖本補。
〔二二八〕川大本「風」字漫漶，今據上圖本補。
〔二二九〕川大本「以」字漫漶，今據上圖本補。
〔二三〇〕上圖本「下」後無「章」字。
〔二三一〕川大本「知」字漫漶，今據上圖本補。
〔二三二〕川大本「之」字漫漶，今據上圖本補。

〔二三三〕川大本「二」字漫漶，今據上圖本補。
〔二三四〕川大本「生」字漫漶，今據上圖本補。
〔二三五〕川大本「過」字漫漶，今據上圖本補。
〔二三六〕川大本「説」字漫漶，今據上圖本補。
〔二三七〕川大本「抗」字漫漶，今據上圖本補。
〔二三八〕川大本「遠」字漫漶，今據上圖本補。
〔二三九〕川大本「乃」字漫漶，今據上圖本補。
〔二四〇〕川大本「命」字漫漶，今據上圖本補。
〔二四一〕川大本「墜而」二字漫漶，今據上圖本補。
〔二四二〕川大本「畢」字漫漶，今據上圖本補。
〔二四三〕川大本「奚」字漫漶，今據上圖本補。
〔二四四〕川大本「益」字漫漶，今據上圖本補。
〔二四五〕川大本「以」字漫漶，今據上圖本補。
〔二四六〕川大本「治」字漫漶，今據上圖本補。
〔二四七〕川大本「發」字漫漶，今據上圖本補。
〔二四八〕川大本「我」字漫漶，今據上圖本補。
〔二四九〕川大本「乎如」二字漫漶，今據上圖本補。
〔二五〇〕「遂」，上圖本作「遠」，誤。
〔二五一〕川大本「舌」字漫漶，今據上圖本補。

〔二五二〕川大本「觀」字漫漶，今據上圖本補。
〔二五三〕川大本「誼」字漫漶，今據上圖本補。
〔二五四〕川大本「施」字漫漶，今據上圖本補。
〔二五五〕川大本「已」字漫漶，今據上圖本補。
〔二五六〕川大本「先」字漫漶，今據上圖本補。
〔二五七〕川大本「狃」字漫漶，今據上圖本補。
〔二五八〕川大本「肯」字漫漶，今據上圖本補。
〔二五九〕川大本「易」字漫漶，今據上圖本補。
〔二六〇〕「彼」，上圖本作「故」。
〔二六一〕「盡」，上圖本作「自」。
〔二六二〕目録此題作《不願乎其外　二句》。
〔二六三〕川大本「乎」字漫漶，今據上圖本補。
〔二六四〕川大本「失」字漫漶，今據上圖本補。
〔二六五〕川大本「几」字漫漶，今據上圖本補。
〔二六六〕上圖本無此條批語。
〔二六七〕川大本「役」字漫漶，今據上圖本補。
〔二六八〕川大本「旦明之」三字漫漶，今據上圖本補。
〔二六九〕川大本「又」字漫漶，今據上圖本補。
〔二七〇〕川大本「矣」字漫漶，今據上圖本補。

〔二七一〕川大本「知」字漫漶，今據上圖本補。
〔二七二〕「失」，上圖本作「夫」，誤。
〔二七三〕川大本「父」字漫漶，今據上圖本補。
〔二七四〕「篹」應是「虡」之誤。
〔二七五〕川大本「昃」字漫漶，今據上圖本補。
〔二七六〕川大本「伯」字漫漶，今據上圖本補。
〔二七七〕川大本「掌」字漫漶，今據上圖本補。
〔二七八〕川大本「而」字漫漶，今據上圖本補。
〔二七九〕川大本「子」字漫漶，今據上圖本補。
〔二八〇〕川大本「便於已」三字漫漶，今據上圖本補。
〔二八一〕川大本「無意而息」四字漫漶，今據上圖本補。
〔二八二〕川大本「其政」二字漫漶，今據上圖本補。
〔二八三〕川大本「號」字漫漶，今據上圖本補。
〔二八四〕川大本「荒」字漫漶，今據上圖本補。
〔二八五〕「瀾翻」，上圖本作「翻瀾」。
〔二八六〕川大本「甯」字漫漶，今據上圖本補。
〔二八七〕川大本「知」字漫漶，今據上圖本補。
〔二八八〕「又」，上圖本作「人」。
〔二八九〕「自」字川大本漫漶，今據上圖本補。

〔二九〇〕川大本「燮」字漫漶，今據上圖本補。
〔二九一〕川大本「不」字漫漶，今據上圖本補。
〔二九二〕川大本「聖」字漫漶，今據上圖本補。
〔二九三〕川大本「見」字漫漶，今據上圖本補。
〔二九四〕川大本「先」字漫漶，今據上圖本補。
〔二九五〕上圖本無「幾，而天之將至……無有者，幾也」，疑抄漏。
〔二九六〕「失」，上圖本作「夫」，誤。
〔二九七〕川大本夾批接近版心，不可得見，今據上圖本補。
〔二九八〕川大本「者」字漫漶，今據上圖本補。
〔二九九〕川大本「者」字漫漶，今據上圖本補。
〔三〇〇〕川大本「章」字漫漶，今據上圖本補。
〔三〇一〕川大本「奠」字漫漶，今據上圖本補。
〔三〇二〕「入」，疑作「八」。
〔三〇三〕川大本「吊」字漫漶，今據上圖本補。
〔三〇四〕川大本「復」字漫漶，今據上圖本補。
〔三〇五〕川大本「静」字漫漶，今據上圖本補。
〔三〇六〕上圖本無此批語。
〔三〇七〕「大」，上圖本作「夫」。
〔三〇八〕川大本「泯」字漫漶，今據上圖本補。

〔三〇九〕川大本「截如」二字漫漶，今據上圖本補。
〔三一〇〕川大本「挫」字漫漶，今據上圖本補。
〔三一一〕川大本「夫」字漫漶，今據上圖本補。
〔三一二〕川大本「而」字漫漶，今據上圖本補。
〔三一三〕上圖本「足」後無「以」字。
〔三一四〕「乎」，上圖本作「一」。
〔三一五〕「將」，上圖本作「插」。
〔三一六〕川大本「之」字漫漶，今據上圖本補。
〔三一七〕「即」，上圖本作「則」。
〔三一八〕「如」，上圖本作「可」。
〔三一九〕川大本「該」字漫漶，今據上圖本補。
〔三二〇〕「晤」，上圖本作「悟」。
〔三二一〕川大本「如」字漫漶，今據上圖本補。
〔三二二〕「來」，上圖本作「束」。
〔三二三〕上圖本「齊」前無「一」字。
〔三二四〕上圖本「句」字後有「留在」。
〔三二五〕「慘」，上圖本作「操」。
〔三二六〕川大本「以臣」二字漫漶，今據上圖本補。
〔三二七〕川大本「情」字漫漶，今據上圖本補。

〔三二八〕上圖本「刻畫」後有「甚」字。
〔三二九〕川大本「不」字漫漶，今據上圖本補。
〔三三〇〕川大本「走」字漫漶，今據上圖本補。
〔三三一〕川大本「物」字漫漶，今據上圖本補。
〔三三二〕「極」，上圖本作「即」。
〔三三三〕此字川大本漫漶，今據上圖本補。
〔三三四〕「嗔」，上圖本作「瞋」。
〔三三五〕川大本「矣發政施仁之效如此而王胡不」十三字漫漶，今據上圖本補。
〔三三六〕川大本「峰」字漫漶，今據上圖本補。
〔三三七〕上圖本「其」前無「又」字。
〔三三八〕「斤」，上圖本作「斥」。
〔三三九〕上圖本「用舍」後有「之」字。
〔三四〇〕上圖本無「賢」字。
〔三四一〕上圖本無「如」字。
〔三四二〕川大本「得」字漫漶，今據上圖本補。
〔三四三〕川大本「若」字漫漶，今據上圖本補。
〔三四四〕川大本「玉」字漫漶，今據上圖本補。
〔三四五〕「鎰」，上圖本作「鎰」。
〔三四六〕上圖本「又試」後有「有」字。

〔三四七〕「錳」，上圖本作「鎰」。
〔三四八〕川大本「灁」字漫漶，今據上圖本補。
〔三四九〕川大本「吸」字漫漶，今據上圖本補。
〔三五〇〕上圖本無此條批語。
〔三五一〕川大本「土」字漫漶，今據上圖本補。
〔三五二〕川大本「其」字漫漶，今據上圖本補。
〔三五三〕川大本「叙」字漫漶，今據上圖本補。
〔三五四〕川大本「也」字漫漶，今據上圖本補。
〔三五五〕川大本「響」字漫漶，今據上圖本補。
〔三五六〕「足」，上圖本作「是」。
〔三五七〕「歷」，上圖本作「百」。
〔三五八〕川大本無此條批語，今據上圖本補。
〔三五九〕「至」，上圖本作「非」。
〔三六〇〕「此」，上圖本作「也」。
〔三六一〕川大本無此條批語，今據上圖本補。
〔三六二〕川大本「救」字漫漶，今據上圖本補。
〔三六三〕川大本無此條批語，今據上圖本補。
〔三六四〕川大本「三」字漫漶，今據上圖本補。
〔三六五〕川大本「命」字漫漶，今據上圖本補。

〔三六六〕川大本「也」字漫漶，今據上圖本補。
〔三六七〕川大本「也」字漫漶，今據上圖本補。
〔三六八〕「別」，上圖本作「列」。
〔三六九〕川大本「告子不得於言」六字漫漶，今據上圖本補。
〔三七〇〕川大本「動」字漫漶，今據上圖本補。
〔三七一〕川大本「置」字漫漶，今據上圖本補。
〔三七二〕川大本「其」字漫漶，今據上圖本補。
〔三七三〕川大本「趨於」二字漫漶，今據上圖本補。
〔三七四〕川大本「直」字漫漶，今據上圖本補。
〔三七五〕川大本「萬怪」二字漫漶，今據上圖本補。
〔三七六〕川大本「惑」字漫漶，今據上圖本補。
〔三七七〕川大本「按」字漫漶，今據上圖本補。
〔三七八〕川大本「下意」二字漫漶，今據上圖本補。
〔三七九〕川大本「端」字漫漶，今據上圖本補。
〔三八〇〕川大本「發」字漫漶，今據上圖本補。
〔三八一〕川大本「有」字漫漶，今據上圖本補。
〔三八二〕「知」，上圖本作「和」，誤。
〔三八三〕川大本「莊」字漫漶，今據上圖本補。
〔三八四〕「平」，上圖本作「乎」。

〔三八五〕川大本「也」字漫漶，今據上圖本補。
〔三八六〕上圖本無此條批語。
〔三八七〕川大本「爲則以」三字漫漶，今據上圖本補。
〔三八八〕川大本「可」字漫漶，今據上圖本補。
〔三八九〕上圖本無此條批語。
〔三九〇〕上圖本無此條批語。
〔三九一〕川大本「之」字漫漶，今據上圖本補。
〔三九二〕川大本「氣一呵」三字漫漶，今據上圖本補。
〔三九三〕川大本「與」字漫漶，今據上圖本補。
〔三九四〕上圖本「非」後無「其」字。
〔三九五〕川大本「夷」字漫漶，今據上圖本補。
〔三九六〕川大本「造化」二字漫漶，今據上圖本補。
〔三九七〕第二个「下」或爲「文」之誤。
〔三九八〕川大本「已」字漫漶，今據上圖本補。
〔三九九〕川大本「幸」字漫漶，今據上圖本補。
〔四〇〇〕川大本「巧」字漫漶，今據上圖本補。
〔四〇一〕川大本「人」字漫漶，今據上圖本補。
〔四〇二〕川大本「之」字漫漶，今據上圖本補。
〔四〇三〕川大本「安於魯不去其他若泄柳」漫漶，今據上圖本補。

〔四〇四〕川大本「非可以處獨而枉」漫漶，今據上圖本補。
〔四〇五〕川大本「考其故而後」漫漶，今據上圖本補。
〔四〇六〕川大本「戀」字漫漶，今據上圖本補。
〔四〇七〕川大本「魯也何者彼」漫漶，今據上圖本補。
〔四〇八〕川大本「安哉」二字漫漶，今據上圖本補。
〔四〇九〕川大本「也彼充」三字漫漶，今據上圖本補。
〔四一〇〕川大本「知而不可」四字漫漶，今據上圖本補。
〔四一一〕川大本「事而君子猶」五字漫漶，今據上圖本補。
〔四一二〕川大本「則君子有時而」漫漶，今據上圖本補。
〔四一三〕川大本「而實人」三字漫漶，今據上圖本補。
〔四一四〕川大本「蓋古之」三字漫漶，今據上圖本補。
〔四一五〕川大本「於」字漫漶，今據上圖本補。
〔四一六〕川大本「天」字漫漶，今據上圖本補。
〔四一七〕川大本「其」字漫漶，今據上圖本補。
〔四一八〕川大本「哉」字漫漶，今據上圖本補。
〔四一九〕川大本「各」字漫漶，今據上圖本補。
〔四二〇〕川大本「也」字漫漶，今據上圖本補。
〔四二一〕川大本「弟」字漫漶，今據上圖本補。
〔四二二〕川大本「至而勉勉」四字漫漶，今據上圖本補。

〔四二三〕川大本無此條批語，今據上圖本補。
〔四二四〕川大本無此條批語，今據上圖本補。
〔四二五〕上圖本「爲富者」後無「去」字。
〔四二六〕川大本「爲」字漫漶，今據上圖本補。
〔四二七〕「日」，上圖本作「一」。
〔四二八〕川大本無此條批語上半段，今據上圖本補。
〔四二九〕上圖本「心」後有「眼」字。
〔四三〇〕上圖本此下尚有吴荆山批語：「田有大兄爲文，每將題目咀詠數過，即振腕疾書，文不加點，睹此神逸，想見揮毫落紙時也。」
〔四三一〕「劉」，上圖本爲「荆」。
〔四三二〕川大本「略」字漫漶，今據上圖本補。
〔四三三〕川大本「根」字漫漶，今據上圖本補。
〔四三四〕「生」，上圖本作「上」。
〔四三五〕川大本「妙」字漫漶，今據上圖本補。
〔四三六〕川大本「提獨字以」四字漫漶，今據上圖本補。
〔四三七〕川大本「瀾」字漫漶，今據上圖本補。
〔四三八〕此條批語川大本漫漶，今據上圖本補。
〔四三九〕此條批語川大本漫漶，今據上圖本補。
〔四四〇〕川大本「矣」字漫漶，今據上圖本補。

〔四四一〕上圖本「已甚」後無「句」字。
〔四四二〕「又」，上圖本作「人」，誤。
〔四四三〕「于」，上圖本作「干」，誤。
〔四四四〕「于」，上圖本作「干」，誤。
〔四四五〕「于」，上圖本作「干」，誤。
〔四四六〕川大本「賤」字漫漶，今據上圖本補。
〔四四七〕川大本「小」字漫漶，今據上圖本補。
〔四四八〕「睛」當作「晴」。
〔四四九〕「哉」，上圖本作「乎」。
〔四五〇〕此篇川大本有存目而不見正文，據上圖本補。
〔四五一〕「于」，上圖本作「干」，誤。
〔四五二〕川大本「絲」字漫漶，今據上圖本補。
〔四五三〕川大本「興」字漫漶，今據上圖本補。
〔四五四〕川大本「蹶無然泄泄」漫漶，今據上圖本補。
〔四五五〕川大本「以福而永之以」漫漶，今據上圖本補。
〔四五六〕川大本「懼上下修省」漫漶，今據上圖本補。
〔四五七〕上圖本此篇無批語。
〔四五八〕川大本「方」字漫漶，今據上圖本補。
〔四五九〕上圖本無此條批語。

〔四六〇〕「止」，上圖本作「只」。
〔四六一〕川大本「正」字漫漶，今據上圖本補。
〔四六二〕川大本「正」字漫漶，今據上圖本補。
〔四六三〕川大本「安宅」二字漫漶，今據上圖本補。
〔四六四〕川大本「遠」字漫漶，今據上圖本補。
〔四六五〕上圖本無此條批語。
〔四六六〕「焉」，上圖本作「者」。
〔四六七〕上圖本「所謂」後有「已」字。
〔四六八〕上圖本無此條批語。
〔四六九〕川大本「成」字漫漶，今據上圖本補。
〔四七〇〕川大本「冀後聖之我」漫漶，今據上圖本補。
〔四七一〕川大本「沾沾」二字漫漶，今據上圖本補。
〔四七二〕川大本「擬」字漫漶，今據上圖本補。
〔四七三〕上圖本無此條批語。
〔四七四〕上圖本「之矣」後有「而」字。
〔四七五〕「乎」，上圖本作「于」。
〔四七六〕「者」，上圖本作「曰」，誤。
〔四七七〕上圖本「所以」後無「存」字。
〔四七八〕「其」，上圖本作「此」。

〔四七九〕川大本「一」字漫漶，今據上圖本補。
〔四八〇〕「無」，上圖本作「吾」。
〔四八一〕上圖本無此條批語。
〔四八二〕「也」，上圖本作「哉」。
〔四八三〕上圖本無此條批語。
〔四八四〕川大本「自得之」三字漫漶，今據上圖本補。
〔四八五〕川大本「滋」字漫漶，今據上圖本補。
〔四八六〕川大本「哉」字漫漶，今據上圖本補。
〔四八七〕川大本「人字指平等人」漫漶，今據上圖本補。
〔四八八〕川大本「洗發精實則波瀾莫二矣韓慕廬先生」漫漶，今據上圖本補。
〔四八九〕「是亦」，上圖本作「亦是」。
〔四九〇〕「曰」字應是「日」字之誤。
〔四九一〕川大本「一」字漫漶，今據上圖本補。
〔四九二〕上圖本「冷」後有「刺」字。
〔四九三〕「亦是如此作法」，上圖本作「亦如是作法」。
〔四九四〕上圖本無此條批語。
〔四九五〕上圖本「不」後無「可」字。
〔四九六〕「矣」，上圖本作「也」。
〔四九七〕「其以」，上圖本作「以其」。

〔四九八〕「右」，上圖本作「子」。
〔四九九〕「落」，上圖本作「到」。
〔五〇〇〕「二」，上圖本作「一」。
〔五〇一〕川大本「目」字漫漶，今據上圖本補。
〔五〇二〕上圖本無此條批語。
〔五〇三〕川大本「曹漣漪」三字漫漶，今據上圖本補。
〔五〇四〕「有」，上圖本作「不」，誤。
〔五〇五〕「洗」，上圖本作「先」，誤。
〔五〇六〕「望」，上圖本作「求」。
〔五〇七〕川大本「或」字漫漶，今據上圖本補。
〔五〇八〕川大本「其」字漫漶，今據上圖本補。
〔五〇九〕上圖本無此條批語。
〔五一〇〕「孰」，上圖本作「誰」。
〔五一一〕「淡雅」，上圖本作「雅淡」。
〔五一二〕「翻」，上圖本作「反」。
〔五一三〕川大本「其不」二字漫漶，今據上圖本補。
〔五一四〕上圖本無此條批語。
〔五一五〕「探」，上圖本作「揣」。
〔五一六〕「出」，上圖本作「中」，誤。

〔五一七〕上圖本無此條批語。
〔五一八〕上圖本無此條批語。
〔五一九〕上圖本無此條批語。
〔五二〇〕第二个「而果悠然」疑爲衍文。
〔五二一〕「對」，上圖本作「到」。
〔五二二〕川大本「之」字漫漶，今據上圖本補。
〔五二三〕「末二」，上圖本爲「二末」。
〔五二四〕上圖本無此條批語。
〔五二五〕「亡」，上圖本作「正」。
〔五二六〕「却」，上圖本作「怯」。
〔五二七〕「忍」，上圖本作「忘」。
〔五二八〕「而」，上圖本作「之」。
〔五二九〕上圖本無此條批語。
〔五三〇〕上圖本無此條批語。
〔五三一〕「偕」，上圖本爲「與」。
〔五三二〕上圖本「非禮不」後無「敢」字。
〔五三三〕上圖本無此條批語。
〔五三四〕川大本「義」字漫漶，今據上圖本補。
〔五三五〕川大本「則獨見」三字漫漶，今據上圖本補。

〔五三六〕上圖本無「余往者」以下文字。
〔五三七〕上圖本無此條批語。
〔五三八〕「已」，上圖本作「身」。
〔五三九〕「臂」，上圖本作「背」。
〔五四〇〕川大本「德之名溺於淫僻」漫漶，今據上圖本補。
〔五四一〕川大本「性者栝棬之杞柳」漫漶，今據上圖本補。
〔五四二〕川大本「眷屬」二字漫漶，今據上圖本補。
〔五四三〕上圖本「豈」後無「其」字。
〔五四四〕上圖本「我固有」後有「之」字。
〔五四五〕「虛」字應是「處」字之誤。
〔五四六〕「只」，上圖本作「亦」。
〔五四七〕上圖本「非外爍」後無「翻」字。
〔五四八〕「理」，上圖本作「禮」。
〔五四九〕此條批語川大本漫漶，今據上圖本補。
〔五五〇〕上圖本無此條批語。
〔五五一〕上圖本無此條批語。
〔五五二〕「悦」，上圖本作「説」。
〔五五三〕「湯」，上圖本作「渴」。
〔五五四〕上圖本「悦之甚」後無「故」字。

〔五五五〕上圖本「未有」後無「見」字。
〔五五六〕「伏」，上圖本作「泯」。
〔五五七〕「故」，上圖本作「固」。
〔五五八〕「也」，上圖本作「者」。
〔五五九〕「憚」，上圖本作「惲」。
〔五六〇〕「止」，上圖本作「上」。
〔五六一〕「暴」，上圖本作「也」，誤。
〔五六二〕「痛沈」，上圖本作「沉痛」。
〔五六三〕川大本「慨」字漫漶，今據上圖本補。
〔五六四〕「神」，上圖本作「聖」。
〔五六五〕上圖本無此條評語。
〔五六六〕「夫」，上圖本作「失」，誤。
〔五六七〕上圖本「顧盼有」後有「情」字。
〔五六八〕「乎」，上圖本作「呼」。
〔五六九〕「真」，上圖本作「直」。
〔五七〇〕上圖本無此條批語。
〔五七一〕上圖本無此條批語。
〔五七二〕上圖本無此條批語。
〔五七三〕上圖本無此條批語。

〔五七四〕「涕」，上圖本作「淚」。
〔五七五〕「黑」，上圖本作「緑」。
〔五七六〕「找」，上圖本作「我」，誤。
〔五七七〕上圖本無此條批語。
〔五七八〕「輕」，上圖本作「二」，誤。
〔五七九〕「耶」，上圖本作「也」。
〔五八〇〕「訴」，上圖本作「訢」。
〔五八一〕「扡」，上圖本作「拖」。
〔五八二〕上圖本「如此」後無「之」字。
〔五八三〕上圖本無此條批語。
〔五八四〕「歟」，上圖本作「與」。
〔五八五〕川大本「此」字漫漶，今據上圖本補。
〔五八六〕上圖本無此條批語。
〔五八七〕川大本「害」字漫漶，今據上圖本補。
〔五八八〕川大本「吾」字漫漶，今據上圖本補。
〔五八九〕「咎」，上圖本作「究」。
〔五九〇〕川大本「起」字漫漶，今據上圖本補。
〔五九一〕上圖本無此條批語。
〔五九二〕上圖本無此條批語。

〔五九三〕川大本「切」字漫漶，今據上圖本補。
〔五九四〕上圖本「窮愁」後無「情」字。
〔五九五〕「下」，上圖本作「天」，誤。
〔五九六〕上圖本「未有能濟」後有「之」字。
〔五九七〕上圖本「勉强」後無「其」字。
〔五九八〕川大本此字漫漶，上圖本爲「疚」字。
〔五九九〕上圖本「對照當大」後無「任講」二字。
〔六〇〇〕川大本「已而矯以鳴高其計畫無復」漫漶，今據上圖本補。
〔六〇一〕川大本「市販往往混乎庸愚之中」漫漶，今據上圖本補。
〔六〇二〕川大本「遑恤而聲華已照」漫漶，今據上圖本補。
〔六〇三〕川大本「定中原夫夫也固即前」漫漶，今據上圖本補。
〔六〇四〕川大本「也」字漫漶，今據上圖本補。
〔六〇五〕川大本「向者天之困之者非無故也嗚呼」漫漶，今據上圖本補。
〔六〇六〕川大本「日豈可謂不幸哉」漫漶，今據上圖本補。
〔六〇七〕上圖本無此條評語。
〔六〇八〕「安」，上圖本作「宴」。
〔六〇九〕「富」，上圖本作「菑」。
〔六一〇〕川大本「無」字漫漶，今據上圖本補。
〔六一一〕川大本「真乃」二字漫漶，今據上圖本補。

〔六一二〕川大本「何以死也」四字漫漶，今據上圖本補。
〔六一三〕上圖本無此條批語。
〔六一四〕川大本「材而」二字漫漶，今據上圖本補。
〔六一五〕川大本「貴」字漫漶，今據上圖本補。
〔六一六〕「毋」，上圖本作「無」。
〔六一七〕「外」，上圖本作「我」。
〔六一八〕川大本此字漫漶，上圖本作「願」。
〔六一九〕「似」，上圖本作「此」。
〔六二〇〕上圖本無此條批語。
〔六二一〕「善」，上圖本作「擅」。
〔六二二〕上圖本「無以顯」後無「其」字。
〔六二三〕上圖本無此條批語。
〔六二四〕川大本「窮我哉」三字漫漶，今據上圖本補。
〔六二五〕川大本「見」字漫漶，今據上圖本補。
〔六二六〕上圖本「無和」後有「之」字。
〔六二七〕「以多」，上圖本作「多以」。
〔六二八〕上圖本無此條批語。
〔六二九〕「斡」，上圖本作「幹」，誤。
〔六三〇〕「漆」，上圖本作「添」，誤。

〔六三一〕「月」，上圖本作「用」。
〔六三二〕「混」，上圖本作「渾」。
〔六三三〕上圖本無此條批語。
〔六三四〕「計之」，上圖本作「之計」。
〔六三五〕「穗」，上圖本作「惠」。
〔六三六〕「以」，上圖本作「其」。
〔六三七〕上圖本無此條批語。
〔六三八〕上圖本此條批語混入正文中。
〔六三九〕上圖本「使聞」無「聲」字。
〔六四〇〕「户」，上圖本作「聲」。
〔六四一〕上圖本無此條批語。
〔六四二〕上圖本「着」後有「筆」字。
〔六四三〕川大本「落」字漫漶，今據上圖本補。
〔六四四〕上圖本無此條批語。
〔六四五〕上圖本「而小」後有「者」字。
〔六四六〕川大本「月」字漫漶，今據上圖本補。
〔六四七〕上圖本無此條評語。
〔六四八〕上圖本無此條批語。
〔六四九〕「即」，上圖本作「極」。

〔六五〇〕川大本無此條批語，今據上圖本補。
〔六五一〕「于」，上圖本作「乎」。
〔六五二〕上圖本「幾乎」後有「於」字。
〔六五三〕「吁」，上圖本作「呼」。
〔六五四〕川大本「一毛」二字漫漶，今據上圖本補。
〔六五五〕川大本「子」字漫漶，今據上圖本補。
〔六五六〕「亦有忘」，上圖本作「有不忘」，誤。川大本「忘」字漫漶，今據上圖本補。
〔六五七〕川大本「於其」二字漫漶，今據上圖本補。
〔六五八〕川大本「題」字漫漶，今據上圖本補。
〔六五九〕川大本「我身者」三字漫漶，今據上圖本補。
〔六六〇〕川大本「加毫末於其」漫漶，今據上圖本補。
〔六六一〕川大本「毛」字漫漶，今據上圖本補。
〔六六二〕上圖本無此條批語。
〔六六三〕川大本「固」字漫漶，今據上圖本補。
〔六六四〕川大本「於」字漫漶，今據上圖本補。
〔六六五〕上圖本「上下映帶」後無「處」字。
〔六六六〕川大本「此用筆」三字漫漶，今據上圖本補。
〔六六七〕「也」，上圖本作「矣」。
〔六六八〕上圖本「墨子」後無「之」字。

〔六六九〕川大本「人」字漫漶，今據上圖本補。
〔六七〇〕川大本「却」字漫漶，今據上圖本補。
〔六七一〕川大本「而」字漫漶，今據上圖本補。
〔六七二〕「也」，上圖本作「者」。
〔六七三〕上圖本此條評語無落款。
〔六七四〕上圖本「所挾」後有「者」字。
〔六七五〕上圖本「經濟」後無「假」字。
〔六七六〕川大本「淡」字漫漶，今據上圖本補。
〔六七七〕上圖本「可以」後無「知」字。
〔六七八〕「人」，上圖本作「之」。
〔六七九〕川大本此字漫漶，上圖本作「持」字。
〔六八〇〕川大本此處漫漶，上圖本爲「文乃□□有分辨意」，所缺字數與川大本不一致。
〔六八一〕「二」，此書目録作「二二」。
〔六八二〕上圖本無此條批語。
〔六八三〕上圖本無此條批語。
〔六八四〕「挾」，上圖本作「梜」，誤。
〔六八五〕上圖本「惡知」後有「其」字。
〔六八六〕上圖本無此條批語。
〔六八七〕「略」，上圖本作「絶」。

〔六八八〕上圖本無此條批語。
〔六八九〕上圖本無此條批語。
〔六九〇〕「亦」，上圖本作「不」。
〔六九一〕川大本「其」字漫漶，今據上圖本補。
〔六九二〕川大本「麗」字漫漶，今據上圖本補。
〔六九三〕川大本「以轉筆」三字漫漶，今據上圖本補。
〔六九四〕「反」，上圖本作「返」。
〔六九五〕上圖本無此條批語。
〔六九六〕川大本「相」字漫漶，今據上圖本補。
〔六九七〕上圖本「過關」後無「而」字。
〔六九八〕川大本「遂」字漫漶，今據上圖本補。
〔六九九〕「神」，上圖本作「聲」。
〔七〇〇〕川大本「復」字漫漶，今據上圖本補。
〔七〇一〕川大本「壯」字漫漶，今據上圖本補。
〔七〇二〕川大本此頁與《充實而有　一句》最後一頁錯排，現據文意調整。
〔七〇三〕川大本「累」字漫漶，今據上圖本補。
〔七〇四〕川大本此頁與《充實之謂　四句》最後一頁錯排，現據文意調整。
〔七〇五〕上圖本「此是」後無「有意」。
〔七〇六〕川大本「人」字漫漶，今據上圖本補。

〔七〇七〕川大本無此條批語，今據上圖本補。
〔七〇八〕「嘐」，上圖本作「翏」。
〔七〇九〕上圖本題下有「選貢」二字。
〔七一〇〕「夫」，上圖本作「天」，誤。
〔七一一〕上圖本無「老」字。
〔七一二〕上圖本於題下有「鄉墨」二字。
〔七一三〕上圖本「泛」下有「非鋪排」三字。
〔七一四〕「真」，上圖本作「直」。
〔七一五〕書口題「鄉墨」二字。
〔七一六〕此字漫漶，疑爲「取」字，上圖本闕「貌取神」三字。
〔七一七〕原書「言」字漫漶，今據上圖本補入。該文書口題「鄉墨」二字。
〔七一八〕原書「其」字漫漶，今據上圖本補。
〔七一九〕原書「禹」字漫漶，今據上圖本補。
〔七二〇〕上圖本闕「刻」字。
〔七二一〕「入」，上圖本作「人」，誤。
〔七二二〕原書「拜」字漫漶，今據上圖本補。
〔七二三〕原書「而去」二字漫漶，今據上圖本補。
〔七二四〕原書「所」字漫漶，今據上圖本補。
〔七二五〕原書「而」字漫漶，今據上圖本補。

〔七二六〕原書「廷」字漫漶，今據上圖本補。
〔七二七〕此篇原書有目無文，現據上圖本補。
〔七二八〕川大本書名題「會墨」二字。
〔七二九〕「戴名世」，上圖本作「會墨」。
〔七三〇〕「之」，川大本此字漫漶，今據上圖本補。
〔七三一〕「金」，川大本此字漫漶，今據上圖本補。
〔七三二〕「至」，川大本此字漫漶，今據上圖本補。
〔七三三〕「三」，川大本此字漫漶，今據上圖本補。
〔七三四〕川大本書口題「會墨」二字。
〔七三五〕「戴名世」，上圖本作「會墨」。
〔七三六〕川大本無此條評語，今據上圖本補。

# 方百川時文

〔清〕方舟　撰
龍野　標點
陳維昭　校勘

# 方百川時文及所附方椒塗遺文提要

《方百川時文》不分卷，方舟撰；《方椒塗遺文》，方林撰。

方舟（一六六五—一七〇一），字百川，號錦帆。性倜儻，好讀書而不樂爲章句文字之業。六歲能爲詩，十歲好《左氏》、《太史公書》，未冠通五經訓義。與弟苞習制舉業，十五歲入邑庠，遂以制舉文名天下。一時名士王源、朱書、戴名世多就正學業。韓菼見其制義，嘆曰：「二百年無此也。」（方苞《兄百川墓志銘》）東遊登萊，北過燕市，遘疾歸，年三十七卒。方林（一六七〇—一六九〇），字椒塗，方舟弟，工時文，早卒。

百川制義集《自知集》收文六十八篇，由其同學刊行於康熙三十四年乙亥之前。百川逝後，方苞將其《絡緯賦》、《擬庾亮南樓讌集序》、《廣師説》三文及方林《方椒塗遺文》附於《自知集》後，以《百川先生遺文》刊行。今因此三文均非時文，不予録入。

安徽師範大學圖書館藏《方氏全稿》，含《方百川時文》、《方靈皋全稿》、《方椒塗遺文》三種，封面則分別題「方百川先生時文全稿」、「方靈皋先生時文全稿」。此爲今見較早以三方時文合集者，爲光緒間盛行的《桐城方氏時文全稿》之先聲。方苞《思知人不　二句》題文「寧有是焉」之「寧」字，蘇州大學圖書館所藏乾嘉間麟元堂刊本《抗希堂自訂全稿》（下稱「蘇大本」）作「寍」，安師本作「甯」，則安師本之刊刻應不早於咸豐四年。然《方百川時文》中保留了部分戴名世評語，個別的戴氏評語被删去或除名。目録頁題「自知集目録」，其底本應是康熙刻本。印製質量欠佳，時有錯訛，《方椒塗遺文》目録頁「方林」誤爲「吴林」。《方椒塗遺文》一卷，附於《方百川時文》後，封面題「方椒塗稿」，共收方林時文十篇。

《桐城方氏時文全稿》今知最早刻本爲光緒十二年陳氏薰德堂刻本，後爲多家書坊翻刻，甚爲盛行。該書已删去所有戴名世評語或更換其名字，抹去一切與戴名世相關痕迹。其《方百川時文選》收文六十九篇。

哈佛大學圖書館所藏方觀承録次《方百川先生經義》爲乾隆刊本，稱「吾家百川、靈皋兩先生，康熙中以文名天下，經義出而家弦户誦，稱『二方』」（方觀承《方百川先生經義》）。百川早世，遺文僅經義六十八首，「兹以政事之餘，別爲評點。凡向用八股之説稱許者，概從删削」（方觀承《方百川先生經義》），實際上即是將《自知集》上戴名世等人的批語删去。

兹以安徽師範大學圖書館藏本《方百川時文》、《方椒塗遺文》爲底本，以上海圖書館藏《桐城方氏時文全稿》本參校。

# 自知集目録〔一〕

白下方舟百川著〔二〕

## 論語

學庸

## 孟子

附録

# 論語

## 曾子曰吾　一節

觀大賢之所省，而知其檢身之密也。蓋苟自恕於人己之間，而身之離於道者多矣，此曾子所以日省歟？（檢身有得語。）意謂：　人苟任心以行，而漫不知省，殊覺此身泰然而無缺也。一自省焉，然後知此心少有昏惰，而德日有所虧，業日有所墮者，悔之無及矣。故吾之所以自省者，其要有三焉。身以内無一可忽之事，而事之尤累吾身者，必先自識其區，（真彩内映。〔三二〕）而後精神歷此而一動，終吾身豈有盡道之期？而事之隨日以生者，必使計過無憾，而後疵累不至於潛滋。故吾自〔三三〕省吾身以來，始覺一日之中，外以欺於人，而内以欺於己者，不知其幾也。蓋人非甚不肖，未有爲人謀而故欲不忠者也，然正惟自信其無不忠，而不忠伏焉矣，（不信之病盡。〔三四〕）果能如身歷而纖悉之無遺乎？果能如私圖而艱難以求濟乎？吾懼其未也。未有與朋友交而甘爲不信者也，然正惟自恃其無不信，而不信參焉矣，（不信之病盡此。）果無一事之矯飾而違於本志乎？果無一言之遷就而入於世情乎？吾懼其未也。（裁是曾子承吝，不名不信。〔三五〕）至於當吾之世，而得聖人以爲依歸，誠吾之大幸也，而抑有懼焉。蓋夫子之道甚大，每見舉者不能勝，行者不能至，而參之質魯，常覺力屈於所欲逐，心困於所欲知，如謂傳之無不習也，尤不敢自謂然者也。（裁〔三六〕是曾子所省不習。）蓋天性之事，或能無僞也，而第恐情之少泛者，遂參以私意而不知；（孝弟便不用自省。）望道之心，非不孜孜也，而第恐力之偶弛者，坐失於見〔三七〕前而不覺。方其驟以操之而不定也，第覺此心之巧於自遁，樂於自恕，而不勝怵惕惟厲之形；（知此者亦鮮矣。）及乎久以自服而有常也，遂覺此身之時有所檢，時有所持，而可無憧擾不安之苦。此吾之日日以冀而去此心之昏惰者也。

先兄曾語余〔三八〕曰：「讀書須先識古人性情體質，如《禮記》所載曾子語，多懇摯，使讀者氣厚，與他賢不同。」此文字之〔三九〕是曾子省身語，性情體質皆具，不可移之他賢。自有此等文，便覺唐、歸諸公體認猶淺。學者息心以求，始知余〔四〇〕非溢美之言也。（弟苞記）

## 道之以政　三句

政刑非所以耻民，故不能過得於民也。蓋民免而言政，刑者之志得矣，而爲政刑者之術亦窮矣。耻不能無，而謂免可恃哉！且長民者，固深慮民心之不可問也，而一切之法行焉。以爲民知有法，則有所忌於上，（義本左氏，而文氣峭宕似老泉。〔四一〕）而不知民知有法，則益無所忌於上，何者？謹相避於法之中，而法所不及之地，上固不得而問之也。（大間架，大議論。）蓋自三王以降，〔四二〕其上雖有願治之君、救時之相，（純是宋大家意脉。〔四三〕）而皆謂之失其馭；其民雖粗安於耕鑿，時馴乎教令，而皆謂之失其性。其所爲失其性者，以其心之無耻也；其所爲失其馭者，則所以道之齊之者非也。〔四四〕夫使民皆有耻，則無事於道之齊之矣。惟其無耻而後道之以耻，惟其無耻而後齊之使知所耻，而奈何其以政刑也？彼亦習見夫亂國暗君之相屬也，（渟泓迤演。〔四五〕）政徭而吏不知所守，刑瀆而民不知其威，而苟無失於繩墨之中，遂諰諰〔四六〕焉以爲道之齊之之有具。彼亦習見夫誣上行私之不可止也，干政典而矯以私行，觸刑辟而議不反顧，而苟不見其抵冒之迹，遂躍躍焉以爲斯民耻心之已生，而不知此其免也，而非其耻也。彼其心以爲上方自勵於法而未少挫也，吾驟而扞焉，必不勝矣。〔四七〕夫政刑固無不變之勢也，姑潛身以俟焉，以乘其倦而奮吾謀，而其法固有所不行也，彼欲禁吾之欲而不得逞也，吾顯而犯焉，必無幸矣。夫政刑固皆有可徵之迹也，吾舞智以御之，陰用其實而陽避其名，而吾欲依然其可逞也。〔四八〕然則民之免也，乃其所以無耻歟？且夫免亦何可常也？〔四九〕必其時爲可行吾政刑之時，（紆迴鬱積，古文妙境。）必其人皆能守吾政刑之人，平時束於法令而無所遁，一旦有故，將有玩而不行者矣；即幸能久安而無變，而亦常守此蘊而不測之民而已矣。吾能謹其操柄而無所弛，後世少惰，將有溢而四出者矣；即常能相持而不敗，而亦暫操此蓄而欲潰之民而已矣。無耻之害如此，刑政之窮如此，故先王之託於民者深且厚，而責於己者重以周也。

清真灑脫，無一字爲儉於書卷人所能道。（慕廬先生）

清明醇古之氣，直與歐、曾爲伍。（戴田有〔五〇〕）

凡遇此等題，驅豪武之氣，作痛快之語，皆俗體也。得此，使我心目開利。（劉月三）

筆言疏放而氣味淵涵。〔五一〕

## 儀封人請見　一章〔五二〕

關吏論天心之常，而深幸於得見聖人焉。蓋天下之無道已極，而終不能用夫子，此天心之至是忽變，而不可以理測者也，而豈其言有不驗者哉？在昔儀封人，衛之君子也。隱於監門，欲以陰相天下士。居久之，竊怪風塵物色中，所識賢人不爲不多，顧當此流極之運，撥亂世反之正，諸君子尚非其人也。〔五三〕故於夫子之過衛，而亟來請焉，不以今茲之欲見聖人爲詞，而以往昔之得見君子爲幸，於以明其夙昔之尚，而欲〔五四〕不敢直致其攀援之私，蓋即聞名於將命者，（逸致。〔五五〕）而禮與辭足以觀焉。迨於從者見之，則夫子道盛德至之感，偶見於容貌辭〔五六〕氣之間，（夫子與封人全身都現。〔五七〕）而封人仰觀俯察之情，頓觸於瞻矚逢迎之頃。〔五八〕出而喟然曰：嗟乎！二三子從夫子周於天下，吾窺之貌若甚戚者，豈非以亂靡有定，而天心有不可憑者耶？然自今爾其無患矣。天喪二三子，必先喪夫子而後可，而天於夫子必非偶然也；天喪夫子，必終喪天下而後可，而天於天下似非無意也。〔五九〕從來數窮理極，天亦悔禍之烈，而不堅執以自終，故宇内之昏亂，至無可增加。（俯仰古今，高吟長嘯，可以招人胸臆。〔六〇〕）庸夫喪氣，而有識者方延頸以俟太平，以爲過此將有冀也。此循環之理，振古如茲，而今豈異歟？從來傾否濟屯，天必適會其時，而後生人以相應，屬知覺於天民，以聲其聾聵。端倪未露，而旁觀者或一見而卜天心，以爲此必非異人任也。其付受之機，若合符節，而豈有惑歟？〔六一〕吾因天下無道之久，而知天之必不廢夫子也，其付〔六二〕以爲木鐸乎？〔六三〕二三子行矣，勉之。抱關末吏，閱人多矣，顧天下之滔滔，（如聞其聲。〔六四〕）豈惟是二三子之憂？抑亦余所日夕拊心者也？始也以得交於四方君子而喜，既也以諸君子不克勝天下之任而懼，今也望夫子之輝光，不覺喜滋甚而懼頓消也。〔六五〕請以余之無懼者，解二三子之患，其可乎？

數窮理極，傾否、濟屯二義，亦是據理言之。數過時可而淪胥莫救，孔、孟之不得志，亦豈可謂非天乎？讀中二比，爲之中夜起舞，亦復掩卷喟息。（戴田有）〔六六〕

鐵笛一聲穿雲裂石，我欲搔首問天。〔六七〕

悽惻頗似《離騷》，秀逸之筆則於韓、歐爲近。〔六八〕

## 父母在不　節〔六九〕

親在而言遊，無之而可也。蓋遠遊者，必有所不得已也，而念及於父母，則無不可已也，雖曰有方，而情亦蹙矣。且子之愛其親也，不可解於心，親在則身非己有，而動止不敢以自由者，非惟揆之於理而有所不安，抑亦問之於心而實有所不能恝也。今天下之好遊者何多也！彼其人亦嘗反而自顧其父母乎？父母之於子也，雖既長如孩提焉，（六極之精蘊。〔七〇〕）求之而不在側，不啻取諸其懷而去也；子之於父母也，常無方以就眷〔七一〕焉，一夕而不相親，則所不及知者已衆也。夫如是，則父母在，而猶可以遠遊乎？念自有生以來，出入顧復，無日不繫父母之憂；〔七二〕至於能遊之時，而父母之心可以少釋矣，而復以遠遊者重其河山雨雪之悲，是長使其心傀〔七三〕然如不終日也。念方稚昧之時，怨啼谿勃，昏然不知有逮事父母之樂；（鏗鏘發金石，幽渺感鬼神。〔七四〕）至於能遊之時，而子之心，亦少得以自盡矣，而復以遠遊者，缺其晨昏定省之事，是長使其身泛然而爲途人也。雖則工賈宦學，不遑甯〔七五〕處，東西南北，惟命之從，遊亦不可以已乎？而其〔七六〕有方焉必矣，非徒曰往來之甚便也。父母思子之勤，猶不敵其慮子之切，使知吾栖託之有向，亦可以指於異地，而慰其劬勞也，非徒曰問訊之易通也。人子身之所歷，無非父母意之所之，使其思散漫而無可支，〔七七〕不若使之並於一途，而猶有限制也。念及此而猶欲遠遊者，豈其獨非人子乎〔七八〕哉！

字字入人心脾，殆天地元氣所結。（慕廬先生）

足以感動人之善心，必如此乃可代聖人賢人之言。（戴田有〔七九〕）

悄愴幽邃，悽神寒骨，尤妙在無一長語。（劉大山）

寫情到逼真處，使人悽入心脾，墨中殆含至性也。〔八〇〕

發明天理，至深至切，所謂抉經之心。（劉月三）

## 事君數斯　一節

觀辱與疏之由，則不得專過於君友也。蓋君臣朋友間，信於始而戾於終者，刻核太至則必有不肖之心以應之也，〔八一〕即不畏辱與疏，獨不念君與友乎？而徒爲是數乎？且人情之惡直，而謇諤之不容也，世之爲忠臣直友憤者，非一日矣，而未嘗平心而論之也。稱人之美者，猶云入耳而不煩，况發其所不樂聞，而迫之使無以自解，亦何其相恃之深也。（雋妙。〔八二〕）今夫君臣之義，（別有畦徑。〔八三〕）所以獻可而替否也；朋友之交，所以勸善而規過也。其在於今，君臣朋友之間，慮其入於世情耳，慮其深於古義之深也。度於分之所不容已而有言，亦既無身處事外之意，故不患乎？雖然，進言亦自有道也。度於分之所不容已而有言，亦既無身處事外之意，故不患其言之切，而第患其多而無當也。乘其中之未決，而直以奪其所見，固可數言而決也。度於事之所不容已而有言，亦冀有可以轉移之路，非徒以爲義之高，而任其投之不中也。吾留以意之有餘，而徐以使之自思，固無俟煩言而解也，而若之何至於數乎？有過而使人言，即不言而其心固有不自得者也。故言過而諒之，（微妙難思。〔八四〕）非聽言者所難，而最難於相對而發其所甚匿之頃。終日而言之，而仍未暢其意中之旨；日日而言之，而仍不離乎一事之争，人將謂余既已知之，而何事多端以相難也。人有過而我言之，必不言而於我實有所不可者也。故我方有是言，而聽言者亦以爲是當有言，而後無格焉而不能相入之憂。前日之言不信，而復攘臂而定其謀，（鎸刻似韓非子。〔八五〕）彼此之間已開，而復深言以與其事，人將謂吾久已無意於是人，而奈何相苦無已時也，其辱且疏也必矣。因其辱與疏，而乃收之以爲名，（精密。〔八六〕）而不思後事之救，即所爲規切之意已非。因忠臣直友之辱與疏，而諛佞者復資之以爲固，而無復有逆耳之言，則所爲君友之道將息。故士之篤於古義，（古節。〔八七〕）而不識物情者，又當告以進言之道也。

義意俱從數字搜出，足正〔八八〕舊來作者之疏。（慕廬先生）

句少義多，分其齒慧，可餉十人，必如此挺特幽新，乃足摧方城之壘。（劉大山）〔八九〕

## 道不行　二句

聖人而思與世絶，可以論其世矣。蓋至春秋而世教之衰，生民之禍將極矣，夫子道足以濟之而不行，豈能忍而與之終古哉？此浮海之嘆所以發也。謂夫君子之道，或出或處，事在天下，而已無與焉者也。然吾向者以爲道不行，而無以處天下也，今而思道不行，而並無所置吾身也；昔吾極目於滔滔之天下，而幸吾道之粗有所成也。（神味浹洽，規模闊遠。）蓋謂天時人事之無所復之者，固必有變通之勢，而東西南北之惟其所遇者，豈遂無上下之交？而不謂世之與道相厄也。持非其具而不能入〔九〇〕，其敗之者非一道，其病之者非一人，天之所廢而誰能興？非惟無所得於今，亦且無所望於後，道之不行，復何説哉？雖然，使某〔九一〕之道雖不行，而生當有道之世，則山林畎畝，皆可抱而樂之以終吾生也。而今之世，何如世哉？視其上則無國而不亂，視其下則無人而不矜，長與之共處於域中，非目見其人，即耳聞其事，跼蹐者自顧豈有窮期耶？視其國則皆有可以清明之理，視其民則皆有可以仁壽之形，第惄然坐觀於局外，而於此焉蒿目，於彼焉愴心，栖皇者豈能越於人境耶？（獨〔九二〕弦哀歌，蒼〔九三〕凉欲絶。）夫事之無可奈何者，徒轉以自苦無爲也，而情之不能自决者，非計以斷之不可也。（古文頓束。）使吾身而猶在人群之中，雖百慮其無成，終接時而心動，傀然者將以終身；使吾身而已在遐荒之外，則懷憂而莫致，雖欲拯而無從，此中亦庶幾少釋。夫古之君子，得志則行道於中國，不得志則匿迹於海濱，美哉洋洋乎！使某〔九四〕乘桴以浮於此，而尚憂世之厄吾道哉？而斯時環顧吾徒，知有躍然而起者已。

清虛夷猶，宛轉可味。（慕廬先生）

騷人之清深，孟、韓之温潤〔九五〕，兼而有之。（王崑繩）

極平極淡，然非穿穴險固、囚鎖〔九六〕怪異之後，不能得此。（張闇成）

# 歸與歸與　節〔九七〕

聖人有歸志，而深幸道之有所寄也。蓋至困而言歸，而子之情蹙矣。然狂簡可裁，不有思之而一慰者乎？若曰：吾今而知天下事果非人所能爲也，君子之道用則施諸人，舍則傳諸其徒，身之自處，非不綽有餘地也，獨恨吾初心，有不止於是者耳。以予之栖栖而卒老於行也，回憶風塵之轍迹，幾自悔其多事，然未至於斯而遂決，則内顧而無以安於心。以天下之〔九八〕滔滔而未有所底也，某〔九九〕復無意於人世，誰復能遺其憂？乃徒傷於外而無爲，即安得不再思以圖其反？歸歟！歸歟！蓋吾之自計審矣。始非不知吾徒之足以相樂也，（荆川神致〔一〇〇〕。）特謂吾之得吾志與失吾志，猶未可知，而何必區區於此也。乃有所病焉而求息，則舍此無有大者矣。惟二三子尚得朝夕與居也，而吾黨小子之或爲狂，或爲簡者，相違既久，而不知其近之復何似也。及今不業之使有所至，則後而失其時矣。以彼游心於廣大，而以偏曲之學爲不足爲，（徵實處見作家本領。〔一〇一〕）所見非不卓然，而吾獨慮其擇焉而不精，語焉而不詳也。夫纖悉之或遺，（簡盡。〔一〇二〕）則所爲廣大者，已有缺矣。使能反其浩渺無窮之志，而蓋〔一〇三〕致其精，將可語於吾道之全，而惜乎其見不及此也。以彼抗志於高深，而以衆人之行爲不足尚，立身各有本末，而吾獨慮其過高而難執，窮大而失居也。夫平近之淺淺〔一〇四〕，則所爲高深者，已無其本矣。使能抑其囂然自得之心，而務由其實，將可進於三代之英，而惜乎其猶有所蔽也。小子之所成，已斐然有章如此，則所以裁之者，豈可聽其不知而不爲之計也哉！夫某〔一〇五〕之窮於世久矣，以僶然如不終日之身，（抑揚喟慨，聲情宛然。〔一〇六〕）一旦舉其生平所負而釋之，而朝夕之齗齗於吾前者，又有所資以待老，私計非不甚便也。顧失之於彼而此得焉，雖於吾黨爲無憾，而所憾則多矣。然是豈吾所自主耶？使某〔一〇七〕而得所願於時也，與吾黨或別有相資之道，而恐未暇從容陶冶而成之。今雖無所合以困而歸，然使斯道由是而粗傳，所裨未必不更遠也。然天下事汲汲已若不可待，雖或有望於後，而及吾生則已矣，終豈能釋然於懷耶？此余所以輾轉而不自克也。

如脱出孔子口中，荆川先生不得不變色失步矣。（慕廬先生）

風格高妙，意思深長，予嘗謂時文至百川乃實有突過先輩處，此類是也。（戴田有〔一〇八〕）

其辭則韓子、歐陽子之辭也，其意則孔子之意也。千子記荆川《可以言而不言二句》，文後云：「使韓非〔一〇九〕爲八股，未必能如荆川。」吾子〔一一〇〕斯文亦云。（劉北固）

## 不有祝鮀　節〔一一一〕

觀世之所尚，而爲生其世者危焉。蓋人有同好，即有同惡，非祝鮀與〔一一二〕宋朝，而奈何生於鮀與朝之世哉？且吾嘗怪夫今之避世者何多也！（廉悍〔一一三〕。）彼蓋察言觀色，自覺其語言面貌之不可久於今之世也，而决之矣。今之世，不言則已，言必祝鮀而後無口過也，以愛鮀之心，轉而爲憎不若鮀者之心，其欺誕而不疑者，即其忠信而得惡者也。見貌相悦，人皆宋朝而後無怨惡也，以愛朝之心，轉而爲憎不若朝者之心，其溺於邪而不自禁者，即其駭乎正而不能容者也。欲世之人佞盡如鮀，美盡如朝，而其質自不可强；欲世之人耳不欲佞，目不欲美，而其性又不可移。有一如此，愛者欲其富，親者欲其貴，出人〔一一四〕於世患之中，而可以不懼。苟或不然，不獨富之不可求，貴之不可致，即欲其身之免，而有所甚難。今夫人群生天地之中〔一一五〕，而顧以口悦人，以色事人，此固事之大不情者也。乃昔之爲鮀與朝者吾惡之，而今之爲鮀與朝者吾哀之，蓋非盡資以逢時，誠恐一旦中於禍機，而無以自脱也。（深入骨理〔一一六〕。）故凡今之人，口以相追，容以相摹〔一一七〕，其合焉而以自喜，其不合焉而以自疚，揆其本願，有不至此者矣。抑人於其所親愛之人，而望其爲鮀，望其爲朝，此又人情之必不然者也。乃昔之以鮀、朝望人者人怪之，而今之以鮀、朝望人者人安之。蓋非欲待以不肖，恐其一旦人〔一一八〕於畏途，而無能相振也。故凡今之人，父戒其子，兄戒其弟，蓄之於心以爲私憂，而宣之於口以爲公患，蓋其操術〔一一九〕有不得不然者矣。在君子正色直詞，亦第可謂己之不爲，而不得謂彼之不善；而小人醜正惡直，竟不謂彼之不屑，而謂彼之不能。嗟乎〔一二〇〕！士之居此世而望名實之光、道德之行，難矣！此山林枯槁之士，所以匿迹銷聲，甘心自絶而不悔也。〔一二一〕

處處注定「難免」以透慨世之意，用間出奇，使此題宿義掃除併盡。（慕廬先生）

言曲而中，足知憂世之深。（劉月三）〔一二二〕

## 甚矣吾衰　節〔一一二三〕

聖人追夢遇爲盛事，而不勝悼嘆焉。夫夢周公不足爲盛，而不夢之久，則衰之甚矣，能無慨然哉？若謂：惜哉！壯盛之不再來也！心之精微，達於寤寐，此亦事之杳渺虛無者矣，而不謂猶有今昔之變也。〔一一二四〕凡人自少至老，精神之盈耗，（淡蕩。〔一一二五〕）意氣即由之以增減，他人不能覺，而吾心自知之。蓋至今日而覺吾之衰也，且衰之甚也。東西南北之轍，老於行矣；當年之鋭志，已漸即於銷亡；文、武、成、康之治，不可復矣；疇昔之壯懷，幾〔一一二六〕自疑其迂妄。孰是吾衰之明驗耶？不復夢見周公，不已久耶？覺之所習，夢亦同趨。夢也者，我與公情相依而猶有望者也，今已絶望乎？憶曩者〔一一二七〕當夢而樂，夢覺而疑，亦徒幻想耳，（得味外味〔一一二八〕。）奈何哉？一寢寐之音塵，且缺然耶？方其夢也，不知其夢。夢見者，公與我神相接而不之拒者也，今乃拒我乎？憶曩者〔一一二九〕未見若相迎，者〔一一三〇〕見若相訴，亦幾荒誕矣，奈何哉？所熟識之形影，竟邈然耶？去日苦多，來日苦少，百年必敝之身，驚心遲暮者，既無計使之淹留；而明王不作，天下莫宗，平生所慕之人，寄形夢幻者，並無從追其仿佛。吾衰其甚乎？

夢爲不接〔一三一〕之鄉，我是以愈思公而慨焉〔一三二〕增嘆也。

清深簡淡，至味自高。（慕廬先生）

質而實綺，臞而實腴，詩家之陶、韋也。（戴田有）〔一三三〕

## 我非生而　一節

聖人自原其所以知，而使人識所求焉。蓋生而知古之可好，生而知求之宜敏，是乃子之生而知也，而豈所知之皆得於生乎哉？若謂：無端而以生知疑人，（發端便雋。）此無知者之言，亦未學者之言也。使學焉而稍有知，則知人決不能生而知，而知亦不必以生爲貴矣，我豈敢昧於自審乎？我非謂今之一無所知也，而獨念我之所以得此者有由也，而世或以爲生知，則非其質矣。無論形名法迹，決無可生而知之理，即知愛知敬之得於生初者，非遍閱古人之行事而參合之，其義類必不詳，而吾之知終有所缺。不獨前言往行，所以裕吾知之原，即一名一物之留於古人者，苟悉心以先究其源法而深晰之，其會通必不測，而皆於吾本原之知有所資。此非求之不可，非敏以求之不可也，而吾幸能生而知好焉。誠見無〔一三四〕可知之理之留於古者，積久而數多，中古聖人所開闡，上古聖人有未及者矣。彼各竭其心思，以發其一二，而吾一旦可兼而攬之，樂可知也。使吾之生而先此數十百年，有不獲聞此義者矣，故幸之深，而第覺日不暇給也。（古人胸膈〔一三五〕中語。）吾心之知之發於古人者，因時而屢易，今者所得於古之情狀，昔之日有念不到此者矣，吾更力加研索，而造於精深，或仍以爲膚而脱然去之，又一快也。使吾一息而苟焉，自暇自逸，則遺所得者不知其幾矣，故慕之切，而不覺孜孜不倦也。（朱子爲學時抱此意。）蓋人惟妄自恃爲生知，則於古往往厭棄而不屑，而坐至於玩日而愒時，而吾之初，幸自識其無所知也。我方自恨有所不足，而於此時得其資焉，則精神常爲躍然，而有不至底滯者矣。夫豈其質之異衆也哉？人惟不知求，而一無所知，則於古往往索寞而無情，而不覺其方作而遂輟。而予繼也，又幸學而微有知也，亦既於此稍有所得，而其中美不勝窮焉，則寤寐不能相忘，而有難於退息者矣。吾豈能誣所自入也哉？嗟乎！人固有生而知之者，彼上古之聖人，無古之可求，故不得不師於天地萬物以爲知，而即是亦其所學耳矣。令其人而生於今，吾知其好而求之，而惟恐其不敏不異於吾也。世有從事於吾所求者，則知吾非苟自謝已。

朱子云：「讀書須是如踏翻了船，通身都在水中，方看得出。」如此題，久爲膚舊之辭所塵封，當思入作者手，何以遂推出如許精意？蓋緣衆人看書，只是自崖而返，作者明〔一三六〕通身都在水中也。（慕廬先生）

聖人此二語，愈知陸、王之學空疏無據。〔一三七〕

## 動容貌斯遠暴慢矣

君子之容貌，不可以苟動也。蓋人惟自放於道，乃蕩焉若無所制耳。入乎道之中，而安得自縱逸也？容貌之動，苟然乎哉？且夫人之藏於中者，不得而遽窺也，而隨其身之所見，即有以傳之而不能以自掩。故凡吾之肆以爲快，任之而若有甚適者，即吾之所宜怵焉爲戒者也。何者？（前幅正義已備，後借題發總〔一三八〕，爲若輩下一針石。）君子之於容貌也，自朝廷鄉黨以及閨門燕閑能〔一三九〕地，而皆有其可觀；自朝聘祭饗〔一四〇〕以及周旋進退之間，而斯須不能去。君子方欲定其威儀，繩表末〔一四一〕流而顧使動於吾身者，一望而可知，亦安所貴焉？若是乎暴之不可以不遠也，等彝儔類之中，縱有所不快於是人，而未敢以形諸顏面也。生於世家〔一四二〕公族，其平日所往還而酬對者，大率意中疏忽之人，而少有所拂，不覺恣睢以逞其意，觀者陽避其鋒，而陰知其無能爲也。

若是乎慢之不可以不遠也，賤貧窮約之士，内顧已而一無足恃，不得不據禮以自强也，（意本《禮經》。）苟有爵禄權勢，則遠近之望風而承旨者，諒無有或敢予侮之事，而體所自便，不覺隨意而屬爲安，制防既已盡潰，則物亦得以相加也。且夫等彝儔類之中，賤貧窮約之士，即少亢焉而未覺其爲暴也，即少疏焉而未覺其爲慢也，一時一地，而有一地望特隆者，將人之耳目無他屬焉，（龍淵不能比其利。）偶有未檢，已方不覺，而人已意之，而蓄爲没世之耻。惟吾之心，無時不與吾容貌相守而失焉者寡矣。已暴而人亦以暴應之，而其氣已平也；已慢而人亦以漫應之，而其情轉安也。矜心放意，而出於勢居人上者，將無可如何而安受焉？藏忿既深，伺於他時以快其報，而不及爲意外之防。惟吾之容貌，無時不與吾心相歷而失焉者寡矣。其端已露，而悔之於事後，已求諒而無由，素不經心，而抑之於臨境，徒崎嶇以自苦。動容貌斯遠暴慢，君子之道，所以貴哉！

對針敬子〔一四三〕，義不泛設，而刻詞鏤言，一出諸己，而無所蹈襲。此成體之文，非膚學所能津逮也。（楊濟川）

## 邦有道貧　耻也

貧賤之可耻，以非其時也。蓋使不宜貧賤者而得貧賤，豈復爲有道之邦乎？審此而其可耻也決矣。且貧賤者流俗之所羞也，〔一四四〕乃不程其是而漫〔一四五〕以爲不足羞，則士皆苟焉自飾，不務治其業以赴功，而國事將無所賴。故明貧賤之當耻者，所以厲士節也。耻之云何？邦有道也。道莫大於定民志，而定民志莫大於登明而選公；道莫急於興庶事，而興庶事莫急於任賢而位能。果其有道，則比閭族黨，興於禮讓而無競心，而出群拔萃者，不憚虛己以相遜，吾未見積行而壅於上聞者也；貴賤親疏，不以班位而爲成格，而安國便事者，衆皆降心以相從，吾未見夫賢而困於地勢者也。〔一四六〕如是而貧且賤焉，耻也。〔一四七〕困約而不慚於人，以人之不相知也。若有道則上下清明，而萬物皆得其序，非人不我知，而自拔之無由，乃知我之深而相處得其分也。不然，則占小善者率以録，名一藝者無不庸，學成行尊者，固纍纍而載民上矣，而彼獨曷爲遺己乎？厄窮而無愧於心，以天之不可定也。若有道則天心順正，而一物不枉其材，其限我以不能自達之時命者，乃先付我以不足上人之材質者也。不然，而人官未嘗易其宜，物曲未嘗違其則，帝心簡在者，固先後而辭蓬累矣，而敢謂天之方瞶乎？斯耻也，不獨終死巖野者當之也，即一曲之士，守下位而終身無過者，亦與有焉。既身際斯時之大有可爲，何獨不能成理乎萬物也？與人共事一庭〔一四八〕，而道不足以自伸，止以備奔走策馭之數，耻孰甚焉？不獨漫無短長者任之也，即幽貞之士，蓄道德而深藏不試者，亦與有焉。蓋非衆君子憂勤於廊廟，彼獨何能自安於泉石也？與人共稱賢者，乃賴其庇以自逸，而爲可有可無之人，獨非耻乎？或謂賤不可居也，若貴而能貧，則君子宜無惡焉，乃此亦季世之言也。果其有道，則量能以授官，因爵以制禄，幾見公卿大夫，而與士大夫〔一四九〕同其窘隘者哉！

此文刻《自知集》時，百川病其平淺。今覆讀之，高識遠韵，無一字爲膚學所能吐，蓋作者論文之嚴，而不欲〔一五〇〕以自足如此。（武商平）

靠實疏題，不肯著一語浮光掠影，此由根柢深厚，故發揮精到。彼游談無根者，何從道其隻字也？（王澂〔一五一〕亭）

## 邦無道富　耻也

耻有在於富貴者，君子可審所處矣。蓋富貴之得也必有道，其處之也必有道，而得之處之於無道之時，甚矣！其無愧而不知耻也。且吾嘗怪夫〔一五二〕流俗僥幸之人，其切切然惡邦之有道，而幸其無道者何也？彼其人蓋度時揣己，苟非邦之大無道，而絶無可以富貴之由，故竊竊然幸之。雖然，亦幸其人蕩然無復耻心之存耳，使猶知有耻，而其富貴有不可一日以〔一五三〕居者矣。何者？富貴之來，在君子爲德義之所宜，即衆人亦時命之所致。而無道之世不然也，不可言德義，并不可言時命，而常以心計經營而得之。蓋至一朝富貴，而所爲自卑自屈者，其況已不勝言矣。富貴之後，在君子欲因時以立事，即衆人亦欲養尊以處優。而無道之世不能也，不可言建豎，並不可言顯榮，而道在百端隱忍以居之。蓋至一朝富貴，而所爲相凌相制者，其困且從此始矣。其矻矻孜孜，傾身以營而得之者，僅足爲婦子之光榮，而天下之〔一五四〕賢人君子聞而醜之曰：如斯人者，其材行不足自伸於鄉里，而中君羞以之爲臣，使生當有道之世，而上下清明，固終身而伏隸圉之列者也。〔一五五〕其皋皋仳仳，幸滿所願而驕之者，不獨爲士君子所憫笑，而一時之庸夫孺子，亦且指而目之曰：如斯人者，其遭逢獨宜苟得於污時，而旦暮竊居於非據，使一旦天下有道，而國無幸民，固不能潔然而爲蓬累之身者也。其曰：富貴吾自有之，而觀於人，不知〔一五六〕非笑之爲非笑者，不過强詞自飾，而非其本心也。置身於苟賤不廉之地，而清議有所不容，其心亦歷歷然惡之，無如利其富貴，而不能自割也，恥孰甚焉？〔一五七〕其或昏於富貴之逸欲，而觀於國，不知昏亂之爲昏亂者，不過間有其人，而人不盡爾也。傾側於上下相蒙之日，而手足不能自運，其意亦竊竊然傷之，無如少行其意，而富貴不長也，恥孰甚焉？嗟乎！崇高莫大乎富貴，富貴者榮名也。自有此富貴於無道之人，而人幾羞言富貴矣，富貴之累夫人也耶？抑〔一五八〕夫人之累富貴也耶？

風骨棱峭，酷似趙儕鶴先生。（慕廬先生）

辭義巖〔一五九〕正，可使頑夫廉，懦夫立，此之謂言立。（龔孝水）〔一六〇〕

## 色斯舉矣　全（其一）

聖心之時，觸於物而有動焉。蓋人與物共遊於時之中，惟聖人知之，而與之偕行，故於雌雉重有感也。且時也者，吉凶行〔一六一〕悔吝之所從生也。失之者，無所往而不危；得之者，無所處而不安。而吾獨怪夫人之有知，而動與之左也；而吾獨怪夫物之無知，而動與之偕也。不觀夫鳥乎？色斯舉矣，翔而後集，雖知幾之神，不過於此矣。以鳥之與世無爭，而自謂無患也，而色將加之，蓋人心之多機，而細微之物，無不失其性也如此。夫既不能不襲諸人間，而安有無人之地，可以避色者哉？一〔一六二〕人之色之不知，一時之色之不見，而舉將後其時，而集將非其地矣；人人而察其色，時時而伺人之色，而集亦不得甯，而舉終無時息矣。而鳥不然也，方其色之既徵，翔之未定，而目將擊焉，而心將營焉；而未舉之先，既集之後，志未嘗不坦，而情未嘗不暇也。若是者何也？時也。不觀夫山梁雌雉乎？天地之間，有一物則有一地焉以遊其生，有一物則有一性焉以乘乎化，此固天之所爲也。（廣大精微，天地萬物之理盡矣。）然而所取之不多，則無定〔一六三〕而不可以足；所動之不妄，則無時而不可以安，此又物之所自爲也。天下紛紛，孰是蕃其生而安其性者乎？以雉之無知，而乃得從容於此焉，不亦重可嘆哉！時哉時哉，夫子所以愴然心動也。雖然，山梁亦雉之寄耳。其來也，固不知其所自；而其去也，亦不知其所之。嗅者不逾時而已作，山梁不逾時而已空，蓋共者之色不可掩，而時固屢變而不膠於一者也。大哉時乎！進退存亡之理，其孰有外焉者乎？然以物之所長，而人不能與之争者，何也？人以有知也而妄，妄之至而暗乘焉；物以無知也而無妄，無妄之至而明生焉。（《易》理。）聖人有知也，而能誠，故與時偕行，而物亦不能傷也。

六經與周、秦諸子精華凝聚而成是文。（慕廬先生）

與時偕行之理，只就物言，不沾不脱，其味自永； 品骨高超峻潔，不掛纖塵。（劉大山）

## 色斯舉矣　全（其二）

聖人與時偕行，而取諸物以示人焉。 蓋時者，衆人所不知，而雉乃無心而合焉，不重可嘆哉？且天壤之間，豈有安而不可危之地，於〔一六四〕然而可以久居者乎？亦豈有危而不可安之地，卒然而不可即脱者乎？有道焉不後之以至於溺，不先之以失於躁，日與物狎，而物亦不能傷焉，其惟時之謂乎？善矣夫！色斯舉矣。（直入自然。）翔而後集，雖鳥之智而亦有足多者焉。 有機心者必有機事，而色其先見者也，有自謂無患之心，而患已乘之矣，可舉而不舉，將欲舉而不得舉也； 有惧心者始無厄地，而翔其自試者也，懷苟且即安之心，而安終不可得矣。 憚於翔而輕集，則禍有再，苟於集而復翔，則力更勞也。 獨是色也者，發於猝然而不可常者也； 集也者，出於偶然而不可定者也。 使畏人之色而當其未發之先，已惘然驚疑以伺於人，將求一息飲啄之安而不可得矣。（「時」

字義已透。）慎於所集，而過爲無窮之慮，終日飛鳴而不能決，又安得人迹不至之區而終託之乎？彼其色之未見，不以無故而自驚，色之既見，不以須臾而自逸；未集之先，不憚迴翔以相囑，既集之後，依然作息之自如者，蓋與時推移，而不凝滯於境者也。時而色也，則時而舉也；時而翔也，亦時而集也。不觀夫山梁雌雉乎？既乘化以無知，復所求之易足，幸託身而得地，常與世以無争，時哉時哉！夫子所爲三嘆而不能已也。嗟乎！此雌雉也，何爲而於山梁也？其避人之色，而姑求息於此者乎？抑翔視所集之地以爲無若山梁者，而將久託之乎？夫山梁之中，不能無人，即不能無色，則雉亦不可以終集，而山梁亦不可以久留也。故夫夫子嘆之，彼一時也，子路拱〔一六五〕之，又一時也，而雉則已三嗅而作矣。使雉之作不於子路拱〔一六六〕之之時，而於夫子嘆之之時，豈足以言時哉？（包涵宏大。）夫萬物各得天地之時以遊其生，而順之則安，逆之則危。聖人心有〔一六七〕天遊，故凡俯仰天地之間，寓於目而感於心者，無在不見其機，而偶於山梁之〔一六八〕雌雉發之，其亦可以觸類而通之矣。

澹然獨與神明居，故其理不竭，其於文也，可謂稠適而上遂矣。（慕盧先生）

其法以古人用意不用意處爲之，故淺者莫之能測。（朶師晦）

門徑蕭疏，灑然自異，仿佛獨坐空山，時看白雲來往，水流花放，無數幽曠趣味。（季弘紓〔一六九〕）〔一七〇〕

## 從我於陳　節

迫思與難之賢，而愴然不可爲懷焉。夫在難而相依者，恒情所不能忘，而況聖人之於諸賢歟？其不及門也，能無慨於心哉？謂夫子窮於世久矣，當夫轍環天下，而變起猝然，有求緩須臾之難而不得者矣。（卓犖有致。）今雖老不得志，而幸得一無所累，以休其餘閑，較之疇昔，豈不從容而自得矣乎？而予竊有悲焉。方予之去衛而厄於陳、蔡也，在予迫於上下之無交，而幸吾徒之足以相樂，在二三子見於不容之何病，故雖處困而不失其亨。斯時也，以偶然道路之間，而相從者幾盡吾門之選，此亦事之最異，而吾黨至今以爲絶盛者也。而今之及吾門者誰歟？方二三子之周旋於歷聘也，以爲世苟宗予，則三代之英，可與予旦暮跂之，其一時意氣之盛，可謂壯哉！（清凄激越。）乃今者非惟存亡之感，使人慨然於天道之無知，而其他各從所務者，亦皆無復用〔一七一〕行之望矣。及予與二三子之崎嶇於多難也，以爲天未厭予，則曠野之悲，可與二三子弦歌釋之，其一時相倚之情，如一昔焉。乃今者不惟聚散之戚，使人愴然於繼見之難期，而九原之不可作也，長逝者私恨無窮矣。雖事變多故，亦知終不免於乖分，而竟無一人之在吾側，則吾之念不及此者也。情隨事遷，在平時亦忽焉而不覺，乃一旦觸目而警於心，益自覺漠然無所向也。雖散者或可復聚，而死者不可復生，非惟無與共其安樂，亦且不得同其寂寞，此予所以區區而不能置也。夫二三子者，而予見其盛衰如此，則予益就衰，而於世復何所望耶？

含思悲凄，流情感慨，清聲古韵，上薄《風》、《騷》，制藝之逸軌也。（劉月三）

洗煉有味，愈淡愈濃，歐陽子極用意文，有此神致。（弟芑記）

## 子路使子　全章

賢者有違心之言，聖人所深惡也。蓋觀子路之言，則其使子羔之誤，已自知之矣，而猶云爾，豈非佞哉？且學者所恃，惟其心之可自而已，凡使人之不宜（一七二）、制事之不當，由其識有所蔽，猶可以思而悔之也。若夫心知其誤，而以智自文，則君子所憂於是人者，又不在於此事之得失矣。昔子路之使子羔爲費宰也，或謂其於己爲厚，而可以信其無他； 或謂其生質甚良，而可以於民有庇，皆未可知，而獨未爲子羔慮也。以不學未成之材，而吏數畔之邑，當國政糾紛之日，而治不教之民，其賊於子羔者，豈淺哉？斯時也，不獨夫子以其使爲非，即子路亦自知其使之爲非矣。（**歸季思有此巧雋，無此渾古**。〔一七三〕）顧以卒然見尤，而意有所激，遂不覺詭以求勝，而不必其説之實由於中，亦非欲遂其前畫，而不肯自移，而姑爲相抵之詞，以示其初非漫無所見，於是廣其義於民人社稷，而迂其旨於讀書，若重以學爲呰謷者。（**先入一筆，早爲末句立案**。）嗟乎！人民社稷，誠學之大，而先王之所尤用心也，而其中有辨焉。當學已大成之後，而試之有用之地，以盡其能，（**精理不磨**。〔一七四〕）則通明博達，以知民物之情，恭敬齊莊，以合幽明之氣，事物情形，皆可與載籍之所傳相發，而爲益人神智之資； 苟人當未學之時，而付之不習之事，以紛其志，則情僞之不知，而無以服其群下，典文之不習，而無以交於神明。嘗試勉强，坐失其寬然務學之時，適足爲敗人材質之具，使夫子以此折由，而由之辯將窮矣。乃夫子以此責由，而由之過反細矣，〔一七五〕何者？仕而後爲學，姑無論其義之無稽，第問由使子羔之心，謂子羔可以託費，而爲費計乎？抑謂費可以礪子羔，而爲子羔之學計乎？（**扶摘微杳**。〔一七六〕）不勝其區區求解之心，而本志爲之變化，由之情蓋有不堪自返者矣。學不盡於書，姑即以爲理之所有，而第思由爲斯言之時，真謂子羔宜學於費，而以是通夫子之蔽乎？抑明知費非所以處子羔，而姑以是濟持論之窮乎？機發於倏爾自便之頃，而引義若其夙成，由之口將有不可窮詰者矣。夫子曰：是故惡夫佞者，若曰由向者直情徑行，而於事多不通曉，吾之所知，不意今之復學爲佞也。嗟乎！使夫子當日第就其言以折之，而不攻其自欺之失，則由將以佞爲得計，而其自賊也深矣，其病豈獨不知學而已哉！

關節開解，奥美無窮。（慕廬先生）

摹寫之妙，可以追配鶴灘。（黄諧孟）

妙在前半即透出「佞」字根源，然後落第二節，結構之緊〔一七七〕，逼真先輩。（汪武曹〔一七八〕）

批抉能洞隱曲，行文騰踔變化，筆力之雄，辟易當世。（張闇成）〔一七九〕

子曰噫

聖人深慨當世之士，而若有難於爲答者焉。蓋一言今之從政者，而有令人長嘆者矣，奈何於此中言士哉？且聖人之於人，無之而敢忽者也，若乃驟而聞之，而咨嗟之意，猝乘於氣而不自禁，則不待其辭之畢〔一八〇〕矣。若子貢問士，次及於今之從政者，而夫子曰噫是也，蓋其意中甚不欲聞斯言也。而既已聞之而莫可拒也，而蹙然不能爲懷焉，其意中亦不欲言其實也；而既已叩之而將有言也，而愀然不能爲諱焉。蓋子周旋於中庶〔一八一〕司寇之時，耳而目之者非一事矣；（四語開下二比。〔一八二〕）遊歷於七十二國之間，心焉數之者非一人矣，發言而知其所懷，臨事而知其所蓄，居高明之地以爲萬物所賴者，（如此纔〔一八三〕説得聖人心事。）而氣象若此，此子之口不忍言，而私爲嗚唈者也。乃一旦觸耳而動於心，而情形依依來會焉，有不知感嘆之何從者矣。其志趨不約而同歸，其營爲不謀而同軌，以聞見之多，宜有差强人意者，而雷同若此，此子之每一見焉，而輒爲短氣者也。即偶從靜觀而歷其意，而心目爲之一隘焉，（繪聲繪形。〔一八四〕）有不覺志氣之交動者矣。夫夫也，平日之或以言通，或以事接，皆不得已而使此心不堪，而今日偃仰一室，嘯歌古人，胡復舉焉而令人不適也？子之噫，所以病其問之不類也；夫夫也，賜亦嘗自〔一八五〕見其形，耳聞其聲，豈復有所疑而未既其實，奈何乎商論道術，以求儀則，而猶沾沾以與於其間也？子之噫，所以訝其擬之非倫也。蓋其品不假躊躇而定，故應念而即形於聲；其感積於夙昔而深，故未言而已傷其氣。夫舉天下之從政者，而中無一士焉，豈不甚可嘆哉！

取境至難至險，而觀其氣貌，有似等閑不思而得，其妙處可以意會，難以言狀。（張彝嘆）

窺其興象，亦似卒然而得，非可強得。（左未生）〔一八六〕

## 哀公問於　全章

君不能外民而自足，故徹可久也。蓋公以二致百姓之不足，而不知已之不足隨其後也，故不至年之飢，亦不知徹之善耳。且君人者何所有乎？獨有此百姓耳。乃或習而忘焉，而以爲與己無與也，而多求以困之，以爲吾用之不足，吾憂之，百姓之不足，非吾憂也，而不知其爲自困之術也。（如見肺肝。）魯自變法以來，民困極矣，故一旦年飢而國用亦無所出也，豈上之人，能念其飢而寬其征以窘於用乎？（梳〔一八七〕出妙義。）當亦百姓之不足已極，而困於勢之無所施耳，而公乃憂之而問於有若也。夫君人者，忘其身以濟民者也。故一念及於年飢，而百姓父子流亡飢寒無告之狀，已當在其目中矣，是誠魯公所宜蒿目以憂者也。魯〔一八八〕公於年飢之下，乃繼之曰用不足，如之何？嗟乎！公者，固年飢而猶有所取於百姓者也。百姓〔一八九〕雖飢，而尚責所有以予公者也，公猶不足，百姓如之何！（沉〔一九〇〕痛。）此甚非人情，而公乃以出諸口，甚矣！公之忍也。而有若曰：「盍徹乎？」斯言也，驟聽之似直，吐意之所見，而徐察之，亦足以警忘民之非；淺求之似迂，而不篤於時，而深思之，未始非洞悉事情之論。而公乃以爲所對非所問也，而詰之曰：「二吾猶不足，如之何其徹也？」嗟乎！有若魯人也，其於魯事亦悉矣，公之二而不徹也，公猶慮其不知耶？公曰二猶不足，不知惟二乃不足耳。使徹行而百姓足，而得以蓄其生，安其性也，不必遠求乎文、武、成、康之世，鼓舞而奉公上〔一九一〕也。即如公今者年飢而用不足，而百姓亦不得不出所有，以供君之用也，而孰與不足也？徹不行而百姓不足，而不得事其父兄，保其妻子也，不必窮極於民敝亂生之後，府庫非其有者〔一九二〕。即如公今者年飢而用不足，而亦不能取盈於一無所有之百姓，以供君之用也，而孰與足也？夫上之多取以困民者，絕不慮民之窮，而不知有急而望其不甚窮之日也，而斯時已無如何也。（古文骨脉。）一切恃吾之法，而不知有法雖立而無所用之之日也，而斯時又無如何也。公欲用之足，而不畏年之飢，盍徹乎？

詞與意適，韓、歐〔一九三〕既歿，不見有與於斯者矣。（慕廬先生）脱擺〔一九四〕舊蹊，以其能相題之間也。（劉言潔）〔一九五〕

## 子曰苟有　節〔一九六〕

聖人用世之事，實計之而心愈迫矣。蓋期月三年，成功何若斯之易也，而用者其誰乎？如之何其勿傷也。子若曰：予窮於世久矣，以今天下用人之道，而合以吾之所守，蓋幾終無可望矣。夫予豈爲身謀者哉？蓋嘗默觀天下之故，而内顧吾身，似非無益於世，而竊有可以自信者，此予所以區區而不忍廢也。（歐陽子之文。〔一九七〕）以天下相尋於變亂，而失治平者數百年，揣天時而察人事，蓋不可一日而無人矣；以予不得志於宗邦，而身周流者遍天下，揆國勢而覽民風，蓋無一不在吾目中矣。夫天下事非不可爲，而吾所欲設施於天下者，亦非曠日彌久，而使人惛然其不能待也。恃〔一九八〕世無用我者耳，苟有用我者，而吾得相其機宜，先其大無道者而易置之，（包括。〔一九九〕）以返其積勢之偏，至於期月，而人心固已肅然也。由是而三年，則中外上下，油然各得其分，而不自知矣；度其緩急，取其尤患苦者而更張之，以求合先王之意，（言簡意賅。〔二〇〇〕）

至於期月，而舉目固已犂然也。由是而三年，則大綱小紀，依然不異於初，而無所缺矣。横覽七十二國之間，凡吾之所見而所聞者，其果何景象也？（怛然從聖人肺腑流出。〔二〇一〕）轉而計之，其朝野皆可以嚴肅而清明，其民物皆可以從容而仁壽，獨不得藉手以告其成功，徒坐視其洶洶，而爲傍〔二〇二〕觀之太息，予亦安能恝而置之度外也？總歷吾生少壯之時，凡所爲若馳而若驟者，徒爲是栖皇矣。回而思之，其志氣方盛，而於事無不可爲，其日月甚長，而於功無不可就，乃失之交臂。（俯仰情深。〔二〇三〕）而今將遲暮，欲更期於異日，而未知天命之何如，予又安能忍而與此終古也？嗟乎！百年必世，古之欲有爲於天下者，成功蓋若彼其難，而吾近期之期月三年之間，吾豈敢自謂能哉？世變大而成功異，則近者可期，而遠者可俟也，吾豈敢以冥冥決事哉！乃某〔二〇四〕之於天下也蓋肫然，而天下之於某〔二〇五〕也蓋漠然，某〔二〇六〕之身廢不用亦已矣，豈天心而竟不厭亂也耶？

澹而静，漠而清，非貌相聲色之可求也。（慕廬先生）

著不得些子衰颯氣、骯髒語。冥搜默會，得夫子憂憫天下深心，乃知言多味多，氣韵獨絶。（劉大山）〔二〇七〕

激昂悽宛〔二〇八〕，聲情如見。顧虎頭爲人寫照，先察其神情種種，只略一舉筆，便令精神飛越。想百川將白文涵泳數四，早已有一段至文在胸，不覺一揮〔二〇九〕即肖耳。（伍〔二一〇〕芝軒）

前路蒼蒼莽莽，後二偶低徊唱嘆，一往情深，真歐陽子之文也。（顧亭）

## 葉公語孔　全〔二一一〕

論直於父子之間，仁至而後義盡也。蓋以證父爲直，則不仁甚矣，故相爲隱者，仁也，即義也。且直也者，所以求安於己之心，非以求服乎人之心也。使意主於服人，則雖心之所大不安者，亦將忍而爲之，是傷仁悖義而反於直者也。常人惑之，聖人懼焉。昔葉公以直者語孔子，而以證父攘羊實之。嗟乎！彼證父〔二一二〕者爲此，所以求直〔二一三〕名也。以父子之恩，而不能奪其好名之見，躬寇〔二一四〕賊之實，而乃以義動一國之人，是豈人道之小變哉？（大言炎炎。〔二一五〕）夫直者，己心之所安也。立夫人於此，群然奉以慷慨之聲，自顧有餘榮矣。而其旁之屈辱而不得自比於人者，乃其父也，而其心安乎？直者，人心之所共安也。即聚直夫〔二一六〕人者於此，津津以爲盛德之事，幾於悦其事矣，試思疾惡之嚴，而可以加於其父，誰則無父也？而其心安乎？〔二一七〕夫子曰：子誤矣，惡有直躬之人如此者哉？如是以爲直，吾重〔二一八〕之所不能直也；非不能直，不忍直，不敢直也。骨肉天屬之親，既不幸而至於有過，雖終身〔二一九〕以覆匿，而隱痛已深，况善善惡惡之正，在他人理不能容，獨望掩於家庭，而忍復相賊？故夫父子之間，其初念未有不出於隱者也。恐其足以累己之直，而轉計焉，則背其初而曲已甚矣，〔二二〇〕其私衷〔二二一〕亦未有不知其宜隱者也。以爲足以明己之直而求異於世，雖掩覆而〔二二二〕亦非以爲善矣。父爲子隱，子爲父隱，觀其迹，幾若不能無愧於心，而其心乃可以無愧也。幾若無以免人之責，而於責實可以不受也，蓋直在其中矣。雖援大義以滅親，父或可行之於子，然使動惡於薄物細故，亦非小大尊卑之分所能覆也。雖莅南郊而議謚，子亦不能曲全於其父，然而匹夫之一動一言，又非有天地臣民之義之不可屈也。念及此，而欲不隱也，忍乎哉？念及此，而欲不隱也，敢乎哉？故曰仁至而義盡也。

抒〔二二三〕意通旨，皆人人胸中所知見，而實前人所未發者，真明道之言也。（慕盧先生）

推勘處，其〔二二四〕見深於經義。（白楚唯）〔二二五〕

## 公伯寮愬　全章

知道之聽於命，而讒者不足誅矣。蓋有命以主乎道之行與廢，而人不能争，不獨夫子與子路安焉，即季孫、伯寮，亦陰爲之用而不自覺者也。而景伯未之知耶？且天下雖無足重輕之人，與夫事之至微細者，皆若有以主之，而不容以相强，而况聖賢之道，天下所重賴者乎？彼小人者，惟蔽於不知，而以權自予，故不肖之計生焉，而君子復爲之憤激而不平，是真以其權予小人也，亦弗思之甚也。昔子路之在聖門，固身任夫子之道者也，其不得已而足〔二二六〕身於季氏，甚非所快意，而伯寮不知也，以爲夫人而仕於季，即與我争憐而角勢者也，而愬行焉。在伯寮之自爲謀，與其所以謀子路，亦不得不爾也。（奇趣躍出。）子服景伯之在魯，固心慕夫子之道者也，彼知季孫之惑志於伯寮，必將厄吾道，而子路無如何也，以爲吾力不能挽季孫之惑，而尚可以制伯寮之命也，而詞〔二二七〕蹙焉。雖其行未必果，而存其説，不可謂非事之大快者也。而夫子曰：嗟乎！寮之愬由，亦欲吾道之廢，而不欲其行耳；子欲誅寮，亦欲吾道之行，而不欲其廢耳。道之將行也與？寮雖愬，不能必季之惑，季雖惑，不能禁吾道之不終行也。而寮乃悁悁而愬之，而曰：吾將阻其行。而子乃切切而憂之，而曰：寮能阻其行，而欲誅寮以速其行，憂〔二二八〕不知行之有命也，道之將廢也與？寮不愬，不能保季之不惑也；季不惑，不能必吾道之不終廢也。而寮乃悁悁而愬之，而曰：吾將使之廢。而子乃切切而憂之，而曰：寮能使之廢，而欲誅寮以起其廢，是不知廢之有命也。且夫寮者亦人耳，命與道隆，而重違乎寮之心以行也，寮無如何也；命與道厄，而應假於寮之口以廢也，寮亦無如何也。（突兀峥嶸。）夫子之言如此。是故伯寮者，不知命而自絶於道者也。景伯者，有心於夫子之道，而不知夫子之道之命者也。夫子者，信道之篤，知命之深，而與子路安之者也。而安能聽於季孫、伯寮以爲之憂喜乎哉？

隨題曲折，理得辭順，子瞻所謂「外枯而中膏，似淡而實美」也。（慕廬先生）

似極作意，似極不作意，而題之能事已盡。（汪武曹）

## 子路宿於　一章〔二二九〕

深知聖人之心者，於隱士得一人焉。蓋知其不可而爲之，是吾夫子也。異哉晨門，非質有其内，烏〔二三〇〕能及此哉？且聖人之觀世也蓋悉，而常區區爲無益之謀者，蓋其心至仁，不能與斯人爲恝，而其道甚大，可以與天命相權。〔二三一〕山林枯槁之士，方竊竊然諷以不可，而疑其不知，不已淺乎？乃今於石門而得晨門焉，蓋觀子路之宿，而深有意乎其爲人也。畏天命而憫人窮，造次之餘〔二三二〕，亦根心而生色，而息一心以觀群動，氣類之感，亦不言而自通。甚矣，晨門之知人，而能不失我〔二三三〕子路也。雖然，使晨門第有意乎〔二三四〕子路之爲人，則第叩子路之爲人可也，而奈何其〔二三五〕曰奚自也？一聞其自孔氏，而悄然曰是知其不可而爲之者歟？斯言也，斯人也，不獨天下之事勢，日懸於心目，而身之幽默，隱而自傷；（撇此一層，越見身分。〔二三六〕）抑且吾子之生平，日勞其寤思，而心之精微，默以相喻。〔二三七〕蓋其心知世不可爲，不能以身之察察，受物之汶汶，而又未嘗不顧滔滔者而心惻也。以己之不復能忍，而愈知吾子所爲之難，故一旦與吾徒邂逅於風塵，而不禁於局外發傷心之語，蓋其聲銷而其志無窮矣。抑其心知世不可爲，度不能以幽人之貞，逮三代之英，而又未嘗不願斯世之更有其人也。（張南軒謂晨門所養過於荷蕢，以此。〔二三八〕）以己之絶意於斯，而愈望吾子爲之之切，故不能自隱其生平之心迹，而殷然以一言志相屬之誠，蓋其自計審，而其憂世愈深矣。〔二三九〕斯人也，斯言也，百世而下，聞者莫不傷氣，而况子路也哉？而况夫子也哉？或曰：知其不可而爲之，吾子生平以是致子路之疑且愠者，不知其幾矣，晨門斯言，非徒欲聞諸夫子，亦以陰感子路也。

深人無淺語。（韓〔二四〇〕慕廬先生）〔二四一〕

就晨門一語實見得聖人胸次乃爾，是真能聽之以氣者。（王罕皆）〔二四二〕

「知其不可而爲之」句，胡氏謂以是譏孔子。其爲譏爲稱，固不可知。然一語中把聖人轍環之故直揭肺腑，非關心世道、洞悉聖懷者不能説得爲此切摯。雖托迹下僚，知其不可而已。其實與荷蕢沮溺輩衷腸各别也。感不絶於予懷，方言哀而已歎，文可謂曲傳神妙矣，清疏高潔，更不必言。〔二四三〕

## 吾猶及史之闕文也　一章〔二四四〕

聖人於所及見，而不勝世變之感焉。夫史闕文，馬借乘，而子之及也僅矣〔二四五〕，能無撫時而增感歟？且人心之淳，風俗之厚，不必溯之大道行而天下爲公之世也，即吾一人之身，而俯仰前後，其可爲感慨者多矣。〔二四六〕夫我生之初，〔二四七〕先王之政教已無復存焉者矣，然大綱雖斁，而細者或守其常；王澤既微，而餘風不至盡泯。（括盡《春秋》

三傳，深識宏義，發前賢未發之覆。〔二四八〕故朝廷之上，刑賞舉措，雖不能不顛倒以失實，而史氏之無容其僞者，猶不敢作聰明以紊典型；鄉黨之間，禮義風教，雖不能不變亂以行私，而士大夫之蓄所有餘者，尚不至矜纖嗇而私貨力。使不有今日，則吾第傷心於先王政教之衰，而是戔戔者，亦不復置之意中矣。（作一反振，寄慨愈深。〔二四九〕）乃自今思之，則猶幸吾之及此也。〔二五〇〕彼史之闕文也，以是爲一事之不失其官，猶之淺也。而先王正性命之理，以養人心之直，〔二五一〕而不忍自欺，其源深〔二五二〕也。而今之無此，尤可痛也。有馬者之借人乘之也，以是爲人情之好行其德，固足尚也。即當時因物力之豐，以成習尚之厚，而不甚愛惜，亦可思也。（此義更非世儒所識。〔二五三〕）而今之無此，尤可懼也。夫我生之初，失治平已數百年矣，而遺風餘俗，經十數王之所蕩，而猶有一二之存，以此知文、武、周公之詒〔二五四〕謀者遠也；（發人遠想。〔二五五〕）我生之後，不過上下數十年之間耳，而目見耳聞，遂至月異歲不同，而一旦掃地以盡，以此知流失敗壞之末流更烈也。夫人心風俗，大抵習於所見而成耳。〔二五六〕之二者，猶吾所及，故以今爲異，而感慨係之。其後乎吾而不及者，且習以爲常，而不知其非矣。（一彈可三嘆。〔二五七〕）世變甚則挽之愈難，及今爲之，已不若我生之初之易爲力，而況靡靡以聽之

於後耶？〔二五八〕

朱子言：二蘇議論大快，無先儒淳實氣象，不耐咀嚼。如此文，當玩其氣象淳實處。〔二五九〕

就一二事説到遠處，方見聖人不是偶然枚舉，以醇古之氣達沉鬱之思，兼有歐、曾勝境。〔二六〇〕

勘題真切，實有關於人心風化。非具此心胸識力，不可以代聖言。〔二六一〕

## 齊景公有　二段

觀稱與無稱之異，而人當自決矣。蓋人於生之時，未有不樂〔二六二〕千駟而樂窮餓者也，而死之後，未有願爲景公，而不願爲夷齊者也，尚未可以決歟〔二六三〕？且夫人寄此身於天地，榮華寂寞之遭，亦惟造物者之所以置之，獨昧昧然而生，寂寂然而盡，爲可悲耳。若是，則人不可以苟當〔二六四〕貴，亦不可以徒貧賤也。而吾獨怪世之人，不憂德之不建，徒役役於富貴貧賤中而爲之悲喜也。〔二六五〕夫人所羡於富貴者，徒觀其一時意氣之盛而壯之耳，亦未思其死之日也。疇昔身之所附以爲崇高者，一旦全非其有，而與之同歸於泯滅，蓋其不可恃也如此。〔二六六〕而衆人之中有聖賢者，固亦生且死於其間，而獨異於衆人之爲人，雖死而不朽，逾遠而彌存也。如斯人者，尚得以貧賤少之哉？如徒以富貴也，則近世如齊景公，亦榮甚矣，世人於小富貴亦忻之，況赫赫如景公者乎？乃有馬千駟如彼，而無得而稱竟如此也，如徒以貧賤也，則古伯夷、叔齊，亦已極矣，世人於常貧賤亦憂之，況困厄如夷、齊者乎？乃首陽之餓如彼，而到今之稱竟如此也。（獨有千古。〔二六七〕）放懷古今之間，人之富貴貧賤於其中者，特須臾之頃耳。不獨景公之豪盛〔二六八〕不能長留以自恣，即夷、齊槁餓，亦會有窮期也。乃一則〔二六九〕快之須臾，而已與有生同敝矣；一則〔二七〇〕忍之須臾，而乃與日月争光矣。君子所以不暇爲衆人之嗜好者，誠見乎其〔二七一〕大，誠憂乎其遠也。生人不朽之故，與所遭富貴貧賤之適然，亦曾不相涉耳。（其聲大而遠。〔二七二〕）不獨景公之湮没而無傳，（更清深。〔二七三〕）非千駟足以相累，即首陽高節，亦豈以餓顯也？（注定「異」字。〔二七四〕）無可留於千駟之外者，而千駟羞顏矣；有不没於餓之中者，而餓亦千古矣。君子所以汲汲於後世之人言者，非喜乎其名，乃重乎其實也。獨是如景公者，知有千駟耳，豈畏民之無稱耶？若伯夷、叔齊，民即無稱，而亦知身之當餓也。世之人習見夫貪庸者如彼，自好者如此，稱與無稱，死後之事，何足動其毫末哉？

高壯蒼凉，使讀者悲喜無端，俯仰自失，真善學《史記》之文。（慕廬先生）

此等文得數十首，便可以當著書。（戴田有〔二七五〕）

自有制義〔二七六〕三百年，僅見此種，是謂空所依傍。（劉言潔）

言高旨遠，如南溟之鳥，絶雲氣，負青天，下視蜩鳩於榆枋之間，不足當其一瞬也，塵懷〔二七七〕之中，而乃有如斯人也者，吾將燒研從之。（劉大山）

此種文大得江山之助。〔二七八〕

## 齊景公有　稱之（其二）〔二七九〕

觀民之所稱與否，而古今得失之衡見矣。夫富貴而名磨滅，或身卒貧賤，而誦義無窮，此必有故矣。若景公與夷、齊，其已事可知也。且榮華寂寞之境，（倏然而來。）庸人域於一時之見，以爲之憂喜，未有不終於蔽者也。至於身没事過之日，一時所爲榮華而寂寞者，亦同歸於盡矣。而其人之真見焉，有志之士其將何以自處也？如齊景公者，固當世所謂得國有土之君也，其富蓋至於有馬于〔二八〇〕駟焉，而今亦既死矣。居高者其聲自遠，而況于既〔二八一〕死之日？感時撫事，而叙〔二八二〕念其生前之遺迹，尤人之情也，而如無德而稱何也？若夫伯夷、叔齊，固商、周間讓國而逃者也，彼一首陽之餓夫耳，其去今亦遠矣。困約者流俗所羞，（《史》、《漢》神味。）及身之時，或有知其義者，世逾遠而寖以不彰，固其理也，而稱之者乃到於今也。是知富貴貧賤之適然相值於天地之間者，（論意天出〔二八三〕，不知其所自來，而適與題會。）無定向也；其命於天，亦可知不可知之數也。忍而就之，而亦歸之矣；潔而辭之，而亦去之矣。使依乎理以論之，景公之國，固非其所有也，乃忍親棄義，若將甘之；而夷、齊者，義皆有以自處，而不能居之一日以爲安。彼安得不饒樂以終身，此安得不枯槁以没世也？然而富貴貧賤之人之判然自别於有生之日者，不可易也，其在於人，亦不知其所以然而然也。方其尚存，而其泯滅者已見矣；方其一時，而其千古者已定矣。從其後而觀之，齊國之民，何若是於君恝也？乃追往道故，而未有以言，而夷、齊者，入於人人之心，若身被焉，而欷歔不能已，此皆其千駟時之無所留餘，窮餓時之不敝於天壤也。夫近世霸國之君，景公其近者也，世人多稱伯夷、叔齊，倘猶不没於耳乎？以彼易此，孰得孰失，必有能辨之者。士亦貴自立耳，安能饕於富利以没没耶？嗟乎！觀夫子之所云，則知春秋之世，三代直道之不亡矣。後之人乃曰人富而仁義附焉，此又後世之人心也。

奇辭奥旨，如取諸室中物，非博極群書，而傾其精液，豈易言此？（慕廬先生）

蕭散閑遠，妙在筆墨之外。（劉北固）

吾兄嘗教余作文，必至思路斷絶〔二八四〕後湧溢而出，乃見精采，觀二作，良然。

（弟苞記）

## 來予與爾　一節

陪臣之與聖人言也，聖人終不與之言焉。夫貨之與子〔二八五〕言者，可謂巧矣，子則順其言，而未嘗與之言也。且小人而與人言，未有不曲中人之心事者也，故雖以聖人之落落而不相入也，亦且探其平日所不言而自傷，感時撫事，而惟恐不及者，以徵〔二八六〕中焉。即其一時之言，非不感人心而動人聽也，然遇聖人，而其術俱無所用矣。昔貨之途遇夫子也，夫子不欲與貨言，而貨必欲與夫子言也，將援爵禄形勢以相炫，而君子之前，難以形諸口也；將借尊公抑私以自文，而不信之語，知其不可誘也。於是呼吾子而問曰：「懷其寶而迷其邦，可謂仁乎？」夫以吾子之畏天而憫人也，未嘗吝吾寶，而不能强以相投，可以轉其迷，而不得假手以濟，此正吾子心目中所惓惓而不忍釋者也。雖貨言之，亦惻然其如見焉。雖然，子豈願懷之而迷之哉？果其懷之而迷之也，子亦謂不可爲仁也。而貨仍有詞也，曰：「好從事而亟失時，可謂知乎？」夫以吾子之藏器而待時也，明知事卒無濟，而不敢不從，常恐時不再來，而不能不失，此固吾子周流來所躊躇而不自得者也。因貨言之，遂歷歷其可想焉。（詞意雋絶。）雖然，子豈願從之而失之哉？果其從之而失之也，子亦謂不可爲知也。至於日月之逝，而歲之不我與也，又子之所極不忘也。期月之可也，三年之成也，鳳鳥、河圖之不可俟也，往者之逝，待貨言哉？來者之不與，待貨言哉？仕之不可更緩須臾，待貨言哉？故直諾之，而應之以將仕也。甚矣！貨之狡也。彼知吾子之急而不能近也，轉若置其身於局外，而爲是從容商度之辭，其或慨於生平之已事，而忍而不能舍也；或以其言之有當於夙心，而意其猶可與爲也。於萬無可入之中，而忽投以間，是則貨之狡也。（文足以達難顯之情。）甚矣！夫子之大也。子知貨之不足以理喻也，轉若一無所介於心，而爲是可否因人之語，使自白夫道之無所失，是與貨辨〔二八七〕義理也；使告以身之不得以自主，是與貨吐衷曲也。於一無所拂之中，而使之自窮，是則夫子之大也。故君子之遇小人也，莫善於不與之言，蓋吾能折之，吾能勝之而已。與之言矣，若子之於貨，固始終未與之言也。

會情切理，若不用意，而功益奇。（慕廬先生）

淡淡寫來，已盡「不惡而嚴」之致。（何屺瞻）〔二八八〕

## 子謂伯魚　節〔二八九〕

詩教之有二南，學者不可須臾離也。蓋《詩》之益人雖廣，而修身齊家之道，莫近於二南，此而不爲，獨無面墻之懼乎哉？告伯魚曰：吾望女以學《詩》久矣，顧嘗思之，《雅》《頌》之什、十三國之《風》，所誌者，人物風土〔二九〇〕之宜；所陳者，朝廟官司之守。其爲之，則博達之材，通方致遠之具也；其不爲之，或猶不失爲里巷曲謹之士。守其身而施於家焉，則亦庶乎其可也，而非所論於二南。昔者先王起化於宫中，而岐、豐、江、漢之間，皆得因風以成其俗，其後風人遂傳爲聲教，而閨門鄉國之用，使人入耳而動於心，盡萬物之理而不過，通天下之志而不違者，其惟《周南》、《召南》乎？女之性情而有未理焉，稽之於此，以求其動而處乎中者，而出入離合之機，歷歷可以自喻；女於人情而有未〔二九一〕通焉，按之於此，以求其作而無不順者，而向背往來之際，一一可以相參。（細心密理。）今有一事於此，知其意者視之，瞭然若指於掌，而不知其意者視之，茫然不識所從；　同一事於此，得其道者爲之，千里之外而應於一室，不得其道者爲之，跬步之間而皆爲畏途。吾於古人之性情，古人之措注，曲折皆載於心，而以應目前之務，未有不知其意，而不得其道者也。舉而推之，裕如矣。吾於古人之性情、古人之措注，未嘗預求其故，而貿〔二九二〕焉自師其心，未有能知其意，而能得其道者也。坐而困焉，無謂也。人而不爲《周南》、《召南》，其猶正墻面而立也與？女而既嘗爲之耶？則其故女自得之矣；　女而未嘗爲之耶？則自今以〔二九三〕往而盡心焉。（飛行絶迹。）待其有得，而自驗其性情，自觀其措注，以視未爲之日何如，吾知其必有異也。而女亦將有味乎其爲之，終身由焉，而欲罷不能矣。

將不爲《周南》、《召南》所以「猶正墻面而立」之故，實實説出，所謂脱傳注而得經所以云之意也。（慕廬先生）

讀此文而不知其意義之精深者，不知此題之解者也；　讀此文而不知其氣脉之古厚者，不知古文之法者也。（戴田有〔二九四〕）

# 柳下惠爲　去乎

賢者之窮於魯也，時人諷之以去焉。蓋士師已非惠所宜，况三黜而猶未可以去乎？人之諷於惠者，豈可謂不當哉？且君子難進易退，不合則納履而去者，爲夫得國行權，而將大有爲者言之也。若夫生亂世，事暗君，不得已匿迹下僚，而以身爲寄，則其進退去留之際，又别有義焉，而人之知此者抑又寡矣。昔柳下惠嘗仕魯而爲士師矣，以惠之賢而職以士師，以義言之，固可以不爲，至於既已爲之而三黜，則固其理也。何者？士師雖卑，非若抱關擊柝之浮沉而一無所事也。其争質聽斷，下之人將有受其利病之實焉，（**俱爲直道作**〔二九五〕**小影。**）微小之吏，夙昔苟且以便其身圖，一旦以惠處其間，不懈於職，而陳義甚高，其驚而怪之者，當非一事矣。而衰世之刑，又非若古昔盛時之平恕，而可以爲常也。其出入輕重，上之人將苟以饜其忿好之情焉，積習相仍，孰不奔走以承其教令？一旦以惠居其間，守節官下，而介然不移，其厭而苦之者，當非一事矣。方其既黜而復用也，或事過而思其言，（**并「焉往而不三黜」已躍如矣。**〔二九六〕）或徇衆而高其節，及引與其事，而其不便者如初也，此黜之所以至於三也，其屢屈而屢用也；

或意其久而熟於世情，或意其困而改其前轍，及復之故地，而其不情者猶昔也，此三之所以終於黜也。斯時也，魯之君相，方且謂若人麾之而即去，呼之而即來，而漠然不加之意；在惠也，亦謂吾之仕也不爲進，黜也不爲退，而夷然不慨於心。而不知人之觀之者，積憤與疑而莫之解也。從而謂曰：子未可以去乎？斯人也，其爲知惠愛惠也者，則諷惠之去，所以甚魯也。賢者辱在泥塗，君與相不知自愧，而行道之人，相視而不能平，魯之爲魯，蓋可知矣。其爲譏惠訕惠也者，則疑惠之未可以去，所以甚惠也。屈身以游於污世，君與相既不能容，而世俗之人，乃復用爲口實，惠之所爲，亦極難矣！嗟乎！惠之不去，其自審也蓋詳，獨奈何以父母之邦，而令君子之窮若是哉？

指事類情，深切著明，而章吐〔二九七〕句適，又復鯨鏗春麗，可謂精能之至。（慕廬先生）

於「三黜」句内即打合入「直道」、「事人」意，下數句消息已透，然却毫不犯乎〔二九八〕。映射之妙，宛轉玲瓏。（劉大山）〔二九九〕

## 齊景公待　全〔三〇〇〕

不用而商所以待，速聖人之行也。蓋既不能用，待之何爲？而緦緦於季、孟之間，陋已！爲孔子者，尚能挾不用以俟其待耶？且自古昏亂之君，豈必顯斥天下之賢人君子哉？第其心以爲吾所用者，固自有人，而若人者，亦不可無以待之也。而君子自遠矣，若齊景公之於孔子是也。以爲吾國固無所用之也，而其人既托足於斯，亦不可無以塞其意；吾心固明知其不可用也，而天下既交口曰賢，亦不可無以徇其聲。此謀所以待之意也。嗟乎！賢人者，人君所求，而非有求於人君也。權寵禄位，特〔三〇一〕借以便人之國家〔三〇二〕，雖盡舉以畀〔三〇三〕之，而猶懼其不我欲也。顧若有所靳而惜之，若有所難而要之，而曰：若季氏則吾不能。何哉？職事者，人君所擇，而賢者非有所擇也。開誠布公，將有所試以盡其材，實則隨所以置之，而皆可以自効〔三〇四〕也。顧若有所强而出之，若有所限而制之，而曰：以季、孟之間待之何哉？此無他，以待之者遠之，以待之者謝之，而不欲用之也。而不曰：吾不用也。曰：吾老矣，不能用也。嗟乎！是誠何心哉？終身淫縱其欲，至於末路而知其非，則當委任善良，惟日不足，以收〔三〇五〕

前事之失；（切景公時事。〔三〇六〕）國勢積久將傾，及身已時憂其莫保，則當敬奉社稷，屬之能者，以爲子孫之謀。不能用而乃以老爲辭，不亦悖乎？嗟乎！國無賴焉，而姑有所予以塞其意。心則不屬，而謬爲相重以徇其聲，此自好者之所羞，而謂孔子甘之耶？且孔子至齊，蓋欲用齊以用天下，而非爲身謀也。奈何乎以不用之身，徘徊人國，使其君躊躇於所以待之者，而爲是不得已之計哉？此所以接淅而行也。夫景公待孔子之言，其誰聞之？必與其所用者言之也，而不知所用者即泄之以行孔子也。（《國策》妙語。〔三〇七〕）故人君之於賢者，至於不用而謀所以待之，則賢者窮矣。其顯斥而勿與通者，猶可以冀其心之一悟，而可與有爲者也。

枝葉刊盡，質幹蒼然。（慕廬先生）

語約而意深，所鈎剔皆在題之骨理。（徐行甫）

## 滔滔者天　易之

阻聖賢易世之思者，與言滔滔之天下焉。夫天下滔滔，而誰與易之？吾子之不行其道以終其身，未嘗不爲沮溺之所料也，而謂其言之過哉？告子路曰：古君子之欲大有爲於世也，内度之身，必外度之世。子與子之師，竟世栖栖而卒老於行，幾遍天下矣，尚不知今之天下哉？（古節。）變古易俗，而靡然入於衰壞者，既若江河運〔三〇八〕下，日夜無休時；藏垢納污，而恬然不知其非者，又復同源異流，而争趨於一道，滔滔者天下皆是也。而獨有數人焉，褒衣而危冠，正言而莊色，圖議於處隱就閑之日，而太息於車塵馬足之間，曰：吾將易之。夫天下皆是而誰與易之哉？使天不忍斯世之淪胥而思振之，則生一易之之人，何難更生一與易之人？而今之天下，庶見者誰哉？以夫人自視，若天下决不可無是人，而天下又若絶無所需於是人，（長歌之悲，甚於痛哭。）雖復師以語其弟子，弟子以誦於其師，而滔滔者自若也。使人不忍時俗之波流而思挽之，則必真〔三〇九〕知其有不可不易之道，而後能用此易之之人，而今之天下，覺悟者誰哉？自易者言之，若天下不可一日不易，而天下又若本無待於斯人之易，雖日就不知己之人，爲不入耳之言，而滔滔者自若也。故子與子之師，不獨今之汲汲皇皇，無所得而窮於世也，即或授之政焉，或托之國焉，而吾知其終不與易也。天下之事，必爲人之所樂，而後争爲之趨，至於舉世同趨，而其樂之也甚矣。夫滔滔之便於天下爲何如者，而欲取其甚便之情而拂焉？人以子爲隨流揚波之人，而子障而迴之，其孰不驚而思避也哉？天下之事，必或有異之者，而後知其非是，至於舉世無異，而其就之也安矣。夫今之天下，誰復疑其滔滔者，而欲取其不疑之事而更焉？人方以爲順流逐〔三一〇〕波之時，而或汩而亂之，何怪其狂而不信也哉？子之能易與不能易，我不敢知，第使子環顧〔三一一〕今之天下，而子可以悟矣。

中有一部《十七史》，其精氣光怪，雖棄擲理〔三一二〕没於糞土〔三一三〕，不能銷蝕也。（慕盧先生）

文章傳於世，遠近只視作者下筆時精神，其精神可以數百年則數百年，可以數十年則數十年，若此等文，則直與天地相〔三一四〕終始也。（劉言潔）

## 安而后能慮

學至於安，而知可用矣。蓋知止者決於事始，而慮則隨事以求之者也，然豈可與未安者言之耶？且世之於道未有知者，非不能慮天下之事也。尋常無事之時，擾擾焉以慮自擾，使身心之地茶然疲役而不安，至於當用其慮之時，而已眊然不能慮矣。（**反抉清醒**。〔三一五〕）故必由知止定靜以至於安，而後慮可言也。嶇崎之際，機智可以接時而生者，惟其淺也，若夫斟酌於義理之中，而求其詳盡〔三一六〕，則非神明素定而不役於境者，不能也。艱大之事，計謀可以歷〔三一七〕時而定者，猶可言也，若夫循生於日用之間，而探其義類，則非天機休〔三一八〕暇而綽有餘地者，不能也。凡事之來，必能以其心處於事外，而後不以倉卒而自驚。未至於安，則所處之境，先若束而縛之，而事之觸境以乘者，不免徬徨駭遽，而慮以迫而不能詳；安則心常處於事外，而事之多端膠加者，皆可從容以究其理矣。凡事之來，必能以其心入於事中，而後不以紛屯而自亂。未至於安，則所處之境，皆若僑而寓之，而事之因境以生者，不免苟且厭苦，而慮以浮而不能入；（剥膚根髓。〔三一九〕）安則心常入於事中，而事之萬難措置者，皆可曲折以遂所圖矣。世固有平時觀理甚精，事至乃復迴翔而無主者，無事之時安，而有事之時不安也。夫無事之與有事，其理非有異也，而奈何迫於境而遂昏乎？（開判凝滯。〔三二〇〕）此寂然不動者，所以感而能通也。世固有當事則參差相抵，既事而悟處此非難者，當事之時不安，而既事之時安也。夫當事之與既事，其心非有二也，豈非觀物暇而能審乎？故確乎不拔者，乃能不疑於所行也。苟非由知止而定静以至於安，則慮其所慮，而非吾道中之所應慮。或少慮而失之，或多慮而愈失之，而止終何由得哉？

昔王通論文以理爲主，思苦言艱，雖揚雄、張衡不滿焉。使見斯文之理得辭順，必當深嘉極嘆，以爲能濟乎義也。（鮑季昭）〔三二一〕

## 心正而后　二句

由心以至家，而明新之事合矣。蓋身以内之事，至心而止，身以外之事，自家而起，而皆統於身，故身修而明新之事合也。且明德之事歸於身，而古大人不遽求之身，而多方以事其心；新民之事起於家，而古大人不遽求之家，而多方以事其心與身者，（直引是先正法程，略著議論，便失其理。）何也？凡以身之修，有定其事於心正之中者，亦有益其事於心正之外者，而皆於心正之後得之。定其事於心正之中者，則潔而全之者是也；益其事於心正之外者，則因而飭之者是也。接吾身之物之足累吾身者，吾心中實無與之將迎之倪，而官骸氣質之緣，絶於外而不入；附吾身之物之足爲功於吾身者，吾心中實見其有當然之則，而視聽言動之司，安於內而不馳。苟未至於心之正，則見爲身所宜絶，而心仍有不絶者，雖力拒於形迹之間，而有揮之而不去者矣；見爲身所宜安，而心仍有不安者，雖强納之〔三一二〕繩墨之中，而有迫之而思軼者矣。（筆如屈鐵。）心正而後身修，明明德者不可不務白也。家之齊，有定其事於身修之中者，亦有益其事於身修之外者，而皆於身修之後得之。定其事於身修之中者，則動之以誠者是也；益其事於身修之外者，則服之以公者是也。道立而家人之志慮肅焉，求吾身而無可疵〔三一三〕，則相反者有以形其醜，而燕私偷惰之氣，不作而自除；義和而家人之分誼平焉，對吾身而無所觖，則生争者不自安於心，而怨思谿勃之風，不言而自靖。苟未至於身之修，則吾求其肅，而彼先未嘗見吾之肅，作威以震之，而有狎用而不行者矣；吾欲其平，而彼先不能信吾之平，遇事而調之，而有參差而百出者矣。身修而后家齊，新民者不可不務白也。

微思曲引，勁氣直達，開理題未開之境。（慕廬先生〔三二四〕）

思精而堅，筆曲而健，酷似荊川先生《可以言而不言二句》文。然彼以道人情，此以析義理；彼以單行，此以對偶，爲功益奇也。（謝雲墅）〔三二五〕

## 所謂誠其　二句

知意所以不誠，則知誠意之説矣。蓋自知而自欺，則意何由誠？而知亦豈可以爲致哉？且人試静念生平之所爲，其皆蔽於不知，而貿焉以蹈者乎？（發端雋妙。〔三二六〕）抑知之而不勝其意之私也？不勝其意之私而背〔三二七〕焉，則其本心之知終蔽，而初發之意皆虛。故意之所以不誠，與所以誠其意者，皆於此可驗也。不知而爲之，雖多妄而不可謂意之不誠，何者？彼實不知，而未嘗自背其意也。不知而爲之，雖多妄而猶可以望其意之誠，何者？一旦知之，而或能不欺其意也。若夫有知而有〔三二八〕欺，則衆人之陷溺其心而不覺，未有不由於此者。惟〔三二九〕禮教名義之防，惟人人知其不可逾，而反以滋人心之弊，形迹之無累，而意因遁焉以自寬；　義理之可緣，而意遂假之以自覆，即其自寬自覆，則其不可寬不可覆之實，纖悉已畢著於心矣。乃取其心之所不自許者而由焉，而旋以自寬自覆也，果誰欺乎？惟身心性情之地，在在有所不能遁，而又以啓遷就之私，意所嚴憚〔三三〇〕，而因謂少弛焉而無傷；　意所暱就，而因謂未甚焉而不害，即其自謂無傷無害，則其自傷自害之形，當身已歷歷喻之矣。（煅意刻酷。〔三三一〕）乃取其身之自受其病者而匿焉，而且曰：　無傷無害也，果誰欺乎？非必私意之横决，而後爲欺也。吾之意如是，而意之所從來者不如是，則其所從來者〔三三二〕欺，而意之無欺者皆欺也。（朱子所謂今人割股、廬墓皆爲爲人，乃自欺之大者。〔三三三〕）夫誠則豈有二三之見哉？明知意之當如是而陰蓄其私，即何異於以是爲不必然，而姑以嘗其術者乎？故自事其意者，不可不辨其欺之所從生也，非必初意之盡違，而後爲欺也。吾所知必至於是而後止，而吾之意未至於是而遂已，則毫末之未實其意者，即毫末之自欺其知者也。（此不能盡誠意之量者。〔三三四〕）夫欺則豈有淺深之别哉？明知意之當如是，而復餘其力，則豈以是爲他人之事，而姑以塞其責者乎？故自事其意者，不可不推其欺之所終極也。若是者當察之於意，而尤必先之於知。蓋自欺者似以意而累知，實以知而累意，知誠致則并意之自欺，與意之必不可以自欺，而知之矣。（朱子所謂知之毫末未盡，必知自欺。〔三三五〕）故毋自欺者，誠意之始而致知之終〔三三六〕也。

單微之思，濬發不窮，由其深造而自得也。（慕廬先生〔三三七〕）

義〔三三八〕深而明，能達口之所不能言。（錢亮功）

## 所謂誠其　全〔三三九〕

《傳》釋誠意，而知君子爲己之學也。蓋好善惡惡之意實，而身與心皆得矣，彼小人忍於自欺，而乃畏人之見，何哉？且好善惡不善，不獨知之既致者宜知之，（清晰。〔三四〇〕）即未致而亦未有不知此者也。顧小人知之而第求無惡於人，故縱恣之後，轉有蹙然難安者焉；君子知之而獨求自足於其心，故嚴畏之中，而常有浩然自得者焉。彼經所謂誠其意者，誠其好善惡不善之意也。〔三四一〕意者己之意，好惡者己之好惡，以己之意，致於己之好惡，而乃有不誠，將欺人乎？亦自欺焉而已。爲人而惡不善，必不能實致其惡之力，而惡之意虛矣。（字字親切有味。〔三四二〕）明知其可惡，而後使匿於吾所，不獨自欺其惡，而惡之意亦不慊甚矣，故必如惡惡臭而後可也。爲人而好善，必不能實致其好之力，而好之意虛矣。明知其可好，而不遂引爲己有，不獨自欺其好，而好之意亦不慊甚矣，故必如好好色而後可也。若是者，非人之所得知也。吾意所發，有人皆以爲無欺，而吾獨知其欺者焉；吾意所致，有人皆以爲已慊，而吾獨知其未慊者焉。且意之易於自欺而難於自慊者常也，獨之苦於難慊而因入於自欺者又常也，此之不可不慎也。不然，則天下豈有顯著其不善之小人哉？彼其猖狂〔三四三〕於閑居之日〔三四四〕，而掩者〔三四五〕於衆見之時，徒以獨爲人之所不知耳。然爲〔三四六〕不善而必於閑居，則其心固有不能自欺者矣。見君子而必厭然，則此時亦實有不自慊者矣。而仍爲之者，蓋以人爲可欺也，而不知其不可欺也。彼但懼他人肺肝之視，而不畏意中指視之嚴，蓋不知誠則必形，而獨非無見也。是故作僞者心勞而日拙，作德者心逸而日休，檢身甚嚴，（沉鬱。〔三四七〕）故夙興夜寐，絕無異物以攖其心；所動不妄〔三四八〕，故耳目百體〔三四九〕，皆由順正以行其意〔三五〇〕。心廣體胖，蓋自慊之實境，一從嚴與慎而得之者也。嗟乎！以爲爲人，故常於人之所不知而寬焉；知其在己，故必於己之所難克而務焉。使小人能用其厭然時之真知，而實致其力，即何難同於君子之慊哉？

血脉流通，似隆、萬間名作，而精實勝之。（慕盧先生〔三五一〕）無一模稜語，非膚末於學者所能也。（劉月三）

## 所藏乎身　有也

觀民所由喻，而知藏諸身者重也。夫不求諸身而求諸〔三五二〕民，不責身之不恕而責民之不喻，不獨其道不可，勢亦不能，是以君子重所藏耳。且世之衰也，上之於民，緦緦然責之於顯；（絶大議論，不可徒玩其語妙。〔三五三〕）而民之於上，竊竊然議其所藏，各挾一不然之心以聽上之令，則上之紛紛而令之者何爲哉？有諸己而後求諸人，無諸己而後非諸人，此恕道也，所藏乎〔三五四〕身者也。藏乎〔三五五〕身者雖不恕，而以爲我恕，吾惡乎辨之哉？然恕〔三五六〕不必其自白也，觀於其民而知之矣；藏乎身者不恕〔三五七〕，亦不禁其自飾也，觀於其民而知之矣。夫教人以善，豈不同然甚美之意哉？乃或聞之而以爲若人愛我，或聞之而以爲若人何暇愛我者，則於其身異之也。以甚〔三五八〕可好之物〔三五九〕八公之於人，而其身何以不先取之乎？（妙論解頤。〔三六〇〕）此固不足以相服也。規人之不善，豈不同然至正之論哉？乃或受之而以爲若人之責我誠然，或受之而以爲若人何其不自克者，亦於其身異之也。以〔三六一〕甚可污之事而恐累於人，而其身何以不早去之乎？此又無説以相解也。〔三六二〕以義理精微之極而言，則教善而規不善，不必問其所出之何人，而皆不可議也。其身雖不然，而其相繩之言，未嘗不當；其身雖不然，而其相望之意，未嘗不誠，何必苛其所藏哉？而民之情不爾也。不思其意之無他，而反其言以相責，此亦愚民析義之不精，然而大抵皆然矣。以君子爲己之心而言，則爲善而去不善，夫皆所以自爲之事，而與人無與也。苟能告我以善，雖其身之未必有，而我第以有諸己者之言視之；苟能治我之不善，雖其身之未必無，而我第以無諸己者之言視之，何必求人之恕哉？而民之情不爾也。不以爲我不能率其訓，而以爲我不欲受其欺，此亦巧於自便之一術，然而無可奈何矣。（二股寬一層，却正是逼緊。於他人思路斷絶處轉身放步，奇絶之文。〔三六三〕）所藏乎身不恕，而能喻諸人者，如或有之，吾未見衰世之君之顯以不善令也。

至巧至熟，有指與物化而不以心稽之樂。（慕廬先生〔三六四〕）

反題最難順題面發揮，作者偶於難處見長。（徐詒〔三六五〕孫）

不能喻人從尋常人情物理中設想，一番道來，彌見親切，文筆空靈超妙，真可

入水不濡，入火不熱，豈非仙才！（劉大山）

深入人情，體會物理，而筆妙又足以達之，雖使臨川、嘉魚復生，豈能過是？學者熟讀此種文百十篇，何患性靈之不開也？（汪武曹）

刻畫形似，筆足以達難顯之情。○中幅仍以求人、非人分比，緊貼「不恕」説，便不在上文甲裏。入後無筆不曲，無轉不靈，於題之竅要固已深入其阻。〔三六六〕

## 所藏乎身　有也（其二）

藏恕於身，求其可喻者也。蓋身之不恕，是本無可喻也，而欲民之何所喻乎？上即欲强其民，民亦豈能自强其心哉？且三王以降，雖重賞極罰，不足以興民於善而去其奸者，何也？彼其心實有所不喻也。其所以不喻者，何也？上以衆人待其身，而以聖賢望於人，民不顯倍其上，而詭以相承，亦幸矣，尚望其心之喻也哉？（至言。〔三六七〕）故君子有諸己而求諸人，無諸己而非諸人，大可思也！嘗見民之作非而隱義者，扞當世之文網，而不以爲慚，而鄉里之善人，或一言相感，而終身不背，夫誠服於其恕也。又見上之作法以牖民者，雖治具之畢張，而無所竦動，而深宮之隱事，或傳其一二，而動色相矜。

夫惟出於其身也，所藏乎身不恕，則所以責民之言，未嘗不是，而民以爲非矣，何者？積不能平於其身，而未暇求詳於其言也。〔三六八〕所以望民之意，出於至誠，而民以爲僞矣，何者？衆方不直於其身，而安能曲諒乎其意也？如是而能喻諸人者，未之有也。終日而號於衆曰：若者當取，若者當去，而民不信也。一旦觀於其身，而見其躬自取焉，躬自去焉，於是乎不召而趨之，不戒而相避矣。蓋至是而始喻其宜取宜棄也。非然而上正議以相招，民則反言以相詰而已矣。即顯然而見諸身者，好所應好，惡所應惡，而民猶疑也。退而窺其所藏，而見其私誠好焉，私誠惡焉，於是乎去惡者如疾，而從善者如歸矣。蓋至是而始喻其可好可惡也。非然而觀其上無顯過，亦觀其民無違言而已矣。蓋藏則易爲人情所欲詭，故必觀其事之所歸，即民之喻而徵〔三六九〕驗焉，而身之實難掩。（精深敏妙。〔三七〇〕）喻者非有形迹之可求，故必俟其明之自啓。惟上所令而陽遵焉，而上之術已窮，故君子必自處於恕也。或謂明王〔三七一〕不作，季世之事，固有君荒而民理，內行多愧而外治可觀者，然必遭時數之隆，得良臣之輔，而非其身能致此也。且及身或可彌縫，而易世未有不敗者矣，彼其民初固未嘗喻也。若夫君子推明德之原，而深明夫身與家國天下之一致，則豈肯苟其身以薄斯民，而其所就亦豈如是之促隘哉？

明白純粹，光輝日新。（慕廬先生〔三七二〕）

每一措思造語，必剥去常人所解者，使人窮力追之而不能到，學者須百回讀之，其味乃如炙轂矣。（劉大山）

## 所藏乎身　有也（其三）

欲民之喻，非慎所藏不可也。蓋恕藏於君之身，民不能强之於君；而喻藏於民之心，君亦不能强之於民也。民不可欺，而謂身可肆哉？且上所欲得於民者，皆可顯然而責之於民者也，而君子獨隱以規於其身，於是苦其難而以爲迂者紛紛矣。雖然，使反其道而可以得所欲於民，在君子亦不爲。乃得所欲於民，而以君子爲迂，即君子無辭也。（拗摺〔三七三〕似王臨川。）彼求諸人非諸人而一準於己，所謂恕也。尋常倫類之中，而有勸善規過之事，往往内度之身而因以意人之情，恐其反吾言以相詰也。至於君民之間，而不覺泰然矣，曰是何從責吾之恕？即吾亦何至與之言恕也？不知上之令有必行者，有必不行者，求之非之而無敢相責以恕，令必行者也。而因曰無是心也，則令必不行者也。且求之非之，豈徒求焉非焉而已哉？固欲其民之喻之也。欲民之喻，則不得不論其所藏於身者矣。教民以善，而曰其中有大美焉，即民非不瞿然顧化也，乃徐而窺上所藏，而未見其深嗜而篤好之也。而或且背而馳焉，而民乃囂然矣，曰是非以身所樂者推之於人，而以身所苦者推之於人也。懲民以惡，而曰是豈人所爲耶？即民非不怵然爲戒也，乃實而驗上所藏，而未見其深惡而力改之也。而或且暱而就焉，而民乃撫〔三七四〕然矣，曰是固〔三七五〕私縱之以便其身，而顯禁之以不便於人也。如是而能喻諸民者，未之有也。以内行多愧之身，而日爲違心之言以號於衆，時執類己之人而速之刑，使上之人局外而觀之，亦當覺其難堪也。（**幽痛深切。**）然平情之論，久不可施於操柄之人，第使其民蒸然從欲而不至於奸，則成天下之治，何不可獨寬一人之身，而無如其不能何也？本斯民自爲之事，而若稱上之施以爲報，而重有所吝，廉人之實以爲應，而懼爲所紿；使下之人反己而思之，亦自覺其無謂也。然顓愚之賤，豈敢故違君上之心？且上非徒諭以空言，而罰無所貸，民即不愛己之修，豈亦不畏逢君之怒，而無如其不喻何也？嗟乎！上令於顯，民窺其藏，所藏於身者，民皆喻之。故令於民者，實不能喻也。明知其不喻，而徒囂囂然令之，是何誠〔三七六〕心哉！

**後二比，真聖經賢傳之苗裔。（慕廬先生〔三七七〕）**

醇意發爲高文，固當永不刊滅。（劉月三）

## 貨悖而入　二句

審貨之出入，而悖者亦愚矣。蓋解悖者常以悖，觀貨之所以入，不可以知其所以出耶？且有餘則爲患者，（諸子中精語。[三七八]）凡物皆然，而貨其甚焉者也。天地萬物，皆將取焉，而或豐之，其害多矣，况以無道行之，而謂可長據乎？昔者先王觀萬貨之情，而制其出入之節，其入也即以爲出之地，而其出也不逾其入之經，凡以順物之情，而已無與也。苟欲聚之，則其入也必悖矣，其取之有常，其共[三七九]之有數，不悖則人將分守焉，而何以得入也？其入也悖，則其出也亦悖矣，其取之也勞，其惜之也必甚，不悖則彼終貪賴焉，而何以得出也？五行百産之精，只以給生人之用，雖天地之力，不能多所贏餘，此有所壅，則彼有所缺，天固不忍縱一人而隘萬物之生。（卓識高文。）勞苦患難之事，皆可以惟上所求，而封殖之深，禍更悲於死喪，生且無賴，而朘者方殷，即民亦不能束手足而視父兄之急，方其求無不得，或以富淫人而疑造物之不仁，而不知非也。其所憑之勢既厚，即天亦不能驟遏其流，待其力盡以敝之，而亦無能自脱也。（似《國語》中傑奥處〔三八〇〕。）且惡知夫造物者之非用其悖以厚其入，而爲出者之用乎？方其所欲不違，且愚天下而自喜操術之甚智，而不知非也。所集之毒未盈，故人不得于〔三八一〕徘徊以俟，至反其道以用之，而後悔其過計已〔三八二〕，亦惡知夫言〔三八三〕日者之群睨其貨以哀其出，而計數於入之時乎？故其入之數愈多，則與〔三八四〕出之勢愈急；其入之時愈久，則其出之禍亦愈深。當其先欲其少有所出，以爲餘力讓財而不能也，迨其後雖欲盡其所入，獨以返一日之無故，而不可得也。（使人忘其爲《莊子》之文。）嘗見匹夫而執利權，則鄉曲之間，其生計必薄，而悁然視之以待其盡，蓋有悖事，則當之者皆有悖心焉。彼徒患貨之不入耳，而吾獨慮其入之後，將如何而使之出耶？

上下千年，囊括史事，而無使事之痕，其浸淫卷軸者深也。（劉素川）

王介甫嘗患當時之文以襞積故實爲有學。遇此等題，雖卧子、陶庵不免矣。此等文乃鎔古籍而出其液者也。〔三八五〕

## 長國家而　何矣

國事之不可救，利臣爲之也。蓋能務財用者莫如小人，能速灾害者亦莫如小人也，觀善者之無如何，而長國家者之過明矣。且夫〔三八六〕下無不言利之小人，無言利而不病於國家之事，而君人者往往溺之無災無害之時，使小人厚其毒，而無可如何之日，以善者蒙災〔三八七〕憂，此亦極不能平之事矣。（歐、蘇爽〔三八八〕氣。）雖然，使憂之而尚可以救之，亦何惜乎善者，何恨乎小人，而爲長國家者懼哉？夫長國家者苟無災害，度亦不至絀於用而憂於財，而奈何其務之也，不獨善人君子，知仁義之爲國利者，所不忍言，即中材之臣，奉法順流，亦有所憚而不敢發也。蓋其自小人也必矣，刻薄其天資，而復加之以無忌憚，故民怨不恤，而公論不聞也；貪鄙其本趣，而復濟之以昏庸，故小利〔三八九〕不遺，而大患不覺也。然此非小人之過，而長國家者之過也。何者？小人能務財用，爲國災害耳，能必彼善之，能必彼使之也哉？從古長國家者，欲其善善者則難，而善小人則易。方且以其苛細爲忠勤，以其更張爲明作，以其違衆而作奸，爲能任勞而任怨，欲其使善者爲國家，則心常疑，而使小人爲國家，則力甚固；方且以輕信爲獨見之明，以偏任爲決於能斷，以假之權而肆其惡，爲能破群議以成大功，蓋不至災害並至不止耳。（一部《十七史》，覆轍相踵。）山崩川竭，雖欲聚斂而無所施，衆畔親離，岌岌乎府庫之非其有，蓋至是雖欲善小人而不得矣。於是乎蒿目而憂之曰：吾國家即安得一善者，而弭此灾害哉？嗟乎！善者之所爲極難，國家之於善者亦已極耳。方夫國是紛紜之日，小人惡其異己而中之以私，長國家者恐其撓己善小人之權，而投之江湖而重其法禁，惟恐其不摧傷，惟恐其在耳目耳，即奈何急而相求而責之者重也。然天下無日而無善者，善者之於國家人〔三九〇〕極不忘耳，幸而君能悔禍之延，豈復傷心昔事而忍其孤立？方且感激過望於一日之遭逢，使己得以分憂而與國同命，固不憚涕泣以就班，捐身以圖難耳。（説來天崩地裂，山哀谷鳴，古人文章不敝於後，所恃惟此真氣〔三九一〕足以感人耳。）而無如天之不憐而人之不應也，雖有善者，亦無如之何矣。故不至於無如何，亦無恨乎小人，無惜乎善者，而爲長國家者懼也。

昔人稱韓魏公如高山太岳，望之氣象雄傑，而包育微細，畜泄雲雨，藏匿寶怪，蓋自然也。讀此文者，應作如是觀。（慕廬先生〔三九二〕）

## 長國家而　何矣（其二）

小人能窮善者，而用財之禍劇矣。夫務財用既善小人，而懼灾害乃思善者，不知善者至此已窮也。且君人者獨不志乎利，而爲小人所中，斯幸耳；志乎利而爲小人所中，則天下翹足以俟小人之敗，而幸善者之伸。至小人敗而善者伸，而小人之罪已不可勝誅，而善者之善已一無所用，此甚可慨〔三九三〕也。（歐公劄子。〔三九四〕）夫長國家者孰不欲無灾無害，據尊優而保久長？〔三九五〕然而不可得者，務其所不當務，而所謂善者不善也。何者？長國家而行〔三九六〕仁義，則善者至矣；而言財用，則小人至矣。財用者，小人之務也，以貪鄙便其身家，而因欲耗〔三九七〕之於國，以事會〔三九八〕而叨榮禄，而巧以自營其私〔三九九〕，此彼所以善之也。而不知務財用，未有善於小人者也，爲國灾而爲國害，亦未有善於小人者也。夫小人者，知務財用耳，謂其心欲爲國灾而爲國害，不獨長國家者不信，而小人亦不甘，特使爲國家，未有不至於灾害並至者耳。辛苦愁嘆之聲，達於彼蒼，而乃有疵癘旱潦之事，天非不知降之灾，而愈以苦吾民也，不如此小人之術不窮，而長國家者之心不悔也。飢寒離散之痛，迫於飢膚，而遂有極〔四〇〇〕而必變之勢，民非不知害於國，而亦以害於身也，亦徒以小人之心不可回，而長國家者之悔不可待也。（中有一部《十七史》。〔四〇一〕）至是而小人無如何矣，雖欲聚斂而不可矣；至是而長國家者無如何矣，不善小人而思善者矣。夫善者能於無灾無害時，樹仁義之道以固其根本耳。國家之事，一竟至此，不獨小人無如何，長國家者無如何，雖有善者亦無如何也。〔四〇二〕嗟乎！長國家者方善小人時，善者明知其爲灾害而無如何，明知己之可以弭其害而無如何，至事及身，可憂可辱，可生可死，而卒無如何。而小人之務財用召禍灾者，或身不與其憂，而目不見其事，既不能使天不生小人，又不能使長國家者不以爲善，獨且奈何哉！獨且奈何哉！（可補《天問》。）

熟於史學，發爲偉論，道〔四〇三〕逸古宕，有歐、曾風力。（吴荆山）

雖曰愁苦之言易工，然非讀破萬卷書，誰能奮〔四〇四〕此沉鬱頓挫之筆？（王雲衢）

精神都貫注〔四〇五〕在「無如何」三字，上數句只取逆入〔四〇六〕，跌落末句，如懸河放溜，長年〔四〇七〕捩柁，捷便如飛。（劉大山）〔四〇八〕

## 天命之謂　全

君子不離乎道，故能盡性以至命也。蓋道成於教，而實根於性命，知其不可離，而實致其功，則其終可以通於天矣。且道之大原出於天，人之離道，非失道也，失其所受於天之性也。失其性而不知檢，則内自悖其情，而害及於天地萬物，聖人之所懼也。

（精醇□大，似荀子、董子之文。〔四〇九〕）夫世之言性者，皆以爲虛無幽渺，而不知命於天者至實也；言道者，皆以爲後起假合，而不知率於性者至順也；言教者，皆以爲聖人多方以梏人，而不知修是道者至不得已也。使人皆不離乎道，以得其性而全其天，而聖人何多事哉！誠以天命之精，流行遍滿於事物之中，而須臾離之，則天命之真息，而事與物之附麗者皆虛，而人又不能不離道也。睹聞起而道離焉，事物交而道又離焉，以離道者之多，而遂若以道爲可離者，而不知可離非道也。夫人之離道有漸焉，其猖狂於睹聞之際者，必其恣肆〔四一〇〕不睹不聞之中者也；其決裂於顯見之時者，必其簡忽於隱微之地者也。（高山深林，風雲合變，氣象萬千。）故君子戒慎恐懼，不間於須臾，而必慎其獨也。夫道爲天命之性，而離者若此其多，不離若此其難者，則喜怒哀樂累之耳。喜怒哀樂足以累道，而人固不能無喜無怒，無哀無樂，非惟不能無，又必有之，而後遁〔四一一〕可行焉。何者？是性之感物以動，而皆有其節者也。其未發也，可以窺性之本焉；其既發也，可以觀道之通焉。第靜不可不致其中，而動不可不致其和耳。人受天地之中以生，陰陽之氣有常，而或失其序，人亂之也；萬物賴人之道以立，化育之機不息，而或蹙其生，人戕之也。（非唐、宋以後文人所能言〔四一二〕。）中和致，則可以通天地之命，而類萬物之情矣。其位且育也，君子盡性之功之實而可見者也。夫人離道，則失其性命之情；不離道，則功在天地萬物。聖人之教，豈得已哉！

遇此等題，義理不背於程、朱之旨，難矣！章法氣脉，一合於先秦、盛漢之作者，又難矣！此非人力所能爲也。（慕廬先生〔四一三〕）

無首無尾，無過渡，無承接，而細按之乃循題位置，不失尺寸之文。（張彝嘆）〔四一四〕

## 發而皆中　之和〔四一五〕

情發而和，而中之體不失矣。蓋情之累性，以失其節也，皆中則發而不異於未發矣，而可不謂之和哉？且率性之説之不信於天下有由矣。彼自顧其性之感物而動者，（廉劌。〔四一六〕）勃然以發，而皆失其中，而不勝其亂淆之象，而安有所謂道哉？不知此直情徑行而失其性者也。若從情之未漓以觀，其動而處乎中者，而率性之真可驗焉。蓋喜怒哀樂未發者其偶，而發者其常也，而其中有節焉。節在吾心，即所受於天地之中也，不及而有所未慊，稍過焉而自覺難安，但未交於事物，則其用虚而無所寄耳；節在事物，亦所淆於性分之理也，雖一成而不可易，亦屢變而不可常〔四一七〕，第未接於人心，則其則〔四一八〕隱而不可見耳。（字字清晰。〔四一九〕）是故喜怒哀樂之發也，任其往而不知反，（兼大力之幽奥、文止之微至。〔四二〇〕）則縱而逾其閑矣，乃蓄而止之，而又無以足乎其量也。惟用所性之中而懸衡焉，則稍致之而不見情之不足，盡出之而不見情之有餘。蓋入乎其中而因心以作則，亦出〔四二一〕其外而順物以無私，故雖日發而性之本然者無所淆耳。有所甚而有所亡，〔四二二〕則偏而爽其度矣，而調而平之，又無以稱乎其用也。惟即所性之中而時措焉，不以一情而掩衆情之所迭見，不以衆情而牽一情之所必伸。蓋待物之至以酌其分，而前無所迎，因時之變以易其方，而後無所滯，故雖既發而性之渾然者無所虧耳。其皆中節如此，則喜與樂固所以動其天機，而怒與哀亦所以導其湮鬱，一時而能中，則此時復乎天理之本然，時時而能中，則在在協乎人情〔四二三〕之大順，而豈不謂之和乎？節本中之所自具，而和已藏於未發之先；（表裏澄澈。〔四二四〕）和乃中之所以行，而中復貫於已發之後，不觀之和，則能中與不能中，雖有辨而實無辨也。中乃萬物統體之中，而節之無形者已森然；和乃物物各具之中，而節之有類者常秩然，不觀之和，則中之能和與不能和，無所試而不可别也。夫發而皆中節者率性也，而和則道存乎其中矣，不中則不和，以此知存與發之未始相離，而知率性之道，則愈知天命之性也。

是從宋儒書得來，又不從宋儒書得來，讀之而心知其意者，亦罕矣。（慕廬先生〔四二五〕）

深微之旨，說來極平易近人，大家最上之品也。（季宏紓〔四二六〕）

中節二比，極寫得密緻，嚴印持文，遜此多多矣。（袁顧亭）

## 子曰道之　節〔四二七〕

聖人思道之所以不行不明，而不勝慨嘆焉。夫道之行與明，舍知愚賢不肖而誰屬哉？而過與不及交失之，以至不行不明之相因，可慨也。夫且天下之事，必知之而後行，未有不知而能行者也；不知，則必其愚者矣，而有時知與愚同其過焉。天下之理，必行之而後益明，不行，將漸就於不明也；不行，則必其不肖者矣，而有時賢不肖同其歸焉。故吾觀民之鮮能中庸之久，而不禁慨然也。治古〔四二八〕之世，上之風教既隆，而民之志趨亦定，盡天下無不行中庸之道者，而知與愚俱循習於其中而不敢騁，而無或作聰明以亂典常，亦可以椎魯而安常則；　盡天下無不明中庸之道者，而賢不肖俱鼓舞於其内而不自知，而不敢力爲怪奇詭異以蕩天下之心，亦不至昏〔四二九〕於視聽食息而昧秉彝之性。（古大家識力。〔四三〇〕）故觀道之所以行，而其不行也，我知之矣，是知者之過也。彼誠不識中庸者所以立人道之極，雖有大知，終身行之而不能盡也，而以爲是循循者，衆人之所爲也。夫境必深入之而後能測其淺深，（知者知之過以未行道。〔四三一〕）今於道曾未嘗實歷焉，而徒以其虚而無憑之知，立乎其外以遠慕焉，無惑乎其心益蕩，而以道爲不足行也。若夫愚者，己之質既不足自通，而上之教又無能相牖，其偶合焉而不知其爲是，其終離焉而亦不知其爲非，而豈可以行道責之哉？觀道之所以明，而其不明也，我知之矣，是賢之之過也。彼誠不識中庸者，所以盡萬物之理，雖有大賢，極其所知而猶有憾也，而以爲是區區者，何足爲我難也。夫事必深知之而後能辨其難易，（賢者行之過以未知道。〔四三二〕）今於道曾未嘗悉心焉，而徒以其浮而不實之行，傲倪〔四三三〕萬物以自高焉，無惑乎其氣益昏，而以道爲不足明也。若夫不肖者，力既頹然不能自率，而心復茶〔四三四〕然自甘於頑，其進也固不求其所以得，而其退也亦不思其所以失，而豈可以明道求之哉？或失則過，或失則不及，此不明不行，所以更相表裏，而於斯道終無望也。夫意向學術之已定，欲奪其所見而有所甚難，而志與力之不足者，推而納之大道而無所振發。（瀟灑出塵。〔四三五〕）雖質終可變乎，而心困所知，力屈所逐，安能遠出於其域也？然而聰明志行之過人，則導以所歸而其趨亦捷，而於道概於未有聞者，一旦開之使入而無所迂迴，苟毋怠且止焉，則亦或先或後，或勞或逸，胡爲不可以同至也？獨奈何終其身爲道中之人，而終其身爲道外之人哉！

知者惟未行道，故以道爲卑而不足行；賢者惟未知道，故以道爲淺而不足知。如此體認發揮，乃實有功於經傳。（慕廬先生〔四三六〕）

非此精微廣大之文，不能與題義相稱。（龔孝水）

起二股，非胸中有大源委人不能作。（劉月三）

## 詩云鳶飛　察也（其一）

道之無不察也，詠《詩》而得其意焉。蓋道體物而不可遺者也，觀《詩》之所云，而其發見流行之體不可見乎？且言道者，不必索之乎杳渺不可知之域也，俯仰天地之間，寓於目而理自陳，世之人特習焉而未思其故耳。《詩》不云乎？「鳶飛戾天，魚躍於淵」，蒼然者，其天耶？澄然者，其淵耶？乘氣而游者，鳶與魚耶？孰主張〔四三七〕是？孰綱維是？鳶其能自飛耶？魚其能自躍耶？抑天能飛之而淵能躍之耶？孰運動是？孰推行是？莫高匪天而鳶戾焉，是即道之察於上者也；莫浚匪淵而魚躍焉，是即道之察於下者也。蓋道之在居室，與其在空虛者，無以異也。（此舉由近以及遠者言之。〔四三八〕）形之所接，事之所呈，謂道在焉而忘其餘，而不知形之所不接，而氣未嘗不流，事之所不呈，而理未嘗不著也。於無窮之中而有鳶魚，於鳶魚而時見其飛且躍而道在焉，則知空虛之境之無乎不實矣。（最得朱子「無一毫欠闕」之意。〔四三九〕）抑道之潛而〔四四〇〕不可窺，與其顯而不可掩者，非有二也。（此舉由微以及顯者言之。〔四四一〕）六合之外，萬物之表，皆有道焉而人莫知，而不知耳而目之者，即其放乎六合之外者也；可見而可聞者，即不遺於萬物之表者也。鳶魚何日而不自適於天淵，人何日而不見鳶魚之飛躍，而道在焉，則知潛藏之體之無乎不見矣。道以察於上下者，操乎道之所不能遁，則雖天淵澄寂之時，而鳶魚之性，與飛躍之機，歷歷其可思〔四四二〕，而歷歷其可見。君子知道之察於上下者，附於人心而不可遺，故凡俯仰天淵之內，而飛躍之機，與鳶魚之類，一一其相感，而一一其相關。嗟乎！鳥與魚相與萬世而不悟，而詩人忽然言之，即詩人忽然言之，亦祇以爲物象意趣之可娱，而不知道之即此而悠然可悟也。此其所以不可須臾離哉？

不知者愛其空明，深識者取其沉厚。（慕廬先生〔四四三〕）

鳶魚與道爲體，不粘不脱，縱横往復言之，真活潑潑地是以骨〔四四四〕人之清言，闡宋人之名理者也。（劉大山）

理實氣空。〔四四五〕

## 詩云鳶飛　一節（其二）

道之費也，咏《詩》而得其意焉。蓋以道觀物，則所見無非道者，天淵之間，安往而不察哉？且自言道者，索之於虛無幽渺之域，而以道爲不可見者有之矣，抑知道之昭然而不可掩者，遍於世人耳目之前，而人固無時不與之遇也。《詩》不云乎？「鳶飛戾天，魚躍於淵」，凡物之從來也遠，則人習而忘其所自生，（奥義鑿出〔四四六〕。）試思天何以有鳶，淵何以有魚，此亦天下之至異也。意者其有鼓之而不得不出者耶？凡事之習見者多，往往忽而不知其何故，試思鳶何以能飛，魚何以能躍，此又天下之至異也。意者其有運之而不能自止者耶？是道也，是道之察也。察於上而鳶飛焉，飛之者不可見，而即於飛者見之；　察於下而魚躍焉，躍之者不可見，而即於躍者見之。道之寓也，無在而或遺，故凡虚荒無物之區，精〔四四七〕思之皆其所充實也。〔四四八〕夫天淵之間至寥廓矣，而鳶能窮其高，魚能測其深，爲飛爲躍之機。　夫且無不蟠而無不際，物之不得遁而皆存者，於此可識矣。　道之行也，無時而或間，故雖耳目俄頃之間，潛窺之皆其所浮動也。〔四四九〕夫鳶魚之類，豈可悉數哉？而飛者動其天機，而不知其所以然；　躍者動其天機，而不知其所以然。　天高地下之中，於以化不窮而流不息，終古所爲日用而不知者，於此可悟矣。　至道之精，豈有聲臭之可索？而賴此耳得之而爲聲，目遇之而成色者，紛然載之以出，而俯仰宇宙，動即與之相遭，萬物之理，久爲視聽之所昏，而深觀形色之所以呈，性智之所以别者，要非無故而然，則寓目紛紜，所見皆非末迹。（精豈〔四五〇〕入神。）是故詩人之言，爲鳶魚言之也，而語道之察，無若此兩言者，學者因是而思之，而不可離之機，不油然所觸之皆是哉！

深湛之思，可使文止避席。（慕廬先生〔四五一〕）

一部《中庸》，并有宋儒者之言括盡其中。（徐詒〔四五二〕孫）

至精無形，至大不可圍，數百言而塞乎天地之間。（劉月三）

起程、朱執筆爲之，有其精實而無其空虛，此殆以莊、列之筆寫四子書書理者。〔四五三〕

## 道不遠人　全〔四五四〕

以人言道，則知其甚庸而非遠也。夫舍人無以爲道，舍忠恕無以治人已，君子之道以爲庸耶？抑以爲遠耶？且所貴乎君子之道者，以之治己則切以近，以之治人則順以安〔四五五〕，以之爲心則平易而可通，以之爲言與行則篤實而可守，蓋即倫紀之中，而自然之則見焉。而或以爲道遠於人，則爲道者之過也。夫道之名何由而起哉？古未有所謂道也，獨有此人耳。有君臣之人，而後有君臣之道焉；有父子之人，而後有父子之道焉；有兄弟朋友之人，而後有兄弟朋友之道焉。其爲言也，甚庸而非遠也；其爲行也，甚庸而非遠也。使舍此而他有言焉，他有行焉，不可以爲人，不可以爲道；舍此而欲人之他有言焉，他有行焉，則在己爲不情，而在人亦不願。何則？君子之治人也，即以人治之，非若伐柯者之以彼而治此也，雖不遠而猶遠也。人之不能爲子臣，不能爲弟友者，吾治之，其能焉者，不强治也；不能爲庸言，不能爲庸行者，吾治之，其能焉者，不强治也。使所治者既改，而治之者不止，則有〔四五六〕於心者即不忠，而施於人者即不恕。夫是故以己所不欲者〔四五七〕推之於人，而得不遠之則焉，而又何至於違道之違〔四五八〕也？即以己所欲者推之於人，而得不遠之則焉，而君子之道斷可識矣。夫君子所能而人不能者，豈有遠哉？爲〔四五九〕子臣者，求慊乎君父之願而止耳，是固己之所求於子臣者也；爲弟友者，求慊乎兄友之願而止耳，是固己之所求於弟友者也。以是而措諸身，固天下之庸德也；以是而出諸口，固天下之庸言也。第日謹之而日行之，勉其不足以戒其有餘，至於相顧〔四六〇〕之久，而遂爲慥慥之君子耳。君子者人也，君子之道，即以人治人之道而以自治者也，而豈遠人以爲道哉？而謂道遠乎哉？

隨意信口，不調不格，前輩所謂文成而法立者。（慕廬先生〔四六一〕）

衝口肆筆，無往不合，惟其才高故也。（何屺瞻）

似八家中《原論》一則。（朱字緑〔四六二〕）

## 或困而知之

知有出於困者，而求知者可無懼矣。蓋使困而終不能知，則求知者懼矣，尚克知之，而何畏於困哉？且人惟頑然自棄於無知，則終其身不困矣，入乎學之中而安有不困者也？然或學焉而困，或學焉而不困，要不得以困名之也。有迹其生平所知，無不以困而得之者，而亦遂自成其知於生知學知之外焉。方其未學也，人視之而昭然，吾視之而昧然，常人曰：吾困矣，天蓋靳我以知矣。及其既學也，人已入其中而油然，我方徬徨於其外而蹇然，常人曰：吾困矣，非吾不求自進於知矣。若是者，皆未嘗困而以困自解者也；果至於困，而知之機固已日出矣。（**奇怪。**[四六三]）觀於人倫日用之間，其淺且易者，盡人而知之者也。至於事當其變，義處其積，以椎魯者當之，有茫然不識所從者矣，而要非終不可知也。使深且難者而不能知，則淺且易者亦不能知矣，未嘗困耳。果能中以自迫，而於彼不可，於此不可，崎嶇不安之久，而其安焉者出矣，而知之矣。（**個中人語。**）求之古今聞見之際，其膚且末者，夫人而可知者也。至於或繁而艱，或肆而隱，以寡昧者遇之，有智窮於所欲見者矣，而亦非終不可知也。使賾與奧者而不能知，則膚與末者亦不能知矣，未嘗困耳。果能內苦其心，而攻之不達，置之不能，群疑並興[四六四]之後，而其信焉者出矣，而知之矣。凡物之理，其悟之也速，則其歷之也必不詳，知出於困，則迂迴而後通，其見於物者倍真矣。（**深微刻至。**）凡人之情，其得之也不甚難，則其失之也亦不甚惜，困以得知，則辛苦而僅有，其附於心也必固矣。困於未學之先，則知己之無知，又知己之不可以無知，其本心之明，已足爲鑒物之本；困於既學之後，則一知既以〔四六五〕困而得之，他知即可因是而通之，其積久之後，當并無自困之形。嗟乎！聖人有所不知，則生知學知者之所知，亦有以困而得之者也，特不困者爲多耳。以不困者較困者，其知之等爲有差；而以困者視不困者，其知之道尤可貴。使天下無困而知之者，而知之道不其危哉！

蕭疏活脱之致，偏得之理境艱深中，豈非天授？（慕盧先生〔四六六〕）

百川天資殊絶，而每語余：「吾所學，皆以困而得之。」觀篇中所云，知其不徒好學之謙言也。（劉月三）

## 誠則明矣　二句

觀誠明之同歸，而知人道之可恃也。蓋君子無慕乎誠之必明，而深恃乎明之必誠，以爲人道於是乎立矣。且性與教之分，特言其初之所從入者耳，其終則未有不合者也。蓋反諸身而爲誠，歷於道而爲明，其量固有所止，而其用亦實相須，則夫遲速先後之間，所争正自無多耳。〔四六七〕天下之物，苟非人之所固有而懸測之，則見以爲然，而終不能信其然，有一固有而熟習之者，而其情形不待辨而自白矣，誠之無不明，豈有異於是乎？（實能見其所以然。）仁與義充於心，則事父事君之道，曲折詳盡，而不至於有所遺；性與命未嘗漓，則萬事萬物之形，高下參差，而皆有以識其分。蓋動於心之莫解，則其見必真，而得其理所從生，則其用不敝也。世固有渾然無僞，而貿然無知者，然彼無怪其不明，其所爲誠者固非誠也。誠則無事求明，而已操乎物之所不能遁矣。且夫行能技術，苟誠於一事，則於此事無所不明，而況聖人之成性合道，得於天命之本然者哉？凡物之情，苟非己之所真知而强赴之，則心欲如是，而心亦不能必其如是。有一深知而篤信之者，而其意向確乎不可移矣，明之可以至於誠，豈有異於是乎？深知夫吾身之離道而非人，則俯仰上下之間，不敢自恕，而必求既乎其實；深知夫吾性之有善而無惡，則隱微幽獨之際，不忍自欺，而久將慊乎其心。（理純氣樸，真可與歸、唐争長。）蓋苟且之意既除，則其力隨在而可據，二三之見既絶，則其情萬變而不渝也。世固有論則善之，而行則背之者，然是無怪其不誠，其所爲明者固非明也。明則未能遽誠，而匿於心者已無僞矣。且夫匹夫匹婦，苟明於一事，則其於此事必極其誠，而況君子之格物窮理，盡其神明之本量者哉？是故成於性者，有異人之誠而無異人之明，無異人之明，則其誠亦未爲絶矣。成於教者，不患其誠之不至，而第患其明之不至。明之量果無所虧，則誠之事已過其半矣，此人道所以繼天也。

兩「則」字精神俱用實理刻劃，無一字可移置上二句，此題絶作也。（慕廬先生〔四六八〕）

精刻不磨，又復妙遠不測。（武商平）〔四六九〕

以大力發揮精義，一股中用幾層洗刷：虛翻一層，實疏一層，推原一層，挑剔一層，襯托一層。兩「則」字之義曲折詳盡，絶無一語陳因間，屬不刊之作。（吴淳發）〔四七〇〕

## 誠者自成　全〔四七一〕

《中庸》論誠，而詳性與道之得失焉。蓋誠乃天命之性，道之所從出也，君子能誠，則已成而道及於物矣。且誠者，天地萬物本然之理，人得之以爲性，而行於萬事萬物之中者也。（渾括數語，而題之條理曲折皆達。〔四七二〕）故不誠則失其性，而無一事之不虛矣；能誠則盡其性，而無一物之不貫矣。故不明於誠，不知君子之道也。誠者，蘊結於天地萬物之先，而必時〔四七三〕以流形，各正於君臣父子之間，而無假於措置，謂之自成，其體然也。其在於人，則自然而成之理，即人所當由之道，而非人自道之，則理雖各〔四七四〕正，而與人何與哉？然物之必待是理以成，人皆知之，蓋觀其所以始所以終而昭然不可掩也。（看是尋常最奇來。〔四七五〕）而人之失是理而無以成其爲人，則鮮有知之者。蓋習見夫能誠者之甚希，而人之事固未嘗有缺也。不知有君臣，而無所爲仁與敬，即謂之無君無臣可矣。有父有子，而無所爲孝與慈，即謂之無父無子可矣。不誠而安有物哉？故君子必盡其道而以誠之爲貴也。夫不誠則物無在而不虛，能誠則道無往而不宜。其所以成己者，即其所以成物者也。純於誠則仁之德全，而道盡於己矣。誠而明則知之德全，而道行於物矣。蓋性乃人之所同得，故己與物可以相通；而道乃性之所自流，故内與外未嘗有間。能誠則盡性合道，而何措之不宜哉？苟不明於誠，則不知道之所自來，以爲不誠而於己無缺也。由是怠於道，失其性而所施之皆悖，非惟無物也，己之不成，是並己也尚何足與言仁智之盡而求其道之行於物哉？

天造地設，無一毫安排布置，二川理題曾到此境界否？（韓祖語）

呂伯恭云：聖人之言，大小高下皆宜，而左右前後不相悖。作時文者不到此地位，亦不可以代聖賢之言也。吾見此篇與是集義所生二句文，真可謂與題相稱。（弟苞記）

## 王天下有　全〔四七六〕

道無不合，而民之過可寡矣。蓋民之過不易寡，亦未嘗不易寡，視其道何如耳，故君子之所爲極難也。且王者遭時以興，而創制顯庸於天下，則天下後世之有過者，皆於其身責之。（通章血脉皆貫。〔四七七〕）故方其道之未合，制之未成，百致難於其身，而其成而準〔四七八〕於天下則易矣，世徒見其後之易，而不知初所以得此者，若彼其難也。三重之道，王天下者，所以寡民之過也，然使其身不能無過，所議、所制、所考不能無過，而言民之過哉？前之聖人，未嘗有過而非其時；下之聖人，可以無過而無其位。而盡天下之民，所謂可徵〔四七九〕可尊必信必從者，惟此王天下者之身，則其本諸身而〔四八〇〕徵諸庶民者，其勢益易而其道益難矣。蓋議之、制之、考之之先，其理本寓於高深往來之際，非神明之悉違，則無以觀於萬物之源，而擬議以成其變化，此本其身之德者也。（如此理會乃見題之真際。（四八一））而議之、制之、考之之後，其事亦達於幽明前後之間，苟毫末之未詳，則無以順其性命之理，而戾端必見於生人，此又可徵於其民之信從者也。蓋身者天地鬼神之所主，而與三王後聖同其道；（奇確。（四八二））民者天地鬼神之所依，而與三王後聖同其心。苟其道之本於身者，未能盡善而無過，則謬焉悖焉疑焉惑焉，不問而知之矣，其謬焉悖焉疑焉惑焉之實，必有徵於民而不可掩者矣。蓋天下事，天則無是而人爲之者，未有能善者也；人則無是而我强爲之者，亦未有能善者也。君子之道，可以質鬼神而俟後聖，蓋其於天人之際深矣。惟其知之無不盡，故其動無過，而道之者亦無過；其行無過，而法之者亦無過；其言無過，而則之者亦無過。（春流赴壑。（四八三））非一世之業也，而况並世而生，慕義懷仁於遠近之間而不倦者哉？以此知君子之所以得信從於天下者，非其勢然，而道則然也。苟其知之未真，其道之未善，不獨無以施於後世，而保信與從之有終，亦且無以達於其身之時，而得信與從於其始。故君子不求譽，而有時欲其蚤有於天下者，所以徵於民，以驗其身所爲之至猶未也。（警動。（四八四））夫君子之道，至於不謬不悖無疑無惑，以光於身而施後世，可謂善矣。而第求民之無惡無斁者，蓋惴惴焉恐其身不免於過，所議、所制、所考不免於過，而無以寡民之過也。此可以知其居上而不驕矣。

入理深，看書細，有補傳注所不及處。（慕廬先生〔四八五〕）

所見通澈，題隨手轉。（韓祖昭）〔四八六〕

## 小人之道　日亡

知所著之必亡，而小人應自悔其道矣。蓋觀小人之務爲的然，則未嘗不思〔四八七〕其所著之亡也，而不知其道固爾也。且人未有不欲自章其善者也，就其自章之時，小人之欲善，未嘗不同於君子，而其善之章者，未必不過於君子，使遂可以久而不亡，則其事雖爲君子之所羞，而返之小人之初心固無憾也，而不知其不可得也。（徹骨沁心。）彼闇然而日章，君子之道也，而小人曰：是道也，何足以章哉？方其闇然也，舉天下不知吾爲善之實，而吾獨自苦其爲善之心，何其道之怪僻而不情也，即其日章也，吾已備歷夫爲善之勞，而乃少收乎爲善之利，何其道之迂迴而難通也。吾有道焉，其事至逸，不必内苦其身心，而可以驚遠而動邇；其機至速，不必循致於遲久，而可以暴見而大行。蓋驟而觀之，亦實有其的然者焉，而不知其爲日亡之道也。義理者不亡者也，而意氣者必亡者也，小人之的然者，特其意氣耳。（申棖之欲夫子不許其剛，以外面意氣似剛强不屈身耳。〔四八八〕）然方其意氣猝發於一時，（刻劃「日」字。）而强自支厲以觀衆人之耳目，猶覺其的然也。至於積日而氣衰，情之竭者不可以復繼，而性所安者不能以自矯，而并其一時之意氣而亡之矣。質行者不亡者也，而聲聞者必亡者也，小人之的然者，特其聲聞耳。（聲聞過情，君子所以深耻。〔四八九〕）然方其聲聞驟播於群愚，而争相簧鼓以爲旦暮之光榮，猶可以的然也。至於日久而技窮，其深有識者，既見微而知其素；其愚無知者，亦道聽而醜其行，而並其一時之聲聞而亡之矣。吾想小人，蓋亦自知所著之必亡也。凡人之可以長有是物者，固不必汲汲而持以示人也，惟自知其有不可終據之勢，乃乘其須臾未覆，以悉力而自張，不知其著之愈可觀者，其亡之亦愈可醜也，而奈何不思其終也？（掐擢胃腎。〔四九〇〕）吾想小人，亦並不自知所著之必亡也，彼其始之所以得此的然者，亦未嘗不營營焉自敝其心與力也，使知其爲消歸無有之物，而用其作僞之勞，以反躬而治實，雖未必如君子日章之盛，而亦必有一二可以不亡者在也，而奈何誤役其力也？夫物必有得而後有亡，小人於道，概乎未有所得，是本無可亡也。其日亡也，蓋并其的然者而亡之耳。日亡之後，雖小人未有不自悔其道者也，而如其初第欲其的然何哉？

鎸刻至此，竊恐難爲真宰。（慕廬先生[四九一]）

雋深有味，可奪正希之席。（謝雲墅）[四九二]

## 此四者天下之窮民而無告者〔四九三〕

窮至於無告，難自立於天下矣。夫王政行而天下無窮民，而鰥寡孤獨之無告，則天之所爲也，胡同爲民而得於天者獨若此哉？且人之不得所欲者，往往自號爲窮，而不知其非窮也。何者？身雖窮，而尚有共吾窮之人，而尚有哀吾窮之心，則其窮未甚也。若所稱鰥寡孤獨四民者，則酷矣極矣！何者？以其無告也。凡人之窮而思告者，非徒以自言其情也，亦欲彼聞而急吾病焉，若非其親暱，而言之諄諄，聽之藐藐，則益難乎其爲情矣。凡人之窮而有告者，非必其實有所濟也，而亦足以須臾解吾憂焉。〔四九四〕若舉目凄其，而言之無所，聽之無人，真不知何能自處也。方年力之盛强，百動可以自遂，至迫於衰疲稚昧之時，則動静食息，無一不資求於人，其不能無所告者勢也。（頂起前一比。〔四九五〕）乃勢之窮而不能無告，而勢復窮於所告之無人，則煢然荼苦之自茹者，不知其幾矣。抑遭遇之安順，身心本自暢然，至罹於天道人事之變，則事境參差，俯仰皆違心之景，其迫欲有所告者情也。（頂起次一比。〔四九六〕）乃情之窮而欲有所告，而情復窮於所告之無人，則悄然疚懷以畢世者，終無所望矣。豈無友朋婚媾之相憐？然縱有恤其外，而無能恤其内，要不過相視以黯然而已，豈無伯叔兄弟之足恃，然大者或不曠，而細者難盡聞，亦自有不言而神傷者矣。况乎四者之窮，各不相假，固有父不能告之於子，而妻不能告之於夫者，所謂易地焉而不能爲謀也。〔四九七〕而四者之窮，又實相通，既〔四九八〕窮於此復〔四九九〕窮於彼，而所親者亦爲無告之人，則痛吾窮又痛其窮，而心目中轉多一無告之苦，非曰有其一而姑可自慰也。嗚呼！是仁人之所尤動心歟？

風雅誓誥之文，於人情叢細鄙瑣處，體驗曲至，所以爲聖賢之言，萬世而不可棄也。如此文，讀至數四，不窮〔五〇〇〕惻愴之心，油然而動，足以益智廣仁，亦時文之久而不棄者。（韓慕廬先生）

處心於境，視境於心，意象瑩然，故能使聞之者動心，味之者無極。（韓祖昭）〔五〇一〕

語語入細，而偶對處尤能宛轉關生。（顧生）〔五〇二〕

## 今有璞玉　琢之

愛璞玉者，未有不明於所使者也。蓋璞玉之有彫琢，所以見美也，雖萬鎰，能私之惜之於玉人之前哉？若謂：臣今者蓋反覆思之，而不能爲王解也。物之美必有待而呈，人之能必有因而見，術業各有所專，而付〔五〇三〕託必求其當，此又人情之尤易明者也。王知以巨室任工師，而欲夫人之舍其所學，亦何明於物理，而蔽於人情乎？夫今世諸侯王，非宮室臺榭之是耽，則珠玉玩好之是求，巨室而外，如璞玉亦王所宜知也。夫王之愛玉也甚矣，苟巾笥而藏之篋中，以與王之左右親近，朝夕而狎玩之，而勿以示人，其孰敢過而問焉者？而無如其猶在璞也。欲任其天質，而惜乎美之在中，欲自爲攻研，而苦於事之不習，蓋計及於彫琢，而萬鎰之璞，不得不付之玉人而聽其所爲矣。嗟乎！玉人而可付以萬鎰之璞者，豈易言哉？其師承之善，既大異乎尋常，其執業之專，復少成乎天性，而又漸於歲月之深，然後不疾不徐，得之於心而應之於手。其廉隅肉好，一見而定其程，其追琢磨瓏，不言而知其數，而忽感於寄任之重，然後不隱不默，務盡其術以觀其成。（修雅。）蓋王有求於玉人，而玉人無求於王，不使彫琢而奉身以退，於玉人乎何傷？而王之璞終無所用矣。苟非棄之而弗寳，則其事固不待再計而决也。抑玉人雖無求於王，而有〔五〇四〕深有愛於玉，不使彫琢而重器不成，在王爲失其寳，而玉人之技亦無所試矣。然亦安之而不躁，知王之舍己而别無所向也。斯時而有告王以璞玉爲不必攻者，而王不信也，不彫不琢，而世弗寳貴，王察之矣，王之於玉，可謂知之明而處之當矣。斯時而有毁玉人以爲不足任者，而王不信也，彫之琢之，而惟此玉人，王察之矣，王於玉人，可謂信之篤而任之專矣。奈何乎玉則欲其成，而國則任其毁也？

清規遠致，耐人諷玩。（慕盧先生〔五〇五〕）

## 出乎爾者　二句

計及於反，爲不善出者戒也。蓋出者，人之所不能禁也，非計及於反，何以使之自審於所出哉？且君子之爲行，求以即乎心之安而已，使逆計其後之所復，則無論所出之何似，而皆失其所以爲心。（程、朱精語。）雖然，是未可與衆人言之也。蓋物我之情既隔，故不復能自鑒其是非，而理義之心既微，斯不得不怵之以利害，凡人過情之舉之强干於物者，皆自謂不得不然也。而拂意之事之近加於身者，又竊謂非所應得也，而不知出乎爾者，即其反乎爾者也。吾見其方出之時之甚適也，（天真挺拔。）其决然而無疑也，若不如是而不快也。斯時而正告之曰：有如是以求快於爾者，而爾果適乎？而不喻也。及真有起而求快焉者，而後自覺其難處也，而不知其身之抱質而招者，非一日矣。吾又見其既出之後之甚安也，其習焉而不察也，若順施焉而非過也。斯時而正告之曰：有如是以順施於爾者，而爾能安乎？而不喻也。及施之偶有不順焉者，而又大以爲不平也，而不知旁觀之計日而待者，有年所矣。其或如是以出，即如是以反，非分之相干，如趨一軌者，人事之所以變而常；（讀《五代史》可見。）其或出之於此，而反之於彼，奸人之得禍，間亦非幸者，天道之所以曲而當。故方其出也，不待强有力也，匹夫求逞，而天地不能懾其心；及其反也，不得巧而逃也，居下猶可，而高明益以厚其毒，可不戒哉！夫曾子之言，於今之有司而又一驗矣。

義廣而深，辭約以達，辨道而不輝〔五〇六〕，文所以爲天下之至文也。（鮑季昭）

## 是集義所　二句〔五〇七〕

辨氣所從生，而知其不可取矣。夫氣生於集義，而以義襲之，是絶其所以生也，而安能取哉？且凡物之情，生之則不窮，而取之則弗〔五〇八〕竭，而況氣之出於吾身而不可强者乎？（**若削。**〔五〇九〕）彼浩然之氣，可以塞天地而配道義，而人之欲有是氣者多矣，不知此非氣之爲，而義之爲也；而人之欲假於義以有是氣者又多矣，不知此非徒義之爲，而集義之爲也。氣必日〔五一〇〕生而後能充，塞天地者，生之極也。（**本深而末藏，形大而聲宏。**〔五一一〕）原氣之初，人皆可以塞天地，而不必然者，有不義者入而爲主，而遂以隘其生之地耳。而生焉者，又非一旦而可以塞乎天地也，必也俯仰動静之間，無一不自快於幽獨，而後漸推而漸滿焉。蓋同此剛大，而剛大之分亦有淺深，非所生者之有淺深，其於義有淺深耳。氣必日生而後可用，配道義者，生之盛也，論氣之用，人皆可以配道義，而不必然者，有不義者牽之在旁，而遂以遏其生之機耳。而生焉者，又非一旦而可以配乎道義也，必也仁義忠信之地，有以素植其根源，而後接時而能應焉。且同曰不餒，而不餒之量，亦不〔五一二〕盈歉，非所生者之有盈歉，其於義有盈歉耳。夫義之不可欺，而氣之不可强如此。而或乃高義之名，不能集而欲襲焉，慕氣〔五一三〕之用，不能生而欲取焉，則惑之甚者也。蓋襲而取之者，將假於外以自張也。夫吾氣之能塞與不能塞，豈有貌相聲色之可求哉？義不足以實乎其中，則跼天蹐〔五一四〕地，而苶然曰：以消阻者，吾自喻之。而誰欺乎？而何必取之乎？抑襲而取之者，亦欲其附於身而可用也。夫吾氣之能配與不能配，又豈空言虛辭之可託哉？義不足以鼓之而出，則道義當前，而頹然不可敦率者，物皆見之，而豈可掩乎？而何能取之乎？故浩然者，是集義所生，而非義襲而取之也。夫襲取者，非無一二事之義也，使循是而不已焉，即此可以爲義之基而生之始矣。無如迫欲襲之，迫欲取之，志分而義〔五一五〕不繼，非惟氣之不能生，而義亦不可以爲義矣。故集義者，立於不竭之源也。

正、嘉先輩，不能如此刻深，啓、禎名家，不能如此醇實，四子之書不廢，則斯文亦不可磨戒〔五一六〕也。〔五一七〕

## 詖辭知其　其事

大賢辨言之所從生，而推其害之所終極焉。蓋詖陷離窮之害生於心，而言與政事皆因之，此之不可不知〔五一八〕也。且言者心之聲，而義之符也。心詭於義而言徵之，人之失於心而徵於言者，有所不知，則已之失於心而徵於言者，亦無以自知矣。夫失義以害心，其害非一也，而言先之，惡可以不知哉？彼告子之不能養氣，以其不知義也。（言

**見告子五藏癥結。**〔五一九〕）而其不能知言，亦以其不知義也。彼將外義以自守其心，而不知人之有言，與己之有言，皆心之所發而義藏焉； 大之爲政，小之爲事，皆義之所行而心注焉。君子之言，平易中正而可望，旁見側出而不離其宗者，惟其合於義耳。而其他之或失則詖，或失則淫，或失則邪，或失則遁者，惟其不當於義，故其病四出而不可救〔五二〇〕也。外義則不能悉心以精其分，而心之蔽於義者多矣，（**確。**〔五二一〕）循是而不反，則日陷於不義而不自知矣，而詖與淫隨之矣。外義則不能折衷以定所歸，而心之離於義也安矣，多方以自護，而其心且窮於義而無所處矣，而邪與遁隨之矣。夫告子之不求其言，恐其心之動也，不知合乎義之心，則惟恐其動，而蔽陷離窮之心，則惟恐其不動，惟動而後心之害可去也。（**精理名辯。**〔五二二〕）蔽陷離窮之心，不可以不動，則詖淫邪遁之辭〔五二三〕，不可以不知，求知而後心之害可知也。夫害生於心，則其害豈獨見於言而已哉？發於政而害隨之，動於事而害隨之，蓋其心不知其爲蔽陷離窮也，而以爲義之當然也。故政與事之間，有一不如其心，而其心不安，不以爲害之見於政與事也，而以爲義之行於政與事也。故政與事之間，無一不悖於義，而其心不悔，蓋其行〔五二四〕皆不違其心，故其發無偶然之中，而其心有不動之力，故其發有必至之誠。使能因言以求其義，則蔽陷離窮之失，不生於心，而已生者亦有以自覺矣，而竟至於如此之害哉？惟外義而不求於心，故言之出於己與出於人者，俱不能知，而至發於政與事之間，則非惟義之不能集，而其害義以暴其氣者，不知其幾矣。守其蔽陷離窮之心，以害其政與事，而存其詖淫邪遁之言，又以害不知言者之心，故君子既知之，而又辭而闢之也。

千條萬派，相輸相灌，古文家到此境者亦少。（慕廬先生〔五二五〕）

精微穿溟涬，變動若鬼神，於時文中，可謂前無古、後無今矣。（龔孝才〔五二六〕）

告子之不能養氣，以外義故；　其不能知言，亦以外義故。　蓋外義則不求言之理於心，而於知言乎何自〔五二七〕？　然此意自來無人見及，文特拈出，真可云「心苦爲分明」也。（顧亭〔五二八〕）

## 遺佚而不〔五二九〕　二句

聖人之處困，安於道者也。　蓋遺佚厄窮惠之道固然也，而何所怨，何所憫耶？且君子生不逢世，外蔽於人，内苦其身，而悠然不以自累者，此自古聖賢之所同也。　而柳下惠之設心，更有異焉：　以爲吾之事是君，守是官，而持是道也，機智不足以争人之先，巧媚不足以逢上之欲，其遺佚也，非人之故欲相棄，而我之本無可取也，而何怨乎？有進取之徑而不趨，有私便之圖而不託，其厄窮也，非時命之適然，而〔五三〇〕道術之當然也，而何憫乎？人情之險隘也，忘其才而必欲相傾，高其行則必欲相敗，今而遺佚，是徒以我爲可有可無之人耳。（和與不恭一齊繪出。〔五三一〕）以時俗之頹靡，而以我爲不可必〔五三二〕之人，必我之性情心術與彼爲一也，而我豈然哉？惟人之相遺，而我乃得以浮沉焉，是亦吾道之用以自藏，而幸乃得之者也，吾用自愧矣。世路之崎嶇也，道必伸則無自全之地，而行一毀又遺没世之慚，今之厄窮，是乃此生可以自暇自逸之候也。以家國之多虞，而以身居不可謝之地，坐視其搶攘衝〔五三三〕決而不能爲謀也，而吾心安乎？惟身之在厄，而於世乃一無〔五三四〕負累焉，是又吾道之得其所居，而綽有餘裕者也，吾用自慰矣。（聖人心事。〔五三五〕）凡人之深望於是人者，必以其人爲可貴也，賢者而辱在泥塗，不可謂非當事者之咎。然自先公易世，執政者躬爲大惡而不疑，同〔五三六〕官者陰與比周而不逆，如此人者，尚可責以推賢讓能，而爲之憤懑〔五三七〕乎？（以意逆志，是爲得之。〔五三八〕）凡人之不平於是事者，必以其事爲可駭也，知賢而忍相蔽遏，不可謂非國無道之象。然統觀魯國之中，前此者奸人之逆亂不可問，後此者私家之强盛有其萌，於斯時也，乃執一身之窮通得喪，而以爲顛倒乎？此惠之所以設心也。以遺佚厄窮，持其道於不污，而因以不怨不憫，樂其身之不浼，是則惠之所以爲惠也已。

若泛作尋常聖賢不怨不憫語，與題何涉？設身處地於柳下惠所生之世，所居之國，所共事之人，心目中情事，曲折探取，確是思之不憫不怨。於〔五三九〕不怨不憫中傳寫出不恭意象，又確是聖人之不恭，非依隱玩世者，真化工之筆也。（慕廬先生〔五四〇〕）

## 孟子爲卿　節〔五四一〕

遇小人之道，門人不足以知也。夫孟子於驩，所謂不惡而嚴者，丑既不足以知，則并勿與言可矣。在昔齊廷之上，一孟子，一王驩，兩人臭味之不合，王知之矣，異哉於吊滕一事，一似深知孟子之賢，懼其嬖寵之人，無道以自通，乃〔五四二〕借往來之役，使得晉接其間，而以爲快者。雖然，由斯以觀，是王與驩尚〔五四三〕知孟子也，而不謂公孫丑第知有驩也。夫爲卿而出吊，必有輔行者在〔五四四〕也，孟子安能禁王之使驩，又安能禁驩之因使事而見哉？雖然，見則見而已，朝暮見則朝暮見而已，驩若爲計事而來，實不爲計事而來，而何必與之言行事哉？（達妙不測。〔五四五〕）孟子於此，徵〔五四六〕特不接〔五四七〕之而借以交歡，並〔五四八〕不拒之以自鳴高節，而又何從計及於齊卿之位、齊滕之路哉？甚矣！公孫丑之爲淺人也，淺人則亦與之淺言而已。驩平日之可絶，丑必習知之，驩今日之不容不絶，又丑之所不能知也。漫聽而漫應之曰：夫既或治之，予何言哉？惜哉驩也！爲小人以見擯於君子，而惴焉恐大賢之不相容，營營於進見，轉覺情態之可憐；悲哉丑也！爲學人以師事乎大賢，而龐然一齊卿在其意中，喋喋而陳詞，殊覺語言之無味。（聲音顏面，一一繪出。〔五四九〕）意〔五五〇〕吊滕之事，既不與驩言，而遇驩之道，并〔五五一〕不與丑言，蓋君子之不苟其言如此。

總微説約徑省，而辭意已足。（慕廬先生〔五五二〕）

不難其簡浄，而難其偏於極閑極冷處著筆，惟其極閑極冷，而絢爛無以過之，此自《左》、《史》、歐、曾〔五五三〕得來，非時文家所有也。〔五五四〕

## 孟子致爲　全

大賢去齊，而明義利之準焉。夫齊王所以留孟子者，亦近於際可公養之義，而遂以爲壟斷持身之義，亦嚴矣哉！且君子之於人國，其去留以道而已，道之不用，而謬爲禮賢之名，而士亦就之以陰〔五五五〕自利焉，此戰國之奸民，上下交相市以爲此態，而君子之所甚〔五五六〕賤也。昔孟子不遠千里以見齊王，而一旦棄之以歸，則齊之君臣可知矣。方其就見而遽以繼見爲期，則此時已無意於孟子之留可知矣，胡他日而又有國中授室之云也？（可以塞齊君臣之口。〔五五七〕）蓋孟子之汲汲〔五五八〕其行，自有深心，而王不悟也，以爲豈猶有憾〔五五九〕於是哉？蓋姑以是慰之也。夫齊自其先君以致士爲名，常爲開第康莊之衢，以覽諸侯賓客，此其故智也，而以此留齊者，亦當世所號爲賢人君子，故不獨時子以爲可，即陳子亦以爲可，而轉相告焉。（飛行絶迹。〔五六〇〕）夫君子之仕也，有際可公養之義矣，使王出於中心之誠，而請之於就見之時，雖暫留以友教士大夫，而興起其國人，亦奚不可者？乃見孟子歸而不歸，而發之於他口，則其於賢者有市心矣。（判得明允。〔五六一〕）此而就之，則市道矣，故曰夫壟斷之術，賤丈夫之事也，季孫且羞之，而况於予乎？且人國所以貴〔五六二〕君子者惟其義耳，如以利，則丈夫之賤行無過於此，有司當加誅焉，而何足爲諸大夫國人所矜式哉？嗟乎！戰國特〔五六三〕士所學者利而已，其得政而立人之朝者，皆以遂其欲富之謀，而次爲食客以託於公卿，即所號爲儒者，亦樂世主之謬相引重以爲榮觀，而賴其貲給以收徒衆，雖騶子、荀卿之屬不免焉。（千尋峭壁，迴入青蒼。〔五六四〕）非孟子以爲賤丈夫，則奸人之盜名於晻世者，惡知其不可哉？

識卓而法嚴，氣沉而骨峭，直接周、秦諸子之武。（慕盧先生）〔五六五〕

## 夫天未欲　節〔五六六〕

大賢原天之不可强，而自明其心焉。夫以平治天下之人，而遇未〔五六七〕欲平治天下之天，而何能豫哉？而亦何爲不豫哉？孟子若曰：今而知予向者猶未知天之深也，予蓋外觀當今之天下，而内决之吾身〔五六八〕，而以爲治平之有日也。乃今内卜〔五六九〕之吾身，以外决之當今之天下，而不禁爽然矣。蓋數已過而時則可，人之貪亂極矣，而天下當狹隘酷烈之餘，而時有幸心焉，以爲人之心不悔，而天之心未有不悔者也，而不知天之心亦有時而不可恃也。（激楚悽惋。〔五七〇〕）即天之不吊亦甚矣，而吾儒觀古今往復之數，而常以理斷焉，以爲天之造禍亂者益深，則其欲治平亦愈急也，而不謂天之理亦有時而不可測也。夫天之未欲平治天下也，蓋觀予之身而可以决矣，何者？當今之世，亂天下之材甚多，而平治天下者，吾蓋未之見也。偷合取容，以爲一身一家之計者有矣，其能任萬物之憂而不私其利者誰乎？立事程功，以爲一國一時之計者有矣，其能用仁義之道而胥匡以生者誰乎？以今之世，度今之人，如欲平治天下，舍我其誰也？而吾之所遇如此，是非天欲困予一人之身也，彼虽虽〔五七一〕者猶當轉於水深火烈之中，雖欲開予而不可得也。（《騷》之幽，《史》之潔，韓之苦，柳之奧，無一不〔五七二〕。）夫使吾之身廢不用，而天下尚有可屬之人，天下雖無可屬之人，而其待治平猶未若斯之急，而吾猶可以自解也。乃今之所蒿目以憂者猶如彼，而向之所私心自負〔五七三〕者已如此，而何能釋然於懷耶？抑予向者皆爲逆天之事也，其皇皇焉自以爲及時應數之人，而不知天之所廢不可興也，使天欲有所轉於天下，而何遂憒憒以至於今？使天猶欲有所用於予，而何必遲遲以待於後？此又事可逆睹者也。在予固無如何，而嘆我躬之不閱，在天亦必有道，而非盡造物之不仁，而究亦何所容心哉？而吾何爲不豫哉？予之身惟天所以處之，而今之天下，亦惟天所以置之。汝第外觀於今之天下，而内決於予之身，而又以觀於天之所以處予與天下者，而可以無疑於予之不豫矣。

孟子難于〔五七四〕去齊，蓋至此知天之不欲平治天下而道窮矣。執定其具在我，

無所不豫，使與神理相隔，此文吞瀉摹畫，微妙難思。（慕廬先生）

此種文境，實唐、歸、金、陳所未有，惟其未有，故能與之抗。（劉北固）

浩氣獨行，深情如揭，能發孟子胸中之所欲言，「一寸地上語，高天何由聞」，想見作者壘塊，千年不肯平也。〔五七五〕

本題轉換之妙，全在無字句處，從此著筆，故處處俱入神解。（王雲劬）

## 景春曰公　全章

正大丈夫之稱，使反其道者不能托也。蓋景春不知大丈夫之道，並不知儀衍之情者也。非孟子正言之，而妾婦之風不愈熾乎？且七國之時，天下方務於合從連横，阿順苟合，以便其身，而延禍於天下。（《史》、《漢》規模。〔五七六〕）其間抱仁守禮、由義特立而不回者，孟子一人而已。如公孫衍、張儀，誠當世傾危之士也，以其善伺人主意旨，以售其詐僞之謀，故天下同心而苦之，懼其造怒而祝其安居也。而景春者遂殷〔五七七〕然以大丈夫歸之，蓋習俗之於人也甚矣！孟子曰：嗟乎！使儀、衍果有丈夫之道，而能得志於今之諸侯王哉？彼其慮有違焉而無不〔五七八〕戒也，可以順焉而無不爲也，是婦人事夫之禮，而非丈夫處世之道也。令其少不能順，則其居也無以容其身，而其怒也亦無以發〔五七九〕其詐矣，如徒以人之懼也而徤之，則夫妾婦之巧言，而階厲於其家者，亦能使其家之人苦之，懼其造怒而祝其安居也，而儀與衍固用此道者也。若大丈夫之道則不然。吾見其宅心以仁，而居天下之廣居焉，以視儀、衍所居，何其跼蹐而鄙隘也！執〔五八〇〕身於禮，而立天下之正位焉，以視儀、衍所立〔五八一〕，何其傾邪而反側也！制事以義，而行天下之大道焉，以視儀、衍所行，何其幽昧而險僻也！進不爲一身之謀，而退亦任斯道之責，故可富可貴可貧可賤可威可武，而志不遷道不變焉，使以小丈夫當之，有岌岌乎不能自固者矣，而况道之純於妾婦者哉？嗟乎！人心之溺，未有甚於戰國者也。以儀、衍之所爲而命之以妾婦，即儀、衍當心折焉，而世乃以大丈夫歸之，而不枉道以順人者，其徒或以其不見諸侯爲小。嗚乎！是乃妾婦之所以接迹於世歟？

前後局段，俱得體得勢，就妾婦一〔五八二〕怒安居襯跌儀、衍，波瀾陡生〔五八三〕。意外匠巧。〔五八四〕

不以摹擬損才，不以議論傷格，是謂真〔五八五〕古。（弟苞記）〔五八六〕

## 察於人倫

古聖之於人倫，知之無不盡者也。蓋知而不盡，人倫之公患也，故惟舜爲能察焉耳。且凡民之於庶物，或盡心焉而恐其有失也，至於人倫則曰：予既已知之矣。不知庶物之理，雖至深，而義類易窮也，雖至變，而權衡易稱也。人倫則不然。語其淺，衆人皆可以與知，而語其深，則詳密精微，窮思焉而不能盡其分。當其常，賢者或可以不昧，而當其變，則毫釐疑似，百慮焉而無以處其中。（通篇止此二義，層層推剥，奥美無窮。）彼衆人之習而不察者多矣，即賢者亦察之而難盡焉，盡察者其惟舜乎？致愛致敬之理〔五八七〕，平時非不昭然，而臨事心不能應，必於其中有未察也，察則知其不如是而無以爲人，而自欺之源絶矣。人自一息以至終身，無在非人倫所有事，而其義至微，其數至密，何以能體而不遺乎？故此心此理，未始有異，而不若舜之曲折而達其誠也。（朱子曰：人皆知孝而不能如舜之事親者，不知不得乎親，不可爲人，不順乎親，不可爲子也。）共行共習之途，他人可以無過，而在我道不必然，蓋惟此際爲難察也，察則知其如是而無拂乎經，而不易之則見矣。（更奇〔五八八〕。）舜自君臣以至朋友，無一爲人世所嘗經，而於己無憾，於人不疑，豈非述天道以示乎？故先聖後聖，非不同揆，而不若舜之遭變而造其極也。蓋天若憫庶民之無以測其分，而以舜爲之質，而舜能足其心，以足天下萬世之心，而人倫無餘藴；天若憫庶民之無以識其中，而使舜履其變，而舜能反其經，以定天下萬世之經，而人倫無疑理。（發奇似易。）自有舜而後盡倫者識其分，而舜則師心焉而能化，惟其察也；自有舜而後處變者識其中，而舜則創始焉而不疑，惟其察也。〔五八九〕夫庶物者，大抵皆人倫之支流，而其餘亦理之可通者也，察於人倫則悖源以往，而行所無事矣，何容心哉！（遞下。〔五九〇〕）

題義深微，難於開闡，得此乃曲折能充人志。（武商平）

或以章大力《不知言二句》文相擬，然章作不過局〔五九一〕法精嚴，辭意幽峭耳，此則發微探本，足以恢張道教。蓋天誘其言其功，與古作者相並，非時文家所〔五九二〕得較其短長也。（張彝嘆）

## 齊人有一　全章

君子惡人之喜求也，而爲傳齊人之事焉。夫齊人視顯者異於己，故稱之；其妻妾視顯者異於齊人，故瞰而訕之，而君子觀之則一也。彼其欲奢於齊人耳，夫非以求來者耶？昔孟子嘗以妾婦況儀、衍矣，既而思之，妾婦亦未若斯之極也，蓋觀於齊人之事以知之矣。齊人之一妻一妾而處室也，出必饜酒肉，而歸常言富貴，雖暱如妻妾，不以情告也。久之其妻異焉，謂妾曰：良人之言富貴亦屢矣，豈良人往而顯者不來乎？蓋其神思體貌間必有露之者矣。適早起施從而乃悵然也，豈特未登顯者之堂，蓋遍國中無與立談者，而卒之東郭焉；墦之間祭者之所聚也，齊人左顧而右盼焉，乞而不足，則顧而之他。嗟乎！饜足之道，蓋以此哉！其妻歸而情益〔五九三〕蹙也，垂涕泣而道之曰：已矣，我與若終無所仰望矣，不意良人遂至此極也。其訕之也，激於一時之憤也，而相泣於中庭也，則猶然忠厚悱惻之道也。蓋婦人生長閨裔，目不見人世垢污之事，故禮義廉耻之心未亡，猝〔五九四〕然感之，而尚有以自發也，而齊人施施如故驕如故也。夫人之蔽於不知者大概如此矣。君子曰：嗟乎！人之不可以有求也。〔五九五〕醉飽之心勝，而羞惡之真亡，豈獨齊人哉？夫今世富貴和〔五九六〕達者亦多矣，使其挾揣摩之術，慨然以出，足迹遍天下，奔走飢疲，艱難困辱，備嘗之矣。其卒也，依阿澳涊，邀一時權變，挾其金玉錦綉以歸，而色將矜之，而口將形之，其妻妾亦以其富貴利達也，而驚而屈之，諸如此者，可勝道哉？雖然，彼亦徒見其富貴利達耳，其所以求者，國人莫不知，天下莫不聞，而妻妾則未之見也。使其見之，豈唯不驚而屈之，其不羞也而不相泣者幾希矣！士而不言富貴利達則已，士而言富貴利達，彼齊人者，固萬世之標準哉？

於孟子口中意中，未嘗添設一語，而曲屈澹宕，猶夷喟慨，純是太史公神髓，自來此題作者，皆可廢矣。〔五九七〕

閑閑叙次，風神淡然，然所以唤醒世人者至矣，奮臂叫號，極口駡詈者，不能若此之微中也。（秦雒〔五九八〕生）

一波一折，古意盎然。〔五九九〕

## 乃若其情　三節

以情明性，而知才之皆可盡也。夫情之皆善，以性之本善也，不盡其才而疑其性，亦弗思之甚矣。且人性惟固有是善之理，故發之爲情，而情亦善焉；達之爲才，而才皆可以爲善焉，然其理渾然難窺，而世無以信其然也。（洞然。）故必使之自思其情，自思其才，且極夫情與才之變，而後性可見焉。蓋自爲不善者之紛紛，而吾幾無以爲性解矣。求其情，而情之入於不善者爲多；　觀其才，而才之用於不善者有力，而何以謂之善哉？不知此才之有盡有不盡，而非情之有善有不善也。（雲興濤湧。）蓋凡變於後而滋蔓者非情也，其最初而出之甚順者則無不善矣；　牽於物而污穢者非情也，其無故而有動於中者則無不善矣。（不磨。）情之所之，而才即應焉，情之所極，而才即充焉。不善之人，所以决性命之情，而爲古今之大惡者，亦其才之所能達也，豈用之於善，而反有所不能達哉？天以才資人之善，而人自以資其不善，而乃以才爲罪乎？（不磨。）且天下雖爲不善之人，而未嘗無善之心，人皆有惻隱羞惡恭敬是非之心，以人固有仁義禮智之性也。自爲不善者之多，遂若仁義禮智之善爲由外鑠者，而不知人之溺於不善甚矣。使非性固有善，則惻隱羞惡恭敬是非之端，其絶久矣，（不磨。）雖先王之教，亦有多方於其義類者，然因其固有而求之，而不責之於非類，所以順其天資之材也。（深識遠度，已入曾、王之室。）君子之學，亦有增益其知能者，然〔六〇〇〕因其固有而恢之，雖極其能事，而非有溢於性分之外也。且夫多方於義類而增益其知能，凡以使人自求其情，而各盡其才耳，而非外鑠之也。或知其固有而求之，或以爲外鑠而舍之，而得與失之相去不啻倍蓰而無算矣。世之疑吾性善之説，大〔六〇一〕凡以此也，而不知所以然者，不能盡其才之過也。才有智有愚，而仁義禮智之淺者，雖愚者無不能知也，此即其知之才之可盡，而不蔽於深者也； 才有賢有不肖，而仁義禮智之易者，雖不肖者無不能行也，此即其行之才之可盡，而不阻於難者也。（此人所以異於物。）故觀才之能盡者，而性之善可知； 觀才之不能盡者，而性之善愈可知。而或猶疑人性之有不善也，曷亦思物性之偏而塞者，其才必不能知，必不能行，而安得曰其情可以爲善哉！（不知者以爲題外波瀾，不知乃題中精神理實。）

以己所心得，推廣窮竟先儒之緒論，真扶樹教道〔六〇二〕之文。（慕廬先生〔六〇三〕）

從性命根源理會了徹〔六〇四〕，故横縱〔六〇五〕往復，無往不合，非强記程朱《語類》、雷同剿説者所能夢見。（鮑季昭）

宏深高廣，有泰山滄海之觀。（徐詒〔六〇六〕孫）

八股中乃有與《原道》、《原性》相抗者，豈非異事？（張彝嘆）

説「才」字，最得宋儒語録精粹處，體勢蒼直，前無古人。（袁顧亭）

## 五穀者種　全

君子之熟於仁，所以務全其美也。 蓋雖有嘉穀，不熟不知其美； 雖有至道，不熟不知其善，故君子正其業必要其成也。且道之有方也，亦猶物之有質，然不辨其所從生，而推之至於其所終極，則無以得其情實，而決取舍之術〔六〇七〕。今天下之治方術者多矣，其從事於吾道之仁者誰乎？百家衆技，皆有所長，時有所用而不能相通，以仁觀之，猶稊稗也。一察焉以自好，而不知有吾道之大全，譬彼農夫，舍其嘉穀而稊稗之務殖〔六〇八〕，吾無與之言〔六〇九〕矣。雖然，世所以貴五穀而賤稊稗者，以爲五穀也而熟，稊稗也而亦熟，而何勿務其種之美者也？使徒恃其種之美，而耕而鹵莽之，種〔六一〇〕而滅裂之，雨露之弗潤，而灌溉之弗勤，或苗而不秀焉，或秀而不實焉，則稊稗得而傲之矣。何者？必五穀與稊稗並熟，而用者乃於茲辨美惡也，苟爲不熟，有稊稗之不如者矣。夫君子之於仁，豈有異於是乎？其道至大，其體至尊，其蘊於中者，并包衆善而不遺；其發於外者，運量萬物而不匱；必也修禮以耕之，閑邪以耨之，擴其端以滋長之，充其體以涵育之，和順從容，待其功深而日亦至，無有所拂以遏其機，無有所逐以摇其本，無有所作以助其長，無有所急以要其成，優游饜飫，使之性復而天者全，夫然後全體備〔六一一〕而功〔六一二〕用成矣。百家衆技一察焉以自好者，偏於一曲，而莫與之絜長也，泥於致遠，而莫與之比用也。美哉！其蔑以加於此矣。雖然，五穀熟而後稊稗知其粗，大道成而後百家衆技知其陋，苟爲不熟，不如彼之猶有所長，而猶有所用也。百家衆技，既得挾其美，以傲於爲仁者之前，而無以相屈〔六一三〕，而爲仁者反而自顧其所得，亦實不見其美，而中道以疑，是又與於不仁之甚者也。夫仁亦在乎熟之而已矣。

局幹神氣，極似《莊子·天下》篇。（慕廬先生〔六一四〕）

無數波瀾曲折，説來止似一句，大〔六一五〕似古人偶有是文，而題目適〔六一六〕與之合者。其妙，雖與今人言之，亦不用乎〔六一七〕。（劉月三）

通篇玩其意脉，乃得其醇古淡泊之味。（张聞〔六一八〕成）

不可界劃〔六一九〕，是得力於先秦文。（張彝嘆）

滅盡斷續起伏之迹，由其神全，非近人騰〔六二〇〕駕氣勢者可比。（劉北固）

## 曰何如斯　至末〔六二一〕

遊士不能〔六二二〕自得，無古人之德義也。蓋士必可窮可達，而後可以囂囂，必尊德樂義，而後可窮可達。非然者，人皆可以囂囂，何必古人？且夫士於出處之際，皆以爲其一己之私，則夫得與失之交，宜其回〔六二三〕皇而不能自主也。古之人超然於窮達之遇，而不以概於心者，豈一朝而强託之？彼誠有所挾以自重，者〔六二四〕無之不可乎〔六二五〕，此其故遊士不知也。故宋勾踐者，一聞吾孟子囂囂之言，而不覺適適然驚也，彼其忻惴交戰之中，亦不勝其跼蹐無聊之苦。（刻雋似正希。〔六二六〕）乃欲假物以自鎮，而無如其心之不自由，勢利寵榮之外，實不知有寬然〔六二七〕可託之區，故以其意之所不然，而驚疑於致此之或有無〔六二八〕術，曰何如斯可以囂囂？蓋好遊者之本懷，不能自信〔六二九〕，而自君子觀之，則其不敢自謂能，而推尋於可以然之實，是猶其心之未蔽，而可與有言者也。夫君子之所以囂囂者，豈存於人知人不知之後哉？反諸身而無可尊，而安能無慕於世之所尊？吾德有得於天而不可褻者，而天下何足以並吾尊？聞〔六三〇〕諸身而無可樂，而安能不奪於世之所樂？吾義有安其域而不可遷者，而天下何足以易吾樂？（勁氣直達。〔六三一〕）時而窮，守吾義，天下自失士耳，士何失於己哉？時而達，伸吾道，民有望於士耳，士何求於民哉？古之人澤加一世而不以爲功，身在困窮而不以爲病者，蓋能以德義善其身，而又能以身之德義善天下也。是故窮達一也，而遊士之窮，與古之爲士者之窮，遊士之達，與古之爲士者之達，則有二焉。其身爲有德有義之身，則其窮也，有以自處而無求於人，其達也，專以爲天下而已不與其利，故能無時而不尊，無時而不樂，人知之而可以囂囂，人不知而亦可以囂囂也。（工倕旋而盡規矩。〔六三二〕）其身爲無德無義之身，故其窮也，無所置其身而不得不求於世，其達也，絶無與於天下之民，而私其利於己，以爲舍是而無可尊，舍是而無可樂，人不知而不可以囂囂，人知之而亦不可以囂囂也。勾踐之言曰：何如斯可以囂囂？蓋遊士之本懷，不能自諱，而猶幸其能慕吾徒之道，而推尋於可以然之實也。故孟子與之言士與之言古人，而勾踐亦卒不聞以遊顯於戰國，豈聞囂囂之説〔六三三〕而遂倦於遊耶？

結撰之工，神施鬼設。（慕廬先生〔六三四〕）

妙在不可移作全章題，而使人不見其界劃〔六三五〕之迹。（龔孝水）〔六三六〕

## 貉稽曰稽　全〔六三七〕

大賢於時人之不理於口者，而使〔六三八〕以古人自則焉。蓋多口與慍一也，而被此多口與慍之人不一也，士而文王、孔子乎？而不理何傷哉？且物情之好刻也，苟非混其身於宵小常人之中，則外必不免於人之言，而內必不免於人之慍，若是者，其有足畏乎？

其無足畏也。以爲無足畏，而世之恣睢妄行者，皆得假之以自飾，而無恤乎人言矣；以爲果足畏，而古聖人憂讒畏譏，終身而爲衆怨之叢者，豈其猶有遺行也？（頓挫皆古意。）昔貉稽者，其生平誠不知何如，乃一旦見於孟子，而曰：稽大不理於口。其或怵〔六三九〕於物論之相傷，而嘆側身之無所，則此一言也，有輾轉而自疑之意焉；其或執於知希之我貴，而鄙世俗爲無知，則此一言也，有傲睨以自高之意焉，而不知皆非也。蓋士之所爲有極難者，天下之爲士者少，而不爲士者多。故行彌高而譽彌寡，尋常之識，誠不足以相知；道愈積而毁愈張，讒慝之興〔六四〇〕，亦半由於多忌。以其無所知也而肆其口，而口之多也何傷乎？以其有所忌也而肆其口，而口之多也又何傷乎？且夫作人得如文王、孔子，亦可以止矣，（古脉。）而當其時則鮮不欲傷之者，而亦卒無有能傷之者。《詩》有之：「憂心悄悄，愠於群小。」非謂孔子也，而孔子以之；又曰：「肆不殄厥愠，亦不隕厥聞。」非謂文王也，而文王以之。欲文王、孔子自毁其道，以悦宵人郡〔六四一〕黨而免其愠，既有所不可；而宵人群黨之駭正惡直者，欲其無愠於文王、孔子，而亦有所不能。士生於今，亦惟自計其身果能爲文王、爲孔子，則凡世之愠我而毁我者，其皆不足以知我者也，而我何必求其知？其皆有忌於我者也，而我何復畏其忌？

其相愠之深，適以暴我之善行，而相毁之衆，適以增我之令名，而何必輾轉以自疑乎？苟其不能爲文王、爲孔子，則凡世之愠我而毁我者，非其不足以知我，而正知我之深也，非其有所忌於我，而正〔六四二〕以我爲不足忌也。其相愠之深，未必非人心之直，而相毁之衆，未必非物論之公，而何敢傲睨以自高乎？（千緒萬端，總歸一綫。）故君子當〔六四三〕愠與毁之來，不求之人，而惟决於己也。

朱子稱伊川晚年文字如《易傳》，直是盛得水住。如此文，亦可以方其精密也。（慕廬先生〔六四四〕）

引文王、孔子，正是勉以自修，者〔六四五〕題精細，故敲鞭無一閑筆，其動〔六四六〕蕩開闔，全是古文老境。（伍芝軒）

開陽闔陰，奇絶變化。（劉北固）

# 附録

## 齊人有一妻　一節〔六四七〕

齊婦始疑而終愧，而驕者自若也。夫始疑而瞷而訕而泣，齊婦之情屢變，而齊人猶以驕爲常，不大可嘆哉！今夫人之所以自置者多途矣，而或出於乞，乞尚何可驕？而乞者偏欲驕；乞亦何可愧？而與之親暱者偏欲愧。愧者自愧，而驕者自驕，則知與不知之辨也。戰國之人，莫豪於齊，何豪乎爾？室必有妻妾，出必饜酒肉，與必盡富貴，而齊人實未能具此也。亡其一而得其二，不難僞託其所與，窮於外而返於家，早已不信於其妻，訝顯者之不來，瞷良人於蚤起，所之者墦間，所饜者祭餘，酒肉則誠有矣，富貴之人安在耶？歸而訕，訕而泣，爲其良人不得儕於富貴之人已耳。嗟乎！今以人世無窮之中有齊，於齊有富貴人，而群奉爲顯者，顯者方竊齊之榮以爲榮，齊人又竊顯者之榮以爲榮，而其妻更以齊人不能竊顯者之榮而訕而泣，抑何所見之不廣也！蓋婦人生長圭窬，垢污之事所不經見，卒然觸於目而感於心，而遂覺無地以自容者，大率如此矣。乃妻妾失望之後，憂在終身，而齊人得意之態，不減平日，外來之驕，豈知中庭之狀也耶？噫嘻，齊人意中一富貴人也，齊婦意中一富貴人也，齊人以墦間比顯者之堂，以祭餘比供具之盛，以展轉行乞比之授几列座、引滿相屬，得毋齊人之見甚達，而其妻反隘乎？然而廉耻道喪，得齊婦一泣以留之，所係豈不大哉！但其視齊人大異於顯者，其自視大異於顯者之妻妾，則過矣。

**以唐、宋大家之筆，寫莊、列寓言之旨，融題入化，章法句法，莫可方物，文之足以傳世者，不得僅以時藝目之。**

校勘記

〔一〕上圖本題作「方百川時文目録」。又於目録之前有韓菼序文：「康熙庚午秋，余讀方子靈臯遺卷而嘆其文，謂近世無有，亟寓書健庵師山園，刻之《存真集》中。既靈臯來見，言實師事其兄百川，而學爲文有年矣。因出百川文示余，鎔經液史，縱横貫串，而造微入細，無一句字不歸於謹。而靈臯意度波瀾之所以然，皆所自出，不誣也。歲丁丑，例選貢士入太學，余言於學使者樸園學士：『昔家文公薦士於陸詞部凡十人，僕所薦者百川一人耳。十人不多，而僕之一人不少也。』書未達，而百川試已第一，謂比烈荆川，可以傳世，然不及貢。既大合諸縣士而校以古文，復第一。學士乃置酒延入，謂曰：『吾覿面而失子，吾過矣。然以子之才，何所不諧？吾當資子以之太學行矣，勉之。』其諸同學不忍没其文，將之京師而刻以先之。世故多知百川者，然讀其文常愕眙自得，學士聲益高，文當可貴重。余謂百川之文故佳，然有所以佳者，在諸君子書簏中耳。大抵胸中破有萬卷，何必百川，可自尋討也。靈皋之文，何嘗道百川一句，善學百川者，如其弟焉可矣。長洲韓菼書。」

〔二〕上圖本題作「長洲韓慕廬先生評選，後學袁顧亭論次」。

〔三〕「節」，上圖本作「一節」。

〔四〕上圖本無「見」字。

〔五〕上圖本「在」下有「不」字。

〔六〕上圖本「數」下有「斯」字。

〔七〕上圖本「行」下有「乘」字。

〔八〕「節」，上圖本作「一節」。

〔九〕「節」，上圖本作「一節」。

〔一〇〕「節」，上圖本作「一節」。

〔一一〕上圖本無「知之者」三字，「節」作「一節」。

〔一二〕上圖本「貌」下有「斯」字。

〔一三〕此題上圖本作「邦有道貧　恥也」。

〔一四〕此題上圖本作「邦無道富　恥也」。

〔一五〕「全」，上圖本作「全章（其一）」。

〔一六〕「其二」，上圖本作「全章（其二）」。

〔一七〕上圖本無「蔡」字，「節」作「一節」。

〔一八〕上圖本無「羔」字，「全」作「全章」。

〔一九〕上圖本無「孔子曰」，「全」作「全章」。

〔二〇〕上圖本無「用我者」，「全」作「一章」。

〔二一〕上圖本無「子曰」，「全」作「全章」。

〔二二〕上圖本此題列於「從我於陳　一節」題之後。

〔二三〕「節」，上圖本作「一章」。

〔二四〕「一節」，上圖本作「去乎」。

〔二五〕「節」，上圖本作「章」。

〔二六〕「一」，上圖本作「二」。

〔二七〕上圖本此題作「或困而知　一句」。

〔二八〕上圖本後一「誠」作「成」，安師本誤。

〔二九〕「節」，上圖本作「章」。

〔三〇〕上圖本目録之末有手書跋文：「鄭板橋先生與其弟書云：『無論時文、古文、詩歌、詞賦，皆謂之文章。今人鄙薄時文，幾欲迸諸筆墨之外，何太甚也！將毋醜其貌而不鑑其深乎？愚謂本朝文章當以方百川制藝爲第一，侯朝宗古文次之，其他歌詩辭賦，扯東補西，拖張拽李，皆拾古人之唾餘，不能貫串，以無真氣故也。百川時文精粹湛深，抽心苗，發奥旨，繪物態，狀人情，千迴百折，而卒造乎淺近；朝宗古文標新領異，指畫目前，絶不受古人羈紲，然語不遒，氣不深，終讓百川一席。憶予幼時行匣中惟徐天池《四聲猿》、方百川制藝二種，讀之數十年，未能得力，亦不撒手，相與終焉而已。』民國十六年仲冬，仍一附録。」

〔三一〕上圖本比安師本多出此篇。
〔三二〕上圖本無此批語。
〔三三〕上圖本「自」下有「知」字。
〔三四〕此批語上圖本作「忠之病盡此」。
〔三五〕此批語上圖本作「纔是曾子所省不忠不信」。
〔三六〕「裁」，上圖本作「纔」。
〔三七〕「見」，上圖本作「現」。
〔三八〕「余」，上圖本作「予」。
〔三九〕「之」，上圖本作「字」。
〔四〇〕「余」，上圖本作「予」。
〔四一〕上圖本無此批語。
〔四二〕上圖本此處有批語：「大間架，大議論。」
〔四三〕上圖本無此批語。
〔四四〕上圖本此處有批語：「直取無耻，繞出題前，法老而識鉅。」
〔四五〕上圖本無此批語。
〔四六〕「諰諰」，上圖本作「緦緦」。
〔四七〕上圖本此處有批語：「入民意中寫，妙。」
〔四八〕上圖本此處有批語：「對意更深至。」
〔四九〕上圖本此處有批語：「並免亦不可常，更警切。」

〔五〇〕「戴田有」，方觀承本作「張彝嘆」，上圖本作「季弘舒」。

〔五一〕上圖本此條之後有批語：「免而無耻，須一串説，『而』字語氣是順遞，非另轉也。文中妙，只寫『免』字，而無耻意已透。其議論爽切，皆從熟諳史事、曲鬯人情得來，經生家畫角描頭，何由辨此？（袁巔亭）」

〔五二〕上圖本作「儀封人請　全章」。

〔五三〕上圖本此處有批語：「先經起義，老筆紛披。」

〔五四〕「欲」，上圖本作「若」。

〔五五〕上圖本無此批語。

〔五六〕「辭」，上圖本作「詞」。

〔五七〕上圖本無此批語。

〔五八〕上圖本此處有批語：「四語兩邊情事都到。」

〔五九〕上圖本此處有批語：「此比著筆『天下』。」

〔六〇〕上圖本無此批語。

〔六一〕上圖本此處有批語：「此比著筆『夫子』。」

〔六二〕「付」，上圖本作「將」。

〔六三〕上圖本此處有批語：「收上二比，兩面融作一片。」

〔六四〕上圖本無此批語。

〔六五〕上圖本此處有批語：「照起中意，更爲淋漓抒寫，一唱三嘆，有遺音者矣。」

〔六六〕上圖本此條批語署名爲「慕廬先生」，且於「數窮理極」之前有以下批語：「朱子謂：『儀封人見得夫子恁地，這裏也見得儀封人高處。』此文句句寫得封人高處出，若其精微研妙，物色生態，經營委至，真得古文之奧密，非時下所有也。」

〔六七〕上圖本無此批語。

〔六八〕上圖本無此批語。另有以下兩條批語：「此文借刻房選中，先從兄寓安一見而决爲先兄之文，且題其後曰：『古之傷心人，在今無兩，其惟百川乎！』寓安論古有識，詩詞清絶，每過金陵，必與先兄酣嬉淋漓，顛倒而不厭。先卒之數日，特造南山岡訪褐夫，爲詩以別，余與褐夫方議刻其遺書而未得也。（弟苞）」「法老藴深，足配薛德温先生作。（袁顧亭）」

〔六九〕上圖本作「一節」。

〔七〇〕上圖本無此批語。

〔七一〕「眷」，上圖本作「養」。

〔七二〕上圖本此處有批語：「妙先托此一層，方令股尾兩『長』字醒出。」

〔七三〕「傀」，上圖本作「悚」。

〔七四〕上圖本無此批語。

〔七五〕「甯」，上圖本作「寧」。

〔七六〕上圖本無「其」字。

〔七七〕上圖本此處有旁批：「更警。」

〔七八〕「子乎」，上圖本作「情也」。

〔七九〕「戴田有」，上圖本作「季宏舒」。

〔八〇〕上圖本無此條批語，另有以下批語：「中二比，一比就父母説，一比就人子説，妙在先托起一層，再轉出遠遊之不可來，方令題情十分悚切，此最文字層折入妙，否則直口布袋，了無意味矣。學者宜熟覆之。（顧亭）」

〔八一〕上圖本此處有批語：「用莊亦切。」
〔八二〕「雋妙」，上圖本作「蘊藉」。
〔八三〕上圖本無此批語。
〔八四〕上圖本無此批語。
〔八五〕上圖本無此批語。
〔八六〕上圖本無此批語。
〔八七〕上圖本無此批語。
〔八八〕「正」，上圖本作「證」。
〔八九〕上圖本此下另有批語：「用意微至，然卒不能突過前人，崔灝題詩，當同斯嘆耳。（顧亭）」
〔九〇〕「入」，上圖本作「人」，誤。
〔九一〕「某」，上圖本作「丘」。
〔九二〕「獨」，上圖本作「撫」。
〔九三〕「蒼」，上圖本作「愴」。
〔九四〕「某」，上圖本作「丘」。
〔九五〕「潤」，上圖本作「醇」。
〔九六〕「險固」，上圖本作「經史」；「囚鎖」，上圖本作「瑰瑋」。
〔九七〕「節」，上圖本作「一節」。
〔九八〕上圖本無「之」字。
〔九九〕「某」，上圖本作「丘」。

〔一〇〇〕「荊川神致」，上圖本作「二比曲盡題情，真令人味之無盡」。
〔一〇一〕上圖本無此批語。
〔一〇二〕上圖本無此批語。
〔一〇三〕「葢」，上圖本作「益」，安師本誤。
〔一〇四〕「平近之淺淺」，上圖本作「乎近之未踐」。
〔一〇五〕「某」，上圖本作「丘」。
〔一〇六〕上圖本無此批語。
〔一〇七〕「某」，上圖本作「丘」。
〔一〇八〕「戴田有」，上圖本作「季宏舒」。
〔一〇九〕「非」，上圖本作「子」。
〔一一〇〕「子」，上圖本作「於」，安師本誤。
〔一一一〕上圖本此題作「不有祝　一節」。
〔一一二〕上圖本無「與」字。
〔一一三〕「廉悍」，上圖本作「領取題情，其鋒甚鋭」。
〔一一四〕「人」，上圖本作「入」，安師本誤。
〔一一五〕「中」，上圖本作「間」。
〔一一六〕「深入骨理」，上圖本作「警刻」。
〔一一七〕「摹」，上圖本作「慕」。
〔一一八〕「人」，上圖本作「入」，安師本誤。

〔一一九〕「術」，上圖本作「作」。

〔一二〇〕「乎」，上圖本作「夫」。

〔一二一〕上圖本此處有批語：「應轉避世意結。」

〔一二二〕上圖本此條批語之後另有兩條批語：「趙儕鶴此題文傷感至極，盡情發露，顧九疇輕描淡寫，已極刻深，徐思曠清微婉逸，余向推顧作爲第一，此文處處注定，難免以縱爲擒，而寄慨愈深，當連奪諸公之席。（季宏舒）」「説來似爲若輩原情，然而世事可知矣，體會注中『蓋傷之也』四字，真乃肖妙入神。（顧亭）」

〔一二三〕此題上圖本作「甚矣吾　一節」。

〔一二四〕上圖本此處有批語：「用意自精。」

〔一二五〕上圖本無此批語。

〔一二六〕「幾」，上圖本作「我」。

〔一二七〕「者」，上圖本作「時」。

〔一二八〕「得味外味」，上圖本作「説夢原不足爲憑更妙，俗吻侈張夢字，真是痴人説夢耳」。

〔一二九〕「者」，上圖本作「時」。

〔一三〇〕「者」，上圖本作「既」。

〔一三一〕「接」，上圖本作「到」。

〔一三二〕「焉」，上圖本作「然」。

〔一三三〕上圖本無此批語，而另有一批語：「何以夢？何以不夢？一字不著色相，此司空表聖詩所謂『得味外味』者也。（顧亭）」

〔一三四〕「無」，上圖本作「夫」。

〔一三五〕「膈」，上圖本作「臆」。
〔一三六〕「明」，上圖本作「則」。
〔一三七〕上圖本無此條批語。
〔一三八〕「總」，上圖本作「攄」。
〔一三九〕「能」，上圖本作「之」。
〔一四〇〕「饗」，上圖本作「享」。
〔一四一〕「末」，上圖本作「未」。
〔一四二〕「家」，上圖本作「閥」。
〔一四三〕「子」，上圖本作「字」，誤。
〔一四四〕上圖本此處有批語：「從貧賤不當耻意翻入，一路逼出首句來，議論甚精，蹊徑亦別。」
〔一四五〕「漫」，上圖本作「慢」。
〔一四六〕上圖本此處有批語：「四比對春秋事勢，就『邦有道』直發出所以不當貧賤之故來，義理精融，識解老密。」
〔一四七〕上圖本此處有批語：「醒極。」
〔一四八〕「庭」，上圖本作「廷」。
〔一四九〕「大夫」，上圖本作「庶人」。
〔一五〇〕「欲」，上圖本作「悦」。
〔一五一〕「王溉」，上圖本作「顧」。
〔一五二〕「嘗怪夫」，上圖本作「人怪乎」。

〔一五三〕上圖本無「以」字。

〔一五四〕上圖本無「之」字。

〔一五五〕上圖本此處有批語：「妙用對勘。」

〔一五六〕「知」，上圖本作「以」。

〔一五七〕上圖本此處有批語：「真是不勘。」

〔一五八〕上圖本無「抑」字。

〔一五九〕「巖」，上圖本作「嚴」。

〔一六〇〕上圖本此下有另一批語：「一幅鄙夫貪位苟禄圖，每一展誦，輒爲慨然，勝讀《五代史·唐六臣傳論》及《馮道傳》也。（顧亭）」

〔一六一〕上圖本無「行」字。

〔一六二〕「哉一」，上圖本作「特以」。

〔一六三〕「定」，上圖本作「地」。

〔一六四〕「於」，有朱筆旁改爲「泰」。上圖本作「泰」。

〔一六五〕「拱」，上圖本作「共」。

〔一六六〕「拱」，上圖本作「共」。

〔一六七〕「有」，上圖本作「與」。

〔一六八〕上圖本無「之」字。

〔一六九〕「弘紓」，上圖本作「宏舒」。

〔一七〇〕上圖本此後另有批語：「意局皆同前作，而中間更加鬯達，末路彌復雋永。最愛其語語妙諦，而脱口而出，殊不似侯、劉詠石鼎詩，經營極慘淡也，豈非仙才？（顧亭）」

〔一七一〕「用」，上圖本作「大」。

〔一七二〕「宜」，上圖本作「肖」。

〔一七三〕上圖本無此批語。

〔一七四〕上圖本無此批語。

〔一七五〕上圖本此處有批語：「又得相生之妙。」

〔一七六〕上圖本無此批語。

〔一七七〕上圖本無「之緊」二字。

〔一七八〕「汪武曹」，上圖本作「武曾」。

〔一七九〕上圖本此後另有批語：「以曲筆寫直義，人中爽爽何子朗。（顧亭）」

〔一八〇〕「畢」，上圖本作「異」。

〔一八一〕「庶」，上圖本作「都」。

〔一八二〕上圖本無此批語。

〔一八三〕「纔」，上圖本作「方」。

〔一八四〕上圖本無此批語。

〔一八五〕「自」，上圖本作「目」，安師本誤。

〔一八六〕上圖本無此條批語。

〔一八七〕「梳」，上圖本作「疏」。

〔一八八〕「魯」，朱筆改爲「而」。上圖本作「而」。

〔一八九〕上圖本「百姓」下有「者」字。
〔一九〇〕上圖無「沉」字。
〔一九一〕上圖本「上」下有「者」字。
〔一九二〕上圖本「者」下有「也」字。
〔一九三〕「歐」，上圖本作「蘇」。
〔一九四〕「脱擺」，上圖本作「洗盡」。
〔一九五〕上圖本此後另有批語：「扼題之要，而以疏快之筆，直達其所見，豈非古文之雄？（顧亭）」
〔一九六〕「節」，上圖本作「一章」。
〔一九七〕上圖本無此批語。
〔一九八〕「恃」，上圖本作「特」。
〔一九九〕上圖本無此批語。
〔二〇〇〕上圖本無此批語。
〔二〇一〕上圖本無此批語。
〔二〇二〕「傍」，上圖本作「旁」。
〔二〇三〕上圖本無此批語。
〔二〇四〕「某」，上圖本作「邱」。
〔二〇五〕「某」，上圖本作「邱」。
〔二〇六〕「某」，上圖本作「邱」。
〔二〇七〕上圖本無條此批語。

〔二〇八〕「宛」，上圖本作「惋」。
〔二〇九〕「一揮」，上圖本作「下筆」。
〔二一〇〕上圖本無「伍」字。
〔二一一〕「全」，上圖本作「全章」。
〔二一二〕「父」，上圖本作「之」。
〔二一三〕「直」，上圖本作「此」。
〔二一四〕「寇」，上圖本作「亂」。
〔二一五〕上圖本無此批語。
〔二一六〕「夫」，上圖本作「乎」。
〔二一七〕上圖本此處有批語：「二比抉摘直躬者之非，次節義已透出。」
〔二一八〕「重」，上圖本作「黨」。
〔二一九〕「身」，上圖本作「可」。
〔二二〇〕上圖本此處有批語：「所謂杜也。」
〔二二一〕「私衷」，上圖本作「終念」。
〔二二二〕「於世雖掩覆而」，上圖本作「焉即按其實固」。
〔二二三〕「抒」，上圖本作「杼」。
〔二二四〕「其」，上圖本作「具」。
〔二二五〕上圖本此後另有批語：「證父似直也，而不免爲不仁，不仁則枉甚矣；相隱似非直也，而不失爲仁，仁則不言直，而直在其中矣。文中抉摘，洞中肯綮，總由義澈，故爾辭達，昭晰者無疑，其斯文之謂乎？（顧亭）」

〔二二六〕「足」，上圖本作「屈」。

〔二二七〕「詞」，上圖本作「辭」。

〔二二八〕「憂」，朱筆旁改爲「是」。上圖本作「是」。

〔二二九〕「一章」，上圖本作「節」。

〔二三〇〕「烏」，上圖本作「惡」。

〔二三一〕上圖本此處有批語：「其聲大而遠。」

〔二三二〕「餘」，上圖本作「際」。

〔二三三〕「我」，上圖本作「吾」。

〔二三四〕「乎」，上圖本作「于」。

〔二三五〕「其」，上圖本作「乎」。

〔二三六〕上圖本無此批語。

〔二三七〕上圖本此處有批語：「中邊俱到，字字精深。」

〔二三八〕上圖本此條批語爲：「二比纏綿凄然，絶世文情，歐陽子不死矣。」

〔二三九〕上圖本此處有批語：「更微更刻。」

〔二四〇〕上圖本無「韓」字。

〔二四一〕上圖本此條批語後另有兩條批語：「凡題得百川作，便覺從前作者之未逮，直使後人更無可展扼處，真聖於文矣。（季宏舒）」「中二比自爲淺深。前一比以己之甚不樂爲，而知夫子爲之之難；次二比以己之既不能爲，而望夫子爲之之切。此法熟自大士，而先生用之尤精，學者於此可以觸類而長之矣。（顧亭）」

〔二四二〕上圖本無此條批語。

〔二四三〕上圖本無此條批語。

〔二四四〕上圖本此題作「吾猶及史　一章」。

〔二四五〕「矣」，上圖本作「焉」。

〔二四六〕上圖本此處有批語：「高渾。」

〔二四七〕上圖本此處有批語：「定要先安頓此一層，才得「猶」字意起。「猶」字意起，而注中「益」字意亦醒出矣。」

〔二四八〕上圖本無此批語。

〔二四九〕上圖本此條批語作：「神來。」

〔二五〇〕上圖本此處有批語：「『猶』字醒出。」

〔二五一〕上圖本此處有批語：「義精。」

〔二五二〕「深」，上圖本作「流」。

〔二五三〕上圖本無此條批語。

〔二五四〕「詒」，上圖本作「貽」。

〔二五五〕上圖本無此批語。

〔二五六〕上圖本此處有批語：「二比俯仰情深，直寫得注中『益』字意出，文氣古鬱，又不必言。」

〔二五七〕上圖本無此批語。

〔二五八〕上圖本此處有批語：「曲罷有餘悲。」

〔二五九〕上圖本此條批語署「韓祖寄」。

〔二六〇〕上圖本無此條批語。

〔二六一〕上圖本無此條批語，而另有兩條批語：「此文吾兄乙卯作於京師，較前格又一變，義理之精，氣息之古，語脉之真，詞章之潔，善共美具，直高出王、唐、歸、胡之上。（弟苞記）」「沉鬱之至直，從肺腑流出，據其意興而擬以班、范、歐、曾，猶皮相也，又何王、唐、歸、胡哉？（顧亭）」

〔二六二〕「樂」，上圖本作「願」。

〔二六三〕「歟」，上圖本作「與」。

〔二六四〕「當」，上圖本作「富」，安師本誤。

〔二六五〕上圖本此處有批語：「總冒一段。」

〔二六六〕上圖本此處有批語：「束筆。」

〔二六七〕上圖本此條批語作：「二比言高旨遠，却緊注『異』字發義，非漫衍也。」

〔二六八〕上圖本「盛」下有「而豐饒」三字。

〔二六九〕上圖本無「乃一則」三字。

〔二七〇〕上圖本無「一則」二字。

〔二七一〕上圖本無「其」字。

〔二七二〕上圖本無此批語。

〔二七三〕上圖本無此批語。

〔二七四〕上圖本無此批語。

〔二七五〕「戴田有」，上圖本作「季宏舒」。

〔二七六〕「義」，上圖本作「藝」。

〔二七七〕「懷」，上圖本作「褱」。

〔二七八〕上圖本無此條批語，另有批語：「胸次高曠，寄託遥深，有一種磊落奇偉之氣，拂拂從十指出，向愛咨誦趙高邑『天道神而莫測』數語，此文後二比，真不減其超卓。（吴荆山）」

〔二七九〕上圖本無「其二」二字。

〔二八〇〕「于」，上圖本作「千」，安師本誤。

〔二八一〕「于既」，上圖本作「乎」。

〔二八二〕「叙」，上圖本作「默」。

〔二八三〕「論意天出」，上圖本作「添出」。

〔二八四〕上圖本「絶」下有「處」字。

〔二八五〕「子」，上圖本作「予」。

〔二八六〕「徵」，上圖本作「微」。

〔二八七〕「辨」，上圖本作「辯」。

〔二八八〕上圖本無此條批語。

〔二八九〕「節」，上圖本作「一節」。

〔二九〇〕「土」，上圖本作「士」。

〔二九一〕「有未」，上圖本作「未有」。

〔二九二〕「貿」，上圖本作「資」。

〔二九三〕「以」，上圖本作「已」。

〔二九四〕上圖本「戴田有」作「季宏舒」。

〔二九五〕上圖本「作」後有「一」字。

〔二九六〕上圖本無此批語。
〔二九七〕「吐」，上圖本作「妥」。
〔二九八〕「乎」或爲「手」之誤。
〔二九九〕上圖本無此批語。
〔三〇〇〕「全」，上圖本作「全章」。
〔三〇一〕「特」，上圖本作「時」。
〔三〇二〕「國家」，上圖本作「家國」。
〔三〇三〕「卑」，上圖本作「界」，安師本誤。
〔三〇四〕「劾」，上圖本作「效」，安師本誤。
〔三〇五〕「收」，上圖本作「救」，安師本誤。
〔三〇六〕上圖本無此批語。
〔三〇七〕上圖本無此批語。
〔三〇八〕「運」，上圖本作「既」。
〔三〇九〕「真」，上圖本作「自」。
〔三一〇〕「逐」，上圖本作「恬」。
〔三一一〕「願」，上圖本作「顧」，安師本誤。
〔三一二〕「理」，上圖本作「埋」，安師本誤。
〔三一三〕「土」，原刻作「士」，今徑改。
〔三一四〕「相」，上圖本作「根」。

〔三一五〕上圖本無此批語。

〔三一六〕「詳盡」，上圖本作「精詳」。

〔三一七〕「歷」，上圖本作「應」。

〔三一八〕「機休」，上圖本作「君本」。

〔三一九〕上圖本無此批語。

〔三二〇〕上圖本無此批語。

〔三二一〕上圖本無此批語。

〔三二二〕「之」，上圖本作「於」。

〔三二三〕「疪」，上圖本作「疪」，誤。

〔三二四〕上圖本「慕廬先生」上有「韓」字。

〔三二五〕上圖本無此條批語，另有批語：「心正身修，身修家齊，有相因有相濟，文用兩層偶發，最得其解，而筆仗亦爽健非常。（袁顧亭）」

〔三二六〕上圖本無此批語。

〔三二七〕「背」，上圖本作「行」。

〔三二八〕「有」，方觀承本同，上圖本作「自」。

〔三二九〕上圖本、方觀承本均無「惟」字。

〔三三〇〕「憚」，上圖本作「墠」。

〔三三一〕上圖本無此批語。

〔三三二〕上圖本「者」下有「或」字。

〔三三三〕上圖本無此批語。
〔三三四〕上圖本無此批語。
〔三三五〕上圖本無此批語。
〔三三六〕「終」，上圖本作「發」。
〔三三七〕上圖本「慕廬先生」上有「韓」字。
〔三三八〕「義」，上圖本作「意」。
〔三三九〕「全」，上圖本作「全章」。
〔三四〇〕上圖本無此批語。
〔三四一〕上圖本此處有批語：「辣。」
〔三四二〕上圖本無此批語。
〔三四三〕「狷狂」，上圖本作「獨任」。
〔三四四〕「日」，上圖本作「口」。
〔三四五〕「者」，上圖本作「著」。
〔三四六〕上圖本「爲」下有「夫」字。
〔三四七〕上圖本無此批語。
〔三四八〕「安」，上圖本作「安」。
〔三四九〕「百體」，上圖本作「官骸」。
〔三五〇〕「意」，上圖本作「義」。
〔三五一〕上圖本「慕廬先生」上有「韓」字。

〔三五二〕「諸」，上圖本作「之」。

〔三五三〕上圖本無此批語。

〔三五四〕「乎」，上圖本作「諸」。

〔三五五〕「乎」，上圖本作「諸」。

〔三五六〕上圖本「恕」下有「者」字。

〔三五七〕「藏乎身者不恕」，上圖本作「不恕者」。

〔三五八〕「甚」，上圖本作「爲其」。

〔三五九〕上圖本「物」下有「而」字。

〔三六〇〕上圖本無此批語。

〔三六一〕上圖本「以」下有「爲」字。

〔三六二〕上圖本此處有批語：「二比題意已了。」

〔三六三〕上圖本此條有批語作：「别有天地非人間。」

〔三六四〕上圖本「慕廬先生」上有「韓」字。

〔三六五〕「詒」，上圖本作「貽」。

〔三六六〕上圖本無此條批語。另有批語：「不恕不喻，數語可了，何用浪費筆墨？文妙，正還二小比，翻發二大比乃致，得推陳出新，避熟求生秘訣也。或者不知而效顰，於當發正位題，則支離甚矣。要之，此等用意布局，雖生於文思，熟於文律者，且未之洞識，而況其生且淺焉者乎？吁！難言之矣。（顧亭）」

〔三六七〕上圖本無此批語。

〔三六八〕上圖本此處有批語：「刻極。」

〔三六九〕「徵」，上圖本作「微」。
〔三七〇〕上圖本無此批語。
〔三七一〕「王」，上圖本作「主」。
〔三七二〕上圖本「慕廬先生」上有「韓」字。
〔三七三〕「摺」，上圖本作「衍」。
〔三七四〕「撫」，上圖本作「憮」，安師本誤。
〔三七五〕「固」，上圖本作「因」。
〔三七六〕「何誠」，上圖本作「誠何」。
〔三七七〕上圖本「慕廬先生」上有「韓」字。
〔三七八〕上圖本此條批語作：「用《莊子》語，妙合。」
〔三七九〕「共」，上圖本作「供」。
〔三八〇〕「處」，上圖本作「者」。
〔三八一〕「于」，朱筆旁改爲「不」。上圖本作「不」。
〔三八二〕「已」，朱筆旁改爲「也」。上圖本作「也」。
〔三八三〕「言」，朱筆旁改爲「前」。上圖本作「前」。
〔三八四〕「與」，上圖本作「其」。
〔三八五〕上圖本無此批文。
〔三八六〕「夫」，上圖本作「天」，安師本誤。
〔三八七〕「灾」，上圖本作「其」。

〔三八八〕「爽」，上圖本作「真」。
〔三八九〕「利」，上圖本作「人」。
〔三九〇〕「人」，上圖本作「又」。
〔三九一〕「氣」，上圖本作「切」。
〔三九二〕上圖本「慕廬先生」上有「韓」字。
〔三九三〕「慨」，上圖本作「懼」。
〔三九四〕上圖本此條批語爲：「可發賈長沙之痛哭。」
〔三九五〕上圖本此處有批語：「反振，全神俱動。」
〔三九六〕「行」，上圖本作「嚮」。
〔三九七〕「耗」，上圖本作「施」。
〔三九八〕「事會」，上圖本作「市儈」。
〔三九九〕「營其私」，上圖本作「結於君」。
〔四〇〇〕「極」，上圖本作「激」。
〔四〇一〕上圖本此條批語爲：「沉浸穠郁，含英咀華，略無半點激烈牢騷氣。」
〔四〇二〕上圖本此處有批語：「春水注澤。」
〔四〇三〕「道」，上圖本作「遒」，安師本誤。
〔四〇四〕「奮」，上圖本作「有」。
〔四〇五〕上圖本無「注」字。
〔四〇六〕「入」，上圖本作「勢」。

〔四〇七〕「年」，上圖本作「沙」。
〔四〇八〕上圖本此下另有批語：「灾害句最寫得淋漓痛快，逼醒末句，亦前人思索所未到也。要之，此等文皆自一團精意融結而成，故足以永永不朽。彼徒講機法，講氣格，烏能辨此耶？（袁顧亭）」
〔四〇九〕上圖本無此批語。
〔四一〇〕上圖本「肆」下有「於」字。
〔四一一〕「遁」，上圖本作「道」，安師本誤。
〔四一二〕「言」，上圖本作「辨」。
〔四一三〕上圖本「慕廬先生」上有「韓」字。
〔四一四〕上圖本無此條批語。
〔四一五〕上圖本此題作「發而皆中節謂之和」。
〔四一六〕上圖本無此批語。
〔四一七〕「常」，上圖本作「膠」。
〔四一八〕「則」，上圖本作「機」，安師本誤。
〔四一九〕上圖本無此批語。
〔四二〇〕上圖本此條批語作：「此就各項説」。
〔四二一〕上圖本「出」下有「於」字。
〔四二二〕上圖本此處有批語：「此合四項説。」
〔四二三〕「人情」，上圖本作「天理」。
〔四二四〕上圖本無此批語。

〔四二五〕上圖本「慕廬先生」上有「韩」字。
〔四二六〕「宏紓」，上圖本作「弘尚」。
〔四二七〕「節」，上圖本作「一節」。
〔四二八〕「古」，上圖本作「隆」。
〔四二九〕「昏」，上圖本作「奇」。
〔四三〇〕上圖本無此批語。
〔四三一〕上圖本無此批語。
〔四三二〕上圖本無此批語。
〔四三三〕「倪」，上圖本作「睨」。
〔四三四〕「茶」，上圖本作「昏」。
〔四三五〕上圖本無此批語。
〔四三六〕上圖本「慕廬先生」上有「韓」字。
〔四三七〕「張」，上圖本作「宰」。
〔四三八〕上圖本無此批語。
〔四三九〕上圖本無此批語。
〔四四〇〕上圖本無「而」字。
〔四四一〕上圖本無此條批語。
〔四四二〕「思」，上圖本作「遺」。
〔四四三〕上圖本「慕廬先生」上有「韓」字。

〔四四四〕「骨」，上圖本作「晉」，安師本誤。
〔四四五〕上圖本無此條批語。
〔四四六〕「奧義鑿出」，上圖本作「與義金出」。
〔四四七〕「精」，上圖本作「積」。
〔四四八〕上圖本此處有批語：「所謂無一毫空闕。」
〔四四九〕上圖本此處有批語：「所謂無一息間斷。」
〔四五〇〕「豈」，上圖本作「氣」，安師本誤。
〔四五一〕上圖本「慕廬先生」上有「韓」字。
〔四五二〕「詒」，上圖本作「貽」。
〔四五三〕上圖本無此條批語，另有批語：「切實之理，出以超雋之筆，能脱盡一切陳腐語，有羅文止一句題文之高致，而後快過之。（吴荆山）」
〔四五四〕「全」，上圖本作「全章」。
〔四五五〕「安」，上圖本作「正」。
〔四五六〕「有」，上圖本作「存」。
〔四五七〕上圖本無「者」字。
〔四五八〕「違」，上圖本作「遠」。
〔四五九〕「爲」，上圖本作「而」。
〔四六〇〕「願」，上圖本作「顧」。
〔四六一〕上圖本「慕廬先生」上有「韓」字。

〔四六二〕「朱字緑」，上圖本作「劉月三」。
〔四六三〕上圖本無此批語。
〔四六四〕「興」，上圖本作「與」。
〔四六五〕「以」，上圖本作「已」。
〔四六六〕上圖本「慕廬先生」上有「韓」字。
〔四六七〕上圖本此處有批語：「神氣超俊。」
〔四六八〕上圖本「慕廬先生」上有「韓」字。
〔四六九〕上圖本無此條批語。
〔四七〇〕上圖本無此條批語。
〔四七一〕「全」，上圖本作「全章」。
〔四七二〕上圖本無此批語。
〔四七三〕「時」，上圖本作「待」。
〔四七四〕「各」，上圖本作「甚」。
〔四七五〕上圖本無此批語。
〔四七六〕「全」，上圖本作「全章」。
〔四七七〕上圖本無此批語。
〔四七八〕「成而準」，上圖本作「誠準之」。
〔四七九〕「徵」，上圖本作「法」。
〔四八〇〕上圖本無「而」字。

〔四八一〕上圖本無此批語。
〔四八二〕上圖本無此批語。
〔四八三〕上圖本無此批語。
〔四八四〕上圖本無此批語。
〔四八五〕上圖本「慕廬先生」上有「韓」字。
〔四八六〕上圖本此後另有批語：「君子之道之所以盡善者，只在本諸身上，而本身實際，又在知天知人上，惟知之明，故行之當，而三重之道，乃足以寡天下之過矣。文真説得透闢，而健筆空行，尤足稱出群之雄。（袁顧亭）」
〔四八七〕「思」，上圖本作「惡」。
〔四八八〕上圖本無此批語。
〔四八九〕上圖本無此批語。
〔四九〇〕上圖本無此批語。
〔四九一〕上圖本「慕廬先生」上有「韓」字。
〔四九二〕上圖本此後另有批語：「昌黎詩云：『狂詞肆滂葩，低昂見舒慘。奸窮怪變得，往往造平淡。』余深愛其語，以爲安得此筆，今得此篇，殊覺向言之猶淺也，爲之叫絶。（王雲衢）」
〔四九三〕上圖本題作「此四者天　告者」。
〔四九四〕上圖本此處有批語：「曲中。」
〔四九五〕上圖本此批語作「悽惻感人」。
〔四九六〕上圖本無此批語。
〔四九七〕上圖本此處有批語：「二比更非意想所及，而拈出則人所共喻，天下至文也。」

〔四九八〕「既」，上圖本作「雖」。
〔四九九〕「復」，上圖本作「不」。
〔五〇〇〕「窮」，上圖本作「覺」，安師本誤。
〔五〇一〕上圖本無此條批語。
〔五〇二〕上圖本無此條批語。
〔五〇三〕「付」，上圖本作「附」。
〔五〇四〕「有」，上圖本作「實」。
〔五〇五〕上圖本「慕盧先生」上有「韓」字。
〔五〇六〕「輝」，上圖本作「耀」，安師本誤。
〔五〇七〕上圖本此題作「是集義所生者　二句」。
〔五〇八〕「弗」，上圖本作「易」。
〔五〇九〕上圖本無此批語。
〔五一〇〕「日」，上圖本作「自」。
〔五一一〕上圖本無此批語。
〔五一二〕「不」，上圖本作「有」。
〔五一三〕「氣」，上圖本作「義」。
〔五一四〕「蹐」，上圖本作「蹐」。
〔五一五〕「義」，上圖本作「我」。
〔五一六〕「戒」，上圖本作「滅」，安師本誤。

〔五一七〕上圖本此條批語署「韓慕廬先生」。
〔五一八〕「知」，上圖本作「察」。
〔五一九〕上圖本無此批語。
〔五二〇〕「救」，上圖本作「窮」。
〔五二一〕上圖本無此批語。
〔五二二〕上圖本無此批語。
〔五二三〕「邪遁之辭」，上圖本作「邪道之餘」。
〔五二四〕「行」，上圖本作「心」。
〔五二五〕上圖本「慕廬先生」上有「韓」字。
〔五二六〕「龔孝才」，上圖本作「龔孝水」。
〔五二七〕「自」，上圖本作「有」，安師本誤。
〔五二八〕上圖本「顧亭」上有「袁」字。
〔五二九〕上圖本有「怨」字。
〔五三〇〕「而」，上圖本作「乃其」。
〔五三一〕上圖本無此批語。
〔五三二〕「必」，朱筆旁改爲「少」，上圖本作「少」。
〔五三三〕「衡」，上圖本作「衡」。
〔五三四〕「一無」，上圖本作「無一」。
〔五三五〕上圖本無此批語。

〔五三六〕「同」，上圖本作「住」。
〔五三七〕「㦅」，上圖本作「憊」。
〔五三八〕上圖本無此批語。
〔五三九〕「思之不憫不怨於」，上圖本作「惠之」。
〔五四〇〕上圖本「慕廬先生」上有「韓」字。
〔五四一〕「節」，上圖本作「章」。
〔五四二〕「乃」，上圖本作「巧」。
〔五四三〕「尚」，上圖本作「兩」。
〔五四四〕「在」，上圖本作「勢」。
〔五四五〕上圖本無此批語。
〔五四六〕「徵」，上圖本作「微」，安師本誤。
〔五四七〕「接」，上圖本作「收」。
〔五四八〕「並」，上圖本作「第」。
〔五四九〕上圖本無此批語。
〔五五〇〕「意」，上圖本作「噫」。
〔五五一〕「并」，上圖本作「卒」。
〔五五二〕上圖本「慕廬先生」上有「韓」字。
〔五五三〕「曾」，上圖本作「陽」。
〔五五四〕上圖本此條批語署「劉月三」。

〔五五五〕「以陰」二字漫漶，據上圖本補入。

〔五五六〕「甚」，上圖本作「共」。

〔五五七〕上圖本無此批語。

〔五五八〕「汲汲」，上圖本作「遲遲」。

〔五五九〕「憾」，上圖本作「戀」。

〔五六〇〕上圖本無此批語。

〔五六一〕上圖本無此批語。

〔五六二〕「貴」，上圖本作「責」。

〔五六三〕「特」，上圖本作「時」。安師本誤。

〔五六四〕上圖本無此批語。

〔五六五〕上圖本此後另有批語：「萬鍾養賢，如何便例諸壟斷，得此一番洗刷，乃信非深文刻論也，而筆情峭厲，亦足以達其所欲言。（袁顧亭）」

〔五六六〕「節」，上圖本作「一節」。

〔五六七〕「未」，上圖本作「末」，誤。

〔五六八〕「身」，上圖本作「矣」。

〔五六九〕「卜」，上圖本作「審」。

〔五七〇〕上圖本無此批語。

〔五七一〕「虽虽」，上圖本作「蚩蚩」，安師本誤。

〔五七二〕下有闕文。上圖本無此批語。

〔五七三〕「負」，上圖本作「質」。
〔五七四〕「于」，上圖本作「乎」。
〔五七五〕上圖本此條批語署「季宏紓」。
〔五七六〕上圖本無此批語。
〔五七七〕「愍」，上圖本作「慨」。
〔五七八〕「不」，上圖本作「敬」。
〔五七九〕「發」，上圖本作「熾」。
〔五八〇〕「執」，上圖本作「軌」。
〔五八一〕「立」，上圖本作「位」。
〔五八二〕「一」，上圖本作「造」。
〔五八三〕「生」，上圖本作「上」。上圖本此條批語署「韓慕廬先生」。
〔五八四〕上圖本無此條批語。
〔五八五〕「真」，上圖本作「奇」。
〔五八六〕上圖本此條批語之後另有批語：「中間風趣絶佳，結亦峻厲有骨。」
〔五八七〕「理」，上圖本作「禮」。
〔五八八〕上圖本「奇」下有「確」字。
〔五八九〕上圖本此處有批語：「承上。」
〔五九〇〕上圖本無此批語。
〔五九一〕「局」，上圖本作「筆」。

〔五九二〕「所」，上圖本作「作」。
〔五九三〕「益」，上圖本作「亦」。
〔五九四〕「猝」，上圖本作「卒」。
〔五九五〕上圖本此處有批語：「情來。」
〔五九六〕「和」，上圖本作「利」，安師本誤。
〔五九七〕上圖本此批語署「劉言潔」，此批語前另有批語：「簡潔似前輩沈眉生，而蒼直過之。（韓慕廬先生）」
〔五九八〕「雒」，上圖本作「雄」。
〔五九九〕上圖本此條批語署「袁顧亭」。
〔六〇〇〕「然」，上圖本作「固」。
〔六〇一〕「大」，上圖本作「者」。
〔六〇二〕「教道」，上圖本作「道教」。
〔六〇三〕上圖本「慕廬先生」上有「韓」字。
〔六〇四〕「徹」，上圖本作「澈」。
〔六〇五〕「横縱」，上圖本作「縱横」。
〔六〇六〕「詒」，上圖本作「貽」。
〔六〇七〕「術」，上圖本作「衡」。
〔六〇八〕「殖」，上圖本作「滋」。
〔六〇九〕「言」，上圖本作「辨」。
〔六一〇〕「種」，上圖本作「耘」。

〔六一一〕「備」，上圖本作「修」。
〔六一二〕「功」，上圖本作「大」。
〔六一三〕「屈」，上圖本作「謝」。
〔六一四〕上圖本「慕廬先生」上有「韓」字。
〔六一五〕「大」，上圖本作「又」。
〔六一六〕安師本缺「適」字，今以上圖本補。
〔六一七〕「用乎」，上圖本作「解耳」。
〔六一八〕「聞」，上圖本作「闇」，安師本誤。
〔六一九〕「劃」，上圖本作「制」。
〔六二〇〕「騰」，上圖本作「驅」。
〔六二一〕上圖本此題作「曰何如斯可以囂囂　善天下」。
〔六二二〕「能」字漫漶，今據上圖本補。
〔六二三〕「回」，上圖本作「皇」。
〔六二四〕「者」，朱筆點改爲「故」，上圖本作「故」。
〔六二五〕「乎」，朱筆點改爲「耳」，上圖本作「耳」。
〔六二六〕上圖本無此批語。
〔六二七〕「有寬然」，上圖本作「寬然有」。
〔六二八〕「無」，朱筆旁改爲「異」，上圖本作「異」。
〔六二九〕「信」，上圖本作「揣」。

〔六三〇〕「聞」，上圖本作「問」。
〔六三一〕上圖本無此批語。
〔六三二〕上圖本無此批語。
〔六三三〕「說」，上圖本作「言」。
〔六三四〕上圖本「慕廬先生」上有「韓」字。
〔六三五〕「劃」，上圖本作「制」。
〔六三六〕上圖本此後另有批語：「義理爛熟於胸中，筆陣縱横於紙上，豐而不餘一言，約而不失一辭，此天下之至文也。（袁顧亭）」
〔六三七〕「全」，上圖本作「全章」。
〔六三八〕「使」，上圖本作「示」，安師本誤。
〔六三九〕「怵」，上圖本作「怵」，安師本誤。
〔六四〇〕「興」，上圖本作「傷」。
〔六四一〕「郡」，上圖本作「群」，安師本誤。
〔六四二〕「正」，上圖本作「直」。
〔六四三〕「當」，上圖本作「於」。
〔六四四〕上圖本「慕廬先生」上有「韓」字。
〔六四五〕「者」，上圖本作「看」，安師本誤。
〔六四六〕「動」，上圖本作「排」。
〔六四七〕安師本無此文，現收入爲附録。

# 附 方椒塗遺文

〔清〕方林 撰

龍野 點校

# 方椒塗遺文目録

白下方〔一〕林著

# 方椒塗遺文

## 苟有用我 一節

方林

聖人用世之事，預念之而心惻焉。蓋期月三年，明知可以致此，而身卑賤不得致，能無念用者而一動哉？以爲余之不爲世用也決矣，然而未嘗一日忘天下也。夫余既樂爲世用，則所以用世之具，亦已私計之，豈敢以疑事嘗試於天下耶？吾思之，風塵之中，不可以索知己。（風致似顧開雍、鄭鄤陽。〔五〕）顧雖已絶望，猶眷眷而難忘，功名之至，久已付之空言，而試一想像，俱歷歷其可指，今天下豈復有用我者哉？然而人有忽然大覺之時，事有萬有一〔六〕然之理，君子之處已也，挾侍〔七〕素具而以俟時，故卒然投之而不驚；君子之於天下也，規模無〔八〕定而後從事，故一一有條而不紊。（言簡意該。〔九〕）苟有用我者，豈待斯時而後計其始終哉？即今日而約言其概，蓋期月而已可也。禮、樂、政、刑，合四時之序，敢謂治理悉備乎？而大略已具也。三年則有成矣，人心風俗，當考績之期，敢云美善俱盡乎？而缺漏實少也。一身之蹇〔一〇〕蹇，安用嘆老而嗟卑，而斯世何所終極乎？徬徨〔一一〕内顧，妄欲轉爲治安，乃我自悄然而憂，而世自漠然而置。（水何淡淡，山島聳峙。〔一二〕）要之，緩急各挾其情焉耳。舉世之淪胥，孰能變心而易慮？而此中何能自已乎？閑居默念，僅如託之〔一三〕夢想，方冀其或有而喜，旋見爲無望而悲，徒令哀樂無端而集已耳。〔一四〕不然，則某〔一五〕之栖栖，真宜爲避世者所鄙也。

寥寥數語，凄神寒骨，與百川作俱不可廢也〔一六〕。（鮑季昭）〔一七〕

## 問管仲曰　一節

觀霸佐之佚〔一八〕事，而知其功之烈也。蓋有私怨者每不能曲諒其爲人，而仲有以深折伯氏之心如此，豈不偉歟！且夫賞罰者，國之大典也，雖有貪人，不能長據無勞之奉。然而凡有血氣者各有校心，取其所有，而欲息其不平之鳴，難矣！故夫子於或人之問管仲，而獨於是定其爲人焉。〔一九〕夫仲之功，赫赫在人耳目，而或以爲疑，蓋其心必猶有不能滿於仲者。不知人之心迹，由後而測之，不若生其時者之悉也；人之功名，盡人而服之，不若私有寡〔二〇〕者之難也。（夫子獨舉伯氏無怨一事以斷仲生平隱神。〔二一〕）彼駢邑三百，非伯氏之世守乎？桓奪以勞仲之功，而伯氏飯蔬食以没齒矣，能無怨乎？怨矣能無言乎？新進之人，奮〔二二〕起而享邑入〔二三〕之奉，已足動老臣之戚〔二四〕，況本吾所世有，而忽以畀人？榮華衰謝之間，不免拊心而長嘆也；勛舊之裔，無端而改食采之常，已足深棄舊之傷，況一削而莫償？而思所歸咎，歲月顛連之餘，孰禁含悲而肆詛也？伯氏而怨，宜乎國人莫之非，桓公莫之責，而管氏亦莫之止也。然而卒無怨者何也？凡人出一言，而人從而和之，則氣益囂然，伯氏而怨，其和之者蓋寡矣，故不必真有廉退之心，自度言出而人不應，則不禁緘口也。凡人欲無言，而心實有不平，則口難强弭，伯氏而怨，其發之也無端矣，故不必果無媢嫉之心，方欲有言而不自安，則不禁瘖默也。〔二五〕非然，則操大政者廉退爲先，執利權者怨仇之府，其得免於國言亦足矣，而況於身被其罰者哉？此可以知管仲之爲人矣。

此等題入時人手，易以旁駕議論爲奇，以散行翻頓見古，此獨琢煉工雅，氣韻悠然，所謂善於避俗。（張彝嘆）〔二六〕

## 臧武仲以　節〔二七〕

聖人誅魯臣之意，而要君之罪著矣。夫有要君之心，而又欲辭其名，《春秋》「所誅而不以聽」也，書曰「以防」，不以者也。且人臣而無禮於其君，有犯順之詞，則人皆得而見之矣，若詞甚順而意則悖，一時之人，翕然信其無他，此尤不可傅會於其間者也。若臧武仲之事可論焉。武仲得過而奔邾，既而由邾如防，納蔡以請後，考其迹，孟氏其仇也，季氏則始合而終離，其亡也，季、孟成之；其請也，季、孟制之。魯君特聽其糾紛，**（斷定。〔二八〕）**而無所左右於其間，衆所以咸信爲不要君者由此也。**（先提出不要君，爲「雖」字伏脉。〔二九〕）**雖然，曷爲乎入於防以請也？防雖臧孫之世有，非魯先君所以奬成勞者乎？賴君之寵以有人，有人而校，罪莫甚焉。且也鹿門斬關，避孟孫之譖、季孫之怒〔三〇〕，而實避魯國之法也。則武仲之防，比之高竪之盧、欒孺子之曲沃，庸愈乎哉？或曰：「其辭下而恭也。」然而下而恭者，亢之尤者也。假令先祀不守，二勳就廢，紇也將奉身而退乎？抑據險而争乎？**（斷定。〔三一〕）**則所以辨其要君與否者，不待辭之畢矣。故要君云者，武仲之所不居，賈與爲之所不悉，不特魯君不以爲嫌，即季孫、孟孫亦不以爲臧〔三二〕氏罪，而余固嘗疑之矣。廉其不道之實，而律以無將之條，季、孟之氣奪，而君不得不聽，郈〔三三〕人之援弱，而防足以有爲，猶謂實無逆命之心乎？（**斷定。**〔三四〕）嗚呼！紇之心，我知之矣。又〔三五〕下有識者，盡知之矣，而豈惟孟椒也？（**餘波淡宕。**〔三六〕）

**斷制謹嚴，其義多前人所未搜索，故是傑作。**〔三七〕

## 子謂〔三八〕衛靈　一章

無道而免其身，惟能知人而善任也。夫靈爲荒君，而三子亦未爲純臣也，乃使之各治其職，而亦得免於喪焉，觀此可以知人君之略矣。且以人主而昏於欲，始則得以快意也，既乃不復然矣。蓋欲長據民上以從其淫，而天不與也。而或者不然，非天之故厚淫人也，以其猶有得道者存也。若衛靈公者，肆志廣欲，以極有生之樂，予以惡名，夫復何辭？（**雋旨英詞，大士先生得意時有此。**〔三九〕）保世永命，而抱天年以終，雖有令主，亦無以過。貪於彼者厚，而獲於此者豈〔四〇〕，不合論其平生之行事，則未有不疑者也。吾子熟悉其無道之始末，一日者，偶論〔四一〕及之，而康子以其不喪爲疑，洵哉其可疑也！成敗之理，有不爽者，而竟爽焉。夫何宜絶而復以久延？其絶之與延之之故，常參半也，失得之報，若不可憑，而非無憑也。彼雖亂人而時出治命，其或治而或亂之事，各有所也。蓋賓客、宗廟、〔四二〕軍旅者，國之大紀，而仲叔圉、祝鮀、王孫賈者，亦衞之才臣，靈能略其短而用其長，而人思自效，因其能而授之事，而分各不違，於以彌縫於内外之間，而支柱於傾危之際。〔四三〕夫如是，而奚其喪哉？蓋靈之自爲謀則過，故淫昏以没身，而莫爲誦知人之哲；爲賓客、宗廟、軍旅謀也則無過，故收功於三子，而卒以免無道之身。（徑絶峰迴，雲物復起。〔四四〕）夫祖以名元見夢，兄以弱足而居，靈其屬有天幸者哉？以荒淫無度之君，馭中材佞幸之臣，而國計粗安，保首領於牖下，抑亦人事使然歟？然而無道實甚也。語云：「不於其身，在其子孫。」用是衞以不競矣。

不獨識議之高，氣韻之古，邈不可攀，即音節抑揚，亦非雲間諸公所能仿佛也。（武商平）

雅善開合，故意無旁借，而筆有餘酣，入後推波助瀾，結到衞以不競上，論古之識，抑尤卓絶也。（袁顧亭）

## 此謂誠於　三句

小人之誠不可掩，君子之所戒也。夫小人與君子，誠與形皆同，特其中不同耳，豈可以慎於外而掩哉？蓋謂誠一而已，而亦有二：不善之誠與誠意之誠，理雖背而馳乎？而其必至於暴著，殊相似也。君子豈料其必敗而後去之，意有所不敢任焉耳；小人掩不善而無益，果何謂也哉？當其逞志於不善，窺其情，未有足以動之者也。（**取「誠」字刻劃。**〔四五〕）恣睢之極，微特〔四六〕旁觀者挽之而不得，即小人欲易慮而亦不能自更也，及其惡積而莫掩，當其際，非有故爲泄之者也；敗露之極，在小人思覆匿而無由，即長厚者欲寬假而苦不能自混也。然則誠於爲小人者，是亦一誠也。誠則形，由中達外不易之理也。〔四七〕夫人即不誠，何至遂如小人之誠？顧在此之誠，正與在彼之誠爲對者也。不堅守吾誠，無何而已不誠，無何已漸積浸尋而爲小人之誠也。（**前一層中理劈肌，風發泉涌。**〔四八〕）人苟畏小人之形，而〔四九〕始惡爲其誠，即此已大非吾意中之誠，蓋吾意中之誠，不借小人之形爲戒者也。苟固守吾〔五〇〕誠，何至一折而爲小人之誠？又何至彰明較著而爲小人之形也？君子之必慎其獨，豈無故哉？不謂獨知之地，誚讓之所不及，而或縱也，夫曰獨知，則亦既有地矣，此即栖神泯寂之鄉，至於無可置思，而存亡之機，間不容髮，又況事物之投，與爲逢迎者，正在此也。（講慎獨，照定上二句。〔五一〕）不謂幽昧之所，暴揚或可幸免而自寬也，夫曰幽昧，則亦既有所矣，此即巧用彌縫之術，至於終身不敗，而默視之頃，自覺難堪，又況寂感〔五二〕之應，捷如聲響者，必無幸也。君子而安得不慎獨哉！不君子則小人矣，不誠則誠〔五三〕矣，不君子之誠而形，則小人之誠而形矣，可懼哉！（與中段遥接。〔五四〕）

以歐、曾之筆，發揮孔、孟之理，從來無此一快。○誠中形外，切定小人身上，不泛作誠形套語，謂慎獨，與上節慎獨有别，無一句可通用，去此之謂切題。〔五五〕

猖狂妄行而蹈於大方。（兄百川）

## 前日於齊　全章

君子之辭受，揆以義而無不同也。蓋以有處爲歸，則所以應三國之餽者一義耳，而紛然辨其是非，則不思之過也。且論賢人君子，而於交遊問遺之間，陋矣，然亦有道焉，要令於彼於此，追思之不爲無因而已。（置之高邑集中，幾不可辨。〔五六〕）齊、宋、薛並以金餽，而或受或不受，亦似有不可解者，而陳臻以爲有是必有非，則已謬矣。大都徇人之情，則世故之周旋，有遷就之處。（二義曲暢。〔五七〕）迨事過而還念其踪迹之各殊，遂茫然不識其初之何以然也，則徇人者不如裁之於己也；〔五八〕任己之情，則偶觸之意見，非大中之宜，至異日而或詰其義例所由分，始恍然自悟其施之有所背也，則任己者不如軌之於道也。〔五九〕孟子處齊、宋、薛之間，不徇人而裁之己者也，不任己而軌之道者也。宋於道當餽，而受因之，則所處在遠行矣；薛於道當餽，而受因之，則所處在戒心矣。而齊獨否。語有之：「貪夫徇財。」顧欲以之污君子哉？當餽而餽則有處者也，至於無處，固餽者之所明知也，不爲之詞而覺其無謂，詭爲之詞而愈覺無謂，是逆探其苟得之私，而姑以〔六〇〕羅致之術，此餽者賊受者之心也；〔六一〕可受而受則有處者也，至於無處，又受者之所明知也，詞無可借而迹有不安，詞〔六二〕有可借而心實不安，是顯白其相蒙之意，而潛忍其內愧之真，此受者甘餽者之欺也。（清快似大士先生。〔六三〕）故可受而不受，不惟是絶人之歡也，人情必不能無贈賄之事，此而不受，以〔六四〕待何者而受乎？不可受而受，亦〔六五〕惟是拒人之難也，乃世俗不復知貪鄙之戒，此而亦受，更待何者而不受乎？受不受惟其是耳，孟子亦何容心哉？而要豈苟然哉？用是知聖賢行事，不知而以己意議之者，皆妄也。

**臨川文用間出奇，此則堂堂正正，而清思雋致亦足與之相抗。（兄靈皋）**〔六六〕

## 孟子致爲 全章

大賢不爲富所動，而齊之市真不可留矣。夫欲富者，賤丈夫之所爲也。齊之國中有市焉，而孟子之歸安得不决哉？在昔孟子不得已而去齊，以王不能學而臣之也，王果悔於心，而敬以國從，則去者自可以留，何君臣師弟沾沾焉言萬鍾，一似以孟子爲欲富者，毋乃以尊之者賤之耶？夫孟子之歸，於其始見時辭粟十萬而知之矣。（**提出眼目。**〔六七〕）粟辭諸王，王豈不知孟子之不欲富耶？就見之時，甫追得侍之歡，旋爲繼見之請，是明速之使去矣。其他日之言，或出於中心之誠然，則以爲是人也，雖迂闊不適於用，而稱説《詩》、《書》，以式國中，其亦可也。（**説盡齊王心事。**〔六八〕）况齊國之大，何惜一近市之居、萬鍾之粟，而不以慰其弟子哉？不然者，且以孟子非爲萬鍾而來，非爲萬鍾而去，自不爲萬鍾而留，既已脂車告行，聞萬鍾而輒止，是欲富也。稔知孟子之不欲富，而故以萬鍾之説速之去也。（**齊王無辭可抵。**〔六九〕）是二説者，誠不知何出，而時子與陳子之轉相告，固其所也。孟子曰：　嗟乎！天下事，固有士君子確然見其不可爲，而世俗之人猶諄諄然相勸勉以爲無傷者，亦何怪乎時子耶？顧王與時子，何切切言萬鍾不置哉？十萬與萬鍾孰富？子既已知之矣，此乃季孫之所羞，而以市道爲交者也。抑知予不欲富者也，非欲富貴者也，非罔利者也。今以萬鍾而留，是以予已去而復留之身，比之子叔疑之子弟也，以齊之國中爲賤丈夫之壟也，予能徘徊二者之間乎哉？嘻，萬鍾之利，富誠有之，而貴則未也；　且欲富者，未有不欲貴，即不欲貴，要亦未有欲賤者也。假令世之人，耳而目之曰：　某也以魯人而踵魯事，壟斷於齊之國中，夫非偉然丈夫耶？何其賤也！行見王與時子，諸大夫國人皆笑之，季孫以爲子叔疑之流，商人以爲賤丈夫之亞，而予與群弟子且恧然爭却其萬鍾之養而不得也，吾寧致爲臣而歸已矣。（又進一意。〔七〇〕）

**形容庸主情態，與孟子巖巖氣象，皆能曲盡，弟〔七一〕賞其攢簇生動，猶未爲知文也。〔七二〕**

## 匡章曰陳　全章

大賢於齊士，即以其操窮之焉。蓋齊人暗於大義，而稱仲子之操，不知第責以操之充，而其廉已窮也。今夫倫常中，豈無潔清不污之地哉？〔七三〕自夫好異者別立所爲操，而昧者亦相與稱其廉，夫使所爲操者旁推交通，無不如志，即命之曰廉，孰從而議之？而無如勢窮力屈而終有所不能也。陳仲子者，以廉有聲於齊，而嘖嘖以爲美談者，乃在食井上之餘李。孟子曰：嗟乎！夫仲子者人也，人則必有義。（振衣挈領。〔七四〕）然即不與之言義，而與之言操，苟充其類，必蚓而後可者也。自古操之善者稱伯夷，其不善者稱盜跖，仲子是夷而非跖也，必矣。然而室〔七五〕與粟不知所從來，而晏然居之食之，是出於夷而甘之，出於跖而亦忍之也，豈織屨辟纑之所易，遂可同於槁〔七六〕壤黃泉也哉？夫人即苛於責人，未有指其不應有居，不應有食〔七七〕者，而獨可以律仲子何也？〔七八〕人有母子兄弟之親，而不可解於心，猶夫居必有室，而食必有粟也。食蓋大夫之祿，居蓋大夫之居，其爲夷爲跖可以不問，（矯若游龍。〔七九〕）顧乃天性之薄，以歸爲暫，而避爲常，一言之忤，以食爲穢，而哇爲安，傳其事，世方嘖嘖然稱其廉，吾謂正於此見其廉之必敗，而操之立窮也。〔八〇〕以母與妻較，以已〔八一〕之居與於陵較，姑無論其有原〔八二〕薄輕重之差也，銖銖而稱之，寸寸而度之，其中之相〔八三〕去無多，則固與爲類矣。（分曉。）而一則不食，一則不免於食；一則不居，一則不免於〔八四〕居，曾充之謂何也？〔八五〕夫妻之食豈不可食？於陵豈不可居者哉？特是以避兄離母爲操者，亦復爲之，則吾有以責之矣。故以義言之，則仲子之操即能充，而其於義也益遠，〔八六〕而齊人不可與莊語，不必辨其無以爲人，而第憂其不能爲蚓也。〔八七〕

**其簡削斷續處，已中古法。（兄靈皋）**〔八八〕

## 齊人有一　全〔八九〕

君子觀乞人，而得顯者之情狀焉。蓋世未有求而不爲齊人者也，即奈何在齊人則羞之，在顯者則艷之耶？君子曰：若而人者第使之自對其妻妾可耳。且富貴利達，君子之所謂鄙事也。適然而至，不足以爲榮，即奈何而有求之者？**（與之莊語，然後大肆詼嘲。）**求之而得，則顯者也；求之不得，而困辱無狀焉，則齊人也。介乎顯者與齊人之間，則有今之所謂求富貴利達者，其襟情學術，非有二也。夫今之求富貴利達者，我知之矣。朝而出，暮而歸，迹至勤也。飲於此，食於彼，無定向也。口必言富貴，而面嘗有驕色，習以爲常，不知其非也。彼其心思面貌，國中之人咸知之，所不見者獨其妻妾耳。而齊人者，亦且志迫於早起，迹遍於國中，望墦間而如歸，争祭餘而恐後。傴僂罄折，顯者之容也；　貪得患失，顯者之心也。既醉既飽，顯者之樂也；　歸而施施，顯者之氣概也。而不知其疑生於顯者不來，情見於東郭之相瞷，饜足之道，妻與妾盡知之，而泣且訕也。夫以齊人之慕顯者，亦未知顯者之何似也。與顯者而言齊人，亦盡知齊人之□醜也，而獨不思其富貴利達皆自求來也。求則齊人也，即奈何齊人之非，而顯者之是耶？獨是齊人之妻妾，羞其夫而泣且訕者，徒以齊人之不顯者耳。使其爲顯者之妻妾，則心將榮之，而色將矜之，婦人之見，大都如是也。乃齊人之妻妾，見齊人之所爲，而顯者之妻妾，第見其富貴利達，而不知其所以求富貴利達也。使其所以求者，妻妾盡知之，而盡見之，其不羞也而不相泣者幾希矣。孟子哀之，傳其事以立教，以求發其耻心，而世之善言富貴利達者乃且陽羞其名而陰師其意也。

無一字襲趙高邑，而氣格風神無之而非高邑者，啓、禎人不能爲也。（兄靈皋）

## 梓匠輪輿　一節

明於師所能與之分，而巧者可自奮矣。蓋巧非在規矩之外也，而欲爲梓匠輪輿，則求其與之者而不得也。今夫人以業相授，苟可爲功〔九〇〕於所授之人，豈復有悋哉？乃心欲效之而口不能言，則望之者非也。（奇雋。〔九一〕）有如梓匠輪輿技之微者也，其既成乎梓匠輪輿也，心手之間，有神妙焉。輪者或推本其師承之善，然內苦其心，而恍然有得者，不係乎師也；其未成乎梓匠輪輿也，繩墨而外，有餘望焉。學者每過恃爲進技之方，然兼有其美，而半以自私者，難喻乎人也。（造言類諸子。〔九二〕）則今有梓匠輪輿於此，執斧斤以隨之者相望也，教者學者，各挾一無窮之心，而所能與者，持〔九三〕規矩焉耳。師之於弟，望其如我而止，不惟規矩也，而所諄諄者，只此方圓之義也；弟之於師，望如其師而止，不惟規矩也，而所唯唯者，只此鑿枘之合也。試詰之曰：技蓋止此乎？未也。執此可以爲梓匠輪輿乎？未也。徐則甘而不固也，疾則苦而不入也，不徐不疾，得之於手而應於心，所謂巧者有道耶〔九四〕？乃以規矩與人，則應曰能，以巧使人，則應曰不能，是誠不能也。然則學爲梓匠輪輿者，將終不得爲梓匠輪輿乎哉？授之技而無成，不得以無成致怨也。拙者而何能忽巧乎？即〔九五〕令拙者忽巧，亦拙者自巧，而非巧者能令之巧也。（清快似蘇紫溪。〔九六〕）曾是心靈之際，而可强與人事乎哉？則爲梓匠輪輿者，夫亦可以無責耳矣。請其術而不得，非固無得而已也，拙者而安知不巧乎？即令拙者終不巧，亦求巧而乃見拙，非安拙而人〔九七〕安意乎巧也。曾是神智之物，而可强貸之人乎哉？則學爲梓匠輪輿者，夫亦無庸多讓耳矣，而豈直藝事爲然也？

巧匠斵山骨。（鮑季昭）

有極率意處，有極奇險處，俱得古人神致。（兄靈皋）

校勘記

〔一〕「方」，安師本誤作「旲」。

〔二〕「全章」，上圖本作「三句」。

〔三〕上圖本無此篇。

〔四〕「三句」，上圖本作「一節」。

〔五〕上圖本無此批語。

〔六〕「有一」，上圖本作「一或」。

〔七〕「侍」，上圖本作「持」，安師本誤。

〔八〕「無」，上圖本作「先」，安師本誤。

〔九〕上圖本此條批語作：「古文停頓，短章中須此，乃有遠勢。」

〔一〇〕「蹇」，上圖本作「迍」。

〔一一〕「徨」，上圖本作「徬」。

〔一二〕上圖本無此批語。

〔一三〕「之」，上圖本作「諸」。
〔一四〕上圖本此處有批語：「子野所云『一往有深情』。」
〔一五〕「某」，上圖本作「丘」。
〔一六〕上圖本無「與百川作俱不可廢也」。
〔一七〕上圖本此批語之後另有批語：「通體無一閑語、長語，而意局仍寬宕有餘，後二偶言短味長，尤徵筆妙。（袁顧亭）」
〔一八〕「佚」，上圖本作「軼」。
〔一九〕上圖本此處有批語：「振挈一筆，老」。
〔二〇〕「寡」，上圖本作「釁」。
〔二一〕上圖本無此批語。
〔二二〕「奮」，上圖本作「暴」。
〔二三〕「入」，上圖本作「人」。安師本誤。
〔二四〕「戚」，上圖本作「感」。
〔二五〕上圖本此處有批語：「對比意更切至。」
〔二六〕上圖本此批語之後另有批語：「章程、議論無一不老，此由研煉功深，非倉卒可到。（袁顧亭）」
〔二七〕「節」，上圖本作「一節」。
〔二八〕上圖本無此批語。
〔二九〕上圖本無此批語。
〔三〇〕「怒」，上圖本作「案」。

〔三一〕上圖本無此批語。
〔三二〕「臧」，上圖本作「藏」。
〔三三〕上圖本「郲」前有「而」字。
〔三四〕上圖本無此批語。
〔三五〕「又」，上圖本作「天」。安師本誤。
〔三六〕上圖本無此批語。
〔三七〕上圖本此條批語署「慕廬先生」。於此批語後另有批語：「苟守先祀，無廢二勳，敢不辟邑，此如防請後之辭也。一翻轉來看，便見得是要君了。文中著語無多，而斷案如山，故由得其要領。（袁顧亭）」
〔三八〕「謂」，上圖本作「言」。安師本誤。
〔三九〕上圖本無此批語。
〔四〇〕「豈」，朱筆旁改爲「豐」。上圖本作「豐」。
〔四一〕「論」，上圖本作「言」。
〔四二〕「賓客宗廟」，上圖本作「宗廟賓客」。
〔四三〕上圖本此處有批語：「老筆。」
〔四四〕上圖本無此批語。
〔四五〕上圖本無此批語。
〔四六〕「特」，上圖本作「持」。
〔四七〕上圖本此處有批語：「二比便有意味，而牽搭尤工。」
〔四八〕上圖本無此批語。

〔四九〕上圖本「而」下有「乃」字。
〔五〇〕「吾」，上圖本作「一」。
〔五一〕上圖本無此批語。
〔五二〕「感」，上圖本作「寥」。
〔五三〕「誠」，上圖本作「形」。
〔五四〕上圖本無此批語。
〔五五〕上圖本此條批語署「慕廬先生」。
〔五六〕上圖本此條批語作：「淡語自合。」
〔五七〕上圖本此批語作：「二比言高旨遠，味之無極。」
〔五八〕上圖本此處有批語：「此意淺。」
〔五九〕上圖本此處有批語：「此意深。」
〔六〇〕上圖本「以」下有「示」字。
〔六一〕上圖本此處有批語：「此就人一邊説。」
〔六二〕「詞」，上圖本作「迹」。
〔六三〕上圖本此條批語作：「此就已一邊説。」
〔六四〕「以」，上圖本作「必」。
〔六五〕「亦」，上圖本作「不」。
〔六六〕上圖本此條批語後另有批語：「前二比以『不徇人而裁之已』陪起『不任已而軌之道』，後二比以『當餽而餽則有處者也』陪起『可受而受則有處者也』，分比之妙，宛轉關生，純是大士家法。學者熟此，尚何慮支離重沓乎？（袁顧亭）」

〔六七〕上圖本無此批語。

〔六八〕上圖本無此批語。

〔六九〕上圖本無此批語。

〔七〇〕上圖本無此批語。

〔七一〕「弟」，上圖本作「第」。

〔七二〕上圖本此條批語署「袁顧亭」。

〔七三〕上圖本此處有批語：「分曉。」

〔七四〕上圖本無此批語。

〔七五〕「室」，上圖本作「食」。

〔七六〕「稿」，上圖本作「槁」，安師本誤。

〔七七〕「食」，上圖本作「室」。

〔七八〕上圖本此處有批語：「暗用『是何傷哉』節意，作波折。」

〔七九〕此條批語上圖本作：「分曉。」

〔八〇〕上圖本此處有批語：「分曉。」

〔八一〕「己」，上圖本作「兄」。

〔八二〕「原」，上圖本作「厚」，安師本誤。

〔八三〕「相」，上圖本作「爲」。

〔八四〕「於」，上圖本作「而」。

〔八五〕上圖本此處有批語：「更分曉，更周匝。」

〔八六〕上圖本此處有批語：「更分曉，更周匝。」

〔八七〕上圖本此處有批語：「妙妙，千古笑柄。」

〔八八〕上圖本此批語後另有批語：「辟兄離母，大罪也。此章正未遑深論，但説他既不食母食，不居兄居，則惟不食不居，乃爲能充其操，以成其廉耳。安見母之食、兄之居爲不義，而妻之食、於陵之居之獨爲義乎？前夫蚓節已合此意，至末二節始剀言之，而是何傷哉節，正是上下節關捩。見此章文甚夥，而章程、議論皆苦迷離，惟此文界畫最分明，義理最融浹，而精矯刻削，復一往以古筆行之，真此題第一作也。讀者詳之。（顧亭）」

〔八九〕上圖本無此文。

〔九〇〕「功」，上圖本作「巧」。

〔九一〕上圖本無此批語。

〔九二〕上圖本無此批語。

〔九三〕「持」，上圖本作「特」。

〔九四〕「耶」，上圖本作「耳」。

〔九五〕「即」，上圖本作「師」。

〔九六〕上圖本無此批語。

〔九七〕「人」，上圖本作「又」。